중국모순(茅盾)문학상수상작

모슬렘의 장례식

The Funeral Ceremony of Moslem

3

곽달 장편소설　김주영 옮김

전예원

모슬렘의 장례식 ❸

차 례

12
사랑의 향기는 짙어가고

중국에서 크리스마스는 그리 큰 의미가 없다. 비록 중국에서도 일찍부터 서기를 쓰고는 있지만 한 해가 지날 때마다 중국사람 그 누구도 예수가 또 한 살 더 먹었구나라는 생각은 하지 않는다. 단지 사람들은 해마다의 지속적인 약진과 그에 따르는 연속적인 자연재해에 대해서 더 관심을 쏟을 뿐이다. 그러니 크리스마스 이튿날에 물론 칠면조 같은 것들이 시장에 나올 리는 없었지만, 이날은 사실 다른 의미에서 중국에서는 대단한 날이었다. 왜냐하면 위대한 인물이 바로 이날 중국땅에 태어났기 때문이었다.

그의 출현이 중국의 역사를 뒤바꿔놓았다. 손중산이 완성하지 못한 혁명이 그에 의해 계속되었고, 흉악무도한 일본 제국주의를 그의 지휘 아래 물리쳤으며, 하마터면 두 개로 갈라질 뻔한 장강 남북을 통일시켰다. 모든 공적은 다 그에게 돌려졌다. 중국 인민들은 그를 경애하고 고마워하면서 「그는 인민의 대구성이다」란 노래를 뜨거운 눈물을 흘리며 불렀다. 그와 동시에 「국제가」의 '종래로 구세주가 없었다'는 가사를 소리 높여 부르면서도 이 두 가지가 무슨 모순이 있는지를 느끼지 못했다. 천추만대 후의 자손들이 20세기 60년대의 역사를 어떻게 평가하든 선조들의 경건함은 의심하지 말아야 한다. 소련의 흐루시초프가 비밀보고에서 스탈린의 개인숭배를 공격했다니 중국사람들은 분해서 펄쩍 뛰었다. 성인을 무엇 때문에 숭배하지 못한단 말인가?

1961년 12월 26일은 중국 인민의 위대한 수령의 69세 탄신일이었다. 여느 해와 마찬가지로 온 나라 사람들은 장수국수를 먹으며 축하하지 않았고 정부 신문도 붉은 색으로 신문 이름을 쓰거나 무슨 헌사도 발표하지 않았다. 왜냐하면 본인이 일찍부터 그를 위한 생일 기념을 하지 못하도록 명을 내렸기 때문이다. 그러니 더욱더 숭배하게 되었다. 충실한 신앙인들은 자발적인 형식으로 기념을 하고 있었다. 예를 들면 북경대학 서방언어학과 이학년 학생 정효경은 벽보에다 「모택동, 우리의 아버지」라는 찬미시를 영어로 써붙였다.

그러나 모든 중국사람들이 크리스마스를 모르는 체한 것은 아니었다. 사추사는 그전 영국 조계지에 살 때처럼 아버지의 카드를 받았다. 그렇다고 그녀의 집안이 기독교를 믿는 것은 아니었고 다만 하나의 생활풍속이었다. 이날이 되면 그녀의 아버지는 그녀에게 목걸이를 사주거나 옷을 사주었으며 혹은 아예 돈을 주어서 그녀가 사고픈 것을 사게 하였다. 그런데 올해에는 크리스마스 카드만을 보내주면서 검소함을 표시한 것이다. 카드에 쓴 축사는 크리스마스와는 아무런 연관이 없는, 지금 중국에서 유행하고 있는 두 마디 말이었다. '모 주석의 말씀을 듣고 공산당을 따라가라.' 늙은 아버지는 매우 고심하여 이 글을 썼을 것이다. 지금 세계관을 개조당하고 있는 자본가는 자기의 후손이 개조를 더 잘하기를 바랐다. 그러나 자신이 남의 걸음걸이를 흉내내며 걷는 모양이 얼마나 어색한지는 몰랐다.

아버지의 카드를 받은 사추사는 한바탕 엉엉 울었다. 아버지는 그녀가 얼마나 힘들게 걷고 있는지 모른다!

　그날 생활회의 명목은 당준생을 중점적으로 도와준다는 것이었으나 사실은 그녀에게 화살을 쏘았다. 정효경은 말끝마다 자산계급 사상의 악영향을 숙청하자고 떠들어댔다. 반에서는 그녀만이 유일한 자산계급 가정 출신이었다. 당준생의 가정 출신은 점원이어서 그래도 그녀보다 나았다. 그런데도 당준생은 뼈가 사추사보다 더 나쁜해서 뱀허리를 굽히고 굽실거리며 눈물 콧물로 정효경에게 하소연하였다.

「저의 의지가 너무 약하고 튼튼하지 못해서 자산계급 사상의 침입을 막지 못했습니다. 저는 사추사의 자산계급 생활방식을 부러워했고 먹고 입는 것을 좋아했습니다. 그래서 사추사의 꾀임에 넘어갔지요. 그녀가 좋은 음식을 주고 돈을 잘 쓰니 거기에 혹했습니다…… 후에 그녀는 나를 좋아하지 않았으나 저는 여전히 미련을 두었습니다. 그녀가 초 선생님을 찾아가면 난 뒤를 미행하기도 했습니다. 저는 초 선생님을 뒤에서 모욕도 했습니다. 전 선생님께 죄송하고 당의 배양에 사과합니다!」

　사추사는 정말 후회스러웠다. 자신이 어떻게 이런 사람을 좋아했는지 알 수 없었다. 이 사람은 사내 대장부다운 멋은 하나도 없는 완전한 노복이고 함부로 사람을 무는 미친개다! 아버지는 평소에 군자와 가까이 하고 소인과 멀리 하라고 당부하셨는데 그것은 바로 이런 소인을 경계하라는 뜻이었다. 지금 그녀가 안타까운 것은 너무 늦게야 그것을 알게 되었다는 것이다. 아직 저 작자를 물리치지도 못했는데 오히려 그의 해를 입게 되었다.

　사태가 이렇게 되니 정효경은 당준생을 용서해주고 사추사를 맹렬히 공격하기 시작하였다. 반주임을 타락시키려 했다느니 무산계급자 후계자를 쟁탈하려 하였다는 등등의 죄명을 들씌웠다. 그녀의 죄는 아버지가 쓴 죄보다 더 컸다. 아버지는 민족자산계급의 대표적 인물이었지만 이런 투쟁은 받지 않았다. 어떤 때는 시정부의 회의에 참석하기도 했으며 정책을 실현하기 위한 겉모양이라도 내느라고 그를 사 선생으로 부르게 했다.

그녀는 알 수 없었다. 자산계급의 자녀는 반주임에게 접근하고 혹은 호감을 표시해도 안 되는가? 흥! 자산계급의 딸도 시집은 가야 할 것 아냐. 너희들 무산계급한테 못 간다면, 그럼 자산계급에게만 시집갈 수 있다는 거야? 그것도 좋지. 자산계급은 영원히 대가 끊어지지 않을 걸.

사추사는 당준생처럼 연약하고 만만하지 않았다. 그녀에게는 비록 고귀한 혈통은 없었으나 자랑할 만한 자본은 있었다. 그녀는 예쁘게 생긴 얼굴과 돈이 있었고 성적도 우수했다. 지금 반에 한신월이 없으니 어느 누구도 그녀와 비길 수 없었다. 회의에서 그녀는 말 한마디 하지 않았다. 고개도 숙이지 않았다. 그녀는 자신이 완전히 패배했다고 생각하지 않았다.

회의가 열린 지도 두 주일이 지났다. 정효경은 회의의 상황을 초 선생님과 학과, 그리고 학교 당위에까지 보고하겠다고 했었다. 그러니 아마 지금쯤은 보고하였을 것이다. 사추사는 더욱 큰 타격을 기다리고 있었으나 아직 아무런 소식도 없었다. 오히려 뒤에서 떠돌던 소문이 공개화되고 확대되어 정효경이 전혀 예측하지 못했던 결과를 가져왔다.

눈꽃이 미명호에 조용히 내렸다. 얼어붙은 호수와 앙상한 나무들이 모두 흰옷 단장을 해 마치 신부의 너울 같았다. 호수의 작은 섬에 천천히 거닐고 있는 소녀의 모습이 보인다. 그녀는 눈 속에 너무 오래 서 있은 탓인지 짙은 녹색 나사 외투와 머리에 쓴 연황색 털수건이 온통 눈가루를 쓰고 있었다. 예쁘장하고 까만 가죽구두가 가볍게 움직이면서 숱한 발자국을 남겼다. 눈꽃이 뒤따라서 그 발자국을 메우면 구두가 또다시 새 자국을 찍어놓았다.

사추사는 오랫동안 호수 북쪽 언덕에 있는 비재를 바라보았다. 그녀의 발밑에는 오솔길이 돌다리와 이어져 있고 북쪽 언덕과도 연결되어 있어 몇 분만 걸으면 비재에 이를 수 있다. 그러나 그녀는 지금까지도 그쪽으로 발걸음을 떼지 못했다. 그녀는 이미 두 주일이나 그곳에 가지 않았다. 바로 그날 초저녁의 『적과 흑』, 이튿날의 「나의 실연」과 생활회, 이 모든 것이 폭풍우처럼 덮쳐왔기에 그녀는 감히 선생님 서재의 문을 두드리지 못했다. 정효경은 그녀에게 분명히 말해 주었다.

「초 선생은 너한테 근본적으로 그런 생각이 없다!」

그녀는 그 말을 응당 믿어야 했다. 그러나 믿고 싶지 않았다. 초 선생님은 여전히 그전처럼 강의를 하셨고 그녀에게 특별히 친근한 것도 일부러 멀리 하는 것도 보이지 않았다. 그분은 아주 침착하셨다. 군자와 가까이 하는 것도 힘든데 지금은 더욱 힘들게 되었다. 오늘 초 선생님은 오후 강의가 없으니 틀림없이 서재 안에서 글을 쓰고 계실 것이다. 그러나 그녀는 선생님을 선뜻 찾아가지 못했다. 만일 또 누구를 만나게 되면 또 무슨 말이 날지 모른다. 그녀는 멀리서 서재를 바라보다가 혹시나 그분이 나오면 우연히 지나는 것처럼 인사를 해서 사람들의 눈이 없을 때 선생님이 자기를 어떻게 대하는가 알고 싶었다. 그렇게 하는 것이 위험한 줄은 알지만 자신의 의지를 꺾고 싶지 않았다. 그녀는 자신이 정말 애정의 늪에 빠졌음을 부인하고 싶지 않았다. 그전에 당준생과 같이 먹고 놀면서 재미있고 무료함을 느낄 때와는 감정이 달랐다. 지금은 누를 수 없는 격정이 자신을 진정하지 못하게 하고 괴롭히고 있었다. 그녀는 자기보다 나이가 많고 훨씬 강한 사내를 연모할 뿐 아니라 우러러보게 되었다. 평생에 그런 사람과 같이 살지 않으면 어떻게 살아가야 할지 모를 것 같았다.

그녀는 초 선생님이 비재 문가에 나타나기를 기다렸다.

사실 초안조는 그때 서재에 있지 않았다. 그날은 화요일이어서 동인 병원의 환자 방문날이었다. 그는 신월이와의 약속대로 제시간에 갔다. 신월이가 반의 상황을 묻자 그는 자질구레한 일들은 조심스레 피하고 좋은 말만 하였다. 황혼이 질 무렵 그는 연원으로 돌아왔다.

2주일 동안 정효경이 그에게 한 보고와 주위 사람들의 의논이 모두 그를 불안하게 하였다. 그는 이미 당준생과 많은 대화를 하였다. 그는 사제간에 무슨 오해가 근본적으로 있을 수 없으니 고민하지 말라고 하였다. 그는 당준생에게 공부에만 신경쓰라고 격려해주었다. 당준생의 번역 능력은 아주 괜찮았다. 당준생에게 당에 미안하다는 말은 너무 지나치다, 보통 교사가 어떻게 당을 대표하겠느냐고 했더니 당준생은 감동하여 눈물을 줄줄 흘리면서 고맙다는 말만 계속 해댔다. 그리고 사추사에 대해서도 이전에 가졌던 반감을 버리고 다시는 그녀를 멸시하지 않겠다는 다짐을 받았다. 이쪽을 해결했으니 이젠 저쪽을 해결해야 했다. 사추사가 그를 어떻게 대하든 그리고 주위의 여론이 어떻든 아랑곳하지 않고 그는 그 학생과 정면으로 부딪칠 작정이었다. 27재 숙소에 가보니 여학생 숙소에는 나수죽 혼자서 공부하고 있었다. 그녀는 선생님이 Monitor를 찾는가 했는데 사추사 학생은 어디 갔습니까? 하고 물으니 깜짝 놀라서 눈이 휘둥그레졌다.

초안조는 사추사를 찾지 못하고 할 수 없이 비재 쪽으로 걸어갔다. 눈가루가 휘날리는 호수 언덕에까지 왔을 때 그는 저도 모르게 호수의 작은 섬을 바라보았다. 한 소녀의 모습이 눈에 띄었다. 아, 저건?

물론 신월이가 아니었다. 신월이는 지금 병원에 누워 있다. 그는 찬찬히 바라보았다. 그건 사추사였다. 그의 학생이다. 신월이와 같다. 그는 이렇게 생각하면서도 그전에 신월이를 만났을 때처럼 침착하게 그녀를 향해 걸어갈 수 없었다. 최근에 그와 사추사는 이상한 공기에 둘러싸여 있다. 날이 어두워지고 있는데 그녀는 혼자 거기서 무얼 하고 있었을까? 비재 쪽을 바라보면서.

그는 잠시 주저하다가 걸음을 재촉하여 돌다리를 향한 오솔길에 들어섰다. 자신은 사추사를 찾으려 하지 않았는가? 그는 그녀에게 할 말이 있었다. 어떤 때이건 어떤 곳이건 무슨 상관이 있는가?

사추사는 비재만 눈여겨보고 있다가 선생님이 코앞에까지 다가왔을 때에야 깜짝 놀라서 말했다.

「어머, 초 선생님! 어디서 오시는 길입니까? 전 선생님이 방에 계시는 줄 알았는데.」

「학생의 숙소에 갔었지요. 할 말이 있습니다.」

초안조가 말했다.

「저는 쭉 여기서 선생님을 기다렸는데요.」

사추사는 눈물이 글썽해서 말했다.

「선생님, 전, 전……..」

쌓이고 쌓인 억울함과 오랫동안 억제해온 감정을 그에게 쏟아놓고 싶었는데 그분이 지금 왔다. 그러나 그는 그녀 가까이까지 오지 않고 두서너 발자국 떨어진 거리에 멈추어 서서 온화한 미소를 띠고 말했다.

「울지 마세요. 대학생이 왜 아이처럼 훌쩍거리죠?」

그 말이 오히려 사추사가 참고 있던 눈물을 펑펑 쏟게 만들었다. 반회의의 투쟁도 그녀로 하여금 눈물을 흘리게 하지 못했었다. 그녀는 물론 아이가 아니었다. 열여덟 살 처녀인 그녀가 필요로 하는 것은 이젠 부모의 사랑이 아니라 더욱 높고 더욱 깊은 감정이었다. 이런 것들을 동창들은 아는 것 같지 않다. 초 선생님만이 이해할지도 모른다.

「초 선생님, 그애들이 그렇게 얘기해요. 마치 저와 선생님이 무슨 죄나 지은 듯이 말예요.」

그녀는 눈물어린 눈으로 초 선생님을 바라보면서 말했다.

「선생님은 두려워하지 않으시지요?」

초안조의 얼굴에서 미소가 사라졌다. 그는 더 웃을 수 없었다.

「그건 두렵다거나 두렵지 않다거나 할 일도 아닙니다.」

그는 계속해서 말했다.

「반에서 그런 회의를 연다는 걸 나는 찬성하지 않습니다. 왜냐하면 문젯거리도 안 되기 때문이지요. 나는 학생과 다른 학생들을 모두 똑같이 대하기 때문에 의논할 것조차 없습니다. 안 그렇습니까? 사추사 학생!」

사추사는 멍해졌다. 그래 정효경이 한 말이 틀림없단 말인가? 초 선생은 너한테 근본적으로 그런 생각이 없다고. 그녀가 애써서 찾고 압력을 받으면서 추구한 것이 바로 이런 결과란 말인가? 초 선생님은 한 번도 그녀의 가정 출신을 무시한 적이 없었고 영어 시간에도 여러 번 그녀를 칭찬하였다. 그리고 그녀의 과외 열독에 대하여 다른 사람보다 더 많이 요구하였다. 그래 이것도 다른 학생들과 같다는 말인가? 조금도 특별한 것이 없다는 말인가? 초 선생님의 대답은 아주 명확하였다. 절대 없다고!

부끄럽고 언짢은 마음에 그녀의 얼굴은 발갛게 달아올랐다. 소녀에게 애정적으로 거절당한 것보다 더 상처받는 일은 없을 것이다. 어린 나이에 그녀는 이미 두 번이나 실패했다. 처음에는 사랑할 가치가 없는 사람을 사랑했고, 그 다음에는 근본적으로 자기를 사랑하지 않는 사람을 사랑했다. 지금은 마땅히 물러서야 할 때이다. 다른 학생들과 똑같은 위치로 물러서야 했다. 그 결과는 어떨까? 그녀는 애정만 잃는 것이 아니라 인격도 잃게 되며 동창들 앞에서 영원히 얼굴을 들지 못하게 된다. 그녀는 물러설 수 없었다. 그녀의 아버지는 늘 이렇게 말했다.

「성공이란 종종 안 된다는 것을 알면서도 해나가는 데 있다.」

아버지의 해방 전 사업상의 성공, 그리고 지금 진보에 대한 추구는 모두 이런 노력의 실현이었다. 그렇다면 그녀 자신의 애정의 길은 꽉 막혔단 말인가? 초 선생님은 여론의 압력 때문에 마음에 없는 말을 하는지도 모르지. 하는 수 없이 애정의 문을 잠시 닫았을지도 모르지. 무엇 때문에 한 번 더 쳐보고 그 문을 밀어 열지 않겠는가!

「초 선생님, 저도 압니다.」

사추사는 이젠 상해말을 하지 않았다. 더 침착해 보이고 더욱 지식인다운 멋으로 초 선생님의 기질에 접근하고 싶어서였다. 그녀의 다음 말은 의식적으로 선생님과 거리를 둔 것이었다.

「선생님은 학생들을 모두 똑같이 대하지요. 특히 저와 같은 자산계급 가정 출신의 학생도 꺼려하지 않았지요.」

초안조의 신경이 무엇에 찔린 듯하였다. 그는 사추사의 탐색의 눈길을 피하고 정자가 있는 쪽으로 걸어가면서 말했다.

「자산계급…… 무산계급……, 표준적인 무산계급은 마땅히 어떤 것이어야 하지?」

사추사는 물론 선생님의 마음을 알 수 없었으므로 자기의 이해에 근거하여 추측하여 보았다. 선생님은 확실히 자기를 별책에 적어두고 무시하지 않았다. 그럴 뿐만 아니라 정효경의 우쭐대는 행위도 무산계급이라 할 수 있는가 의심하고 있다. 이 점이 그녀의 믿음을 더욱 든든하게 하였다. 그녀는 선생님을 따라 걸으면서 한걸음 더 대담한 문제를 제기하였다. 그것은 그녀가 오랫동안 생각해온 것이었다.

「선생님, 글쎄 들어보세요. 애정을 생각하는 것도…… 자산계급 사상인가요?」

「애정?」

초안조는 흠칫했다. 이 처녀애는 참 대담하기도 하다. 끝내 자기 앞에서 이 두 글자를 입 밖에 내놓았구나! 빙빙 돌던 화제가 마침내 명백하게 드러났던 것이다. 초안조는 회피할 수 없었다. 하지만 그녀가 제기한 문제에만 국한하여 자기의 견해를 대답할 수밖에 없었다.

「애정은 물론 자산계급만 가지고 있는 것이 아닙니다. 길고 긴 노예제 사회나 봉건사회에는 애정이 없었습니까? 무산계급이라고 애정이 없겠습니까? 내가 영어 시간에도 말했지만 혁명가에게도 애정이 있습니다. 수만 년이 지난 후 인류에게 계급이 없을 때에도 여전히 애정은 존재할 것입니다.」

사추사의 얼굴에 웃음이 떠올랐다. 선생님의 말씀은 겹겹이 동아줄에 묶이었고 또 거기서 몸부림쳐 나오려는 사상을 해방시켜 주었다. 애정이 계급의 제한을 받지 않는 이상 그녀는 겁날 게 없었다.

「글쎄 말입니다, 애정은 누구나 마땅히 누릴 수 있는 권리입니다. 사랑하고 싶으면 사랑해야지, 누구도 간섭하지 못하지요. 초 선생님, 안 그래요?」

그녀의 눈에서는 청춘의 빛이 발산되고 있었다. 그녀는 다정다감한 눈길로 사랑하는 사람을 바라보았다. 안 그래요? 하는 그 말은 단순한 물음이 아니었다. 그것으로 그녀는 이 남자의 마음을 끌어당기고 그로 하여금 자발적으로 자기 마음을 털어놓게 하고 싶었다. 여자가 먼저 저는 당신을 사랑해요, 하고 말하기는 좀 무엇하였다.

그런데 아주 유감스럽게도 초안조는 자신이 생각하는 나름대로의 방식이 있었다. 그는 그녀에게 끌려가지 않았다.

「물론 애정은 사람마다 누릴 수 있는 권리지요. 그러나 그것은 아주 신성한 것이어서 마음대로 쓸 수 없지요. 감정을 남용한다면 가장 순결하고 가장 고귀한 애정을 잃게 되지요. 사람에게 있어서 애정은 생명과 같습니다. 옛사람들은 지기를 위해 죽는 것을 아주 숭상했지만 일시적인 충동으로 소홀히 목숨을 바칠 수 없지요. 그것은 아무 보람이 없지요. 지기란 마땅히 아주 높은 정신 경지에 있어야 합니다. 그리고 서로간의 것이어야지요. 어느 한쪽도 없어서는 안 됩니다.」

사추사의 뜨거워졌던 마음이 차디차졌다. 초 선생님은 비록 그녀에 대한 감정을 한마디도 언급하지는 않았지만 마디마다 그녀에게 분명히 알려주었다. 그들간에는 그런 신성한 것이 존재하지 않는다고. 사추사의 미모와 열렬한 사랑도 그의 마음을 끌지 못하였다. 설마 그는 그렇게까지 무정한 사람일까? 아니다. 무정하면 그렇게 애정을 말할 수 있겠는가? 그의 마음속에 이미 더욱 이상적이고 더욱 훌륭한 상대가 있을지도 모르지. 그 여자는 어떤 사람일까?

「애정은 하나의 신앙입니다.」

초안조는 정자 옆에 쌓인 눈을 밟으며 천천히 말했다.

「그것은 사람의 가장 고귀하고 가장 진지한 곳인 가슴속에 저장되어 있으며 그것은 생명이나 영혼과 같이 존재합니다.」

눈꽃이 휘날렸다. 정자 주위의 눈 위에는 두 사람의 발자국이 생겨났다. 두 사람은 자기의 발자국을 다시 밟으면서 그들간에 존재하지 않는 허황하면서도 실제적인 애정을 논의하였다.

1961년 12월 28일, 북경대학 교무위원회에서는 초안조 등 교사들의 직함의 확정과 진급문제에 관한 보고서를 심사하였다. 서방언어문학과 당총지 위원 겸 영어전업 이학년 반장인 정효경이 회의에 참석하였다.

1960년에 내려온 문건에 근거하면:

3. 고등학교 교사는 반드시 공산당의 영도를 받아야 하고 사회주의 제도와 사회주의 건설 총노선을 옹호해야 한다. 반드시 전심전력으로 인민을 위해야 하고 당의 교육방침을 관철 집행해야 하며, 교학임무와 생산노동, 과학연구와 사상정치교육 공작에 힘써야 한다. 역사가 명백하고 사상작품이 좋은 마르크스레닌주의와 모택동 저작을 참답게 학

습하여 마르크스레닌주의 이론수준을 끊임없이 제고해야 하며 노동단
련에 적극 참가하고 자각적으로 사상개조를 하며, 끊임없이 사상정치
각오와 공산주의 도덕 품질 수양을 제고해야 한다.

5. 본 규정의 제3조항 요구에 맞으며 아래의 각 항 조건을 구비한
조교는 사업의 수요에 따라 강사로 승진할 수 있다.

1) 이미 조교사업에 숙달되었고 성적이 우수해야 한다.

2) 본 전업에 필수적인 이론지식과 실제지식과 기능을 장악해야 하
며 독립적으로 어느 과목을 강의할 수 있고 일정한 과학연구 능
력을 구비해야 한다.

3) 한 가지 외국어를 장악하여 능히 순조롭게 본 전업의 서적을 열
독할 수 있어야 한다.

회의에서는 다른 교사들의 직함 확정과 진급을 통과시켰는데 유독
초안조에 대해서만 논쟁이 있었다.

많은 위원들은 초안조가 엄 교수의 조교로서 일년 동안 사업성과가
아주 뚜렷하다고 인정하였다. 또한, 엄 교수의 건강상태가 극히 악화
되었기에 사실상 강의를 할 수 없는 상황에서 초 선생이 완전히 독립
적으로 영어 과목을 강의하여 출중한 재간이 표현되었고 아주 큰 잠재
력을 가지고 있으며 영어 강의와 중국문학, 외국문학의 연구와 논술
중에서 모두 독특한 시각을 가지고 있기에 완전히 강사로 진급될 조건
을 구비했다고 주장하였다.

그러나 이것은 모두 중요한 조건이 아니었다. 반드시 본규정의 제3
조항 요구에 맞아야 한다는 전제 아래에서만 가능한 것이었다. 물론
누구도 초안조가 당의 영도와 당의 총노선을 반대한다고는 인정하지
않았다. 그런데 정효경이 초안조의 역사가 명백하지 못하다고 아주 뚜
렷하게 제시하는 통에 누구도 더 명확하게 담보할 수 없었다. 정효경

은 또 그의 사상작풍이 좋은지도 토론해 보자고 건의했다.

　소수가 다수를 압도해 초안조는 진급되지 못했다. 그는 계속 조교의 신분으로 강사의 사업을 해야 했으나 실제로는 엄 교수를 대신해야 했다.

　초안조 본인은 회의에 참가할 자격이 없었다. 그가 회의결과를 들었을 때는 운명은 이미 결정된 후였다. 그는 참을 수 없는 치욕을 당한 기분이 들었다. 그까짓 노임상의 차이는 별게 아니라 치더라도 명예 때문이었다. 그도 많은 지식인들처럼 자기의 명예를 아끼지 않을 수 없었다. 내가 강사가 될 자격이 없다면 무엇 때문에 나에게 독립적으로 강의하게 하는가? 더 잘하는 사람을 청할 것이지. 그러나 그는 은사인 엄 교수를 생각하자 속에 가득 찬 분노를 내뿜을 수 없었다. 엄 교수도 교무위원이지만 병 때문에 출석하지 못했다. 그러나 회의의 결정도 그를 대표하였다. 엄 교수는 그가 가장 존경하는 선생님이었고 그도 엄 교수가 가장 사랑하는 학생이었다. 이 년 전, 그가 졸업할 무렵 외문출판사에서 그를 점찍어놓고 데려가려 했을 때 엄 교수가 몇 번이나 생각해보더니 그에게 모교에 남아 교편을 잡으라고 건의하였다. 외문출판사가 아주 이상적인 사업터이긴 하나 먼저 선생을 몇 년 도와달라고 하였다. 북경대학에 교원이 모자라고 엄 교수도 훌륭한 조수가 필요했다. 그는 선생님의 건의를 받아들였다. 그는 엄 교수가 자신을 위하여 그런 권고를 하는 것이 아니라 미래의 학생들을 위해서임을 잘 알고 있었다. 그는 선생님의 인격을 계승하여 교사 직책을 훌륭히 수행하리라고 결심하였다. 선생님을 돕거나 심지어 선생님을 대신하여 하는 일이 아무리 많고 힘들어도 그건 마땅한 것이라고 생각했다. 그런 그가 어찌 분한 김에 그 모든 것을 밀어버릴 수 있겠는가?

　그는 말없이 학교 교무위원회의 결정을 받아들이고 그 누구에게도 자기의 억울함을 제소하지 않았다. 제소했더라도 아무런 의미가 없었을 것이다. 그는 그 결과를 초래한 원인이 무엇인가를 잘 알고 있었다.

12월 30일. 토요일이다.

눈은 아직도 내렸다. 추운 겨울은 곧 지나가겠지?

1962년 봄은 이젠 멀리서 보이고 있었다. 창밖에 휘날리는 눈꽃을 바라보니 따뜻한 봄날에 나부끼는 버들솜이 그리워졌다.

신월이가 입원한 지도 꽤 세월이 흘렀다. 같은 병실의 두 환자는 이미 퇴원하였고 지금은 신월이 혼자만 남았다. 신월이는 마땅히 이 병실에 감사해야 했다. 여기는 그녀가 살고 있던 서채보다 훨씬 따스했다. 겨울 동안 그녀는 다시 찬바람을 맞지 않았고 관절통이나 가슴이 갑갑하고 숨이 차며 기침을 하는 등의 증세도 차차 사라졌다. 여러 가지 검사를 하고 나서 노의사는 그녀에게 자애로운 미소를 지었다. 그 답안을 얻으니 신월이는 자기가 다 나은 것 같았다. 식구들이 번갈아 가며 그녀를 보러 왔다. 그녀가 집의 소식을 물으면 그들은 언제나 아주 좋다고만 말했다. 집에는 아무 일도 없고 모든 것이 정상적인 것 같아서 신월이도 근심하지 않았다. 매번 방문날이 되면 초 선생님이 언제나 그곳으로 왔다.

오늘도 병문안하는 날이다. 그녀는 초 선생님을 기다리고 있었다.

진숙언이 먼저 왔다. 온몸에 눈을 뒤집어쓰고 얼굴도 얼어서 빨갛게 되었다.

「언니, 이런 날에도 와요?」

신월이가 감격해 말했다.

「안 오고 내가 어떻게 마음 놓겠어?」

진숙언은 그릇을 내려놓고 옷에 묻은 눈을 털었다.

「또…… 먹을 것 가져왔어?」

「따뜻할 때 먹어라, 고모님이 널 주려고 일부러 만든 거야. 나보고 빨리 가져가라고 했어. 보렴, 아직도 따끈해!」

진숙언이 그릇을 열어보였다. 고모가 쇠고기 튀김을 만들어 보냈다. 샛노랗게 튀겨진 것이 고소한 냄새가 났다.

신월이가 젓가락으로 하나 집어서 먹어보더니 말했다.

「참 맛있어. 역시 집의 음식이 맛있어.」

숙언이가 웃으면서 말했다.

「네가 잘 먹으니 됐다. 고모님은 원래 너한테 조기 튀김을 해주고 싶어했는데 어디서도 살 수 없어서…….」

「나 때문에 너무 신경쓰지 말라고 해.」

신월이가 젓가락을 놓으면서 말했다.

「여기도 음식을 주니까. 금방 점심을 배불리 먹었어. 언니가 튀김을 이렇게 많이 가져왔으니 저녁에 먹어야겠어. 다음부터 올 때 음식은 가지고 오지 마. 보기만 해도 기뻐. 감정이 물질보다 더 소중해.」

「그럼 난 이제부터 감정을 많이 지니고 올게.」

진숙언이 웃으면서 신월이 옆에 앉았다.

「내가 보기엔 고모님의 너에 대한 감정이 나보다 더 깊은 것 같아. 오늘도 기어코 손수 가져오겠다고 하는 걸 내가 눈이 와서 길이 미끄럽다고 말렸지.」

「그런데 왜 오빠랑 같이 오지 않았어?」

신월이가 물었다.

「네 오빠?」

진숙언은 그 문제에 어떻게 대답해야 할지 몰랐다. 물론 그녀는 이렇게 말할 수 있었다. 오늘 오빠가 퇴근을 일찍 못해, 아니면 오빠가 요즘 바쁜 것 같아. 혹은 아무렇게나 핑계를 댈 수도 있었다. 그러나 그것들은 모두 그녀가 생각하고 있는 것을 설명할 수 없었다. 요 몇 달 동안 그녀는 자기와 천성이 사이에 무엇인가 가로놓여 있음을 느꼈다.

그렇지만 그것이 무엇이라고 확실히 말하기도 힘들었다. 그날 천성이는 밤새 집에 오지 않고 날이 샐 무렵에야 온몸이 젖어가지고 돌아왔다. 어디에 갔었느냐고 물으니 밤일을 했다고만 말하고 자전거와 비옷은 어디다 두었느냐고 물으니 멍하니 서 있다가 잊어버렸다고 말했다. 그녀가 또 밖에서 무슨 일이 있었느냐고 물으니 그는 없었다는 한마디만 하고 더는 말이 없었다.

그녀는 속으로 남편 때문에 걱정을 했었는데 그 후에 보니까 아무 일도 없는 것처럼 보였다. 그는 여전히 출근하고 퇴근하고 밥먹고 자고 하였으나 말수는 점점 적어졌다. 부부간에 말다툼도 없었고 싸우지도 않았으며 오히려 서로 너무 예의를 지키는 때가 많았다. 두 사람은 함께 영화를 보러 간 적도 없었고 같이 거리로 물건을 사러 갈 때도 없었다. 병원에 신월이를 보러 올 때도 늘 따로 다녔다. 이게 어디 부부간이란 말인가? 숙언이가 그전에 동경해왔던 애정, 혼인이 이런 것인가? 그녀는 남편을 의심하기 시작하였다. 남편은 목석 같은 사람이고 근본적으로 애정을 모르니 어떻게 뜨거운 마음으로 그의 차가운 속을 데울 수 있겠는가? 그녀는 자신의 선택이 잘못된 것이었다고 생각하였다. 시부모, 시누이가 좋고 가정형편이 좋으니 혼인도 훌륭하리라 생각했었다. 그러나 그런 조건들이 남편을 대신할 수 없고 또 그것이 애정은 아니었다…… 숙언이의 마음은 삼단같이 헝클어져 복잡했으나 신월이에게는 한마디도 할 수 없었다. 신월이는 분명 천성이의 친동생이니 자기가 이런 말을 하면 이애는 어떻게 생각하겠는가? 그녀는 앓고 있는 신월이에게 걱정을 얹어줄 수 없었다. 게다가 그녀 자신도 그 복잡한 생각들을 아직 정리하지 못해서 말로 분명히 하기도 힘들었다. 그녀는 신월이에게 사실대로 대답할 수 없으니 다른 말을 끄집어냈다. 그녀는 억지로 웃으면서 말했다.

「오빠는 나와 같이 올 수 없어.」

「왜?」

신월이는 이상스럽기도 하고 재미있기도 하여 또 물었다.

「결혼한 지도 오래되었는데 함께 오기 쑥스러워해?」

「그런 게 아니야.」

진숙언은 일부러 한숨까지 쉬면서 말했다.

「병원에 병문안하는 패가 두 개뿐이니 하나는 너의 초 선생님께 남겨야지. 그 멀리에서 오는데 헛걸음시킬 수는 없지 않니. 그분은 매번마다 오니까.」

「그래, 참 언니는 남의 걱정을 먼저 해주는구나!」

신월이는 감격해서 말했다. 그녀는 언니의 말에 다른 뜻이 들어 있음을 주의하지 않았다. 신월이는 숙언의 손목을 잡고 시계를 들여다보면서 말했다.

「아니, 초 선생님이 왜 아직도 안 오지?」

그때 초안조는 급히 서둘러 동인병원으로 오는 중이었다. 중요한 일 때문에 지체되어 늦은 것이다.

어제 저녁 그는 연동원에서 온 전화를 받았다. 엄 교수의 병이 위태로워졌다는 것이다. 그가 도착하니 엄 교수는 이미 임종을 앞둔 마지막 순간에 처해 있었다. 침실은 사람들로 꽉차 있었다. 엄 교수의 친구들과 그가 가르친 제자도 있었으며 청해온 의사도 있었다. 부인과 자식들이 흐느끼면서 의사에게 어떤 방법을 써서라도 노인의 생명을 좀 더 연장해 달라고 간절히 애원하였다. 그런데 엄 교수가 힘없이 손을 저으며 말했다.

「더 약을 쓸…… 필요가 없어. 난…… 병이 없어. 그저 생명이…… 끝까지 온 거야…… 사람의 힘으론.」

그는 침대에 누워서 시력이 나쁜 눈을 뜨고 낮은 소리로 부인을 부르고 자기가 가장 사랑하는 제자 초안조를 불렀다. 부인과 초안조는 그의 침대가에 엎드려 그의 손을 잡고 유언을 들으려 하였다. 외국어 사업을 생명처럼 여기는 교수는 근 반세기 동안 교편을 잡았다.

「울지 마시오. 울면서 나를 전송하지 마시오.」

엄 교수는 힘없는 목소리로 말했다. 그는 한숨을 길게 쉬면서 마치 일생을 회고하는 것처럼 말했다.

「난 이제 가야 해. 하고 싶은 일들을…… 모두 할 힘이 없어서 못하겠군. 나의 제자들에게 남겨주겠소. 다행히 나에게…… 많은 제자들이 있어서 나를 실망시키지 않을 것이오. 그러니 난 떠나갈 수 있소…… 내가 마음놓지 못하는 것은 당신이오. 당신은 나와…… 함께 긴 세월을 걸어왔소…… 이제까지…… 헤어질 생각은 못 했는데.」

부인이 침대가에 엎드려 울었다. 초안조도 뜨거운 눈물을 쏟았다. 눈물이 교수의 창백한 팔에 떨어졌다.

「울지 마오…… 울면서…… 나와 작별하지 마오.」

엄 교수의 거의 실명하다시피 된 두 눈이 껌벅거렸다. 거기서는 이젠 눈물도 나지 않았다.

「안조, 시 한 수…… 외워주렴. 내가 아름다운 시의…… 경지에서 세상을…… 떠나게.」

「선생님!」

초안조는 눈물을 닦고 몸을 굽혀 교수의 귓가에 대고 물었다.

「네…… 제가 읊겠습니다. 어떤 시를 듣고 싶으세요?」

「내가…… 내가 번역한 바이런의 시.」

엄 교수는 중얼거렸다.

「그…… '좋아요, 우린 다시 함께 자유롭게 노닐지 맙시다' 하는 시. 너의 사모님과 같이 듣겠어.」

초안조는 비통을 억제하고 선생의 마지막 부탁을 들어주었다. 그는 칠십이 넘도록 서로 지극히 사랑하는 한쌍의 연인들을 바라보니 진지한 시구가 샘물처럼 솟아나왔다.

좋아요, 우린 다시 함께 자유롭게 노닐지 맙시다.
이 고요한 밤을 허비하지 말고요.
비록 이 심장은 여전히 사랑하고 있지만
비록 이 달빛은 아직도 그렇게 빛나지만.

칼도 칼집을 닳아 터지게 할 때가 있고
영혼도 가슴을 닳아 견디기 힘들 때가 있기에
이 심장도 호흡을 멈추어야 하고
애정도 휴식할 때가 있어야지요.

비록 이 밤에 마음을 털어놓긴 좋지만
이제 곧, 이제 곧 동이 틀 거예요.
그러나 우린 다시 이 찬란한 달빛 아래서
함께 자유롭게 노닐지 못하지요.

시구가 끝났다. 마치 샘물이 마지막 한 방울까지 다 흐른 듯했다. 다시는 아무런 소리도 들리지 않았다. 병상 옆은 마치 고요하고 적막한 광야같이 조용하고 엄숙하였다. 오직 서로 손잡고 있는 백발의 연인뿐이었다.
　엄 교수는 그 순결하고 아름다운 시적 경지에서 호흡을 멈추었다. 그는 편안히 눈을 감고 얼굴에는 보일 듯 말 듯한 웃음을 띠고 있었다. 마치 조용히 잠이 든 것 같았다.
　초안조는 스승의 영구를 날이 샐 때까지 지켰다. 아침에 흰 영구차가 와서 스승의 유체를 실어갔다. 초안조는 흰 눈을 밟으며 영어 교실로 걸어갔다. 거기에는 15명의 학생들이 그를 기다리고 있었다. 학생들을 위하여 스승을 더 모시고 있을 수 없었다. 우린 다시 함께 자유롭게 노닐지 맙시다라는 그 애절한 시구가 그의 마음속에서 메아리쳤다.

강의가 끝나자 그는 다시 연동원으로 갔다. 친척들과 친구들이 모두 분주히 보내고 있었다. 추도사를 쓰는 사람도 있었고 장례식 준비를 서두르는 사람들도 있었다. 초안조는 엄 교수의 제자이며 조교로서 당연히 뒷일을 맡아야 했지만 그는 하는 수 없이 미안한 마음으로 교수 부인에게 낮은 소리로 말했다.

「사모님, 용서하세요. 저녁에 다시 오겠습니다. 지금…… 저에게는 병으로 고생하는 학생이 있어서 가보아야겠습니다!」

그는 눈물을 뿌리며 떠나왔다. 서둘러 비재로 돌아와서 신월이에게 줄 물건들을 챙겨 가지고 시내로 가는 버스에 뛰어올랐다.

길에서 그는 삶과 죽음, 그 두 단어만 되풀이하여 생각하였다. 엄 교수는 외국어를 위하여 살고 외국어를 위하여 돌아가셨다. 어제는 살았는데 오늘은 죽은 것이다. 뛰어난 교육가이고 외국어 교육사업의 모범인 그를 죽음이 빼앗아간 것이다. 죽음이 생명을 앗아가는 것은 얼마나 쉬운 일인가! 생각하면 가슴이 아프고 또 두려웠다. 스물여섯 살의 초안조가 죽음을 생각하는 것은 너무 이르다. 그는 자신의 죽음을 생각한 것이 아니었다. 그는 신월이를 생각하였다. 지난 몇 개월 동안 신월이의 얼굴에 웃음이 다시 떠올랐다. 묘연한 희망이 그녀의 병약한 신체에 생기를 불어넣었다. 그러나 노의사의 무서운 예언이 항시 그의 머리에 빙빙 돌면서 아래와 같은 사실을 부인할 수도, 바꿀 수도 없게 하였다. 신월이는 다시 건강한 심장을 가질 수 없으며 지금의 의료수단도 단지 조심스레 그녀의 생명을 연장시키고 있을 뿐이며 어느 날인가 돌연한 변고가 재난을 가져올 것이다. 그때의 결과는 무서운 죽음뿐이다.

아, 초안조의 심장이 무섭게 떨렸다. 신월이는 이제 겨우 열여덟 살이다. 인생의 길은 그렇게도 긴데 설마 그녀도 다시 함께 자유롭게 노닐 수 없지는 않겠지? 아니다. 다정다감한 시인 바이런이여, 당신의 시를 읽으며 이미 노인 한 분을 보냈는데 또다시 이 소녀를 보낼 수 없습니다. 죽음과 무덤이 그녀에게 속해서는 안 된다. 마치 죽음이 한걸음 한걸음 신월이에게 다가오는 것 같았다. 그는 어느 때보다도 더 급히 그녀가 보고 싶었다.

눈보라가 그의 얼굴을 쳤다. 머리를 들어 하늘을 보니 은회색의 하늘에서 흰꽃이 휘날리고 있었다. 그는 머리가 어지러워 미끄러져 쓰러지면서 다급히 가슴에 안고 있던 물건을 감쌌다. 다행히도 눈이 푹신하였기에 깨지지 않았다. 그는 조심스레 위에 묻은 눈가루를 털고 다시 쳐들었다. 어떤 힘이 그의 손가락을 통해 온몸에 퍼지고 심장에까지 전해지는 것 같았다. 그 힘이 그로 하여금 노의사가 말하던 과학을 무시하고 생명의 적인 병마와 죽음을 무시하게 하였다. 난 믿지 않는다. 난 사람의 힘으로 천국을 세워서 너희들의 지옥과 대항할 거다.

그렇다면 초안조의 힘이 너무 미약한 게 아닐까? 그는 직권도 없는 보잘것없는 조교일 뿐이다. 강사가 될 자격도 없다. 그렇다, 그가 신월이에게 줄 수 있는 것이 너무 적다. 그러나 그는 몸과 마음이 건강한 사나이다. 그는 자기 어깨에 놓인 책임을 떨쳐버릴 수 없었다. 이 책임은 그 자신의 생명과 마음이 그에게 준 것이다. 날로 더 선명해지는 어떤 신기한 계시가 그에게 준 것이다. 학교에서 있었던 일을 신월이에게 말하지 말자. 신월이가 선생님의 힘을 느낄 수 있게 하자.

그는 일어서서 성큼성큼 앞으로 걸었다.

눈보라 속에서 그는 뿌연 숭문문 성루를 보았다. 그리고 원단경축이란 플래카드를 내건 동인병원 정문도 보았다. 아, 신월이, 내가 왔소.

그의 모습이 병실 문앞에 나타나자 신월이는 즐겁게 외쳤다.

「아, 초 선생님, 선생님이 눈사람이 되었네요! 산타 할아버지가 되었군요.」

「초 선생님.」

진숙언이 재빨리 일어나 초안조 옷에 묻은 눈을 털어주었다. 그러고는 그가 품에 안고 있는 물건을 받았다.

「이렇게 큰 눈이 내리는 날에 무거운 물건을 들고 오셨어요?」

병실 안은 따스하여서 밖과는 딴 세상이었다. 초안조의 머리와 눈썹의 눈이 녹아서 물방울이 되었다. 신월이의 유쾌하게 웃는 얼굴을 보자 그의 마음속의 우울함과 슬픔이 살그머니 사라져버렸다. 창가에는 신월이가 식구들에게 가져오게 한 브라질목이 완강하게 푸른 잎사귀를 펴고 있었다. 추운 겨울에 화사한 봄기운을 발하였다. 아, 생명의 나무여! 그건 엄 교수가 남겨준 것이다. 지금 초안조는 신월이에게 엄 교수의 불행한 소식을 말해줄 수 없었다. 그는 브라질목에서 눈길을 떼고 가져온 종이상자를 열었다. 그는 혼잣말처럼 중얼거렸다.

「이건 산타 할아버지가 신월이에게 주는 겁니다.」

「초 선생님, 그게 뭐예요?」

신월이가 베개에 엎드려서 호기심에 찬 눈길로 그를 바라보았다.

초안조는 대답하지 않았다. 그는 가만히 상자를 열고서 윤기나는 새 축음기를 침대가의 선반 위에 올려놓았다.

「아, 축음기네요! 참 좋아요. 선생님, 청력연습에 쓰라고 주시는 거예요?」

신월이가 물었다.

「우리 반 동창들도 이젠 청력과목을 시작했겠지요?」

초안조는 그래도 대답하지 않았다. 신월이한테 회피해야 할 일들이 너무 많았다. 그녀가 이미 그 반을 떠난 이상 더 말하지 않는 것이 좋을 것이다. 초안조는 축음기 덮개를 가볍게 열고 레코드 음반을 얹었다. 그러고는 손잡이를 돌린 후 전축바늘을 레코드 위에 올려 놓았다.

처음에는 고요한 정적이 흐르는 짧은 공백이 있었다. 그것은 흰 원고지의 처음 몇 줄이 비어 있는 것과 같았고, 마치 극장의 막이 열리기 전의 한순간같이 고요하였다.

잠시 후 저멀리 하늘가에서 은은한 새의 울림이 들려오는 듯하더니 느리게 울리는 소리가 들려왔다. 마치 하느적거리는 비단처럼, 마치 조잘거리며 흐르는 샘물처럼, 마치 누에가 끊임없이 토해내는 명주실처럼.

「어머, 바이올린 협주곡 「양축」이군요. 유례나가 연주한 것이네요.」

진숙언이 조용히 말했다. 50년대 말 상해의 몇몇 젊은 음악가가 창작하고 연출한 이 곡은 짧은 시간내에 전국에서 유행되어 많은 젊은이들의 마음을 도취시켰다. 신월이와 함께 고등중학교를 나온 진숙언도 자연히 알고 있는 곡이었다. 그녀도 이 음악을 좋아했다. 그녀는 이 추운 겨울에 세상과 멀어진 병실에서 초 선생님이 신월이에게 가져온 음악을 같이 감상하게 되어서 너무나 행복하였다. 결혼 후 차가워졌던 마음이 그 미묘한 음악소리에 떨렸다.

신월이는 말이 없었다. 지금은 어떤 말도 필요하지 않았다. 어떤 소리도 이 자연계의 음향을 흐리게 할 것 같았다. 이 곡은 하늘에만 있어야 하니 인간세상에서는 몇 번이나 들을 수 있으랴! 그녀의 몸과 마음은 모두 익숙한 선율 속에 잠겨 있었다. 악곡을 따라서 그녀는 깨끗한 세계로 들어갔다. 거기에는 어지러운 소리도 더러운 것도 없고 오로지 달빛이 비치는 오솔길이 있었으며 맑은 시냇물이 흘렀다. 아침 안개 속에 날아가는 백학이 보였고 물속에 드리운 반짝반짝 빛나는 뭇별들이 보였다. 아, 그 세상은 천하의 가장 진지하고 가장 착하고 가장 아름다운 마음들을 위하여 마련된 것이었다. 예술가들은 경건한 마음을

안고 악기로 사람들의 마음속에 사라지지 않는 천당을 세워주었다. 그
것은 천지와 더불어 존재하고 해와 달처럼 영원할 것이다! 신월이는
잠시 눈을 감고 있었다. 그녀는 분명히 그 천당을 보았고 정말 만져도
보았다. 얼음으로 조각된 벽이었고 구름으로 덮인 지붕이었으며 안개
가 비단장막으로 드리워져 있고 별들이 밝은 등불이 되었다. 거기서
그녀의 머리는 마치 금방 목욕한 것처럼 개운하고 부드러웠는데 바람
에 나부꼈다. 피부는 달빛을 받은 것처럼 시원하고 매끄러웠다. 심장
은 마치 보슬비를 맞은 꽃봉오리처럼 마음대로 호흡할 수 있었다……
그녀는 티없이 깨끗하고 아름다운 경지에 도취되어 버렸다.

저마다 알고 있는 이 옛이야기가 무엇 때문에 그토록 큰 매력을 지
니고 있는가? 이 이야기가 희곡, 영화 같은 통속적인 예술형식으로 발
표되었을 때 너도 나도 다투어 보았고, 협주곡 같은 고상한 예술형식
으로 발표되었을 때도 전국상하가 그 곡에 맞추어 화음을 냈다. 사람
들은 역사에 실지로 양산백과 축영래가 있었는가에는 별로 관심이 없
었다. 사람들의 심금을 울린 것은 살아 있는 자신들의 감정이었다. 인
류의 자자손손들은 세세대대 중복하여 글자 하나만 있는 책 ― 정
(情)을 읽었다.

진숙언도 음악에 정신이 팔렸다. 그녀는 비록 음악을 감상하는 특별
한 재주는 없었지만 그 이야기는 너무 잘 알고 있었다. 그녀는 아름다
운 악곡의 흐름을 자기가 그전에 본 영화장면과 맞추어 보았다. 리듬
의 빠름과 느림, 그리고 정서의 이완과 긴장감에서 그녀는 어느 것이
학창시절이고 어느 것이 작별이고 어느 것이 상봉인지 가려낼 수 있었
다. 그녀는 양산백과 축영래의 면면한 애정과 깊은 사랑에 감동되어
자신의 무감각하고 싸늘한 혼인을 개탄하였다. 그녀는 스스로 슬퍼져
서 처량한 눈물을 흘렸다.

초안조는 신월의 병상 옆에 놓여있는 의자에 앉아서 한쪽 팔로 피곤

한 얼굴을 받치고 있었다. 하루 동안 낮과 밤을 분주히 보내고 나니 그는 너무 피곤했다. 익숙한 악곡이 그의 피로한 몸을 풀어주었다. 어제 저녁 스승과의 비참한 사별이 오늘 사제의 정에서 위안과 보상을 받았다. 신월이의 아늑하고 즐거운 모습을 보니 그도 흡족하였다.

창밖에는 흰 눈이 날리고 있었다. 곧게 뻗은 백양나무와 날씬한 버드나무들이 모두 흰 면사포를 쓰고 한들한들 움직이고 있었다. 마치 이 악곡의 리듬에 맞추어 춤을 추고 있는 듯이 보였다.

바이올린의 연주 소리가 병실에서 새어나와 옆 방의 환자들과 당직을 서고 있던 간호원, 그리고 회진하고 있던 노의사를 놀라게 했다. 누가 병실에서 악기를 켜고 있지? 이런 일은 전에 없었다. 노의사는 소리나는 곳을 찾아갔다. 그녀는 병원의 환경과 어울리지 않는 오락활동을 제지하려 했다.

노의사는 발걸음을 옮기면서 금방 위절제 수술을 끝낸 노파가 그 곡을 조용히 듣고 있는 것을 보았다. 당뇨병을 치료한 지 오래되었지만 낫지 않아 성질이 난폭해진 사내가 베개에 엎드려 차분하게 음악소리에 귀기울이고 있는 것도 보았다. 또한 문병을 온 아내나 남편의 부축을 받으며 복도에서 산책하던, 병이 중하지 않은 환자들이 발을 멈추고 듣는 장면도 보았다. 드디어 노의사는 기다란 복도를 지나서 음악소리가 나는 곳을 찾아낼 수 있었다. 그녀의 발걸음은 저도 모르게 느려지고 가벼워졌다. 그녀는 신월이의 청춘의 빛을 내뿜는 얼굴을 보고, 또 초안조의 피곤한 모습을 보자 아무 말도 하지 않았다. 부드럽고 구성진 음악소리는 그녀에게 모든 것을 말해주었다. 진지한 감정이 이 무정하지 않은 과학사업자를 감동시켰다. 과학도 예술과 감정 앞에서 양보하고 말았다. 그녀는 문 앞에 한참 동안 서 있다가 조용히 물러갔다. 의학을 전혀 모르는 초안조라는 청년학자는 노의사를 도와서 환자의 질환을 고쳐주고 있다. 노의사는 초안조가 너무도 고마웠다. 그녀는 오른손으로 모자 밖으로 흘러나온 흰 머리칼을 모자 안으로 밀어넣으며 「양축」의 선율 속에서 천천히 가버렸다.

악곡이 마지막으로 흘러가고 있었다. 비가 멎고 날이 개더니 일곱 빛깔 무지개가 하늘에 걸렸다. 한쌍의 아름다운 나비가 어울려 날고 있었다. 흐느끼는 것 같기도 하고 하소연하는 것 같기도 한 선율이 울렸다. 꿈 같은 사랑의 이야기는 해도 해도 끝이 없었다.

눈물이 쉴새 없이 흘러나와 진숙언은 일어섰다. 그녀는 차마 더 들을 수가 없었으나 협주곡을 그치게 하고 싶지도 않았다. 그녀는 눈물을 닦고 억지 웃음을 지으며 초안조에게 머리를 끄덕여 보였다. 그러고는 눈을 감고 있는 신월이를 바라보더니 가벼운 발걸음으로 병실을 나갔다.

악곡이 누에가 명주실을 토하는 리듬 속에서 점점 더 느려지더니 차츰 멀어져갔다. 마지막에는 또 고요한 정적이 흘렀다.

신월이는 꿈속 같은 정서에 도취되어 오랫동안 깨어나지 않았다.

마침내 그녀가 눈을 떴다. 그녀 앞에는 깊고 밝게 빛나는 두 눈이 그녀가 깨나기를 기다리고 있었다.

「아, 초 선생님, 고맙습니다.」

그녀는 낮은 소리로 말했다.

「선생님은 저에게 봄을 가져다주었고 인간의 가장 아름다운 정감을 느끼게 해주었습니다. 애석하게도…… 이것은 선생님의 연주 소리가 아니예요.」

「나요?」

초안조가 웃었다.

「유례나가 나보다 훨씬 잘 켜는데요.」

「그건 모르지요. 유례나는 유례나이고 선생님은 선생님이죠. 사람마다 제각기 다른 마음과 감정을 가지고 있어요. 누구도 다른 사람을 대신할 수 없지요.」

신월이가 조용히 말했다.

「선생님의 바이올린 연주 소리를 들은 적이 있어요. 바로 작년 겨울에 말입니다. 그날도 눈이 내렸지요. 저는 선생님에게 알리지 않고 가만히 엿들었습니다.」

「그래요? 내가 그때 몰랐으니 다행이지, 그렇지 않았다면…….」

초안조의 얼굴에 수줍은 홍조가 떠올랐다.

「그럼 나중에 내가 꼭 신월이 앞에서 연주하지.」

「네, 좋아요. 기다릴게요!」

신월이가 말했다.

「그렇지만 전 이미 너무 고맙습니다. 선생님은 바쁘신데 그렇게 많은 시간을 허비하면서 저를 찾아주시니 말이에요. 제가 작년에 이 곡을 좋아한다고 한마디 한 걸 선생님은 아직도 잊지 않으셨으니 저는 어떻게 선생님께 감사를 드려야 좋을지 모르겠습니다.」

「신월이, 우리 두 사람간에는 그런 말을 할 필요가 없습니다.」

초안조는 주저없이 이렇게 말했다.

「애정이란 바로 바치는 것이고 주는 것입니다.」

신월이는 아연해졌다. 마치 빛나는 두 별이 그녀 앞에 별안간 떠오른 것 같았다. 그러나 그것은 별이 아니었다. 그것은 초안조의 깊은 애정이 담긴 눈이었다. 초안조는 뜨거운 눈길로 그녀를 뚫어지게 바라보면서 저도 모르게 시 한 수를 읊었다.

당신이 저를 믿게 하고 싶습니다.
저는 오직 한 가지 일만 고대합니다.
당신에게 저의 마음을 바치고
그 마음속에 가득 찬 전부의 감정까지도 말입니다!

신월이는 너무 놀라서 분홍색 입술을 가볍게 떨었다.

「선생님, 그것은…….」

「이것은 칼 마르크스가 연인에게 바친 시구입니다.」

초안조가 말했다.

「지금 제가 이 시를 빌려서 신월이에게 바치겠습니다. 저의 애정과 함께 말입니다!」

「애정? 애정? 애정?」

신월이는 감각이 없어진 듯했다. 그녀의 마음속에 애정이란 얼마나 숭고한 이상인가? 그녀도 동경하였고 사색했지만 아직 찾지는 못했다. 열여덟 살 나이의 그녀는 아직 애정을 똑똑히 인식할 능력이 없었다. 애정은 그녀에게 있어서 묘연한 꿈이고 몽롱한 빛이었으며 하늘로 통하는 길이었고 멀리서 아득하게 보이는 궁전 같았다.

그것이 지금 별안간 앞에 나타났는가? 많은 사람들이 그리도 고생스레 찾아도 얻지 못하는 것이, 그 애정이 지금 그녀 마음의 문을 두드리는데 그녀는 오히려 망연해졌다.

「선생님, 이것이 바로…… 애정입니까? 우리 사이는 애정인가요?」

그 순결한 소녀를 바라보자니 초안조의 마음이 떨렸다.

「신월이,」

그는 말했다.

「애정이란 인류에게 가장 아름다운 감정입니다. 두 사람의 마음이 오랫동안 먼 길을 걷고 나서 끝내 한곳에 이르렀을 때 거울처럼 서로 비쳐지고 피차 똑같이 되었을 때 의심할 바 없이 그 마음이 뛰는 소리는 상대방에게 이렇게 말하는 것과 같습니다. 나는 당신을 영원히 떠날 수 없습니다. 애정이 소리없이 찾아온 것입니다. 어떤 힘도 두 마음을 갈라놓을 수 없지요.」

「아, 아, 그게 맞겠어요.」

신월이가 혼잣말처럼 하였다. 그녀는 따스한 무엇이 그녀의 마음으로부터 온몸으로 퍼져가는 것을 느꼈다. 마치 얼었던 대지가 봄날에 녹아서 흙이 부드러워지고 봄물이 흐르고 꽃나무가 소생하고 죽순이 땅을 비집고 나오고 새싹이 움트고 꽃봉오리가 피어나듯이 그녀의 생명의 봄이, 인생의 황금계절이 별안간 닥쳐온 것 같았다. 이 모든 것을 가져온 사람은 그녀가 경모하고 신뢰하는 선생님이었다. 그녀는 물론 지나간 일년 동안에 선생님이 그녀의 마음속에 어떤 자리를 차지하고 있는지를 알고 있었다. 그리고 선생님이 그녀에게 얼마나 많은 심혈을 기울였는지도 알았다. 바로 그는 그녀의 선생님이고 그녀는 그의 학생이기 때문에 피차 감정의 표현이 그렇게 자연스럽고 스스럼없었을 것이다. 그런데 지금 그 소박하고 자발적인 감정이 별안간 애정으로 승화되니 소녀의 수줍음이 즉시 그녀의 보드라운 얼굴을 불태웠다. 그녀는 약간 놀라면서 가늘게 떨리는 손으로 침대를 잡고 일어나 앉으려 하였다. 그녀는 초안조의 뜨거운 눈길을 피하며 말했다.

「우리도 애정을…… 말할 수 있습니까? 당신은 선생님이고 저는 학생인데…….」

초안조는 일어나려는 그녀를 가볍게 말렸다. 남성의 굳센 손이 그녀의 가느다란 손가락에 닿자 그의 가슴에는 말할 수 없는 복잡한 감정이 일어났다. 그렇다. 신월이는 그의 학생이고 자신은 그녀의 원예사이다. 전에 그가 이 어린 묘목에게 물을 주고 가꾸었을 때 그의 마음속에는 깊은 사랑이 있었다. 그러나 이성이 그로 하여금 항상 자신의 감정을 억누르게 하였다. 어떻든지 사제간의 사랑을 벗어나지 말아야 한다. 사실 이 묘목이 예정대로 튼튼히 자라서 훌륭한 기둥감이 된다면 그도 오늘 이렇게 서둘러 말하지는 않았을 것이다. 그는 신월이가 사업상에서나 감정상에서 모두 성공을 이루기를 바랐다. 그러나 그 모든 것이 초안조가 아니면 안 된다. 자기는 세상에 태어나기 전에 벌써 힘든 길을 걷도록 운명이 결정되었음을 잘 알고 있기 때문에 다른 사람에게 연주시키고 싶지 않았다. 신월이가 행복할 수만 있다면 신월이를 영영 잃더라도 고통을 참을 수 있었다.

그러나 후에 상황은 너무 크게 변화되었다. 신월이가 채 자라지도 못하고 쓰러졌다. 그 누가 원예사보다 더 아쉽고 고통스럽겠는가! 지금까지도 신월이는 그를 원예사로 보고 있으나 그는 뻔히 알고 있었다. 그녀는 이미 다시 그 묘포에 돌아가기 힘들게 되었다. 해야 할 일은 다했다. 할 수 있는 일도 그는 최선을 다했다. 이제 그에게 남은 것은 자기의 뜨거운 피와 진지한 마음뿐이었다. 지금 그는 그것들을 그녀에게 바치려고 결심하였다. 열여덟 살의 그녀에게 애정을 표현하는 것은 너무 이를지 모른다.

그러나 시간! 시간이란 악마가 신월이에게는 그렇게 인색하다. 가령 너무 늦으면 신월이는 기다리지 못할 것이다. 그는 자기의 심장이 그녀의 병든 심장과 같이 뛰고 그의 사랑이 그녀에게 삶의 힘이 되어주기를 바랐다…… 이 모든 것을 초안조는 신월이에게 털어놓고 말할 수 없었다. 운명은 그에게 이렇게 잔혹하다. 진정한 말도 하나하나 골라서 해야 하니. 그러나 이것도 유감스러워할 필요가 없다. 사랑의 길에서 많고 많은 가시덤불을 헤치고 그가 신월이에게 고백한 한마디 한마디 말이 모두 진지하였다.

「아니, 신월이, 신월이는 그 말을 좋아하지 않습니까? 사람과 사람은 평등하다고 말입니다. 사랑 앞에는 서로 이어진 두 마음만 중요할 뿐 학생이나 선생이란 신분은 필요없습니다. 지금도 생각나지요? 우리가 처음 만났을 때 신월이는 나를 동창으로 보았고 내가 처음 강의를 시작했을 때 나는 학생들의 친구라고 말했습니다. 이제 고백하지요. 신월이! 신월이를 만난 그 첫날부터 나는 남몰래 신월이를 사랑했다고 말할 수 있지요!」

「아, 그것이 운명이에요. 선생님이 저를 기다리고 저도 선생님을 만나게 된 것이 말이에요!」

신월이가 달콤하게 웃었다. 마음속의 비밀이 일단 드러나고 부끄러운 면사포가 벗겨진 이상 그녀도 오늘의 애정이 일찍이 씨앗을 뿌려놓았음을 인정하지 않을 수 없었다. 봄이 왔다. 봄바람이 그녀의 얼굴을 스치고 봄물이 그의 마음을 적셔주어서 애정의 씨앗이 마침내 뿌리를 내리게 되었다. 첫사랑을 맛본 소녀는 행복에 도취되었다. 그녀는 천천히 고개를 들고 그를 바라보았다. 두 눈은 여전히 티없이 맑았다.

「제가 이후에도 당신을 선생님이라 부르게 해주세요!」

두 사람은 서로의 손을 꼭 잡았다. 두 사람의 마음도 하나로 이어졌다. 아, 여기는 분명 병실이었다. 달 아래의 꽃밭이 아니고 강가의 버드나무 밑이 아니어서 뜨거운 포옹이나 키스도 없었다…… 그러나 그것이 문제가 아니었다. 가장 깊은 사랑은 자신들의 가장 소박한 방식이 있게 마련이다.

봄이 왔다. 봄아가씨가 따스한 봄바람과 연연한 봄비를 이 세상에 가져왔고 사랑과 희망을 인간에게 안겨주었다. 건물 앞의 화단에는 꽃들이 다투어 피어나고 있었다. 봄은 살아있는 모든 생명체의 것이었다.

화단 옆의 작은 길을 따라 신월이가 천천히 걸어다녔다. 석양빛이 백양나무 잎사귀를 비집고 빛줄기를 던져주었다. 부드러운 공기와 코를 찌르는 꽃향기가 그녀의 마음을 가뿐하게 해주었다. 지금은 공부하기 좋은 때다. 그녀는 천천히 걸으면서 영어 단어를 외고 있었다. 새 단어는 서너 번만 읽으면 머릿속에 쏙쏙 들어갔다.

오늘은 병문안하는 날이 아니어서 초 선생님이 오지 않을 것이다. 식구들도 오지 못할 것이다. 그녀는 시간을 모두 공부하는 데 썼다. 그 잊을 수 없는 눈내리는 날 그녀는 별안간 애정을 얻었다. 아니 일찍부터 마음속에 있었던 애정을 찾아냈다고 할 수 있었다. 그녀는 자신이 세상에서 가장 행복한 사람인 것처럼 여겨졌다. 그전에 꿈에서만 갈 수 있던 아름다운 세계에서 그녀가 살게 되니 알 수 없는 힘이 그녀의 마음과 몸에 생겨났다. 마치 자라나는 죽순처럼, 새 잎이 돋아나는 브라질목처럼 그녀는 두 팔을 쭉 뻗고 밝은 햇빛과 푸른 하늘을 포용하였다. 그녀는 이 좋은 시절을 허비하지 않고 열심히 공부하여 학교로 다시 돌아갈 준비를 하고 있었다. 그녀는 초 선생님께 말했다.

「일학년 과정을 이미 절반 넘게 배웠으니 복학한 다음 처음부터 시작하고 싶지 않습니다. 저는 치료하는 동안 뒤떨어진 부분을 보충하겠습니다. 학교에서 저에게 일학년 보충시험을 볼 기회만 준다면 전 합격할 것 같아요. 여름방학 후에는 이학년에 올라가겠습니다. 그러면 다른 동창들보다 일년 뒤떨어지지요.」

초 선생님은 이 말을 듣고 말이 없었다. 약간 머뭇거리는 것 같았다.

「학교에서 저의 요구를 들어주지 않을까봐 걱정하세요? 아니면 저에게 그럴 능력이 없는 것 같으세요?」

그녀는 또 말했다.

「선생님도 아시지만 저는 동창들에게 뒤떨어지고 싶지 않습니다. 저는 꼭 따라잡을 수 있습니다. 그리고 내년에 가서 월반하여 원래 반으로 돌아가겠습니다. 저의 능력을 믿어주세요. 학교에 가서 잘 말해주세요, 네? 이것이 저의 소망입니다. 선생님이 저의 반주임이 되느냐는 더 걱정하지 않습니다. 왜냐하면…… 우리는 영원히 헤어지지 않을 거니까요.」

그녀의 결심과 격정은 초안조를 감동시켰다. 드디어 그가 말했다.

「좋아, 신월이. 결과가 어떻게 되든 우리 그 목표를 위하여 노력합시다. 하지만 너무 긴장하지 말아야 합니다. 내일과 미래를 위하여 반드시 건강을 생각해야지요.」

……그때부터 신월이는 긴장하고 유쾌한 복습에 들어갔다. 가장 중요한 영어 외에도 정치경제학, 중국문학사 등도 공부해야 했다. 이미 배운 것은 복습하고 배우지 못한 것은 제대로 이해하고 암기해야 했다. 그러나 그렇게 하는 것이 그녀에게는 별로 부담이 되지 않았다. 그녀는 공부하는 것이 즐거움이었다. 그녀는 자기가 세운 목표를 향하여 부지런히 나아갔다.

낮은 소리로 암기하면서 천천히 걷고 있는데 노의사가 그녀를 향해 걸어오고 있었다. 공부에 열중하다 보니 두 사람이 거의 마주칠 때까지 신월이는 상대방을 알아보지 못했다.

노의사가 걸음을 멈추고 미소를 지으며 말했다.

「그대가 생각하는 것은 무엇이고 그대가 회상하는 것은 무엇인가요?」

「어머나, 의사 선생님.」

신월이는 자애로운 노의사의 얼굴을 발견하자 곧 친절하게 인사하였다.

「생각하는 것도 회상하는 것도 없어요. 전 책을 외고 있어요.」

「책을 왼다고?」

노의사가 신비한 눈길로 신월이를 쳐다보았다. 그녀는 소녀의 마음 속의 비밀을 「양축」한 곡에서 발견하였다. 그녀는 이 소녀가 위험한 재난을 당했을 때 진지하고 순결한 애정을 얻게 된 것을 진정으로 축하하였다. 노의사는 중한 병이 생긴 처녀가 애정의 힘으로 심장에 청춘의 활기를 되찾은 데 놀라지 않을 수 없었다. 노의사는 애정이 병마와의 싸움에서 더욱 큰 기적을 창조하기를 바랐다. 가령 초안조의 뜨거운 사랑이 신월이의 청춘과 생명을 지킬 수 있다면 그녀는 기쁜 마음으로 자기의 결론을 뒤엎고 심장병 치료의 역사에 시 같은 언어로 한마디 기재하고 싶었다. 노의사는 애틋한 눈길로 첫사랑에 빠진 소녀를 바라보면서 소녀의 마음을 추측해보았다.

「또 무슨 애절한 대사를 외는 건 아니겠지?」

「보세요!」

신월이가 손을 내밀어 보였다. 대학교 일학년 영어 교과서였다. 그녀는 흥분해서 노의사에게 말했다.

「전 지금 수술 후에 이학년에 들어가려고 준비하고 있어요. 선생님은 언제 저에게 수술을 해주시겠어요?」

수술! 노의사의 가슴이 철렁 내려앉았다. 신월이는 지금 자기가 작년에 한 약속을 말하고 있는 것이다. 어떻게 대답할 것인가? 애야, 너의 이첨판 폐쇄가 원래보다 중해져서 수술할 수 없단다. 그렇게 말할 수 있겠는가? 애야, 넌 영원히 정상적인 사람과 같은 심장이 될 수 없고 매일매일 생명이 다하는 날까지 유지해야 한단다. 그렇게 말할 수 있겠는가? 애야, 희망을 애정에 두어라. 너의 병은 오늘날의 의학으로는 고칠 수 없단다. 그렇게 말할 수 있겠는가? 물론 그렇게 말할 수 없다. 그녀도 초안조처럼 선의의 거짓말로 의심없는 소녀를 위안해 주어야 했다.

「신월아, 너의 신체가 예상보다 회복이 빨라서 지금 같아서는 수술할 필요가 별로 없다. 칼을 댈 필요가 있겠어? 부득이한 경우도 아닌데.」

「아니예요, 전 하겠어요.」

신월이는 고집을 피웠다.

「전 칼대는 게 무섭지 않아요. 철저히 치료하여 건강한 사람이 되고 싶어요. 제 걱정은 하지 마세요. 저는 견딜 수 있습니다. 선생님은 제가 용감해졌다고 그러지 않았어요? 마음놓고 수술하세요. 의사 선생님이 그렇게 약속하지 않았어요?」

「그래, 약속했었지…….」

노의사는 중얼거렸다. 아이 앞에서 그녀는 자기가 한 말을 뒤엎을 수도 없었다. 어찌할 바를 모르던 차에 그녀의 머리에는 초안조의 모습이 떠올랐다. 그래. 그녀는 다시 초안조의 방법을 쓸 수밖에 없었다. 신월이에게 아름다운 꿈을 보여주어 마치 신기루처럼 분명히 보이지만 아주 멀어서 손에 닿지 않게 하여야 했다. 신기루는 비록 환영이지만 망망한 고비사막에서 걷고 있는 사람에게는 눈앞에 보이는 희망이다. 바로 이 환영의 유인을 받으면서 사람들은 기아와 목마름을 이기고 피곤을 무릅쓰고 사막을 걸어나와서 죽음을 면한다. 이 아이에게 희망을 가지게 하자!

「신월아.」

노의사는 신월이의 팔을 가볍게 잡으면서 천천히 앞으로 걸어갔다.

「넌 정말 용감한 애다. 기왕 네가 수술을 하려고 생각하는 바에야 하는 것도 좋아. 수술이 성공하기를 나도 바라고 있어. 그런데 지금은 그럴 시기가 아니야.」

「왜요?」

신월이가 의아스럽다는 듯이 발걸음을 멈추었다.

「봄이 오기를 기다린다고 하지 않았어요? 지금 봄이 되었는데요.」

「봄이 오면…….」

노의사가 그 말을 되풀이하였다. 진퇴양난이었다. 하는 수 없이 계속 말을 이었다. 그러나 조심스레 여지를 남겼다.

「그런데 넌 내가 한 말을 잊었어? 수술은 반드시 풍습활동이 완전히 멈춘 후 반 년이 지나야 할 수 있다고. 그런데 그 동안 넌 또 감염되어 발작했지. 때문에 수술이 연기된 거야.」

「언제까지 미루어야 해요?」

신월이가 멍해졌다.

「전 9월이면 복학을 해야 하는데 선생님은 절대…….」

「난 너에게 지장을 주지 않을 거다.」

노의사가 그녀를 대신해서 말했다.

「의사는 이용할 수 있는 모든 시기를 이용할 것이다. 하지만 너도 내 지시를 잘 따라야 해. 다시 반복이 되지 않도록 해야지. 구체적인 상황에 따라서 나는 적당한 시기에 수술을 할 것이야. 아마 네가 가을에 학교 가기 전이 될 것 같구나. 우리 같이 힘쓰자꾸나!」

노의사는 신월이의 팔을 잡고서 천천히 걸었다. 앞에 있는 것이 신기루라 해도 노의사는 물러설 수 없었다. 의사로서의 두뇌와 자애로운 어머니의 마음이 격렬한 충돌을 일으켰다. 그것을 신월이는 몰랐다. 희망이 비록 뒤로 밀리긴 했지만 그건 분명히 희망이었다. 그녀는 참을성 있게 그 희망을 향해 걸어갔다.

「의사 선생님.」

신월이가 말했다.

「시간이 아직 남았다면 다시 집에 가서 기다리게 해주세요. 이제는 날도 따스해졌고 감기도 쉽게 걸리지 않을 거예요. 전 선생님의 말을 명심하겠어요.」

「음, 또 퇴원하려고?」

노의사가 생각에 잠기더니 말했다.

「내 좀 생각해 보고.」

사흘 후 신월이는 정말 퇴원하였다. 늙은 아버지와 오빠, 언니가 그녀를 맞으러 왔다. 그들은 노의사의 부탁을 들은 후 신월이의 책을 가져갔다. 또 창가에 놓였던 브라질목과 선반 위에 놓인 축음기와 레코드 음반도 가지고 갔다.

초안조는 사전에 노의사와 오랜 시간 동안 얘기를 하였다. 오늘은 일부러 와서 신월이를 퇴원시켰다. 이번에는 한자기의 초청을 거절하지 않고 승용차에 올라서 신월이의 옆에 앉아 집까지 갔다. 박아댁 앞의 그 늙은 홰나무는 만발한 흰 꽃을 피우고 신월이를 기다리고 있었다. 가림벽 앞의 등나무 넝쿨에도 자주색 꽃이 피어서 나비들이 팔랑거렸다. 서채 방 앞의 해당나무도 연붉은 꽃을 활짝 펼치고 신월이를 기다렸다. 신월이가 돌아오니 서채의 큰 구리 침대와 경대, 책상, 그리고 사진틀이 그녀를 반가이 맞았다. 신월이는 고독이나 질병의 고통을 가지고 오지 않았다. 그녀에게는 든든한 마음이 있었고 해야 할 일이 많았다. 또 그녀에게는 멀지만 또 가까이 보이는 희망이 그녀를 부르고 있었다. 브라질목은 햇볕이 잘 드는 창가에 놓고 축음기는 침대 옆의 책상 위에 놓았다. 사랑과 희망은 마음속에 새겼다.

사람들은 지나간 재난들을 잊어버린 것 같았다. 박아댁에는 기쁨이 넘쳤다. 한씨 부인은 웃으면서 초안조에게 차를 따라주었고, 한자기는 감격하고 존중하는 마음을 안고 그와 이야기를 나누고 있었으며, 진숙언은 신나게 신월이를 도와 서채를 정돈해 주었고, 고집스런 천성이도 오늘은 얼굴에 보기 드문 웃음을 지었다. 고모는 부엌에서 분주히 보내고 있었다.

「고모, 오늘 초 선생님을 여기서 식사하시게 해요!」

신월이가 서채에서 머리를 내밀고 흥분해서 소리쳤다. 온 식구들이 다 들었다. 준비가 별로 없었기에 식탁은 풍성하지 않았다. 그러나 신월이는 진수성찬보다 더 좋아보였다. 왜냐하면 초안조가 한자리에 같이 있었기 때문이었다. 그는 이미 이 가정의 성원이 되었다.

식사 후 초안조는 곧 돌아가지 않고 서채에 가서 신월이의 생활을 일일이 안배해 놓고 그제서야 마음이 놓인 듯이 돌아갔다.

「오늘 저의 부모님과 함께 식사해서 선생님은 긴장했어요?」

신월이가 작은 소리로 물었다.

「음, 내가 긴장했던가?」

초안조가 되물었다. 사실 초안조는 긴장했었다. 오늘부터 그의 신분은 가정방문을 하는 선생이 아니었고 한 선생, 한씨 부인도 그의 학부모가 아니라 미래의 장인 장모였기 때문이었다.

「전 선생님이 몇 번이나 땀을 쏟는 것을 보았거든요. 덥지도 않은데.」

신월이가 웃으면서 말했다.

「선생님은 언제 그들에게 우리의 비밀을 공개하실 생각이세요? 남의 딸을 빼앗아가려면 먼저 귀뜀해주어야지요!」

「빼앗아간다?」

초안조는 깊은 애정이 깃든 눈으로 그녀를 바라보며 말했다.

「난 신월이의 달빛이 나도 비춰주고 신월의 부모들도 비춰주기 바라지요. 그들은 나와 마찬가지로 신월이를 사랑하니까. 난 신월이를 빼앗아갈 수 없어요. 이 후에…… 우리는 그분들과 영원히 함께 생활해야지요. 신월이의 부모면 바로 나의 부모예요!」

「아.」

신월이는 이 진지한 마음에 감동하였다. 그녀는 물론 초안조에게 이 가정이 그가 상상한 것처럼 그렇게 화목하고 조화를 이루지 못했음을 알려줄 수 없었다. 부모지간에 모녀지간에 이상한 장벽이 막혀 있음을 차마 말할 수 없었다. 그녀는 이 가정에 초안조가 있음으로 하여 변화가 있기를 바랐다. 다시는 심리상의 거리나 귀에 거슬리는 거친 말이나 감정상의 괴롭힘이 없기를 바랐다.

「그러나,」

초안조가 말했다.

「내 생각에는 아직 노인들에게 공개할 필요가 없을 것 같습니다. 나의 모습이…….」

그는 부끄러운 듯이 웃으면서 말했다.

「그들의 눈에 그래도 선생 같아야지 사위 같아서는 안 되지요. 적어도 지금은 그래야지요. 안 그래요?」

「좋아요.」

신월이가 달콤하게 웃었다.

「그럼…… 제가 졸업한 후에 공개합시다.」

강한 자극이 초안조의 마음을 떨리게 하였다. 신월이에게도 졸업이 있을까? 그런데 신월이는 손가락을 꼽으면서 미래를 생각하고 있었다.

「아직도 오 년이나 남았어요. 금년 여름이면 저는 열아홉 살인데 졸업할 때는 스물네 살이 되지요. 그런데 선생님은 오 년이나 기다려야 하니 그때면 서른도 넘겠어요. 이건 너무 기다리게 하는 것이 아니예요?」

「아니.」

초안조가 조용히 말했다. 그의 눈에는 강렬한 신념이 빛났다.

「나는 결단코 기다리겠습니다. 오 년이 너무 길다고 두려워 말아요. 나는 신월이를 십 년, 이십 년도 기다릴 수 있습니다…… 내가 신월이에게 바친 것은 나의 옹근 생명입니다. 우리는 영원히 함께 있을 겁니다. 영원히 헤어지지 않을 겁니다!」

신월이는 아무 말도 할 필요가 없었다. 그녀가 깊이 사랑하고 있는 이 사람의 마음은 수정같이 투명하고 보석처럼 단단하였다. 그는 이 마음을 그녀에게 바쳤다. 그녀는 가장 큰 부자보다 더 부유하다. 그녀는 축음기를 켰다. 사람을 도취시키는 음악으로 그녀의 초안조에 대한 감정을 보여주고 싶었다.

레코드 음반이 서서히 돌면서 소리가 울려나왔다. 그런데 그녀는 너무도 흥분한 나머지 바늘을 잘못 놓아 흘러나온 것은 「양축」이 아니라 영어청력 연습용으로 듣는 「이솝 우화」의 한 편인 「환난 속에서 진짜 친구를 알 수 있다」였다.

「옛날에 두 친구가 있었는데…….」

그녀는 다시 음반을 바꾸지 않고 조용히 듣고 있었다.

영어의 낭송 소리가 서채의 창문에서 흘러나왔다. 이 뜰안에서 두 사람 외에 그것을 알아들을 수 있는 사람은 근심과 걱정으로 마음이 우울한 한자기뿐이었다.

7월의 무더운 여름날, 신월이는 열아홉 살 생일을 맞았다.

유감스럽게도 초안조는 생일파티에 참가하지 못하게 되었다. 학교에서 그를 상해에 보내어 신입생 모집을 하게 한 것이다. 초안조는 여전히 조교였으나 학교 신입생 모집 사무실에서는 그가 얼마든지 해낼 수 있다고 인정하였다. 그가 맡고 있는 이학년 영어과목은 지금 기말 복습단계여서 수업이 없었고 기말시험은 다른 선생님들이 출제하게 되어 있었다. 그가 없을 때 그의 학생들을 시험치게 하는 것은 교사수준에 대한 심사이기도 하였다. 그는 거절할 수 없었다.

떠나기 전에 초안조는 수없이 당부했다.

「이별은 잠깐이니 기다리시오. 곧 돌아올 테니. 꼭 주의하여 제때에 약먹고 제때에 휴식하시오. 절대 이별의 슬픈 감정으로 마음을 괴롭히지 말고. 마치 내가 늘상 신월이 옆에 있다고 생각하시오. 내가 생일을 축하해 주지 못해 미안하지만 상해에서도 하늘의 초생달을 볼 수 있지요. 나의 어머니와 누나도 나의 행복을 같이 누리게 할 거요. 신월이, 내년에 우리 함께 생일을 두 번 지냅시다. 신월이 것과 나의 생일 말이에요.」

그는 떠나갔다. 가면서도 마음이 놓이지 않아 몇 번이나 돌아다보았다. 그는 자기의 마음을 이곳에 두고 신월이의 마음을 지니고 갔다.

음력 6월 초닷새날 저녁, 생각도 못한 손님이 두 사람 왔다. 정효경과 나수죽이었다.

「어머나, 고마워. 나의 생일을 기억해주어서 말이야.」

동창의 우정이 신월이를 감동시켰다.

「아니, 어떻게 잊겠어?」

나수죽이 말했다. 오랫동안 보지 못한 사이 그녀의 자그마한 키도 많이 컸다. 고향 말투도 표준 북경음으로 변했다.

「넌 나의 가장 친한 친구인데 어떻게 잊겠어. 난 네가 나를 도와주어 러시아어에서 영어로 바뀌는 난관을 지나올 수 있었던 것을 영원히 잊을 수 없을 거야! 그때 바꾸기를 잘했지. 지금 러시아어는 쓸데없게 되었어.」

신월이가 생글생글 웃었다. 아쉽게도 장수면은 다 먹었기에 그들을 대접할 것은 차밖에 없었다. 오랜만에 만난 친구들은 차 마시는 것도 잊고 이야기에 열중했다. 하고픈 말이 너무 많아서 동에 번쩍 서에 번쩍 하면서 되는 대로 하였다.

창가에 놓인 싱싱한 브라질목을 보고 나수죽이 말했다.

「어, 초 선생님의 화분이 여기에 오니 더 잘 자라는구나. 정말 햇볕을 받는 수목이 먼저 봄을 만난다더니. 지금 선생님의 서재에는 꽃이 없어. 그래도 괜찮아. 문 가까이 있는 누대가 먼저 달을 본다고 그분 있는 데는 경치가 좋으니까.」

이 말은 미명호 가에 있는 비재를 묘사한 것으로 아주 적절하였지만 무슨 다른 뜻은 없는지 해서 신월이의 마음은 널뛰듯 뛰었다. 그렇다고 무슨 말을 할 수도 없고 해서 모르는 척할 수밖에. 정효경도 참견하지 않았다. 그녀는 나수죽이 너무 아는 체한다고 여겼다. 어디서 두어 마디 배워다가 아무데나 쓰면서 말이다.

나수죽은 책상 위에 놓인 축음기를 만지면서 말했다.

「너의 학습조건은 참 좋구나! 반 전체 학생이 청력과목을 듣는데 헌 녹음기 하나밖에 없어. 수업 후에는 남학생들이 차지해. 넌 우리보다

썩 나아.」

행복감이 신월이의 가슴속에 넘쳐났다. 그러나 그녀는 그것도 초 선생이 준 것이라고 말할 수 없었다. 그녀는 웃으면서 말했다.

「나도 청력연습을 해야지.」

그때 모터사이클이 무서운 소리를 내면서 박아댁 대문 앞에 와서 멈췄다. 우체부가 높이 소리쳤다.

「한신월의 전보요. 도장을 가져오시오!」

고모가 문을 열고 당황하여 소리쳤다.

「신월아, 누구에게서 온 전본가 보려무나.」

그 소리에 온 식구들이 뛰어나왔다. 전보는 늘 부모가 돌아가신 소식을 전했었다. 한자기는 놀라서 얼굴색이 다 변했다. 그는 입술을 덜덜 떨면서 물었다.

「전보? 어디서 온 전보?」

한씨네는 외지에 친척도 없는데 이건 도대체? 그때 천성이가 뛰어와서 말했다.

「신월아, 서두르지 말아라! 무슨 일이 있더라도 서두르지 말아라!」

신월이도 이상스럽게 생각하였다. 그녀는 도장을 재빨리 우체부에게 주고 전보를 받아서 급히 봉투를 찢고 전보지를 꺼내서 가로등 아래에 가서 보았다. 전보친 곳은 상해였다. 전보문은 아래와 같았다.

'바다 위에 명월이 뜨니 천하가 이때를 같이 즐기네. 초.'

「아, 초 선생님이에요. 저의 생일을 축하한대요.」

전보문을 든 그녀의 손이 약간 떨렸다. 온 식구들은 그제야 마음놓고 숨을 내쉬었다.

신월이는 흥분해서 안으로 걸어들어갔다. 전보문은 나수죽이 빼앗아서 서채에 돌아가서 자세히 보고 있었다. 이 익숙한 당시(唐詩) 두 구절이 지금 특별히 새로운 뜻을 담고 있었다. 마치 천여 년 전의 작가

48

장구령이 오늘 저녁을 위해서 이 시를 쓴 것 같았다.

「초 선생님.」

나수죽은 조용히 감탄하였다.

「그분은 참 착해!」

「초 선생?」

정효경은 나수죽의 옆에 앉아 이 시구들을 주시해보면서 어떻게 된 일인가를 곰곰이 따져보았다. 종이 한 장이 신월이와 같은 나이에 있는 두 소녀의 마음을 움직여 놓았다. 그들은 서로 다른 사색에 잠겼다. 멀리 상해에서 명월을 바라보며 자기의 깊은 사랑을 보내고 있는 초안조는 오늘 저녁 신월이 옆에 두 구경꾼이 있을 줄은 생각지 못했을 것이다.

신월이의 얼굴에 수줍은 홍조가 떠올랐다. 그녀는 어찌할 바를 모르고 서 있었다. 마치 남의 집에 들어온 낯선 사람처럼 불안해 하였다. 서채 방안에는 주인과 손님의 위치가 바뀌어 있었다.

「바다 위에 명월이 뜨니 천하가 이때를 같이 즐기네.」

나수죽이 반복하여 낭송하면서 이상한 눈길로 신월이를 바라보았다.

「아이구, 난 참 바보였구나. 오늘에야 알아차렸으니. 왜 사추사가 그렇게 너 신월이를 질투하는가 했지!」

「사추사?」

정효경은 놀랐다. 입이 빠른 나수죽이 갑자기 그 장소에 없는 사람의 이름을 부르자 정효경의 마음속에 많은 일들이 떠올랐다. 사실은 그렇게 된 거구나. 그래서 초 선생님이 소문을 한마디로 부정했구나. 그의 마음은 근본적으로 사추사에게 있지 않고 한신월에게 두고 있었구나. 왜 일찍 눈치 못 챘을까? 초 선생님이 그래서 한신월에게 관심을 쏟고 휴학했는데도 계속 걱정해주었구나. 자기가 소홀했던 것은 신월이가 휴학했기 때문이었다. 참 초 선생님은, 내가 그렇게 애를 쓰면서 도와주는데도 이렇게.

나수죽은 정효경의 감정변화를 눈치채지 못했다. 정치공작을 한 지 몇 년이나 되는 Monitor가 속으로 무슨 생각을 하는지 남들에게 드러내 보일 리 없었다. 나수죽은 정효경이 그전에 사추사를 혼내준 것을 그렇게 고소해 했는데 지금은 더욱 신나했다.

「홍, 질투해봤자 어쩌겠어? 누구한테 속할 것은 틀림없이 누구에게 속하게 되어 있는데 억지로 되겠어? 난 왜 진작 알지 못했을까? 햄릿이 오필리어만 사랑한 줄을. Monitor, 그런데 너도 왜 그렇게 바보야?」

정효경은 자기가 바보임을 인정하려 하지 않았다. 그녀는 나수죽처럼 떠들고 싶지 않았다. 그녀는 자신이 벌써 모든 것을 알고 있었던 듯이 꾸미면서 말했다.

「난 벌써 알았어. 누가 이 연출가의 눈을 속일 수 있겠어?」

신월이는 궁지에 빠져 얼굴이 뜨거워졌지만 속으로는 웃지 않을 수 없었다. 속일 수 없으면 하는 수 없지. 정효경도 자기가 아무 보람없는 연출가가 되었던 일이 기억되어 한숨을 쉬었다.

「참 아쉬웠지. 좋은 극이었는데…….」

나수죽이 말했다.

「우린 모든 준비를 잘했는데 공연하지 못했지. 신월이 탓이야.」

「내 탓!」

신월이가 변명하였다.

「나도 일부러 그런 건 아니야. 모두…….」

그녀는 말을 채 끝내지 못하고 입을 다물었다. 오늘이 무슨 날인가? 그녀는 이 행복한 날에 병 애기를 끄집어내기 싫었다. 그러나 말이 여기까지 나오니 피할 수 없었다. 입이 머리보다 빠른 나수죽이 급히 물었다.

「애, 신월아, 너의 병은 도대체 어때?」

「최근에 몇 번 검사한 결과는 괜찮아.」

신월이가 말했다.

「그럼 여름방학 후 복학할 수 있어?」

정효경은 오늘 온 목적을 잊지 않고 있었다.

「숙소에 지금까지 너의 자리를 남겨두고 있거든. 학과에서 일학년 학생을 넣자 하는 것을 내가 대답하지 않았어. 여기는 신월이의 자리니까 누구도 차지할 생각은 말라고!」

정효경은 그래도 함께 입학한 동창에게 정이 있었다.

「우린 모두 너를 기다리고 있어.」

나수죽이 다투어 말했다.

「여름방학 후면 우린 삼학년에 올라가. 너 좀 힘써야 해.」

「난…….」

신월이가 입술을 깨물면서 말했다.

「의사 말을 들어야 해. 수술을 하고 나서…….」

「언제 수술을 하는 거지? 봄부터 미루어 이젠 여름이 되었는데. 가을까지 미루는 건가? 여름방학이 지나면 위학년으로 올라가기도 힘들어.」

나수죽은 마음이 급해져서 신월이를 내일이라도 당장 수술실에 들여보내고 싶어하였다.

「나는 너희들보다 더 속상해!」

신월이가 한숨을 쉬었다.

그녀는 친구들의 물음에 답해줄 수 없었다. 그녀 자신도 오랫동안 기다려온 수술을 언제쯤 할 수 있는지 몰랐다. 그녀가 매번 검사하러 가면 노의사는 마냥 위안을 해주고 그녀보고 시기가 성숙되길 기다리

자고 하였다. 시기가 언제면 성숙될까? 별안간 그녀의 마음에 커다란 의문부호가 떠올랐다. 믿음직한 노의사가 나를 속이고 있는 것은 아닌가? 나수죽이 말하는 것처럼 일부러 뒤로 미루는 것은 아닌가? 만약 끝없이 미루기만 한다면 나의 모든 계획은 수포로 돌아가게 될 것이 아닌가? 희망이 순간 묘연해졌고 신월이의 마음은 지금처럼 이렇게 당황해본 적이 없었다. 그녀의 마음은 허공에 뜬 듯 어디에도 닿지 않았다. 눈물이 주르륵 떨어져 내렸다. 그녀는 마치 구원을 바라듯이 정효경의 손을 붙잡고 말했다.

「나는 뒤떨어질까봐 두려워. 난…….」

「신월아, 울지 마, 응?」

나수죽은 그렇게 말하면서 자기도 울었다. 정효경은 신월이를 부축하여 침대에 앉히고 손수건을 꺼내서 신월이의 눈물을 닦아주었다.

「신월아, 이러면 안 돼. 의사가 꼭 너의 병을 고쳐줄 거라고 믿어야 해. 넌 조급해 하지 말아야 해. 안심하고 치료해야지…… 치료와 관계없는 일은 생각지 마. 지금 넌 어떤 상황이야? 밖에서 오는 모든 방해를 받지 말아야 하는 거야. 내 말뜻을 알겠지?」

신월이는 아무 말도 하지 않았다. 그 뜻을 신월이가 알아듣지 못할 리가 없었다.

「아니,」

나수죽은 바보처럼 눈을 껌벅이면서 말했다.

「그럼 우리도 신월이를 방해한 게 아니야? 초 선생님도 이애를 방해했어?」

정효경은 정면으로 그 문제를 대답하지 않았다.

「우린 가야겠어.」

그녀는 손목시계를 들여다보았다.

「초 선생님도 아주 다망하셔. 그분의 어깨의 짐도 너무 무거워.」

서채 방안의 분위기가 침울해졌다. 신월이의 마음도 복잡해졌다.

두 동창들을 배웅하고 나서 고모가 대문을 잠그면서 그녀에게 일찍 자라고 당부하였다.

「계집애들이 말도 끝없이 하네. 그애들 때문에 너무 힘든 게 아니냐?」

「네.」

신월이는 천천히 뜨락에 비친 처량한 달빛을 밟으며 걸어들어갔다. 그녀는 아버지 서재의 불이 아직 켜져 있는 것을 보고 자기 방으로 들어가지 않고 남채 쪽으로 걸어갔다. 그녀는 아버지하고 이야기를 나누고 싶었다. 초 선생님이 계시지 않으니 마음속의 번민과 걱정을 아버지에게 말할 수밖에 없었다.

그녀는 서재문을 두드렸다.

「아빠!」

아버지의 대답은 들리지 않고 동쪽 침실에서 엄마의 목소리가 들려왔다.

「신월이냐? 아빠는 지금 목욕하고 계셔. 할 말이 있으면 내일 해라, 오늘은 아빠가 피곤하니까. 너도 빨리 가 자라. 병이 있으면 스스로 주의해야지. 밤을 새우지 말고. 이런 말도 어른이 해야 돼?」

「엄마, 금방 갈 거예요.」

그녀는 할 수 없이 돌아가려 했다. 서재의 문은 그녀가 금방 두드려서 열려져 있었다. 별 생각없이 들여다보니 아버지는 확실히 방에 없었다. 책상 위에 등이 켜져 있었는데 그 밑에 두꺼운 책이 펼쳐져 있고 책 위에는 옥을 볼 때 쓰는 확대경이 놓여 있었다. 그녀는 아버지가 애처로웠다. 이렇게 연세가 많으신데 밤에도 책을 보시니. 그녀는 등을 꺼야겠다고 생각하였다. 그러면 목욕을 하시고 나서 곧 주무실 수 있다. 그녀는 사뿐사뿐 걸어가서 탁자등을 끄려고 손을 내밀었다가 책보는 사람의 습관대로 그 두꺼운 책을 뒤적이면서 책이름을 보았다. 책 표지에는 커다란 글자가 박혀 있었다.

『내과개론』.

아, 이건 아버지의 전업책도 아닌데 이 밤중에 확대경을 들고 힘들 게 읽는 것은 딸을 위한 것일 게다. 강렬한 부성애가 그녀를 감동시켰 다. 그녀는 곧 서재를 떠나고 싶지 않았다. 그녀는 의자에 앉아서 아버 지가 목욕하고 돌아오면 고맙다고 인사하고 싶었다. 그런데…… 그녀 는 또 생각했다. 아버지가 언제 이 책을 샀을까? 왜 한번도 그가 내놓 은 것을 보지 못했고 말하는 것도 듣지 못했을까?

그녀는 책을 훑어보다가 읽고 싶은 충동을 느꼈다. 의학서적은 환자 에게 특별한 흡인력이 있다. 그녀는 심장병에 관한 논술을 보고 싶었 다. 자기의 병을 이해하는 데 도움이 될 것이고 의사의 치료에 맞출 수 도 있을 것이다. 그리고 자신의 노의사에 대한 의심도 풀 수 있을지 모 른다. 그녀는 급히 답안을 찾고 싶어서 글귀들을 눈여겨보았다.

그녀는 아버지가 접어놓은 페이지를 펼쳤다. 제목은 이첨판 분리수 술이었다.

이것이 바로 그녀가 매일 기다리고 빨리 알고 싶어하는 것이었다. 그녀는 재빨리 읽어내려갔다. 붉은 색연필로 그어놓은 두 줄이 먼저 눈에 들어왔다. 「적응증」이란 작은 제목 밑에 쓴 한 줄의 글은 이러했 다. 풍습성 심장병. 단순한 이첨판 협소 혹은 경도 이첨판 폐쇄 불완전 증세를 겸하고 있으며 풍습활동이 정지된 지 적어도 6개월이……. 그 중의 경도란 두 글자에 동그라미를 그어놓았다.

이건 노의사가 그전에 말한 것과 같았다. 그렇다면 그녀의 상황은 적응증에 속하기에 수술을 할 수 있는 것이다. 그녀의 심장은 뛰기 시 작하였다. 계속 읽어내려가니 「금기증」이란 작은 제목 아래에 붉은 줄 을 그은 한 줄은 이렇게 씌어져 있었다. 이첨판 협소에 중등도 이상 이

첨판 폐쇄 불완전 증세를 겸한 자……. 중등도 이상이란 다섯 글자에
다 여러 번 반복하여 줄을 그어놓았다.

이건 무슨 뜻인가? 경도로부터 중등도에, 적응증으로부터 금기증,
이것은 무엇을 말하는가? 그러면 그녀의 이첨판 경도 폐쇄 불완전이
엄중해져서 수술을 할 수 없단 말인가? 노의사가 수술을 뒤로 미루는
것은 그녀에 대한 위안이란 말인가? 이것이 바로 그녀가 찾으려는 답
안인가? 그녀는 놀라서 멍청해졌다.

아름다운 환상이 잠깐 사이에 산산이 부서졌다. 머릿속이 텅 빈 것
같고 가슴도 공허했다. 온몸이 희망과 같이 둥둥 떠다니는 거품으로
변해서 자신이 이젠 존재하지 않는 것 같았다.

그녀는 극도의 공허와 절망 속에서 한 세기를 지난 것 같기도 하고
짧은 한순간을 지난 것 같기도 했다. 그녀는 망망한 우주공간 어디서
들려오는지 모르는 쏴쏴 하는 물소리를 똑똑히 들었다. 그녀는 깜짝
놀라서 정신을 차렸다. 이상하다. 그녀에겐 이렇게 민감한 청각이 있
어 벽을 여러 개 사이에 두고 남채 동쪽에 있는, 여기서 꽤 멀리 있는
목욕실의 물흐르는 소리를 들은 적이 없었다. 아니다. 그녀는 아무것
도 듣지 못했다. 오직 생각했을 뿐이고 그 소리를 의식했을 뿐이다. 아
버지가 목욕하고 계시다. 잠시 후 돌아올지도 모른다. 자기 서재에 돌
아와서 자기가 기호를 단 책을 읽고 있는 딸을 보면 어떻겠는가? 그녀
는 아버지가 넘어져 다친 후 붕대를 감고 있던 비참한 모습이 상기되
었다…… 아니다, 아버지를 자극할 수 없다. 빨리 여기를 떠나야지. 빨
리!

그녀는 힘들게 책상을 붙잡고 겨우 일어섰다. 책과 확대경도 제자리
에 놓았다. 그러고는 벽을 짚고서 살그머니 걸어나갔다.

그녀는 낭하를 천천히 지나서 서채로 돌아와 불을 끄고, 꺾인 꽃가
지처럼 자기 침대에 몸을 던졌다. 하늘에 걸린 상현달이 고요한 저택

을 몽롱한 빛으로 비춰주고 있었다.

달이 하루하루 더 둥글어졌다. 초안조가 돌아왔다. 옛사람들은 달도 고향달이 밝다고 했는데 그는 오래간만에 돌아간 고향에서 밤마다 밝은 달을 바라보며 마음은 북경을 그렸다.

오후 두시 오십분. 기차가 서서히 북경역에 들어섰다. 차 문이 열리자마자 맨 먼저 홈에 뛰어내리고 기다란 지하통로를 거쳐서 역전 정문을 나섰다. 머리 위의 큰 시계가 세시를 알리는 종을 쳤다. 그는 서둘러 버스에 올라탔다. 그는 연원으로 가지 않고 먼저 박아댁으로 뛰어갔다. 고모가 문을 열어주었다.

「고모님, 안녕하세요?」

그는 신월이처럼 이 노인을 부르는 데 습관이 되었다.

「아니, 초 선생님. 상해에서 오시는 길이세요?」

고모도 친절하게 미소를 지으며 말했다. 신월이가 반가워하는 손님을 그녀는 존중하였다. 그녀는 돌아서서 소리쳤다.

「신월아, 초 선생님이 오셨다!」

신월이의 마음이 뛰기 시작하였다. 그녀는 재빨리 서채에서 뛰어나왔다. 헤어진 지 보름밖에 안 됐는데 마치 일년이 지난 듯하였다. 지금 그녀가 고대하던 사람이 돌아왔으니 가슴속에 쌓였던 많고 많은 감정과 말들을 쏟아놓을 수 있었다.

그러나 마귀의 그림자가 문득 그녀의 마음속에 나타났다. 그녀는 발걸음을 멈추고 생각했다. 아니야, 말할 필요 없어. 지금은 아무것도 말할 필요가 없어. 멀리 갔다 오신 분이니 좀 쉬게 해야지. 그녀는 억지로 냉정해지려고 힘썼다. 격정은 토로하지 말고 슬픔도 드러내보이지 말아야지. 오로지 안정이 필요해. 나도 안정하고 저분도 안정하게 해야지. 그녀가 다시 낭하를 걷기 시작하였을 때 초안조는 벌써 추화문에 들어섰다. 아, 그는 얼굴이 햇볕에 그을러 까맣게 타고 여위었다. 손에는 수수한 가방을 들고 여행길에 시달리던 그대로 돌아왔다. 그를 보니 신월이는 아무 말도 할 수 없었다. 축축히 젖은 눈에는 숱한 말이 들어 있었다.

「신월이, 내가 왔어요.」

그는 나지막하게 격정에 찬 목소리로 그녀를 불렀다. 가림벽을 돌아 신월이한테 걸어왔다.

「신월이, 어때요?」

「괜찮아요. 아무 일도 없어요.」

신월이는 자기를 억제하면서 말했다.

「그래? 참 좋구먼.」

초안조는 여행중에 한시도 놓지 못하던 마음이 좀 안정되었다. 그는 신월이를 따라 서채로 걸어가다가 문 앞에 이르자 주춤하면서 섰다. 남채를 바라보더니 말했다.

「노인네들과 온 식구들은 다 무사하겠지요? 우리 어머님이 안부 전하던데요.」

「고맙습니다.」

신월이가 말했다.

「모두 집에 계시지 않습니다. 아빠와 오빠, 언니는 출근하고 엄마는 사원에 예배드리러 갔습니다. 금요일은 모슬렘들의 주예배일입니다. 집에는 저와 고모뿐입니다.」

「네.」

초안조는 신월의 방안에 들어가 앉지도 않고 신월이를 찬찬히 살펴보았다.

「신월이, 많이 여위었구먼. 안색도 좋지 않고. 잘 휴식하지 못한 게 아닙니까? 내 걱정을 하였지요?」

그는 한숨을 쉬면서 중얼거렸다.

「사실 내가 신월이를 떠난 지 별로 오래되지 않지. 마음을 크게 먹어야지.」

신월이는 말없이 그를 바라보았다. 어떻게 대답해야 하는가?

「초 선생님.」

그녀는 말했다.

「선생님이 저를 너무 걱정하세요. 전 요즘 사실…… 아주 좋은데.」

고모가 차를 가져왔다.

「아니, 왜 아직도 서서 이야기하시오? 초 선생님, 앉으세요. 이애 좀 보세요. 선생님만 만나면 멍청해진다니까.」

초 선생은 쑥스러운 듯이 의자에 앉았다. 고모도 그들을 방해하지 않으려고 미소를 지으며 나갔다.

초안조는 가방을 열고 크고 작은 꾸러미들을 내놓았다. 상해사탕이며 작은 호두며, 초콜릿 등이 책상 위에 가득 쌓였다.

「초 선생님, 왜…….」

「이것들은 제가 산 것이 아닙니다. 어머님이 신월이에게 보내는 것인데요. 비록 약소하지만 성의지요. 어머님은 신월이를 참 좋아해요.」

신월이의 눈에서 눈물이 솟았다. 초안조는 오늘 몇 번이나 어머님이라고 말했지 나의 모친이라고 말하지 않았다. 신월이와 같이 모시는 어머님임을 나타내주는 것이었다. 그러나 그녀는 그와 함께 어머님을 모실 수 있을까? 엄마는 오빠에게 사람마다 부모 두 분을 모시고 있다고 했는데. 나는? 나한테도 있을 수 있을까?

「어머님은 겨울방학 때 신월이보고 나와 함께 상해에 와서 설을 쇠라고 했습니다.」

그 소망은 아름다운 것이지만 신월이는 다시 그런 아름다운 설계를 하지 않았다. 마음속의 마귀 그림자가 시시각각 그녀를 압박하고 있었다. 겨울방학? 이미 휴학하고 복학할 희망도 없는 학생인 그녀에게 무슨 방학이 있겠는가?

「제가 어떻게 가겠습니까?」

그녀는 눈물이 글썽해져서 말했다.

「선생님은 말씀드리지 않으셨어요? 제가 지금…… 앓고 있다구요.」

「알려드릴 필요가 없지요. 신월이가 마냥 앓는 것도 아니고 그때가 되면 꼭 나을 테니.」

초안조는 손수건을 꺼내서 신월이의 눈물을 닦아주었다. 그의 마음은 고통으로 찢어지는 것 같았다. 신월이, 용서해주오.

이번에 상해에 돌아가니 어머니와 누나는 재촉한 지 오래인 종신대사에 관심을 쏟고 있었다. 다른 사람에게 부탁하여 결혼 상대를 찾느라고 바삐 돌았다. 그는 그들에게 알려주었다. 자기에게는 이미 마음에 드는 여자가 있으니 걱정하지 마시라고. 어머니의 초췌한 얼굴에 즉시 웃음꽃이 활짝 폈다. 고생으로 평생을 보낸 두 눈에서 기쁨의 눈물이 쏟아져 나왔다.

「끝내 오늘까지 기다려왔구나. 내 아들이 장가들게 되어 너희 아버지도 눈을 감겠구나.」

누나는 다급히 신월이 부모의 상황을 물어보았다. 초안조가 사실대로 알려주니 누나는 흥분되어 두 눈이 밝아졌다.

「그녀 아버지가 국가간부라고? 좋구나, 참 좋아. 장래 너희 아이는 전도가 있을 거다!」

그녀는 그래도 마음이 놓이지 않는지 다시 물었다.

「너 그녀에게 말하지 않았니? 우리 집은…….」

초안조가 말했다.

「무얼 말해요? 두 집이 연애하는 것도 아닌데.」

어머니는 오히려 당당하게 말했다.

「우리 집은 나쁜 가정이 아니야. 너희 아버지도 좋은 사람이야.」

어머니는 울었다. 누나는 또 물었다.

「처녀애가 몇 살이냐? 언제 졸업해?」

그것은 초안조가 제일 대답하기 싫은 문제였다. 그러나 그는 식구들을 속일 수 없었다. 그는 그들에게 신월의 지금 상황을 알려주었다. 누나는 듣자마자 버럭 화를 냈다.

「뭐? 네가 심장병 환자와 연애를 해? 너 알기나 해? 심장병 환자는 결혼도 하지 못하고 아이도 낳지 못해!」

어머니도 당황해 하면서 아들에게 말했다.

「우리 초씨네는 뿌리가 너 하나뿐이야. 너 덤비지 말아라.」

서로 의지하며 화목하게 살아가던 가정에 금이 갔다. 초안조의 어머니와 누나는 그를 이해하지 못하니 물론 그를 좌지우지할 수도 없었다.

「중국사람은 뿌리가 끊어지지 않을 거예요. 나 초안조가 없어도 중국사람은 근본적으로 뿌리가 끊어지지 않을 거예요. 이 뿌리는 너무 길고 너무 튼튼해요. 삼황오제 때부터 지금까지 전해왔으니 언제까지 전해질지 모르지요.」

그는 처음으로 어머니에게 말대꾸를 하였다. 그는 어머니를 원망하지 않았다. 그저 어머니와 누나가 모두 가련해 보였다. 중국의 여인들. 세세대대 그들에 의해 자손을 번창하게 하고도 역사에는 아무 자리도 차지하지 못하는 어머니들이 그렇게도 그 뿌리를 사랑하고 있으니 말이다.

바로 그날 초안조는 혼자 집을 나와서 신월이에게 전보를 쳤다.

그가 상해를 떠날 때 누나는 한창 당조직에 사상보고를 쓰고 있었다. 이번이 몇십번째인지 몇백번째인지 알 수도 없었다. 누나는 이전처럼 역에까지 동생을 배웅하지 않았다. 그래도 어머니는 아들이 안쓰러워서 겨우 산 사탕과 작은 호두 등을 가방 안에 넣어주면서 먹으라고 하였다. 그녀는 아들에게 애걸하다시피 했다.

「북경에 돌아가면 방법을 생각해내 그녀와 관계를 끊어라.」

그러고는 또 부탁하였다.

「천천히 끊어라. 남의 마음을 너무 상하게 하지 말고.」

이 모든 것을 초안조는 마음속에 묻어두어야 했다. 영원히 신월에게 토로할 수 없다. 허구로 지어낸 어머님의 사랑으로 그녀를 위안하고 마음을 녹여주고, 자신의 진실한 마음으로 그녀의 병을 치료하여 그녀가 하루라도 빨리 건강을 회복하여 모든 것이 꿈에서 생각한 것처럼 되게 해야 했다.

잠깐 헤어졌다 다시 만나니 할 말이 끝도 없었다. 그러나 해가 서쪽으로 옮겨가고 있으니 초안조는 여기에 더 머물 수가 없었다. 그는 아쉬운 듯이 일어났다.

「난 가야겠어요. 돌아가서 보고를 해야 하니까.」

「가세요.」

신월이는 눈을 내리깔고 말했다.

「사업이 바쁘신데 저보러 자주 오지 마세요.」

「아니, 난 바쁠 것도 없어요. 곧 방학할 텐데요.」

초안조는 가뿐해 보였다.

「내일 난 일이 없으니까 다시 올게요.」

「내일, 내일…….」

신월이는 중얼거리며 그를 배웅하여 서채를 나와 뜨락 밖에까지 같이 나가려 했다.

「돌아가요, 신월이.」

그는 멈춰 서서 그녀를 막았다.

「초 선생님, 제가 배웅하게 해주세요!」

신월이는 고집스레 그와 함께 걸어갔다. 그녀는 멀리까지 줄곧 같이 갔다. 전에는 이런 적이 없었다. 마치 또 한번 이별을 앞둔 사람처럼.

초안조는 마치 큰일을 해낸 것 같았다. 그가 걱정한 신월이가 아무 일도 없으니 걱정 없이 돌아갈 수 있었다. 연원에 돌아가서 그는 먼저 신입생 모집 사무실로 찾아갔다. 퇴근시간까지 이십 분이 남아 있어 간단하게 구두보고를 하고 사전에 써놓은 보고서를 남겨놓고 작원식당으로 뛰어갔다. 그는 배가 고팠고 온몸이 나른했다. 밥도 먹어야 했고 휴식도 해야 했다. 한끼 잘 먹어야지. 이번 걸음이 모두 순조로운 것을 축하해야지.

작원에서 나오자 그는 달빛을 밟으며 비재로 돌아왔다.

오늘 저녁은 달이 유난히 둥글었다. 하늘에 걸린 옥쟁반 같은 달이 고요한 연원에 빛을 뿌려주고 있었다. 미명호 가에는 버드나무가 하느적거렸으며 밤에 본 흰 연꽃은 얼음으로 조각해 놓은 것 같았다. 호수 안에도 둥근 달이 있었다. 물 안의 달과 하늘의 달이 멀리서 서로 바라보는 것이 어느 것이 진짜고 어느 것이 가짠지 가려낼 수 없었다. 그는 취한 듯 달 그림자를 바라보니 마치 술에 취한 듯한 기분이 들었다. 그는 술 한 두에 시 백 수라는 이태백이 상기되었다. 명월이 그에게 얼마나 많은 영감과 시정을 주었고 얼마나 많은 기쁨과 위안을 주었던가? 술잔 들어 달을 청하더니 달을 덮쳐 물에 빠져 죽어갈 때까지 일생 동안 달을 동무해서 살다가 고요한 달빛 속에 영원히 잠들었다. 아, 시인은 행복한 것이다.

달 아래서 시를 읊으며 호숫가를 거니는 이런 한가함도 오래간만이었다. 비재 문앞에 이르니 달빛 아래 익숙한 모습이 그를 기다렸다.

「초 선생님!」

정효경이 그에게 마주 걸어왔다.

「신입생 모집 사무실 선생님께서 초 선생님이 돌아오셨다고.」

「네, 돌아왔어요.」

그의 학생을 보니 친절한 기분이 들었다.

「이번 기말시험에 학생들의 성적은 괜찮겠지요? 나는 학생들이 걱정되었어요.」

「그래요. 학생들도 선생님을 걱정했어요.」

정효경이 말했다.

「바다 위에 명월이 뜨니 천하가 이때를 같이 즐기네.」

초안조의 마음은 순간 뜻밖의 충격을 받았다. 그는 웃음을 거두고 물었다.

「학생은…… 요즘 신월이를 만났어요?」

「그녀의 생일날에 가서 보았지요. 단체를 떠난 동창에게 우리는 마땅히 관심을 가져야지요.」

정효경은 태연히 대답하였다. 함께 갔던 보잘것없는 나수죽은 언급도 하지 않았다.

「고맙소, 정효경 학생!」

초안조는 감동했다. 신월이는 더욱 많은 사람들의 관심이 필요했다.

「그건 제가 응당 해야 할 일이지요. 그녀에게 당의 관심을 느끼게 하고 모교의 사랑을 느끼게 해야지요.」

여기까지 말하고 나서 그녀는 일부러 힘주어 말했다.

「그것도 어느 한 사람의 은혜가 아니지요.」

그녀의 말이 일리가 없는 것은 아니지만 초안조가 듣기에는 다른 뜻이 내포되어 있는 것 같았다. 구름 하나가 떠오더니 달을 막아버렸다. 호숫가는 갑자기 어두운 그림자 속으로 들어갔다.

「정효경 학생.」

초안조가 어둠 속에서 중얼거렸다.

「나는…… 교사의 직책을 다하고 있을 뿐인데.」

「물론 교사의 직책은 아주 신성하지요. 우리가 국민학교에 다닐 때 많은 학생들이 학교임을 망각하고 선생님들을 아버지, 어머니라고 불렀어요. 사실 그것도 잘못은 아니지요. 우리는 정말 부모님을 존중하듯이 선생님을 대하거든요. 초 선생님도 그래요. 그렇기 때문에 선생님도 더 선생님 같아야지요. 각각의 학생들에 대한 관심도 공정해야 하고 개인의 무슨 의도 같은 것을 섞어서는 안 되지요.」

구름이 지나갔다. 달이 환하게 초안조의 얼굴과 전신을 비추어주었다. 마치 그의 오장육부까지 드러내보일 것처럼 말이다.

「개인의도?」

그는 마치 고함지르듯이 말했다.

「나한테 무슨 개인적인 의도가 있습니까?」

「당신은 그렇게 격해질 필요가 없습니다.」

정효경이 말했다. 사실 그녀도 아주 격해져 있었다.

「작년에 몇 번 있었던 대화를 당신은 잊지 않았겠지요? 당신의 학생으로서 저는 몇 번이나 일깨워주었지요. 학생들 앞에서 위신을 세워야 하고 하나의 언행이라도 나쁜 영향을 주어서는 안 된다고요. 그런데 당신은 어때요? 그렇게 많은 의논에 대해서는 못 들은 척하고 여학생들과 애매한 관계가 있음을 완전히 부인하더니. 사실은 당신이 신월이와 연애한 지는 오래되었지요. 초 선생님, 당신도 이제는 어른이니 당신 개인의 일을 간섭받지 말아야지만 상대가 다른 사람도 아니고 하필이면 학생이에요? 반주임이 자기의 학생과 연애하다니.」

초안조의 목이 보이지 않는 손에 꽉 졸린 것 같았다. 피가 가슴에서 위로 솟아오르는 것 같았지만 토해낼 수 없었다. 그의 앞에 선 사람도 그의 학생이다. 이 학생은 만만치 않은 이론을 가지고 있기에 초안조는 입이 백 개라 해도 똑똑하게 말할 수 없다.

「어쩌면,」

정효경은 계속 말을 이었다. 그녀는 웅변 재간이 있어서 원고를 쓰지 않고도 긴 연설을 할 수 있었고, 청산유수처럼 말할 때는 격정에 차넘쳤고 누구도 말을 하지 못하게 하였다.

「어쩌면 당신들 남자의 눈에 한신월은 아름답고 얌전하며 우아하고 재간이 있으니 아주 마음이 끌리겠지만. 잊지 마세요, 그녀는 아직 열아홉 살밖에 안 되는 소녀예요. 거기다 심장병 환자지요. 그녀는 이미 아주 불행해요. 그런데 당신은 환자로 놔두지 않아요. 자, 묻겠습니다. 그래 이것이 인민교사의 직업적 도덕에 부합한 것입니까? 공산주의 도덕에 맞는 것입니까?」

「학생은…… 너무 천박하고 너무 잔인합니다.」

정효경의 기세등등한 질책에 초안조는 마침내 입을 열었다.

「정효경 동지! 난 비록 공산당원은 아니지만 학생보다는 마르크스주의를 잘 알고 있다는 자신이 있습니다. 무산계급은 마땅히 어떤 계급보다도 더욱 인간을 잘 알고 인간을 존중해야 합니다! 학생은 어디서 주워들었는지 모르는 잣대로 나를 재지 마시오. 학생에겐 그럴 자격도 없소! 학생의 눈에는 내가 마치 승냥이같이 보이고, 내가 마치 무고한 소녀를 삼키려 하고, 그녀가 나의 꾀임에 넘어가 천진하게 나에게 속은 것처럼 보일지 모르지만 학생은 나를 잘 이해한다고 생각하고 있소? 신월이를 잘 알고 있어요? 그녀의 심장은 이미 수술 가능성이 없고 그녀를 기다리는 것은 죽음밖에 없습니다. 그녀는 지금 죽음과 시간을 다투고 있습니다! 그런 그녀에게 그래 어떤 사람이 개인의도를 가지고 있단 말이오?」

꼬마 정치가는 영어선생의 말에 입이 붙어버렸다. 그녀는 마르크스주의 저작에 정말 초안조가 말한 관점이 있는가를 찾아볼 여유도 없었다. 그녀는 선생님의 돌연한 분노에 당황했다. 한신월의 중한 병의 상황에 그녀는 깜짝 놀랐다.

「네? 그애가 이미 그런 상황에 처했어요? 그애 자신은 압니까?」

「물론 모르지요. 어떻게 알게 하겠습니까? 그녀는 이젠 다시 자극을 받아서는 안 됩니다.」

초안조는 경계하는 눈으로 정효경을 보면서 말했다.

「반의 상황을 말한 것은 아니겠지요? 학생이 열었던 그 따위 회의는 그녀에게 말하지 마시오.」

「말하지 않았어요.」

정효경은 겁이 더럭 났다. 입이 빠른 나수죽이 사추사가 질투한다는 따위의 말을 했었는데 한신월이 어떻게 생각했는지.

「전 그애보고 안심하고 병을 치료하면서 외부의 방해를 받지 말라는 말만을…….」

「방해라니? 무슨 방해요? 내가 그녀를 방해했다는 말인가?」

「아니, 저도…… 명확하게는 말하지 않았어요.」

정효경은 불안스레 머리를 숙였다. 어떻게 하면 자기의 발을 뺄 수 있는가만 생각하였다. 이 초 선생님도 만만치 않다. 한참 생각하다가 그녀는 탐색조로 물었다.

「그애의 병은 희망이 없는 거예요? 그렇다면 선생님이 그애를 동정하는 것이 무슨 소용이 있어요?」

초안조가 슬픈 듯이 한숨을 쉬었다.

「동정이라니? 그래, 학생의 눈에는 사람 사이에 하인들의 애걸과 주인의 동정과 은혜 베풂만 있다고 보이는 것이오? 사람들 사이에 더 아름다운 관계와 감정은 없다고 보는 거요? 신월이는 아주 강한 여자애입니다. 그녀는 저의 동정을 구하지 않고 누구의 동정도 원하지 않습니다. 만약 학생이 신월이의 친구라면 그녀에게 진정으로 평등한 사랑을 주어야 마땅합니다. 그건 절대 동정이 아닙니다. 알겠어요?」

정효경은 끝내 알겠다거나 모르겠다는 대답을 하지 못했다. 왜냐하면 그녀 자신도 멀리까지 신월이를 문병하러 간 것이 동정인지 사랑인지 알 수 없었고, 초 선생님이 중병에 있고 위험이 눈앞에 보이는 신월이와 어떤 사랑을 하고 있는지도 알 수 없었다. 초 선생님의 연애 수수께끼는 그녀가 쫓아다니며 알아보고 탐문하여 이젠 거의 알아맞추었으나 오히려 그녀를 더 어리둥절하게 만들었다. 이러한 애정은 어떤 계급에 속하는가? 당총지 위원이고 Monitor인 그녀는 어떻게 이 애정을 대해야 하는가?

「선생님, 저도 그애에게 더욱 관심을 갖겠습니다. 선생님께서는 방금 돌아왔으니 일찍 쉬십시오.」

그녀는 그제서야 자기가 가져온 물건이 생각나서 주머니에서 편지들을 꺼내놓으며 말했다.

「선생님의 편집니다. 온 지 며칠됩니다.」

「음.」

초안조는 편지를 건네받았으나 그의 마음은 지금 읽어볼 생각이 없었다. 여러 통이었는데 그 자리에서 뜯고 싶지 않았다. 그저 봉투를 보면서 어디서 온 것인가만 먼저 보았다. 새하얀 편지봉투가 그의 시선을 끌었다. 그 익숙한 글씨체를 보자 누가 쓴 것인지를 곧 알았다. 그는 정효경과 더 이상 말하고 싶지 않았다. 서둘러 인사하고 그는 숙소로 돌아갔다.

방문을 열고 서재에 들어서자마자 그는 전등불을 켜고 만사를 제쳐놓고 편지부터 보았다. 그건 신월이의 편지였다. 내가 학교에 없는 줄 알면서도 왜 여기다 편지를 보냈을까? 그는 의아스러웠다. 오, 그래, 신월이는 내가 언제 돌아오는 줄 몰랐지. 먼저 이 편지가 나를 기다렸구나. 소녀의 감정은 섬세하구나. 말로 다 표현하지 못하니 글로 썼구

나. 따스한 감정이 그의 마음을 덥혀주니 모든 번뇌가 다 사라졌다. 그는 급히 봉투를 뜯고 편지지를 꺼내서 탁상등 앞에 앉아 읽기 시작하였다. 이것은 신월이가 그에게 쓴 첫번째 편지였다.

　초 선생님.
　제가 이 편지를 쓰고 있는 지금 선생님께서는 2천 리 밖의 상해에 계십니다. 선생님이 이 편지를 보게 될 때쯤에는 선생님이 비재에 돌아간 후겠지요. 이 편지가 거기서 선생님을 기다리게 합시다.
　달밝은 그날 저녁 선생님이 보내주신 진지한 감정이 담긴 전보는 고마웠습니다. 저는 그 글자들을 이미 수백 번이나 반복하여 보고 이미 마음속에 새겨넣었습니다. 이 편지를 저의 답신전보로 칩시다. 그러나 저는 이 편지를 상해에 보낼 수 없습니다. 선생님이 거기서 일에 바쁘시고 또 식구들과 모처럼 단란히 모였는데 저 때문에 걱정하게 하고 싶지는 않습니다.

　과연 이런 거구나. 그는 생각했다. 신월이는 남을 생각해주는 면이 많고 감정도 참 섬세하다. 사실 상해에 있을 때 이 편지를 받았더라면 얼마나 좋았겠는가. 그러면 걱정과 그리움을 많이 덜어주고 나에게 위안과 기쁨을 안겨주었을 텐데. 신월이의 깊은 사랑에 초안조는 도취되었다. 그는 계속 읽어내려갔다.

　이 편지를 어디서부터 시작하면 좋을지 모르겠습니다.
　선생님을 알게 한 운명이 얼마나 고마운지 모르겠습니다. 저는 재작년 가을 제가 연원에 처음 발을 들여놓던 그날을 영원히 잊지 못할 것입니다. 그때 처음 선생님을 보았지요. 용서하세요. 전 선생님을 보자마자 곧 정이 들지는 않았습니다. 그때 제가 본 선생님은 소박하고 겸

손한 겉모습뿐이었습니다. 나중에야 차차 선생님의 해박한 학식과 고상하고 순결한 인품을 알게 되었습니다. 선생님은 저를 사업의 길로 인도하여 주었고 저에게 저 멀리에 있는 찬란한 정상을 보여주었지요. 그리고 선생님은 저로 하여금 인생의 뜻을 알게 하였고 자신을 알고 자신감을 가지고 스스로 강해지며 최대한으로 자신을 풍부하게 하고 생명의 불이 끊임없는 추구 속에서 타오르게 하고 치솟는 불길 속에서 영생을 얻으라고 했지요. 선생님은 저의 생애에서 가장 존경하는 스승이고 가장 믿을 수 있는 친구입니다. 가령 운명이 저로 하여금 모든 것을 잊어버리고 단 한 사람만 기억하라고 한다면 그 사람은 꼭 선생님일 것입니다.

제가 진정으로 자각적인 인생을 시작한 것은 선생님을 알게 된 후부터라고 말할 수 있습니다. 저는 영원히 선생님의 주위에서 당신의 학생이 되고 조수가 되며 선생님과 같이 번역의 어려움을 이겨내고 또 같이 번역의 기쁨을 누리기를 얼마나 바라고 있었는지 모릅니다. 그러나 이 평생의 가장 큰 소망 그리고 유일한 소망을 실현하는 것이 이젠 너무도 힘들고 힘들게 되었습니다. 저는 작은 새처럼 날기를 배우려 했는데 날개가 부러졌습니다.

초안조는 순간 눈썹을 찡그렸다. 마음도 오그라드는 것 같았다. 어찌하여 정서가 급격히 변했는가! 신월이.

저는 선생님이 고맙습니다. 진심으로 고맙습니다. 제가 가장 어려울 때 선생님은 저에게 도움과 위안과 격려를 주었고 서슴없이 당신 자신의 가장 아름답고 가장 귀한 감정을 주었지요. 저는 그 때문에 행복감과 평안함을 느꼈습니다.

평생에 지기 하나를 만나는 것으로 족하다는 말처럼 전 이제 죽어도 한이 없겠습니다.

그러나 제가 진정으로 저의 병을 알았을 때, 수술과 복학이 모두 수포로 돌아간 사실을 알았을 때 저는 놀라기도 하였고 또 자신이 무지하고 이기적임을 후회했습니다. 선생님이 저에게 준 것은 이미 너무 많습니다. 어떻게 염치없이 당신의 애정까지 받아들이겠습니까? 선생님은 건강하고 완전무결한 사람이며 전도가 밝은 분입니다. 그러나 저는 이젠 사업의 길로 돌아갈 수 없게 되었고 당신과 같이 뜻있는 인생을 지낼 수 없게 되었습니다. 무슨 이유로 선생님의 무거운 어깨에 또 부담을 가하겠습니까? 어떻게 선생님을 끌고 저와 같이 낭떠러지에 떨어지게 하겠습니까?

용서해 주십시오. 저는 선생님의 애정을 받아들일 수 없습니다. 사제관계와 친구 사이로 만족입니다. 우리는 영원히 이 고상하고 순결한 감정을 기억합시다. 어쩌면 우리 두 사람 사이에는 애정이 존재하지 않을지도 모르겠습니다. 애정은 무엇인가? 사람마다 같지 않은 대답을 할 것입니다. 그러나 저는 이렇게 생각합니다. 애정은 동정과 연민이 아니고 자기희생도 아니라구요!

동정? 신월이까지 어째서 이런 밉살스러운 말을 쓰는가?

초 선생님, 저를 불쌍히 여기지 마십시오. 저 때문에 자신을 망치지 마세요. 당신에게는 당신 자신의 인생이 있고 당신에게 마땅히 있어야 하는 것들──사업의 성공과 아름다운 애정을 얻어야 합니다. 앞으로 걸어가세요. 뒤를 돌아다보지 마시고, 주저하지 마시고, 자비한 마음이 자신의 평생을 망치게 하지 마십시오. 저를 잊어주세요. 당신은 저에게 속하지 않고 당신 자신에게 속해 있습니다.

저로 말하면 중도에서 잘못된 사람이기에 이후의 길도 순탄하지 않

을 것입니다. 저 혼자 묵묵히 걸어가게 해주십시오. 저는 저 자신을 운
명에게 맡깁니다. 다시는 저에 대한 운명의 불공평을 원망하지 않겠습
니다. 저는 아름다운 과거를 가슴 깊이 묻고 천번 만번 회상 속에서 저
의 여생을 보내겠습니다. 이 고칠 수 없는 심장이 멈추어질 때까지 말
입니다. 내일이 얼마나 있을까요? 어쩌면 아주 길 수도 있고 어쩌면 아
주 짧겠지요.

   초 선생님, 저 때문에 슬퍼하지 마세요. 선생님은 저에게 자신을 아
는 것도 행운이라고 말했지요. 지금 저는 드디어 자신을 알게 되었습
니다. 그러니 행운이 있는 사람이지요. 과거에 선생님이 저에게 보여
준 모든 관심에 감사를 드립니다. 이후부터는 다시 선생님께 폐를 끼
치지 않게 되기를 바랍니다. 선생님에게는 많은 중요한 일들이 기다리
고 있습니다. 저는 다시 선생님의 귀한 시간을 차지할 수 없습니다. 다
시는 저를 보러 오시지 마십시오. 선생님의 책이 빨리 출판되기를 바
랍니다. 저에게 한 권 부쳐주시면 고맙겠습니다. 영원한 기념으로 삼
겠습니다.

   죄송합니다. 선생님께서 금방 돌아오자마자 이런 작별의 편지를 보
시게 하여서 미안합니다. 편지가 너무 길어졌습니다. 선생님께서 조용
한 마음으로 편지를 다 보시고 저의 청을 모두 들어주시기 바랍니다.

   심심한 경의를 드립니다.

당신의 학생 신월 올림

   마치 포탄이 하늘에서 떨어져 서재의 천장이 뚫리면서 소리를 내고
터지며 초안조를 무너뜨린 것 같았다. 그의 손은 무섭게 떨렸고 두 눈
은 망연하게 그 익숙한 글씨들을 바라보면서도 그것을 진짜라고 믿기
어려웠다. 신월이는 무엇 때문에 나에게 정을 끊는 편지를 썼을까? 무
엇 때문에 그녀의 열정이 갑자기 밑바닥으로 내려갔을까? 이 보름 동

안에 도대체 무슨 일이 일어난 걸까? 누가 그녀에게 병세를 누설하여 소녀의 생명을 학대하고 아직 희망을 가지고 있던 마음을 짓밟았을까?

그는 책상에서 벌떡 일어났다. 그리고 당장 돌아가려 했다.

신월이를 찾아가려 했다. 그러나 애석하게도 시간이 너무 늦었다. 시계바늘이 열두시를 가리키고 있었다. 무엇 때문에 정효경은 얼토당토 아니한 헛소리만 하면서 편지를 얼른 주지 않았을까? 무엇 때문에 오후에 신월이를 만났을 때 서둘러 작별하면서도 그녀의 감정변화를 알아보지 못했을까? 너무 소홀했다. 남자들의 머리는 늘 너무 단순하다. 그렇지만 이 모든 것을 누군들 예상이나 해보았겠는가?

초안조는 맥없이 의자에 주저앉아서 후회와 고통에 부대끼면서 긴 한숨을 내쉬었다. 그는 창밖의 달빛을 처량하게 내다보면서 날이 밝기만을 기다리고 있었다. 그는 아무것도 돌보려 하지 않고 오로지 일찍 신월이를 만날 생각만 했다.

아침이다. 박아댁은 여전히 여느 때와 같이 조용하다. 그 누구도 신월이의 감정에 어떤 변화가 생겼는지를 몰랐다. 딸을 옥만큼 사랑하는 그녀의 아버지조차 눈치채지 못했다. 어쩌면 신월이가 감정을 너무 깊숙이 감추어서 그런지도 모르고 어쩌면 모두들 집에 장기휴양하는 환자가 있는 데 습관이 되어서 그런지도 모른다. 아무튼 허둥대며 병원에 가서 구급하던 때보다 지금은 훨씬 나아졌으니까 말이다.

한자기는 아침식사 후 서재문을 잠그고 말없이 출근하였다. 그는 지금도 그『내과개론』이 일으킨 사건을 모르고 있었다. 그는 계속 딸 몰래 노의사와 상의하여 약물과 정신 두 방면으로 치료하기로 결심하였다. 병세가 호전되게 하고 적어도 더 중하지 않게 하려고 하였다. 그는 고모에게 신월이의 음식에 신경써 달라고 부탁하였다. 그리고 식구들보고는 신월이의 복학에 대해서는 입 밖에도 내지 말라고 당부하였다.

신월이가 정서불안을 일으킬까봐 걱정되었던 것이다. 한자기의 심정은 줄곧 아주 우울하였지만 딸이 알아차리지 않게 하려고 애를 썼다. 그는 딸의 마음속에 아름다운 환상을 그냥 지니고 있게 하고 싶은 나머지 그 환상이 깨질까봐 전전긍긍하였다.

마치 오 헨리가 묘사한, 그 늙은 베얼먼이 중병이 든 소녀 잰시를 위해 마지막 한 잎의 푸른 잎사귀를 붓으로 남긴 것처럼 말이다. 박아댁에는 위기가 잠복되어 있었고 예측할 수 없는 미래를 키우고 있었다.

아침식사 때 진숙언이 별안간 메스꺼워하더니 가슴을 움켜잡고 토하려 하였다. 그런데 토해지질 않자 얼굴이 빨개지고 눈물이 그렁그렁하였다. 천성이는 집에 또 환자가 생길까봐 걱정되어 불안스레 아내를 바라보면서 물었다.

「왜 그래?」

한씨 부인의 얼굴에는 도리어 희색이 떠올랐다.

「숙언아, 너 아기를 가진 게 아니냐!」

박아댁의 제3대가 이미 잉태되어 있는 것 같았다. 한씨 부인은 진심으로 기뻐하였다. 그러나 진숙언의 마음은 망연해졌다. 애정이 없는 혼인도 생명을 만드는가?

천성이는 순간 움찔했다. 그는 자기의 어깨 위에 무거운 짐이 새롭게 놓여짐을 느꼈다. 그는 남편일 뿐만 아니라 아버지가 될 것이다. 반드시 용계방을 깨끗이 잊고, 사람을 괴롭히는 그 도깨비 같은 애정을 잊어버리고 숙언이와 잘살아야 한다. 그는 먹던 떡을 내팽개치고 말했다.

「그래? 나와 같이 병원에 검사하러 가자!」

「사내가 무얼 안다고 그래? 이건 산부인과에 가야 해.」

한씨 부인이 흐뭇한 웃음을 짓고 말했다.

「넌 출근이나 해라. 내가 숙언이를 데리고 가서 검사할게. 정말 아기를 가졌다면 난 할머니가 되겠구나!」

한씨 부인은 한시도 참지 못하겠는지 즉시 며느리를 데리고 병원에 갔다. 천성이는 자전거를 끌면서 같이 골목 끝까지 가서 그들이 버스에 오르는 것을 보고 나서야 자전거를 타고 오해와 치욕을 참아가며 돈을 벌어야 하는 곳으로 갔다.

북채에는 고모가 차를 따라놓고 천천히 마시고 있었다. 자기가 젖을 먹여 키운 천성이에게 아이가 생기게 되니 고모의 마음도 흐뭇하였다. 한씨네 손자면 바로 그녀의 손자였다.

고모는 그들이 좋은 소식을 가져오기를 기다렸다.

신월이는 자기 방에 돌아가서 힘없이 누워버렸다. 집에 새 생명이 태어나게 되니 그녀도 기뻤다. 그러나 자신을 생각하니 말없이 한숨만 나왔다. 식구들 앞에서 그녀는 아무렇지도 않은 듯하려고 애썼다. 그러나 그녀의 심장은 고통으로 갈기갈기 찢어지는 것 같았다. 어제 초 안조를 배웅하고 나서 그녀는 후회하였다. 그가 곧 자신의 편지를 보게 될 것이다. 편지를 다시 찾아오려 했으나 이미 불가능한 것이다. 그녀는 우체부가 그 편지를 잃어버리거나 혹은 그녀가 주소를 잘못 써서 제대로 배달되지 않기를 바랐다. 그러나 그럴 리가 없었다. 얼마나 익숙한 주소인데 틀릴 수 있으랴? 글자 하나하나를 그녀는 모두 고통으로 쓰지 않았는가? 그렇다면 그분이 보게 할 수밖에 없다. 그 편지는 그로 하여금 더욱 고통스럽게 할 것이다. 그러나 이미 피하기 힘들게 되었으니 이 고통이 빨리 지나가야 두 사람 다 해방이 될 것이다.

침대에 누운 그녀는 온몸이 나른하고 머리는 텅 비고 사지는 축 처져 있었다. 마지막 감정의탁도 이미 스스로 끊어버렸다. 초 선생님은 이제 다시 안 오실 것이다. 그녀는 이렇게 조용히 누워서 하루하루를 보내게 될 것이다. 아니다. 그녀가 어찌 그 사람을 잊을 수 있겠는가? 눈만 감으면 그분이 보인다. 그분이 어제 가시면서 오늘 온다고 했으니 꼭 올 것이다. 그녀는 그가 정말 올까봐 걱정이 되면서도 또 한편으로는 간절히 기다렸다.

그녀는 축음기를 켜고 그 깊은 감정을 담고 있는 악곡에서 잃어버린 모든 것을 찾으며 자신을 마취시키려 하였다. 바이올린 연주 소리가 울려나왔다. 오늘따라 귀에 들려오는 익숙한 선율은 모두 처량하고 쓸쓸한 것뿐이었다.

초안조는 아침 첫 버스를 잡아타고 급히 시내로 오고 있었다.

그가 박아댁에 이르렀을 때는 여덟시가 거의 되어가고 있었다. 한참이나 머뭇거려서야 문고리를 흔들었다. 그는 겁이 났다. 문이 열린 후 신월에게 무슨 일이 생겼다는 소식이 그를 기다리고 있을까봐 두려웠다. 다행히 아무 일도 없었다. 문을 열어주는 고모의 얼굴에는 당황한 표정은 없고 자애로운 미소가 담겨 있었다.

「아이구, 초 선생이세요.」

「신월이…… 신월이는 어때요?」

그는 마치 응급실에 뛰어들어오는 사람처럼 물었다.

「쉬고 있어요. 노래를 들으면서요.」

고모가 말했다.

「그애한테 알리겠어요.」

초안조는 그제야 안도의 숨을 내쉬었다. 그는 고모를 말리면서 말했다,

「고모님, 괜찮아요. 제가 들어가보겠어요.」

그는 다급히 안뜰로 들어갔다. 아련한 흐느낌 같은 곡이 그의 귓가에 맴돌았다. 그는 마치 서로 사랑하고 믿던 옛날 그 시절로 돌아간 듯한 느낌이 들었다.

그는 가볍게 서채의 문을 열었다. 한눈에 베개에 비스듬히 기대고 있는 신월이를 보았다. 잠이 든 것 같기도 하고 깊은 사색에 잠긴 듯도 하였다. 기다란 속눈썹 밑에는 맑은 눈물방울이 맺혀 있었는데 양볼에

는 두 줄기의 눈물자국이 그려져 있었다.

그는 그녀를 향해 걸어갔다. 한시라도 빨리 하고픈 말을 쏟아놓고 싶었으나 그녀를 깨우기가 너무도 애처로웠다. 그는 말없이 침대 앞에 서서 그녀를 주시했다. 순간 신월이가 눈을 떴다. 그녀가 애타게 그리던 그 사람이 눈앞에 있었다. 그녀는 이것이 환각도 꿈도 아님을 믿었다. 그녀는 정답게 불렀다.

「선생님! 전 기다렸어요.」

「신월이!」

초안조가 몸을 굽혀 그녀의 손을 꼭 잡았다.

「무엇 때문에 그런 편지를 썼어요?」

「전…….」

신월이는 분명하지 않은 이 한마디밖에 할 수 없었다. 그녀는 자기가 편지를 쓴 것이 이젠 아무 소용도 없음을 알았다.

「정말 바보야!」

초안조의 충혈된 두 눈은 불이 이는 것 같았다. 그의 격한 말투는 마치 보복하는 것 같았고 호되게 꾸짖는 것 같았다.

「무슨 그런 헛소리를 해요? 동정? 뭐 연민이 어떻구? 그런 값싸고 보잘것없는 감정이 우리 두 사람에게 있을 수 있어요? 그래 내가 그렇게 감정이 헤퍼서 아무데나 쏟아놓고 마음대로 선사하여 남들의 감사나 얻으려는 위선자란 말이오? 그래 신월이는 정신세계가 가난하여 다른 사람의 감정을 구걸하는 거지예요? 신월이는 우리들의 사랑을 모욕하였어! 사랑이 무엇인가 물었지요? 알려줄게. 사랑은 불이오. 불은 늘 밝은 것이기에 활활 타오르는 것이 석탄이든 목재든 큰 나무든 작은 풀이든 붙이기만 하면 다 똑같은 빛을 내는 거지요. 사랑이란 바로 사랑하는 거요. 그것은 인류에게 저절로 생긴 아름다운 감정이지요. 난 신월이를 사랑하기에 사랑했지. 그 외에는 어떤 목적도 없어요. 자기회생이란 그 따위 말로 나를 얕잡아보지 마시오. 우리 두 사람은 모두 제단 위에 놓인 새끼양이 아닙니다. 우리는 사랑을 주었고 또 사랑을 얻었지요. 우리의 사랑은 깊고도 열렬하며 그만큼 오래오래 갈 것입니다. 이것이 바로 전부입니다.」

신월이는 선생님이 자기의 작은 손을 으스러지게 쥐고 있도록 놔두었고 자기를 호되게 꾸짖어도 가만 있었다. 지금까지 이분이 이렇게 분노하고 이렇게 난폭한 것을 본 적이 없었다. 이러니 진정한 사내 대장부다운 멋이 있었다. 나약한 여자에게 그는 튼튼한 의지가 되었다. 초안조의 폭발은 신월이를 억울하게 한 것이 아니라 오히려 그녀 마음속의 후회와 통한을 깨끗이 씻어주었다.

「신월이, 그 편지를 철회하시오!」

초안조는 명령하다시피 했다.

「난 신월이를 떠날 수 없어.」

「초 선생님! 전…….」

신월의 뜨거운 눈물이 초안조의 손에 떨어졌다. 그녀 마음속의 방어선은 벌써 무너졌다. 그녀는 그의 품속에 안기며 이렇게 말하고 싶었다. 전 일찍부터 철회하고 싶었어요. 전 쓰지 말았어야 해요. 그러나 그녀는 그렇게 하지 않았다. 맑은 이성이 그녀의 감정을 억제하고 있었고 감정은 또 그의 이성을 괴롭히고 있었다.

「……용서하세요. 전 철회할 수가 없습니다. 제가 당신을 사랑하지 않아서가 아닙니다. 바로 제가 당신을 깊이 사랑하기 때문에 그 사랑이 오래가지 못할까봐 두려워요. 어느 때건 제가 당신을 버리고 먼저 이 세상을 떠날 거예요. 그때 당신은 더욱 고통스러울 겁니다. 그러니 차라리 일찍…… 헤어지는 게 좋지요.」

「헤어져? 누가 우리를 갈라놓을 수 있어? 누가 우리를 갈라놓으려한단 말이오!」

초안조가 다급히 그녀의 손을 흔들면서 말했다.

「누가 그래요? 신월이는 무슨 소리를 들은 거요?」

「아니예요. 누구도 저한테 말하지 않았어요. 당신과 노의사, 그리고 우리 집 식구들은 모두 저를 속였지요. 제가 우연히 책에서 답안을 찾았습니다. 저의 병이 심해졌지요. 수술을 할 수 없게 되고 학교도 다시 갈 수 없게 되었지요. 전 이제 끝장이에요!」

신월이는 고통스럽게 두 눈을 감고 있었다. 이젠 완전히 실망한 모습이었다. 초안조는 멍하니 침대가에 섰다. 서로 붙잡고 있는 손들이 떨리고 있었다. 축음기의 음반은 아직도 돌고 있었고 처량하게 흐느끼는 바이올린 소리는 가슴이 미어지게 하였다.

「저의 꿈은 모두 산산이 깨졌어요. 사업이고 애정이고 모두 저와는 인연이 멀어요. 저를 잊으세요, 초 선생님! 기왕 제가 불행하게 된 바엔 제 스스로 불행을 감당하게 하세요. 기왕 제가 평범한 사람이 될 수밖에 없는 바엔 선생님을 피하고 저 혼자서 평범한 일생을 보내게 하세요. 하는 것 없이 사는 것은 생명의 낭비예요. 저는 이런 생활을 끝내고 싶었는데 저의 부모들을 자극할까봐 두려워서 사는 데까지 목숨을 이어가며 조용히 그 어느 날엔가 다가올 죽음을 기다리기로 했어요. 그런데 선생님은 왜 저를 위해 순장되어야 됩니까? 저를 떠나면 선생님에겐 여전히 모든 것이 있을 텐데요!」

신월이는 천천히 자기 손을 빼내고 말했다.

「저를 놓아주세요. 제가 없으면 선생님은 아무런 근심 걱정도 없을 거예요.」

뜨거운 눈물이 초안조의 눈에서 흘러내렸다. 그는 바이올린의 고통스런 신음소리를 꺼버리고 침대 옆에 앉아 다시 신월의 손을 잡았다. 그는 좀전에 자신이 너무 흥분하여 말이 거칠었음을 후회하였다. 이 병약한 학생은 엄격한 꾸지람을 받아내기 힘들 것이다. 그녀의 마음속의 고통을 따스한 손으로 어루만져주어야 한다.

「신월이,」

그는 가볍게 불렀다.

「왜 죽음을 생각했어요? 신월이의 그까짓 병이 뭐 그리 대단해요? 어떤 의학 권위자나 의학서적도 그런 결론을 내리지 못합니다. 수술하지 못하면 약물치료도 효과가 있을 텐데. 게다가 과학이 계속 발전하고 있고 신월이는 아직 젊으니까. 지난날 불치의 병이라던 폐결핵도 이젠 고칠 수 있어요.」

「저를 위안할 필요가 없습니다. 제가 걸린 병은 심장병입니다. 건강한 심장이 없고서야 어떻게 오래 살 수 있겠습니까? 조만간 죽음은 틀림없이 저를 찾아올 것입니다. 초 선생님, 전 죽기 싫습니다. 그러나 누구도 저를 구할 수 없습니다. 당신도 저도 모두 구할 수 없지요.」

「틀렸어, 신월이! 신월이를 구할 수 있는 사람은 나뿐 아니라 신월이 자신도 구할 수 있지요. 죽는 게 그렇게 쉬운 줄 아세요? 신월이는 작은 새나 풀이 아니라 사람이란 말예요. 사람은 대자연의 가장 빛나는 걸출한 작품이지요. 그리고 지구상 가장 완강한 생명이지요. 얕잡아보지 말고 포기하지 말아야 해요. 우리에게 한 번밖에 속하지 않는 귀한 생명을 아껴야 합니다.」

초안조는 넓적한 손바닥으로 신월이의 눈물을 닦아주고 그녀의 작은 손을 쓰다듬어 주었다.

「신월이는 알아요? 레닌이 병에 걸렸을 때 잭 런던의 유명한 소설이 생각나서 부인보고 읽어달라고 했지요. 거기서 병마를 이겨내는 힘을 얻었대요. 소설의 이름은 「생명을 열애하라」.」

「그래요? 전 몰랐어요. 몰랐지요.」

신월이가 혼잣말처럼 중얼거렸다.

「잭 런던, 저는 그의 작품을 좋아했지요. 「눈범」과 「바다 승냥이」

는 읽었지만 방금 전에 말한 그 소설은 읽지 못했습니다. 환자에 대해
쓴 겁니까?」

「환자에 대해서만 쓴 것이 아니라 크게는 인간에 대한 이야기지요.
영생불멸의 생명을 묘사했지요. 거기서 우리는 사람의 의지와 사람의
생명력이 얼마나 대단한가를 알 수 있고 사람인 사실이 자랑스러워지
지요!」

문학에 대해 말할라치면 초안조는 격정이 넘쳐흘렀고 마치 강의시
간으로 돌아간 듯했다.

「잭 런던은 젊었을 때 알래스카에 가서 금을 캤대요. 그는 그런 간
난신고의 경력을 가지고 있지요. 때문에 난 그 소설이 그의 화신이라
고 믿고 있어요. 그 글을 통하여 우리들은 그의 지혜와 생명력이 넘쳐
흐르는 두 눈을 볼 수 있고 자신감있게 웃는 입, 그리고 벌어진 입술
사이로 보이는 흰 이, 뾰족한 두 송곳니는 승냥이의 후손인 눈범보다
더 예리하고 단단함을 볼 수 있지요.」

「…….」

신월이는 조용히 초안조의 설득력 있고 감화력 있는 이야기를 듣고
있었다. 마치 자신이 미명호 가의 서재에 있는 듯싶었다. 그녀의 선생
님은 그녀가 지혜와 힘을 얻는 보물창고였다.

「북극권에 깊숙이 들어가 있는 아주 추운 알래스카 지구에 비틀거리
며 금 캐는 두 사람이 걸어가고 있었습니다. 기아와 피곤, 그리고 추위
가 덮쳐와서 두 사람은 이젠 기진맥진했습니다. 인적도 없는 황량한
들판을 걸어나간다는 것은 너무도 힘든 일이었습니다. 그때 그 중의
한 사람이 불행히도 발목을 삐었습니다. 그의 친구는 그를 내버리고
가더니 다시는 돌아다보지도 않았지요.」

초안조가 나지막한 목소리로 들려주는 이야기는 대번에 신월이의
마음을 사로잡았다.

「친구를 잃은 그 사람은 궁지에 몰렸지요. 그곳은 그가 한 번도 와 보지 못한 곳이었습니다. 나무도 관목도 풀도 없었지요. 끝없이 너른 황량한 벌판은 무시무시하고 죽은 듯이 고요했습니다. 그에게는 먹을 것도 떨어졌고 사냥총에는 탄알조차 없었지요. 그는 심지어 날짜도 몰랐습니다. 추측한 방향을 따라 무거운 짐을 메고 절룩거리며 걸어갔습니다. 그는 자신을 속였습니다. 친구가 앞에서 자기를 기다리고 있다고 말입니다.

하루 또 하루 그는 눈을 맞으며 비에 젖으며 죽을 힘을 다해 앞으로 걸었습니다. 온몸은 푹 젖었고 무릎과 두 발은 피가 낭자했습니다. 너무 오랫동안 굶은 탓인지 위가 칼로 도려내듯이 아프던 것도 사라졌습니다. 그의 위는 이미 잠든 게지요. 그는 사지가 나른해서 땅에 쓰러져 울었습니다. 처음에는 가만가만 울더니 시간이 좀 지난 후에는 무정한 황야를 향해 통곡하며 울었지만 울음을 들어줄 사람 하나 없었습니다. 그곳에는 나는 듯이 달리는 들사슴들과 무서운 울음소리를 내는 승냥이떼뿐이었습니다. 그는 이미 극도로 허약해졌습니다. 그에게는 먹을 것을 사냥해올 힘도 없었지요. 그는 겨우 잡은 손가락만한 고기 두 마리를 통째로 삼켜버렸습니다. 살기 위해서는 반드시 먹어야 한다는 그의 지성이 알려준 것입니다.

한번은 그가 혼미중에서 깨어나보니 큰 곰이 놀란 눈길로 그를 바라보고 있었습니다. 곰이 탐색조로 으르렁거리자 그도 도망치지 않고 무서운 모습을 일부러 지어보이면서 곰을 향해 으르렁거렸는데 그 소리는 아주 거칠고 무서웠습니다. 위기일발의 순간에 공포심이 용감성으로 변했던 것입니다. 그 곰은 꿋꿋하고 용감한 신비한 동물에 놀라서 달아나버렸습니다. 그제서야 그는 별안간 부들부들 떨더니 힘을 잃고 쓰러졌습니다.

그는 다시 정신을 가다듬고 계속 앞으로 전진하였습니다. 낮과 밤을 가리지 않고 걸었지요. 넘어지면 휴식하고 거의 꺼져가는 생명의 불꽃이 반짝이며 미약하게나마 타기 시작하면 다시 천천히 앞으로 걸었지요. 보통사람처럼 몸부림친 것이 아니라 그의 영혼이 육체와 같이 앞으로 걷고 기고 하였습니다. 영혼과 육체와의 연계는 이미 아주 미약해졌습니다. 그를 앞으로 나아가게 핍박하는 것은 그의 생명이었습니다. 그는 죽기를 원치 않았습니다. 이제는 고통스럽지 않았고 머릿속에는 기이한 환상과 아름다운 꿈만 있었습니다.

그는 끝내 넘어져서 다시는 일어나지도 못했습니다. 조금씩 조금씩 앞으로 기어갈 수밖에 없었지요. 땅바닥에는 기다란 핏자국이 생겼습니다. 그는 총을 버리고 짐과 금도 다 버렸습니다. 금보다 더 귀중한 것은 생명이었습니다. 강렬한 삶에 대한 욕망이 그로 하여금 앞으로 기게 하였습니다. 병에 지쳐 먹을 것을 얻지 못하는 어떤 승냥이가 이 생명이 위급한 환자 뒤를 바싹 따라오고 있었습니다. 탐욕스러운 눈으로 뚫어지게 바라보면서 그가 죽기를 기다렸습니다. 그러나 그는 오히려 그 승냥이를 죽여버리려고 하였습니다. 잔혹한 삶을 구하려는 비극이 시작된 것입니다. 두 생명이 들판에서 거의 죽어가는 몸을 이끌고 상대방의 생명을 앗으려고 했지요!」

신월이는 초안조의 손을 꼭 쥐고 숨을 죽이고…….

「나중에 그 사람에게는 기어나갈 힘조차 없었습니다. 거의 숨이 넘어갈 것 같았지요. 그렇지만 그는 죽는 게 싫었습니다. 죽음의 손아귀에 잡혀 있었지만 여전히 죽지 않으려고 반항했습니다. 그는 꼼짝하지 않고 반듯이 누웠습니다. 병든 승냥이의 숨쉬는 소리가 똑똑히 들려왔습니다.」

승냥이는 다가와서 거칠고 마른 혀로 그의 얼굴을 핥았다. 그는 의지력으로 승냥이를 목조여 죽이려 했지만 허탕을 쳤다. 민첩하고 정확하자면 힘이 있어야 하는데 그에게는 그 힘이 없었다. 두 생명은 대치

하기 시작하였다. 그들은 서로 시기를 기다리고 있었다. 승냥이와 사람의 인내심은 무서웠다.

그가 다시 한번 혼미 속에서 깨어났을 때 승냥이는 한창 그의 손을 핥고 있었다. 그는 조용히 기다렸다. 승냥이 이빨이 그의 손을 가볍게 물더니 천천히 힘을 주기 시작하였다. 병든 승냥이는 마지막 힘까지 다 써서 오랫동안 참고 기다렸던 사람의 살을 물었다.

「아!」

신월이는 너무 긴장하여 소리쳤다. 손에는 식은땀이 흥건히 나왔다. 그녀는 초안조의 팔을 있는 힘을 다해 붙잡았다. 마치 승냥이가 그녀를 향해 입을 벌린 듯하였다. 그녀는 살고 싶었다. 구해달라고 부르짖고 싶었다.

「들어봐, 조용히 들어보라니까요!」

초안조는 땀에 젖은 그녀의 떨리는 손을 살살 쓰다듬어 주었다.

「……신월이도 알지만 그 사람도 오래 기다렸지요. 그는 자신의 살을 겨우 목숨을 붙이고 있는 메스꺼운 승냥이에게 먹힐 수 없었지요. 승냥이가 그의 손을 무니 그도 피흘리는 손으로 승냥이의 잇몸을 틀어쥐었지요. 서로의 인내력과 의지가, 느린 몸부림 속에서 서로 대항하고 있었습니다. 아주 천천히요. 사생관두의 마지막 박투였습니다! 그는 한손으론 승냥이의 이빨을 틀어쥐고 다른 한손을 천천히 내밀어 승냥이의 목을 움켜잡았지요. 그는 억지로 몸을 엎어 온몸의 무게로 승냥이를 눌렀지만 승냥이의 목을 조일 힘이 없었습니다. 그는 얼굴을 승냥이의 목에다 대고 이젠 씹을 줄 모르는 입을 벌려서 천천히 물기 시작했습니다…… 따스한 액체가 그의 목구멍 속으로 흘러들어가서 그의 위를 채웠습니다. 그는 힘을 다 쓰고 났으므로 뒤로 넘어졌습니다.」

무서운 한 막이 끝났다. 서채 안은 조용해져서 두 사람의 심장 박동

소리와 숨쉬는 소리까지 들렸다. 신월이는 아직도 초안조의 손을 꼭 잡고 그를 올려다보면서 물었다.

「그 후에는요?」

「후에요?」

초안조의 눈에는 자랑스러운 빛이 흘러나왔다.

「승냥이는 죽고 사람은 살아남았지요. 그는 고래잡는 배를 타고 인간세상에 돌아왔지요. 햇빛이 찬란한 남부 캘리포니아에 그의 가족들과 꽃밭이 있는 그의 집이 있었지요. 그 모든 것을 버릴 수 없었기에 끝내 살아서 돌아온 것이지요. 그 금 캐는 사람은 비록 금은 얻지 못했으나 인간에게 가장 귀한 것을 얻었지요. 그게 바로 불요불굴의 생명이지요.」

「생명, 생명…….」

신월이는 조용히 이 두 글자를 되풀이했다.

「신월이!」

그는 열정적으로 그녀를 바라보며 말했다.

「신월이 앞에는 지금 한 마리의 승냥이가 있지요. 그 승냥이는 그렇게 크지도 않고 그렇게 무섭지도 않아요. 그리고 신월이는 혼자 승냥이와 박투하고 있는 게 아니잖아요? 나도 있는데. 두 생명이 합쳐졌을 때 그 힘은 얼마나 크겠어요? 난 신월이를 부축하며 끌면서라도 앞으로 갈 거예요. 이 알래스카를 걸어나오면 우리에게도 아름다운 내일이 있을 겁니다.」

「초 선생님.」

신월이는 그의 가슴에 얼굴을 대고 그의 심장의 힘있는 박동소리를 들어보았다.

「우린…… 걸어나갈 수 있을까요? 전 다시 학교에 못 갈 텐데, 그리고 번역사업에 종사할 수도 없게 되었는데. 내일은 저의 것이 아닌 것 같습니다.」

「아니지요. 신월이가 가령 내일을 내다보지 못한다면 오늘 또한 아무런 의의가 없습니다. 오늘을 단단히 틀어쥐어야 내일이 신월이의 것이 되지요. 누가 신월이에게 학교에 갈 수 없고 번역사업에 종사하지 못한다 했습니까? 적극적으로 치료하고 건강을 회복하면 일년, 안 되면 이 년, 언젠가 신월이는 건강한 몸으로 북경대학에 돌아갈 겁니다. 사람에게 무서운 것은 질병이 아니라 의지와 신념을 잃어버리는 것입니다. 자포자기하지 말고 소극적으로 기다리지 마시오. 신월이는 진작부터 나의 조수가 되지 않았습니까?」

「제가 무슨 조수예요?」

신월이가 웃었다.

「전 선생님의 일을 방해만 했는데. 제가 아니었다면 선생님의 책은 벌써 다 번역되어 나왔을 텐데요.」

「그렇게 말하지 마시오.「주검」의 역문에 대하여 신월이가 내놓은 의견이 아주 좋았거든요. 이제 두 편의 글만 남았어요.「비공(非攻)」과「기사(起死)」인데 우리 두 사람이 하나씩 맡아 번역합시다. 초고가 나오면 다시 토론하고 고치는 게 어때요?」

「제가…… 되겠습니까?」

신월이가 망설이다 물었다.

「한번 해보세요!」

초안조는 믿음이 가득한 눈길로 그녀를 바라보면서 말했다.

「첫걸음을 떼야 두번째 걸음을 어떻게 걸을지 알 수 있지요. 사업에 대한 탐구와 추구로서 자신을 튼튼하게 해야지요. 우리 함께 앞으로 나아갑시다. 한평생 말입니다.」

「초 선생님…… 전…… 당신을 따라 앞으로 나아가겠습니다.」

신월이는 분명 너무 젊었다. 그녀는 인생의 길을 이제서야 열아홉

해 걸어왔기에 한가닥의 희망만 보여도 그녀는 자신을 포기하려 하지 않았다. 운명이 그녀의 모든 것을 박탈해가더라도 초 선생님만 옆에 있다면 그녀는 강하게 살아나갈 것이다. 그녀의 눈앞에는 꼬불꼬불하고 울퉁불퉁하지만 끝이 보이지 않는 길이 나타났다. 넘어졌던 사람이 안간힘을 쓰며 다시 일어났다. 모든 것에 아랑곳하지 않고 다시 앞으로 걸어가려 한다. 그 사람은 알래스카의 금 캐는 사람이 아니라 바로 신월이었다. 아침 노을이 그녀의 머리와 어깨에 비춰졌다. 금빛보다도 더 찬란한 생명의 빛을 반짝이었다. 아니다, 그녀는 혼자가 아니었다. 초 선생님이 그녀와 함께 손잡으며 가고 있었다. 두 사람의 모습이 하나의 생명으로 융합되었다.

한씨 부인은 신이 나서 집으로 돌아왔다. 며느리의 임신은 확실하였다. 이 사실이 시어머니가 된 그녀에게 백 배도 더 살맛나게 하였다. 자유시장을 지나올 때 산 닭 한 마리를 사서 사원에 들러서 잡아가지고 왔다. 집에 오자 고모에게 맛있게 볶아서 숙언이를 보신시키라고 부탁하였다.

그 죽순 고추볶음 닭고기를 초안조에게도 접대하였다. 식탁에서 신월이의 기분은 좋았다. 끊임없이 초안조에게 채를 집어주고 초 선생, 초 선생님 하면서 상냥하게 대했다. 한씨 부인도 물론 할 말이 없었다. 식사시간이 되었으니 손님을 굶겨보낼 수는 없었다.

초안조가 돌아간 후 한씨 부인은 고모에게 말했다.

「초 선생님이…… 어쩜 신월이한테 그렇게 잘하지요?」

「그래요.」

고모도 감탄하며 말했다.

「선생님이니까 학생에겐 물론 부모 같겠지요.」

「부모? 그 사람이 이제 겨우 몇 살이라구요?」

한씨 부인은 이맛살을 찌푸렸다.

「신월이도 이젠 다 큰 처녀애인데 그냥 그렇게 선생님과 어울려 있으면 되나요? 우린 점잖은 집안인데 남들이 손가락질하면 어쩌겠어요?」

「그래?」

고모도 놀라며 한씨 부인이 한 말을 생각해보았다.

「후에 그 사람이 다시 오면,」

한씨 부인이 당부했다.

「신월이가 집에 없다고 그러세요. 놀러나갔다구요…… 혹은 아예 친척집에 휴양갔다든지. 네?」

고모는 들으면서 대꾸하지 않았다.

또 여름방학이 되었다. 나수죽, 사추사 등 학생들은 또 바삐 짐을 꾸리기 시작하였다. 각자 부모들에게 들려줄 말이 많고 많았다. 초안조는 상해로 돌아가려 하지 않았다. 비록 그도 어머니와 누나가 그립고 집이 그리웠지만 북경에도 그의 집이 있었다. 연원의 서재뿐 아니라 박아댁도 그의 집이었다.

정효경은 금년 여름방학 동안 부모를 따라 북대하(北戴河)에 가서 일주일 놀게 되었다. 일주일은 비록 짧았지만 얻기 힘든 기회였다. 반의 다른 동창들은 누구도 이런 특별한 대우를 누릴 수 없을 것이다. 그녀는 아직 바다 구경을 못 했기에 마음은 벌써 들떠 있었다.

유쾌한 여행길에 나서기 전에 그녀는 박아댁에 찾아가서 한신월을 보려 했다. 자기와 비교해 볼 때 신월이는 정말 너무 불행하였다. 만약 그녀를 찾아가서 위안해주지 않으면 마음이 너무 무거울 것 같았다. 그녀에게는 그럴 만한 책임이 있다. 그리고 초 선생님께도 전보다 더 신월이에게 관심을 갖겠다고 말했다. 그것이 동정이 아닐 거라고 그녀는 생각했다. 그녀가 초 선생님을 비판할 때 선생님이 신월이를 동정한다고 한 말은 타당하지 않은 것 같다. 그러나 초 선생님이 분해 하면서 하인이 주인의 동정과 은혜를 구걸한다느니 한 것은 너무 과격한 표현인 것 같다. 지금의 새 중국에 어디에 하인이 있고 주인이 있단 말인가? 초 선생님은 평소에는 점잖고 얌전하지만 토론으로 들어가면 아주 과격해진다. 그는 신월이와의 애정을 채색 노을보다 더 아름답게 묘사하고 맑은 샘물보다 더 순결하게 묘사했다. 그는 이젠 학생 앞에서도 남녀 애정에 관한 화제를 피하지 않고 말할 수 있고 그렇게도 자신만만하고 당당하게 말한다. 정효경도 금방 청춘에 들어선 소녀라 감화력을 가지고 있는 그의 언사에 귀를 기울이지 않을 수 없었다. 그녀도 슬그머니 인생의 길에서 만나지 않을 수 없는 그 단계를 동경하였다. 그녀도 애정을 묘사한 문학작품들을 읽었고 「햄릿」을 연출하였다. 햄릿의 오필리어에 대한 진지하고 미칠 듯한 사랑이 그녀의 마음을 깊이 감동시켰고 그들의 비극에 눈물을 흘렸다. 「햄릿」이 끝내 무대에서 공연되지 못하자 그녀는 유감스러워했다. 그런데 그녀의 어머니가 이렇게 말했다.

「너희들 여자 주인공이 앓았기에 망정이지. 그렇지 않고 5 · 4절에 그런 극을 공연했다간 문제가 생겼을 거다.」

그녀는 너무도 무서웠다. 확실히 「햄릿」은 그녀가 평소에 하고 있는 사상정치 사업과는 너무도 조화가 이루어지지 않는다. 특히 그녀가 당 총지 선전위원이 된 후에는 더욱 그렇다.

그런데 그녀는 무엇 때문에 아직도 「햄릿」에 미련을 가지고 있는가? 무엇 때문에 초 선생님을 자발적으로 찾아가서 도우려 했는데 그분 앞에서는 연약무능해지는가? 무엇 때문에 그분의 질문에 말이 막혀버리는가?

그녀의 머릿속에는 많고 많은 이론들이 뒤섞여 있었다.

초 선생님이 하신 말, 학과총지 서기가 하신 말, 당위 서기가 하신 말, 그리고 아빠가 하신 말…… 두말할 나위 없이 초 선생님의 견해는 그들과 일치하지 않고 심지어 모순되는 점도 있다. 그런데 무엇 때문에 그들은 모두 자신들의 견해가 마르크스레닌주의라고 하는지 알 수 없다. 같은 마르크스레닌주의에 같지 않은 해석이 있을 수 있는가? 무엇 때문에 서로 모순되는 이론 모두 그녀의 마음을 감동시키는가? 어쩌면 자신의 머릿속에 자산계급의식이 있어 식별능력이 결핍된 것은 아닌가? 이것 때문에 그녀는 진지하게 마르크스, 엥겔스, 레닌, 스탈린의 저작과 『모택동선집』 네 권을 다 읽어보았으나 유감스럽게도 애정을 논하는 글을 찾지는 못했다.

그녀는 오히려 원래보다 더 어리둥절해졌다.

정효경은 박아댁 문앞에서 한참 동안 서성거리면서도 신월이를 만나면 뭐라고 말해야 좋을지 생각이 나지 않았다. 반주임과 그녀의 사랑을 묵인해야 옳은지 아니면 그녀에게 모든 방해를 물리치고 혁명적 인생관을 수립하라고 해야 옳은지 종잡을 수 없었다. 아이구, 그녀의 인생이 얼마나 길지 누가 알랴?

별안간 그런 생각이 그녀의 머릿속에 퍼뜩 떠올랐다. 학교에는 연속이 년간 휴학하면 자동적으로 학적이 없어지는 규정이 있다. 한신월이 병으로 휴학한 지 이 년이 되었으니 그녀는 이젠 북대 학생이 아니고 자기 반하고도 아무런 관련이 없지 않은가? 그녀의 일을 내가 해결하기 힘들면 그만두어도 괜찮지. 한 사람의 힘으로 전세계를 구할 수는 없으니까!

그녀는 끝내 어쩔 수 없는 핑계를 찾아내었다. 누가 그때 나와서 볼까봐 그녀는 도망치듯이 박아댁을 떠났다. 비록 그녀의 마음도 그것 때문에 불안했지만 별수가 없었다.

1962년 9월 24일부터 27일까지 중국공산당 8기 10중 전체회의가 북경에서 열렸다. 모택동 주석이 전체회의에서 중요한 강화를 하였다. 그는 전반 사회주의 역사단계에 자산계급이 존재하고 있고 또 자본주의가 복벽할 위험이 있다고 지적하면서 계급투쟁은 반드시 해마다 하고 달마다 하며 날마다 해야 한다고 강조하였다.

그의 강화는 국민경제의 어려운 국면이 이제 막 호전되기 시작했을 때 중국공산당에게 정치투쟁의 사상무기를 제공하였고 경종을 울려주었다.

「고사신편」의 번역이 계속되고 있었다. 두 사람은 반복해서 토론하고 고치고 다듬고 또 다듬었다. 이 책의 번역은 벌써 이 년이나 끌었다. 초안조도 그렇게까지 끌고 싶진 않았으나 과중한 사업과 여러 가지 방해, 그리고 신월이의 병이 그의 저녁시간을 대부분 차지하였기에 그는 하는 수 없이 몇 번이나 중단했었다. 그러나 이젠 더 미룰 수 없었다. 출판사에서 재촉하는 것도 있지만 더 큰 이유는 신월이를 위해서였다. 번역을 시작할 때부터 신월이는 그렇게도 열정적으로 관심을 가졌고, 병상에 누워서도 걱정해왔다. 그녀는 번역을 그다지도 깊이 사랑하고 있었다. 이 첫번째 독자가 초안조에게 준 힘도 매우 컸다. 지금 그는 신월이의 미래의 운명이 어떤지 똑똑히 알고 있었으나 그는 기어코 신월이의 운명을 바꿔놓고 그녀에게 사랑을 주며 사업의 즐거움을 안겨주려 했다. 그는 신월이와 함께 그 역저를 완수하여 두 사람의 이름을 적어넣으려 했다.

그는 분초를 다투어 일했다. 하루 빨리 번역을 끝내 책이 빨리 출판되기를 희망하였다. 새로 찍어낸 책이 신월의 손에 놓였을 때 그녀가 얼마나 좋아하겠는가를 상상해보았다. 그것은 운명이 그녀를 버리지 않았고 사업도 그녀를 포기하지 않았음을 말하는 것이 된다. 재미가 하나도 없는 번역의 생애가 이 책으로부터 시작된다. 이후의 길은 아직 멀고도 멀다. 그는 자기가 옆에서 그녀와 함께 그 길을 걸어간다면 신월이는 결코 넘어지지 않으리라고 고집스레 믿고 있었다.

신월이의 얼굴색이 날마다 좋아지고 오랫동안 병도 발작하지 않으니 식구들도 마음이 다소 놓였다. 그런데 초안조가 너무 자주 오니 한씨 부인은 불안하였다. 그녀는 고모를 나무랐다.

「왜 막지 않았어요?」

고모는 난처해 했다.

「내가…… 어떻게 막겠어요? 그분이 고맙게 신월이 보러 그 먼 데서 오는데. 난 남에게 듣기 싫은 말 할 줄 몰라요.」

「그럼 나만 그런 말 할 줄 알아요?」

한씨 부인은 마음이 언짢았다. 한 사람이 너무 재간이 있으면 다른 사람은 다 뒤로 나앉고 혼자 재간을 부리게 된다. 누가 미움을 사기 좋아하겠는가? 그러나 이 초 선생은 조만간에 미움을 사야 했다.

그날 초안조는 삼학년 영어 과목 강의를 마치고 서둘러 점심식사를 한 후 박아댁으로 달려왔다.

「네, 초 선생님이세요?」

고모는 여느 때와 같이 문을 열어주면서 이렇게 말했다.

「오늘은 공교롭게 신월이가 집에 없어요.」

「어디 나갔어요?」

초안조는 의외라는 듯이 물었다.

「어디 갔지요? 또 발작했습니까?」

「아니 그런 게 아니라,」

한씨 부인이 안에서 나오면서 말했다.

「오늘은 그애 언니와 함께 병원에 검사하러 갔습니다. 또 한 달이 되었으니 말입니다.」

「검사요? 검사하려면 오전에 가야지요. 제가 신월이와 약속했는데요. 모레 오전에 저와 함께 가자구요.」

「오후에는 환자가 적어서 의사가 자세히 검사할 수 있지요.」

한씨 부인이 미소를 지으면서 말했다.

「그애 언니가 세심하기 때문에 함께 가면 전 마음이 놓여요. 초 선생님, 이젠 더 폐를 끼치지 않겠습니다. 마냥 선생님 시간을 허비하게 해서 우린 부모로서 너무 미안합니다.」

「큰어머니, 그렇게 말씀하지 마세요.」

초안조는 신월이가 걱정되어 작별을 고하였다.

「그럼…… 전 병원에 가보겠습니다.」

「아니, 갈 필요 없어요.」

한씨 부인이 한사코 말리면서 말했다.

「방에 들어갑시다. 차나 드시지요. 저도 할 말이 있습니다.」

초안조는 거절할 수 없어서 따라들어갔다. 한씨 부인이 무슨 할 말이 있는지는 알 수 없었다. 남채 객실에 들어가니 한자기가 한창 차를 마시고 있었다. 그는 그제서야 상황을 알아차렸다. 두 분이 다 계시는 것을 보니 신월이 언제 복학할 수 있는가 하는 것을 물으려는 게 아닌가? 이 난제를 어떻게 풀어야 하나?

「아니, 초 선생님 오셨습니까?」

한자기는 공손하게 일어나 인사하면서 자리를 권했다. 초안조는 자신의 추측이 맞는다고 생각했다. 그러나 사실 한자기는 일부러 초안조를 기다린 것이 아니었다. 요즘 그의 공사에서는 매일 계급투쟁을 강조하고 있는데 비록 그에 대한 말은 나오지 않았으나 그는 들을수록 마음이 불안하고 걱정스러웠다. 오늘 오후에는 더 듣기가 힘들어 허리가 아프다는 핑계를 대고 휴가를 얻어 집에 돌아온 참이었다. 딸이 집에 없으니 마음이 비길 데 없이 불안했는데 마침 초안조가 오니 이 젊은 학자와 이야기를 나누고 싶었다. 초안조는 한자기 옆에 앉았다. 한씨 부인이 고모를 시키지 않고 직접 차를 내왔다.

「큰아버지, 큰어머님.」

초안조는 차를 받아 상 위에 놓고 마시지는 않았다. 그는 신월이가 집에 없을 때 두 노친네들에게 말하는 것이 좋겠다고 생각하고 자발적으로 말했다.

「최근에 신월이의 건강이 많이 회복되었습니다.」

「참 그렇습니다. 내가 보기에도 그애 기분이 이전보다 많이 좋아진 것 같습니다.」

한자기가 말을 받았다.

「의사 선생님이 그렇게 정성들여 치료해주고 선생님께서 그애에게 관심을 가져주고 격려해준 덕분입니다. 신월이는 아직도 아이여서 그렇게 달래주면 기분이 좋아져서 병도 낫는 것 같습니다. 그런데 선생님께서 무슨 책을 쓰시는 것 같더군요? 그앤 그 일에 관심이 많은 것 같아요.」

이것은 본래 초안조가 말하려던 화제가 아니었으나 한자기가 물으니 대답할 수밖에 없었다.

「네, 노신의 소설집인 「고사신편」인데 저와 신월이가 함께 번역하고 있습니다.」

「그애에게 어찌 그런 재간이 있겠습니까? 초 선생님이 일부러 신월이를 추켜주고 격려하는 것이겠지요. 선생님이 마음을 많이 쓰는 것을 저도 보아왔습니다. 정말 고맙습니다. 신월이가 어떻게 선생님과 함께 번역하겠습니까?」

한자기는 한숨을 쉬었다. 딸이 공부를 그만둔 것을 생각하니 그도 더 이상 딸을 낮추어 말하기가 가슴 아팠다. 그도 딸이 인재가 되기를 얼마나 바랐던가? 그런데…… 후유, 이렇게 좋은 선생님을 만나지 못했더라면 번역을 할 수 있다는 것은 상상도 못할 일이다.

「아닙니다.」

초안조가 말했다.

「신월이에게는 타고난 훌륭한 언어 재간이 있습니다. 그리고 문학을 좋아하고요. 그녀는 노신의 작품에 대하여 독특한 견해를 가지고 있어서 번역하는 저에게 도움을 많이 주고 있습니다. 우린 합작이 잘되고 있습니다.」

「그래요?」

한자기는 흐뭇하게 웃었다. 비록 그 웃음은 처량하였으나 선생님이 딸을 칭찬하니 그의 마음은 그래도 기뻤다.

「애석하게도 난 아직 그애가 번역한 것을 보지는 못했어요. 그런데 선생님이 번역한 「주검」은 보았습니다. 잘 쓴 글이더군요. 전 노신에 대해서는 아는 것이 적지만 간장(干將), 막야(莫邪)의 이야기는 잘 알고 있지요. 번역이 아주 재미있어서 단숨에 다 보았지요.」

「과분한 칭찬입니다. 그건 원작의 공로입니다.」

초안조는 겸손한 체한 것이 아니라 정말 진지하게 말했다.

「번역할 때 원작의 뜻이 잘못 표현될까봐 걱정을 많이 했지요. 예를 들면 그 몇 수의 괴상한 노래도 처음에는 직역을 했더니 참 읽기 힘들더군요. 후에 신월이의 건의를 받아들여서 의역을 했더니 읽기가 순조로웠습니다.」

「그래요?」

한자기는 기뻐서 고개를 끄덕였다. 그도 그 역문을 볼 때 노래들을 더 윤색했으면 좋을 것 같다는 생각을 했었으나 차마 말은 하지 못했는데 금방 선생님의 말을 들으니 딸이 자랑스러웠다.

옆에 있던 한씨 부인은 정말 언짢았다. 그들이 하는 말들은 알아들을 수도 없고 흥미도 없었다. 그녀는 완곡하게 그들의 대화를 끊어버렸다.

「신월이에게 설사 재간이 있다 해도 다 선생님이 가르친 것이지요. 초 선생님이 그렇게 그애에게 관심을 갖느라고 많은 시간을 쓰시고 그애를 가르치느라고 몇 번이나 오셨는데 우린 어떻게 인사를 드려야지요?」

초안조는 당황하여 말했다.

「그건 제가 마땅히 해야 할 일입니다. 저는 그애의 선생이고 남이 아니니까요…….」

「글쎄, 말은 그렇지만 우린 미안하지요.」

한씨 부인이 미소를 지으며 말했다.

「신월이가 학교에 다닌다면 선생님께서 고생하셔도 괜찮지만 그애는 팔자에 그렇게 병이 걸리게 되었으니. 보니까 이삼 년 가지고 될 일도 아니고 학교도 못 다니게 되었는데 집에서 책을 보고 머리를 써서 무얼 하겠습니까? 괜히 선생님만 헛고생시키지요. 내가 보기엔 그애를 집에서 푹 쉬게 하는 게 낫겠습니다. 초 선생님도 일이 바쁘실 테니 자꾸 오지 마세요!」

한자기는 이맛살을 찡그렸다. 아내의 말에 일리가 없는 것은 아니지만 그의 마음을 아프게 깊이 찔렀다. 좀전의 좋았던 기분이 다 사라졌다.

「그런 희망도 없이 그애가 어떻게 안심하고 병을 치료하겠소?」

「그렇습니다.」

초안조는 우울하게 한씨 부인을 바라보며 말했다.

「아시겠지만 그 책은 그녀에게 병을 이겨낼 용기를 주었습니다. 우린 곧 완수하게 됩니다. 저는 원컨대…….」

「선생님은 물론 그애가 낫기를 희망하겠지요.」

한씨 부인은 말을 가로채며 말했다. 이 사람은 왜 이렇게 눈치가 없어? 꼭 털어놓고 말을 해야 돼? 그럼 내가 독하다고 하지 마라. 속으로는 그렇게 생각하면서도 얼굴에는 웃음을 띠고 말했다.

「그애가 선생님께 무슨 도움을 주겠습니까? 선생님 일을 그애가 망치게 하지 마세요. 그건 그렇구요. 신월이는 스무 살이 다 되어가는 처녀이고 초 선생님도 이렇게 젊으니 이미 휴학을 한 여학생과 너무 가까이 지내면 학교에서 말이 없겠어요? 선생님의 명예에 영향을 주면 그걸 어떻게 설명하겠습니까? 그럼 저희들도 선생님께 미안하구요.」

초안조는 멍해졌다. 이것이야말로 한씨 부인이 오늘 하려는 말이로구나.

한자기는 아내가 이런 말을 하리라고는 생각도 하지 못했다. 그는 들을수록 기가 막혀서 몇 번이나 눈짓을 했으나 한씨 부인은 모르는 척하였다. 그녀가 하고 싶은 말은 누구도 막지 못한다. 한자기는 부득불 말을 끊어버리고 화난 얼굴로 말했다

「쯧쯧, 왜 그런 쓸데없는 생각을 하고 있소? 너무 무례하구먼. 초 선생님은…….」

그는 아내의 헛소리 때문에 불안하였다. 그는 난처해 하면서 초안조에게 말했다.

「초 선생님, 이 사람은 요즈음 신월이 병 때문에 머리가 어떻게 된 것 같습니다. 딸을 아끼는 마음에 아무 말이나 막 합니다. 기분 상하는 게 있어도 많이 양해해 주세요.」

「당신들은 모두 교양이 있는 사람들이니 일자무식인 저보다 세태와 도리도 잘 알겠지요?」

한씨 부인이 미소를 짓고 말했다.

「저도 초 선생님이 그런 뜻이 없는 줄 알지만 노파심에 말씀드리는 것뿐입니다. 그게 양쪽에 다 좋지요. 괜히 헛소문이라도 나면 시끄러우니까요.」

초안조는 조용히 한씨 부인의 말을 들으면서 생각했다.

한씨 부인의 눈이 참 무섭다. 그녀가 이미 다 눈치챘으니 어떻게 할 것인가? 모든 것을 부인하고 그들을 속이고 자신도 속이겠는가? 아니면 그들에게 공개할 것인가? 그는 신월이를 생각했다. 만약 그와 신월이의 광명정대한 애정을 감춘다면 그건 신월이에 대한 모욕이다. 잠깐 침묵을 지킨 후 초안조는 후자를 선택하였다.

「큰어머니, 전 당신의 좋은 뜻을 이해할 수 있습니다. 저는 자신의 명예를 아끼고 있고 마찬가지로 신월이의 명예도 아끼고 있습니다. 저는 신월이의 선생이고 또 친구입니다. 신월이에게 손상을 입히는 어떤 일도 하지 않을 것입니다. 그 점에 대해서는 시름을 놓으십시오. 그러나 오늘 두 분께 저도 분명히 드려야 할 말이 있습니다. 당신들은 신월이의 부모이시니 신월이를 사랑하고 조금이라도 신월이가 상처를 받거나 손실을 입는 것을 원하지 않지요. 저도 그녀를 사랑합니다. 당신들과 마찬가지로 열렬하게 사랑하고 있습니다.」

아무런 숨김도 없는 진정한 토로는 한자기 부부를 깜짝 놀라게 하였다.

한자기는 오늘의 대화에 아무런 준비도 없었고 일이 이렇게 되리라고는 생각도 하지 못했다. 아내의 말도 너무 당돌했는데 초안조의 대답은 더욱 그를 놀라게 하였다. 선생과 학생간에 애정이 생기다니. 한자기는 순간 자신이 너무 늙었음을 느꼈다. 눈도 밝지 않고 귀도 밝지 않아 자기 옆에서 발생한 일에 아무런 눈치도 채지 못했으니 말이다. 딸이 자라 이젠 청춘묘령의 처녀가 되어서 사상이 가장 활약하고 감정도 가장 풍부하여 이성의 유혹을 막아낼 능력이 부족하다. 일단 애정의 늪에 빠지면 헤쳐나오기 힘들다. 어쩌면 좋은 혼인으로 이어질 수도 있지만 어쩌면 비극을 빚을지도 모른다. 애정의 비극이 사람에게 주는 손상은 그 어느 것보다 커서 인생을 파멸시킬 수도 있다. 부모로서 너무 등한했다. 그것들을 진작에 생각해서 딸에게 인생의 길에 얼마나 많은 험난한 협곡과 가파로움이 있는지 알려주고 반드시 조심해야 한다고 당부했어야 하는데…… 그런데 그 모든 것을 아직 하지도 못했는데 초안조가 먼저 선수를 쳤다. 가령 한자기가 일찍이 발견했더라면 과단성 있게 저지하거나 다른 쪽으로 유도를 했을 텐데 지금은 너무 뒤에 처졌다.

「아니, 그러면 내가 오늘 한 말이 틀리지 않았구먼!」

한씨 부인은 비록 이미 추측은 했으나 정작 고백을 받고 나니 놀라지 않을 수 없었다. 그녀는 자신의 말이 늦어졌음을 후회하지 않았다. 오늘 자기가 결단을 제때에 내렸고 자신의 머리가 영감보다 빨랐음을 다행이라고 생각했다. 그녀의 마음이 두근두근 뛰기 시작하였다. 이렇게 말 잘하고 학문 있는 사람은 어떻게 대처해야 하는지 생각해보았다. 한바탕 꾸짖어서 미움을 사기는 좀 미안했다. 이 사람은 신월이에게 은공이 있는 사람이어서 그렇게는 할 수 없었다. 그래도 잘 달래서 좋게 헤어지게 하여 보내는 것이 나을 것 같았다. 다시 오지 못하게 하면 될 일인데. 여기까지 생각이 미치자 그녀는 여전히 웃는 얼굴로 말했다.

「초 선생님, 우리 부부는 처음부터 선생님을 다르게 보지 않았습니다. 당신은 신월의 선생님이고 그녀의 부모뻘 되는 사람입니다. 하루 사제간이 평생 부자간이 된다구 당신의 신월이에 대한 은공을 우린 한평생 잊지 않을 겁니다. 그런데 그 아이는 아직 어리고 지금 또 앓고 있으니 어디 혼인을 생각할 겨를이 있겠습니까? 초 선생님도 이젠 어리지 않지요? 스물일고여덟 되겠지요? 자기의 종신대사를 신월이 때문에 늦추지 마시지요. 선생 같은 좋은 조건에 어떤 사람을 못 찾아 이런 환자한테 마음을 두세요?」

「큰어머니,」

초안조는 감정이 격해져 그녀의 말을 끊어버렸다.

「저의 눈에는 신월이가 이 세상에서 가장 좋은 처녀로 보입니다. 완전무결한 사람으로 보일 뿐이지 가련한 환자가 아닙니다. 저는 일찍부터 신월이를 사랑하였고 그녀도 저를 사랑하고 있습니다. 만약 그녀의 병이 아니었다면 전 절대 이렇게 일찍이 그녀에게 사랑을 토로하지 않았을 겁니다. 그런데 후에 상황이 변했지요. 그녀가 병에 걸려 넘어지게 되었습니다. 아시는지요? 학교와 단체를 떠나고 학습과 사업을 떠난 사람에게 무엇이 필요하신지 아십니까? 그녀가 가장 바라는 것은 감정이고 사랑입니다. 저는 저의 사랑으로 그녀의 마음을 덥혀주고 그녀로 하여금 아픔을 잊고 번뇌를 잊어버리고 건강한 사람처럼 청춘의 활기를 되찾게 하려고 그럽니다.」

책상을 잡고 있는 그의 손이 약간 떨렸다. 얼굴은 격해져 새빨갛게 물들었고 두 눈에는 불 같은 진실이 타오르고 있었다. 그는 한씨 부인을 보고 또 한자기를 보더니 말했다.

「제가 일찍이 두 분의 의견을 들어보지 않은 것을 용서해주십시오. 저는 당신들의 마음과 저의 마음이 꼭 통하리라고 믿었습니다. 당신들은 신월의 부모이니 저의 부모와 같습니다. 부모 앞에서는 약간의 속임도 있어서는 안 되지요. 저는 신월이를 사랑합니다. 마치 신월이가 저를 사랑하듯이 말입니다. 저는 영원히 그녀와 함께 있고 영원히 그녀와 헤어지지 않을 겁니다.」

한자기는 멍하니 불 같은 격정을 토로하는 젊은이를 바라보았다. 그의 마음은 이미 이 젊은이에게 깊이 감화되었다. 지나간 일들이 하나하나 그의 눈앞에 떠올랐다. 이 젊은 영어선생님은 이전에 그가 마음속으로 존경한 사람이었다. 지금은 더욱 친근해 보였고 사랑스러워 보였다. 이 젊은이가 신월이에게 얼마나 많은 사랑을 주었고 힘을 주었으며 박아댁에 활기를 주었던가? 기왕 인생의 길에서 애정을 피할 수 없을 바에야 딸이 이런 사람을 사랑한 것이 다행이 아닌가? 신월이는 유치하고 우둔하며 주견이 없는 아이가 아니다. 그녀가 이렇게 좋은 사람을 만났다. 한자기에게 신월이는 십구 년 동안 그의 감정과 그의 마음을 끈 존재였다. 한자기는 여태까지 딸을 위해 어떤 사윗감을 골라야 하는가를 생각해보지 않았다. 지금 초안조가 집으로 뛰어들어왔으니 그가 그래 가장 좋은 상대가 아니겠는가? 아직도 더 골라야 하는가? 아버지는 늙었으니 딸을 한평생 보살펴줄 수 없다. 조만간 이 세상을 떠날 것이다. 그때가 되면 병약한 딸을 누구에게 맡기겠는가? 바로 초안조다. 이 젊은이 정도면 믿을 만하고 마음놓을 수 있다. 이 사람이야말로 딸을 맡길 수 있는 유일한 사람이다. 딸의 행복, 딸의 생명, 딸의 모든 것을 그에게 맡기자. 정중하게 그에게 부모들이 다하지 못하는 책임을 맡아달라고 부탁하자.

한자기의 마음속에 격정이 일어났다. 마치 딸을 내보낼 때가 되어 아쉬우면서도 또 소원이기도 한 것 같았다. 말하자. 이 젊은이에게 늙은 아비의 마음을 모두 꺼내 보이자.

그러나 이미 속셈이 있는 한씨 부인은 영감의 눈길을 보고 말을 하지 못하게 하려고 재빨리 말을 꺼냈다.

「초 선생님, 그렇게 신월이를 대단하게 보니 저희들도 선생님을 낮게 보지 못하지요.」

한씨 부인은 먼저 초안조의 체면을 세워주었으니 다음 말은 길게 하지 않아도 초안조가 바보가 아닌 이상 곧 알아차리겠지 하고 생각했다. 부모들이 싫어하면 물러서면 그만일 텐데 그렇게도 고지식하여 점점 더 열을 내며 말끝마다 사랑이니 애정이니 하는 것이 듣기에 너무도 귀에 거슬렸다. 이젠 시원히 물리치지 않고는 안 될 것 같다. 한씨 부인이 약간 마음을 다잡더니 말했다.

「그러나 이 일은 절대 안 됩니다. 당신은 알아야 해요. 당신과 우리는 종교가 다릅니다.」

한자기의 꿈은 그녀 때문에 산산이 부서졌다. 그도 소홀했다. 아주 중요한 문제를 무시했다. 초안조는 모슬렘이 아니다.

「종교요?」

초안조가 놀라면서 물었다.

「신월……이도 종교를 믿어요?」

「그야 물론이지요!」

한씨 부인은 망설이지도 않고 말했다.

「회회들이 어디 종교를 믿지 않는 사람이 있겠어요? 우리는 알라를 믿고 당신들 한인들은 보살을 믿지요.」

「저는 보살도 믿지 않고 어떤 종교도 믿지 않습니다.」

초안조가 말했다.

「그러나 저는 당신들의 신앙을 존중합니다. 이슬람교가 주장하는 평화와 사랑은 사실 인류 공통의 아름다운 소원입니다. 신앙은 사람을 고상하게 하고 사람의 영혼을 깨끗하게 하며 경건한 신도는 존경받을 만한 것이지요. 저는 당신들의 생활습관도 존중합니다. 제 생각에는 우리 사이에 아무런 장애가 없다고…….」

초안조는 너무 천진하였다. 그는 이슬람교에 대해 아는 것이 너무 적었다. 겨우 존중만 하면 되는가? 존중은 신앙하는 것이 아니다. 그가 말한 어떤 종교도 믿지 않습니다란 그 한마디만으로도 이미 한씨 부인의 반감을 사기에 충분했다.

「안 돼요!」

한씨 부인은 험상궂은 얼굴로 말했다.

「우리 모슬렘은 카페얼과 혼인을 못 해요.」

초안조는 놀라지 않을 수 없었다. 그는 비록 한씨 부인의 말을 완전히 알아들을 수는 없었지만 그러나 그것이 거절의 뜻인 것은 알아들을 수 있었다. 이런 결과는 그가 꿈에도 생각하지 못한 일이었다.

어떻게 초안조에게 설명해야 되겠는가? 한씨 부인이 말한 카페얼은
『코란경』중의 고유명사이다. 이 단어는 친히 마호메트의 성행을 보았
고 친히 마호메트의 권고를 들었지만 이슬람교를 신봉하지 않는 사람
들을 가리켰다. 그들은 모두 악인이고 그들의 최후는 지옥이었다.

그러나 마호메트는 생전에 중국에 온 일도 없을 뿐더러 이슬람교의
교리를 모르는 중국사람들을 모두 카페얼이라 쳐서도 안 된다. 서역의
이슬람 나라에서는 옛날에 중국 한인들을 허라이라고 불렀다. 허라이
라는 뜻은 이교도란 뜻인데 아랍의 카페얼과는 명확한 구별이 있다.
그런데 그런 것들을 누가 한씨 부인에게 설명해 주겠는가? 그녀는 고
집스레 초안조를 카페얼이라 부르고 있다. 초안조는 자신이 죽은 후
지옥에 가든 말든 상관하지 않겠지만 오직 살았을 때 신월이와 사랑하
려고 하는데 그것도 불가능하다.

초안조는 어리둥절해졌다. 이 년 동안 그와 신월이는 서로 알게 된
때부터 사랑을 확인하기까지 서로의 마음을 속속들이 들여다볼 수 있
었다. 그와 신월이는 모두 같은 사람이고 같은 국적, 같은 피부색을 갖
고 있으며 같은 언어문자를 쓰고 또 함께 그들의 공동의 사업을 사랑
해왔다. 무엇 때문에 그들 사이에 이렇게 엄연한 경계선이 있단 말인
가? 신월이를 위하여 무신론자인 그는 모슬렘의 종교신앙과 생활습관
을 존경하겠다고까지 표시했다. 그래도 안 된단 말인가?

같은 고민이 한자기를 불안스럽게 했다. 고통스럽게 침묵을 지키던
그의 눈에 순간 희망의 빛이 번쩍였다. 그는 아내에게 말했다.

「만약…… 만약 초 선생님이 이슬람교에 든다면 어떨까? 투러여띵
빠빠가 그러셨는데…….」

그렇다. 이전에 떠돌아다니며 선교하던 투러여띵 빠빠가 말한 적이
있다. 알라는 자애롭고 너그럽다. 이슬람교는 바다같이 넓은 포용력을
가지고 있어 누구든지 진정으로 알라를 따르려 한다면 사원에 가서 경

건하게 선서만 하면 모슬렘이 될 수 있다고.

그러나 초안조가 이에 대해 어떤 반응을 보이는가는 아랑곳하지도 않고 한씨 부인은 강경하게 대답했다.

「그것도 안 돼요! 우리 회회들은 결혼할 때 모두 회회끼리 하지 한인과 사돈을 맺지 않으려 하지요. 부득이한 상황이어서 여자를 맞아들여 우리를 따르게 할 수는 있어도 시집보낼 수는 없어요. 신월이는 아이여서 그런 걸 모른다지만 그래 당신도 몰라요?」

한자기는 말문이 막혔다. 그는 마땅히 알고 있어야 했다. 예순에 가까운 회회가 마땅히 알아야 했다. 회회 민족은 중국의 많은 민족 중에서도 아주 특이한 민족이다. 이 민족은 탄생 이후 7백여 년 동안 경건하게 자신들의 신앙을 지켜왔을 뿐만 아니라 눈동자를 보호하듯이 혈통의 순결도 지켜왔다. 이 민족의 인구는 너무도 적었다. 그들은 회회의 자손들이 영원히 회회이기를 바랐다. 선조를 잊지 말고 가지를 다른 데로 뻗지 말고 뿌리를 떠나지 않기를 희망했다. 때문에 이족과의 통혼을 애써 피해왔다. 그러나 그것은 피하기 힘든 일이어서 원나라 명나라 때부터 지금에 이르기까지 회족 남자가 한인 여자와 결혼하고 회족 여자가 한인 남자와 결혼한 예가 수두룩하지만 이것은 분명 회회의 전통은 아니었다. 때문에 한자기는 아내를 설복할 수 없었다.

이겨낼 수 없는 압력 때문에 한자기는 초안조에게 자신의 감정을 토로할 수 없게 되었다. 그는 이렇게 좋은 사위를 잃게 되는 것이 너무나 아쉬웠다. 그러나…… 한자기는 아직도 완전히 포기하려 하지 않았다.

「초 선생님, 댁은 어디에?」

그는 갑자기 초안조에게 물었다.

「상해입니다.」

초안조는 대답했다. 그의 기억에 이 문제는 한자기가 일찍이 물어본 적이 있어 그도 분명히 대답했다.

「고향도 상해입니까? 아니면…….」

「아닙니다. 고향은 남경입니다.」

「네?」

한자기는 한 가닥의 희망이라도 있을지 몰라 또 물었다.

「남경에도 회회들이 적지 않은데 선생님의 선조들 중?」

「아닙니다. 본디부터 한족이었습니다.」

초안조가 대답했다. 그때 그도 자신이 회족으로 변할 수 있기를 바랐지만 거짓말을 할 수는 없었다.

「집에 있는 초씨 족보를 제가 보았지요.」

「그럼 댁의 다른 친족 중에 회족은 없습니까? 외가 쪽이나 조모님 쪽에 혹은 좀더 일찍이…….」

한자기는 여전히 캐물었다. 그는 초안조가 약간이라도 회족들과 관계가 있기를 바랐다. 설령 사분의 일이나 팔분의 일의 회족 혈통만 있다면 문제는 달라진다.

「없습니다.」

초안조는 슬프게 말했다.

한자기도 실망이 되어 한숨을 내쉬었다. 마지막 희망도 꺼져버렸다.

「그럼 무슨 방법이 있어요.」

한씨 부인은 서슬이 퍼래져서 초안조에게 말했다.

「우리 두 집은 워낙 인연이 없습니다. 우리가 정도 없고 의리도 모른다고 나무라지 마세요. 당신이 회족이 아닌 거나 탓하세요. 나도 별도리가 없어요.」

초안조는 멍해졌다. 그의 마음과 그의 온몸, 그리고 그의 영혼이 모두 떨렸다. 이것이 한씨 부인이 딸을 대표하여 관계를 끊는다고 선포하는 건가? 이것이 바로 그에 대한 판결인가? 무엇 때문에 이날이 이렇게 갑자기 닥쳐왔는가? 무엇 때문에 아무런 방비도 없는 그에게 치명적인 타격을 주는가? 인간세상의 은하수가 그의 앞을 막고 있다. 그가 어떻게 신월이를 떠날 수 있고 신월이가 어찌 그를 떠날 수 있겠는가? 하나로 합해진 두 마음을 갈라놓으면 어떻게 살 수 있겠는가?

「큰아버지, 큰어머니.」

그는 조용히 입을 뗐다. 그 목소리는 입에서 나오는 것이 아니라 그의 마음속에서 솟아나온 피였다.

「전…… 전 신월이를 버릴 수 없습니다. 저를 떠나면 그녀…… 그녀는 죽을 겁니다.」

「알라여!」

한씨 부인은 대경실색하여 알라를 불렀다. 초안조가 말한 그 불길한 단어가 그녀는 싫었다.

「초 선생님, 우리 집에 앓는 계집애가 있는 것만도 재수없는데 어찌 그런 말을 하세요?」

「큰어머니, 제가 어찌 그녀가 죽는 것을 원하겠습니까? 전 두렵습니다!」

초안조는 비감한 표정으로 그녀를 바라보면서 말했다.

「그래 당신은 신월이의 병이 이젠 아주 심해진 걸 모릅니까? 수술치료는 근본적으로 불가능해져서 약물로 하루하루 목숨을 이어가고 있습니다. 그녀의 심장은 너무도 약해서 감정적인 자극이나 병의 재발을 당해내지 못합니다. 어느 날엔가, 전 그날이 두렵습니다…… 그러나 병마는 무정합니다. 아무 때건 우리 곁에서 신월이를 앗아갈 수 있습니다.」

한자기는 온몸에 소름이 끼치는 것 같았다. 그는 책상을 붙들고 머리를 숙였다.

「저도 압니다. 전 모두 알고 있습니다.」

최근에 그는 대낮에도 안심하고 일할 수가 없고 밤이면 악몽에 놀라

깨곤 하였다. 그는 무서웠다. 딸을 잃을까봐 무서웠다. 그는 머리를 들고 공포에 질린 눈으로 초안조를 보았다.

「그런데 저에게도 재간이 없습니다. 노의사도 이젠 속수무책입니다. 제가 그애를 맡기려 했는데…… 아닙니다, 누구에게도 맡길 수 없습니다. 누구도 그애를 구할 수 없습니다!」

초안조의 눈에서 눈물이 흘러나왔다. 그는 한자기의 바싹 마른 손을 잡으면서 말했다.

「큰아버지.」

「초 선생님!」

한자기도 눈물을 줄줄 흘리면서 말했다.

「당신이 우리를 어른으로 보니 나도 당신을 자식처럼 보고 싶소. 그러나 당신도 부모가 낳아 기른 사람이고 공부를 시켜 이렇게 성공하기는 쉽지 않습니다. 당신은 젊고 전도도 대단하니 신월이가 당신의 짐이 되게 할 수는 없습니다. 그럴 바에는 감정으로 자신을 괴롭히지 말고 신월이를 우리에게 맡기고 가세요. 난 비록 늙었지만 잘 보살펴주겠습니다. 그애가 서럽지 않게 말입니다. 그애의 수명이 얼마나 되겠습니까? 누구도 예측할 수 없지요. 당신에게는 자신의 전도가 있습니다. 그애 때문에 더 걱정하지 말고 잘해보시오.」

「아닙니다, 큰아버지!」

초안조는 눈물어린 눈으로 그를 바라보며 말했다.

「정말 하늘에 신령이 계시다면 저는 신월이를 대신하여 제가 모든 고통과 재난을 받게 해달라고 빌겠습니다. 저를 쫓지 마세요. 제발 부탁합니다. 제가 있으면 당신의 시름과 고통을 덜어줄 수 있고 도움을 줄 수 있습니다. 저의 마음이 이미 신월에게 속한 이상 다른 바람은 없습니다. 그저 그녀가…… 저를 버리고 가지 않기를 바랍니다. 저도 그녀가 저를 버리지 않게 하겠습니다. 저를 믿으세요. 사랑의 힘으로 그녀가 살아갈 수 있게 할 수 있습니다.」

한자기는 그 열정에 완전히 정복되었다. 그는 초안조의 두 어깨를 쓰다듬으면서 말했다.

「안조!」

「이게 무슨 짓이에요?」

한씨 부인은 화가 나서 얼굴을 돌렸다.

그녀는 두 남자가 눈물 콧물 흘리면서 점점 가까워지는 것이 싫었다. 울긴, 우는 게 무슨 재간이야? 눈물이란 사람을 속이는 것이지. 그렇게 한다고 모슬렘과 카페얼의 경계선이 없어지느냐 말이야? 홍! 울면 내가 방법이 없을 줄 알아? 내가 양보할까봐? 사랑의 힘. 그녀는 이 말만 들으면 분이 치민다. 그녀는 분노를 억제하면서 초안조에게 말했다.

「초 선생, 당신의 호의는 받아들이지요. 제가 딸애를 대신해서 감사드립니다. 그러나 사람은 저마다 자신의 운명이 정해져 있으니 그 누구도 구할 수 없습니다. 신월이가 이런 병에 걸린 이상 지탱할 때까지 살게 할 수밖에 없습니다. 우린 회회의 법을 어길 수는 없습니다. 이 혼사는 어쨌든 대답할 수 없습니다!」

「혼사?」

초안조가 뜨거운 눈물을 머금고 한씨 부인을 돌아보았다.

「당신은 그래 저와 신월이간에 무슨 혼사가 있으려니 생각합니까? 그래 제가 그녀를 맞아서 자식을 낳으려고 지금 당신의 허락을 구하는 줄 압니까? 운명은 그녀에게 그런 혜택을 주지 않았습니다. 인간의 많은 아름다운 일은 이젠 그녀의 것이 아닙니다! 그녀는 환자입니다. 앞에는 위험이 잠복되어 있습니다. 지금 그녀는 사랑이 필요하고 힘이 필요하며 희망이 필요합니다. 그녀를 위해서 전 모든 것을 바치려고 합니다. 오직 그녀가 삶에 대한 믿음을 잃지 않는다면 그녀가 살아갈 수만 있다면 말입니다. 큰어머니, 그녀 마음속의 이 희망만은 빼앗지 마세요. 부탁합니다.」

한자기의 마음은 흩어진 삼단 같았다. 그는 애걸하는 눈길로 아내를 보면서 말했다.

「아이의 목숨이 우리 손에 달려 있소. 그애에게 살 길을 줍시다. 요만한 희망이라도 깨어지지 말게 합시다.」

남채에서 벌어지고 있는 이 결판나기 힘든 밀담은 고모가 참여하지 못하게 하였다. 그러나 고모는 대화의 내용을 전부 알 수 있었다. 그리고 그 결과가 무엇인지도 예측할 수 있었다. 박아댁에서 이십칠 년간 살아온 그녀는 이 가정에 대해 너무나 잘 알고 있다. 그녀는 북채에 앉아 가만히 눈물을 떨구었다. 그녀는 신월이의 일이 가슴 아팠다. 그애는 왜 이렇게 팔자가 사나운지? 모든 일이 제대로 풀리지 않는다. 그녀는 신월이가 곧 돌아와서 남채에서 벌어진 일을 알게 되면 어쩌나 걱정하고 있었다. 그녀는 오늘 한씨 부인이 초안조를 화나게 만들어 그가 다시 오지 않을까봐 더 걱정되었다. 그렇게 되면 신월이는 어쩌겠는가? 그애가 당해낼 수 있을까. 그런데 초 선생은…… 카페얼이다. 뻔히 한집 식구가 될 수 없음을 진작 신월이에게 일깨워주었어야 했는데. 그 아이를 괴롭히기가 너무 애처로웠다. 그런데 초하루는 피하지만 보름은 못 피한다더니.

그녀가 이렇게 뒤숭숭해 있는데 대문고리를 치는 소리가 들려왔다. 신월이와 숙언이가 돌아왔다. 고모는 겁이 나서 부들부들 떨면서 문을 열러 갔다. 신월이를 보자 뭐라고 말해야 좋을지 몰라 했다.

「이렇게 빨리 돌아왔어? 검사한 결과가 어때?」

「아주 좋아요.」

신월이의 심장은 아주 좋아서 얼굴도 발그레하였다. 그러나 빨리 걸어와서 숨차 하였다.

「고모, 초 선생님이 오셨어요?」

아이구, 신월이는 아무것도 모르고 초 선생님만 기다리고 있다. 초 선생님이 오늘 어떻게 이 문을 나설지도 모르는데?

「그래 왔지. 네 엄마 아빠와 얘기하고 계셔.」

고모는 허둥대며 말했다. 그러고는 재빨리 안뜰로 가서 일부러 큰 소리로 말했다.

「신월이가 꽤 일찍 왔구먼. 벌써 검사가 끝났대요. 의사가 아주 좋다고 하더래요.」

그건 남채에다 그만 중지하라고 알리는 신호였다. 초안조가 그 소리에 깜짝 놀라며 일어섰다.

「초 선생!」

한씨 부인이 무서운 표정으로 그를 빤히 쳐다보면서 말했다.

「오늘 우린 여기까지 말합시다.」

「큰어머니, 아무것도 더 말할 필요가 없습니다. 전 당신의 요구를 받아들이겠습니다.」

초안조는 재빨리 눈물을 닦고 말했다.

「그러나 절대 신월이에게 말하지 마세요. 저는 그애의 선생으로서 당신께 사정합니다.」

「초 선생님.」

한자기는 당황해 하면서 그의 손을 잡았다.

「선생님, 그렇다고 발길을 끊진 마세요. 와야 합니다. 그 아이를 구해주시오! 그렇지 않으면 그앤…….」

초안조는 아무 말도 할 수 없었다. 신월이와 숙언이가 이미 추화문에 들어섰다.

「초 선생님!」

신월이는 멀리서 소리쳤다.

「오신 지 한참되지요?」

「초 선생님.」

진숙언도 아주 공손히 인사하면서 말했다.

「어머님이 저보고 신월이를 데리고 병원에 가라고 했어요. 마냥 선생님께 폐를 끼치기 미안하다고요.」

「고맙습니다.」

초안조는 자신의 감정을 억제하고 고통을 감추면서 억지로 웃음을 지으며 남채에서 나왔다.

「신월이, 좀 쉬어요. 내가…… 마지막 부분의 원고를 가져왔어요.」

한씨 부인이 뒤따라 나와서 낭하에 섰다. 그녀의 말쑥한 흰 얼굴에는 미소가 떠올랐다. 마치 아무 일도 없었던 것처럼 태연하였다. 그녀는 고모에게 부탁하였다.

「언니, 초 선생님께 차를 따라주세요.」

그녀는 이젠 마음이 든든해졌다. 오랫동안 별러왔던 일을 큰힘도 들이지 않고 해치웠다.

한자기는 차마 딸애의 천진한 얼굴을 바라볼 수 없어 고개를 푹 숙이고 있었다. 다행히 신월이는 남채로 들어오지 않고 자기 방으로 돌아갔다. 한자기는 겨우 몸을 일으켜 책상 옆에서 일어나 말없이 자기의 서재로 들어갔다. 문을 닫고서 그는 썩은 나무토막처럼 소파에 넘어져서 꼼짝 않고 있었다.

그는 눈을 꼭 감았다. 어둠 속에 있고 싶었다. 그러나 여전히 마음은 편안하지 않았다. 눈앞에는 탄환이 터지는 불빛이, 귓가에는 우르릉거리는 포소리뿐이었다…… 그것들이 그의 늙은 몸과 쇠약한 신경을 괴롭히고 있었다. 어둠 속에서 외치는 소리가 들렸다.

「난 살 권리가 있고, 사랑할 권리가 있어요!」

아, 아, 한자기는 고통스럽게 신음하였다. 정은 잊을 수 없다. 정은 잊을 수 없다. 현실, 역사, 역사, 현실…… 사람에게는 무엇 때문에 이렇게 많은 감정이 있어야 하는가? 운명은 왜 사람과 맞서기만 하는가?

옛이야기가 그의 마음을 괴롭혔다. 그건 투러여띵 빠빠가 들려준 것이었다.

알라께서 대지산천을 만들고 일월성신을 만들었으며 많은 천사들과 마귀 이브리스도 만들었다. 이어서 알라께서 인류를 창조하려 하였다.

천사들이 알라께 말했다. 우리가 당신을 찬미하고 노래하면 되지 땅 위에 왜 다른 것을 만들려 합니까? 그들은 필연코 나쁜 짓을 할 것이고 아귀다툼을 하며 서로 죽여서 더러운 피가 사방에 튈 텐데요.

그러나 알라께서는 진흙으로 인류의 선조인 아담을 만들었다.

알라께서는 여러 천사들에게 아담에게 절을 하라고 명하였다. 그들은 순종하였다. 오로지 마귀 이브리스가 그 명을 듣지 않아 천국에서 쫓겨났다. 이브리스는 아담을 미워하기 시작하였다.

알라께서 아담과 하와를 천국에 들어와 살게 하였다. 천국에는 없는 것이 없었다. 아름다운 천국에서 그들은 한가로이 숲속을 거닐면서 꽃을 꺾고 맛있는 과일을 따먹었다. 그들은 달콤한 샘물을 마시면서 천국에서 기쁨을 누렸다. 그런데 알라께서 그들보고 숲속의 한 나무는 다치지 말라고 하였다. 만약 그 나무의 과일을 먹으면 죄를 짓게 된다고 했다.

이브리스가 악의적으로 선동하였다. 그 나무의 과일이 가장 맛좋고 달콤하다고. 알라가 먹지 못하게 하는 것은 너희들이 천사가 되어 천국에서 영원히 있게 될까봐 두려워서라고 거짓말했다. 아담과 하와는 유혹에 넘어가서 실수를 저질렀다. 하나의 금과를 따먹었기에 그들은 죄를 짓고 천국에서 쫓겨나 아래 세상으로 유배되어 와서 인류의 선조가 된 것이다.

인류는 애초부터 죄가 있었던가? 금과가 없었다면 어쩌면 인류도 없었을 게 아닌가? 사람들은 무엇 때문에 하필이면 금과를 따먹으려 하는가?

금과, 금과! 금과는 떫고 쓴 것이다.

서채에서 신월이는 여전히 여느 때와 마찬가지로 초 선생을 책상 앞 의자에 앉히고 한 구절 한 구절씩 그들의 마지막 번역원고인 「기사」에 대해 토론하고 있었다. 자신의 운명을 결정한 그 대화에 대하여 그녀는 전혀 몰랐다. 영원히 몰랐으면 얼마나 좋으랴.

세월은 끊임없이 흘러간다. 인간들의 희노애락 같은 것은 전혀 아랑곳하지 않고 무심히 흐른다. 하루하루 지나갈 때마다 초안조는 큰 고통을 참아야 했다. 그는 매일 신월이와 만나기를 고대했지만 박아댁에 들어설 때마다 무서운 공포를 느꼈다. 그는 한씨 부인에게 다시는 혼사를 입 밖에 내지 않겠다고 대답했다. 그러나 그것으로 신월이를 사랑하는 마음을 지울 수는 없었다. 그는 여전히 망연한 사랑으로 신월이를 살리려 하였다. 내일은 무엇인가? 미래는 무엇인가? 그는 감히 상상도 할 수 없었다. 자기가 살아 있는 한 죽음이 신월이를 빼앗아가지 못하게 할 것이고 오직 신월이의 심장이 뛰고 그녀의 얼굴에 웃음만 떠오른다면 그는 모든 것을 가진 셈이다. 그는 여전히 일 주일에 한두 번씩 박아댁을 찾아왔다. 그러나 지금은 옛날과 달랐다. 그와 신월이 사이에는 은하수가 가로놓여 있었다. 하지만 신월이는 아무것도 모르고 있으므로 그는 반드시 자연스럽게 말하고 겉으로 드러내지 말아야 했으니 너무도 힘들었다. 그러나 신월이에게 기쁨만 안겨줄 수 있다면 이런 시달림을 기꺼이 받으려 했다.

가을이 지나가고 겨울이 왔다. 삭풍이 모래를 안고 불어와서 박아댁의 오래된 벽돌벽을 쳤다. 기와틈에 난 누런 풀들이 바람에 떨고 있었

112

다. 낭하 앞의 해당나무와 석류나무에는 잎이 하나도 달려 있지 않았다.

섣달은 이슬람력으로 9월이다. 그때는 일년에 한 번씩 있는 매래단 즉 재계의 달이었다. 그 한 달 동안에 경건한 모슬렘들은 알라의 지시대로 재계한다. 매일 해가 뜨기 전부터 해가 질 때까지 하루 종일 먹지도 마시지도 않고 단식하며 금욕을 한다. 매래단은 바로 시련이라는 뜻이다. 이슬람교가 이 제도를 정한 목적은 바로 모슬렘들의 신앙과 의지를 연마하고, 사람들의 세속적인 사욕을 극복하게 하고, 굶주리고 목마른 사람들에 대한 동정과 연민을 불러일으키려 함이었다.

땅이 꽁꽁 얼어붙는 섣달에 한씨 부인과 늙은 고모는 경건하게 재계를 하고 있었다. 하루, 또 하루 그들은 맛있는 음식과 따스한 차를 거들떠보지도 않고 신성하게 공을 닦고 있었다.

추운 날씨도 연원으로부터 박아댁으로 통하는 길을 막지 못했다. 초안조는 의연히 약속대로 찾아왔다. 그는 신월이와의 애정을 굳게 지켰고 또 한씨 부인과의 약속도 지켜주었다. 그는 더 이상 두려워하지 않고 태연하게 왔다가 태연하게 돌아가려고 애썼다. 신월이는 모든 정신을 번역에 쏟아 여러 가지 번뇌도 많이 없어졌다.

날이 너무 추워서 서채에 들어선 초안조의 머리와 눈썹에는 살얼음이 얼어 있었다. 손과 발도 얼어서 마비된 듯싶었다.

「초 선생님, 먼저 뜨거운 물을 드세요. 자, 제가 손을 녹여드릴게요.」

신월이는 초 선생님이 오시기를 고대하면서도 이렇게 고생하시는 것을 보니 가슴이 아팠다. 선생님이 꽁꽁 언 모습을 보니 애처롭기도 하고 부끄럽기도 하였다. 그녀는 손을 내밀어 차가운 두 손을 감싸서 녹여주었다.

초안조는 손을 빼내려고 망설이다가 그만두었다. 따스하고 작은 손이 꼿꼿한 손을 어루만져주고 있었다. 그의 손에 다시 감각이 생겼고 눈얼음에 차가워졌던 마음도 따스해졌다. 이것이 온정이고 이것이 사랑이다. 그가 어찌 거절할 수 있겠는가?

「춥지 않아요. 이제는 다 녹은 것 같아요. 신월이, 손이 참 따뜻하군…….」

「선생님이 그러지 않았어요? 애정은 불 같은 것이라구요.」

서채 낭하 밑에서 귀를 기울이던 한씨 부인이 창가에서 떠나갔다. 무거운 걱정이 그녀의 마음을 눌렀다. 더 그대로 놔두었다간 안 되겠구나.

기쁨과 고통 속에서 번역원고는 드디어 완성되었다.

이를 위해 이 년의 생명과 심혈을 소비했다. 아니, 그것들은 모두 원고 속에 응결되었다. 생명이 없는 글자 속에 두 사람의 서로 사랑하는 심장이 박동하고 있다.

수확할 때가 되자 서채 안에는 장엄한 기운이 감돌았다. 글쓰는 사람만이 이런 기쁨을 누릴 수 있다. 정연하게 정돈된 원고지는 책상 위에 놓여 있고 두 사람은 말없이 서로 바라보고 있었다. 두 사람의 눈에는 바다보다 더 깊은 정이 흘러넘쳤다.

초안조는 흰 종이 한 장을 꺼내놓고 정중하게 책이름과 저자의 이름을 썼다. 그런 다음 역자의 이름을 초안조, 한신월이라고 써넣었다.

「아니,」

신월이가 수줍은 듯이 말했다.

「제 이름이 어떻게 선생님과 같이 놓일 수 있습니까?」

「나의 이름은 영원히 신월이 이름과 같이 나란히 씌어 있기를 바라는데요.」

초안조가 조용히 말을 이었다.

「이것들이 인쇄되어 전세계에 전해지면 독자들은 나를 알게 됨과 동시에 신월이를 알게 되지. 난…… 정말 기뻐요.」

그의 눈에는 눈물이 글썽해졌다.

「책의 수명은 사람보다 길지요. 몇십 년, 몇백 년 후에 우린 세상에 없지만 이 책은 세상에 전해질 것이오. 후세의 사람들도 함께 나란히 있는 우리의 이름을 기억할 거요.」

그는 말을 멈추었다. 순간 신월 앞에서 죽음에 대한 이야기를 꺼내지 말아야 한다는 것이 생각났던 것이다.

그러나 그가 한 말이 신월이의 슬픔을 자아내지는 않았다. 신월이는 정다운 눈길로 그 두 이름을 주시하고 있었는데 얼굴에는 행복한 웃음이 떠올랐다. 마치 그 영원한 사랑을 기다리고 있는 것 같았다.

어둠이 박아댁에 깃들었다. 초안조가 소중한 번역원고를 안고 작별을 고하려 했다. 신월이가 식사하고 가라고 말렸으나 그는 미소를 짓고 고집스레 거절하였다. 신월이가 배웅하려 하니 그것도 말렸다. 몸을 조심하라고 당부하고는 바삐 떠났다. 신월이는 낭하 밑에 서서 그의 모습이 추화문 밖으로 사라지는 것을 바라보고 있었다. 그리고 그의 발걸음소리가 멀어지는 것을 듣고 있었다. 그녀는 초안조가 돌아갈 길과 시간도 생각해 보았다. 그녀는 그렇게 오랫동안 뜰안에 서 있었다.

「신월아, 선생님이 가신 지 오랜데 거기 서서 뭘하구 있어? 빨리 들어가, 밖이 추우니.」

한씨 부인이 남채에서 나오며 말했다.

「네.」

신월이는 대답하면서 천천히 방으로 들어갔다. 두 눈은 여전히 딴생각에 빠져 있었다. 아직도 길떠난 사람을 걱정하고 있었다.

「아이구!」

한씨 부인이 한숨을 지으며 참지 못해 말했다.

「너 좀 보렴. 미친 사람같이.」

「엄마.」

신월이가 방긋 웃으면서 말했다.

「제가 어디 미쳤어요? 엄만 몰랐지요? 저는 초 선생님과 같이 아주 재미있는 일을 하고 있었거든요.」

한씨 부인은 더 말하지 않고 추화문 쪽으로 걸어갔다. 속으로는 이렇게 중얼거렸다. 흥, 재미도 있겠다. 재미는 무슨 재미야? 그냥 이대로 두었다간 안 되겠어.

「우리의 책이 내년이면 찍혀 나오거든요!」

신월이는 엄마가 알아듣지 못하는 줄 뻔히 알면서도 자랑하고 싶었다. 엄마는 그런 것에 관심이 없다. 벌써 저 멀리까지 갔다.

초안조는 조심스레 원고지를 안고 있었다. 눈에 젖을까봐 걱정했고 버스 안의 도둑이 값진 것으로 알고 훔쳐갈까봐 걱정도 했다. 그는 그러는 자신이 마치 노신이 묘사한 화노전처럼 가슴에 사람 피 묻은 만두를 안고 있는 듯했고 또 마치 십대 독자로 태어난 아기를 안고 있는 듯싶기도 했다.

서재로 돌아오자마자 그는 급히 책장을 뒤졌다. 큰 종이봉투를 찾아서 원고를 넣으려 했다. 그때 그는 무심히 책장 옆의 문 밑에 편지 한 통이 놓여 있는 것을 보았다. 그가 없을 때 다른 사람이 문 틈으로 밀어넣은 것이 분명하다. 편지봉투의 오른쪽 아래에 외문출판사란 다섯 글자가 있었다.

또 재촉하는 편진가? 내일이면 가져갈 수 있으니까. 그는 흐뭇하게 생각하면서 편지를 들고 봉투를 열었다.

그것은 편집 책임자 개인이 쓴 편지가 아니라 출판사 도장을 찍은 공문이었다. 거기에는 이렇게 씌어져 있었다.

'종이가 모자라게 되어 출판계획을 줄이게 되었습니다.「고사신편」

도 잠시 배치하지 못하기에 번역도 역시 뒤로 미루려 합니다.'

초안조는 멍해졌다. 출판사가 어찌하여 이렇게 신용을 지키지 않는가? 종이가 정말 그렇게도 모자라고 7억 인구의 중국이 가난해서 노신의 책도 찍지 못하는가? 아니다. 그는 믿어지지 않았다. 그는 즉시 뛰어나가서 직접 편집 책임자의 집에 전화를 걸었다. 도대체 무슨 영문이냐고 따졌다. 준비가 없던 편집 책임자는 약간 망설이다가 한숨을 지으며 말했다.

「종이가 모자라는 것도 하나의 원인이지만 우리도 북대 조직의 의견을 존중해야지요. 그들은 우리보고 선생님이 학생들을 열심히 가르치는 것에 영향을 주지 말라고 부탁했습니다.」

초안조는 사태를 알아차렸다. 그가 업무 외 시간에 번역하는 일을 조직에서도 관심을 갖고 있다는 것이다. 이 의견도 그의 직함 문제와 같은 것인가? 나 초안조에게 무슨 죄가 있는가? 죄가 하늘만큼 크다 해도 위대한 노신까지 연루되는가?

초안조는 알 수 없었다. 이 번역원고는 출판사에서 직접 그에게 부탁했으므로 그 무슨 조직수속도 거치지 않았고 그도 어느 상급자에게 보고한 적이 없다. 그럼 누가 이렇게 그에게 관심을 기울이고 있는가? 그의 주위 사람들 중 이 일을 알고 있는 이는 신월이뿐이다. 신월이는 직접 번역에 참여하였고 그 속에는 그녀의 심혈이 깃들어 있기에 이것은 그녀의 정신적 기둥이기도 하다. 그녀는 물론 절대 이런 일을 하지 않았을 것이다. 그럼 도대체 누가?

맞았다, 또 한 사람이 있다. 거의 잊어버리다시피 하였던 한 장면이 초안조의 눈앞에 떠올랐다. 그의 다른 한 학생이 무심히 번역원고를 보았다. 그래 정말 그녀란 말인가? 사추사? 그녀가 조직에다…… 그녀는 무엇 때문에 그랬을까? 나 초안조가 그녀를 해쳤는가? 아니면 한신월이 그녀를 방해했는가? 보복하는 것인가? 그녀는 자신도 별책에 오른 불행한 사람이면서 무엇 때문에 다른 사람에게 몰래 화살을 쏘아 중상모략을 하는가?

수화기를 놓고 초안조는 무거운 두 다리를 끌고 서재로 돌아왔다. 그는 다음에 신월이를 만나면 무엇이라고 말해야 할지 몰랐다. 그는 그녀를 만나러 가기조차 두려웠다.

그는 묵묵히 문을 닫고 전등을 껐다. 그는 어둠 속에 앉아 있었다.

1926년 노신은 혼자 하문의 돌집에 거처하면서 바다를 향해 앉아 옛날 책을 뒤적였다. 주위는 죽은 듯이 고요했고 마음은 비운 채 「고사신편」을 썼다.

1962년 초안조는 늦은 밤에, 번역을 끝냈지만 먼지 속에 처박아두어야 할 「고사신편」을 안고 멍청하게 앉아 있었다. 중국의 현대문학 중 세계에 내놓을 만한 작품이 노신의 것보다 더 가치있는 것이 있는가? 남긴 종이로 무엇을 찍으려고 그러는가? 노신 선생님! 당신의 혼백이 계신다면 화를 내지 마시고 슬퍼하지 마십시오. 당신은 적적함을 제일 잘 참아내는 분이신 줄 압니다.

박아댁 식구들은 저녁식사를 끝냈다. 한씨 부인은 딸의 방에 들어왔다. 신월이는 이미 드러누워서 책을 보고 있었다. 한씨 부인은 난롯불을 뒤지더니 난로문을 닫고 딸의 침대가에 앉았다.

「신월아, 겨울이 되니 엄마는 너에게 병이 재발될까 겁났는데 요즈음 보니 네 기색이 참 좋구나!」

「엄마.」

신월이는 책을 내려놓고 온유하게 엄마를 바라보았다.

「초 선생님도 그렇게 말씀하시더군요. 제가 기적을 창조했다구요. 그분은 또…….」

「그래, 선생님이 학생 때문에 얼마나 힘들겠니. 이렇게 추운 날에도

118

왔다갔다 해야 하니.」

한씨 부인은 딸의 말을 끊어버렸다. 신월이는 입만 벌리면 초 선생이니 한씨 부인은 듣기조차 싫었다. 그러나 그녀가 다음에 하는 말은 초 선생 때문에 반드시 해야 한다.

「신월아, 선생님을 보렴. 학생을 마치 자식처럼 대해주니 얼마나 좋니. 우린 선생님의 은공을 잊지 말아야지. 나중에 네 병이 낫거나 혹은 일할 수 있거나 혹은 시집가게 되어 자기 살림을 할 때도 명절때면 선생님을 보러 가야 한다. 그분이 너를 걱정해 주었으니까.」

한씨 부인은 마치 이야기를 하듯이 신월이에게 다른 미래를 묘사해 주었다. 신월이에게 초 선생과의 관계를 바로잡고 자기가 한 말뜻을 알아차리라는 것이었다. 다급한 고비에 도달하지 않으면 노골적으로 말하지 않으려 했다. 신월이는 엄마의 말이 너무도 우스워서 얼굴을 붉히면서 말했다.

「엄마, 그건 무슨 말씀이세요?」

「엄마는 진실을 말하는 거야.」

한씨 부인은 성질을 참으면서 말했다.

「언제나 선생은 선생이고 학생은 학생이야. 그 위치는 바꾸지 못해. 신월아, 넌 지금 학교에도 다니지 않으니 선생님의 일도 바쁘고 길도 먼데 이제부터 초 선생님께 폐를 끼치지 말아라!」

「글쎄요, 저도 선생님을 그렇게 고생시키고 싶지 않아요. 그런데 저에게는 그분을 찾아다닐 힘도 없고요. 우리에게는 아주 중요한 일이 있거든요.」

한씨 부인은 속으로 중얼거렸다. 너희한테 일이 생길까봐 걱정하는 거야! 그러나 말은 그렇게 하지 못했다. 그녀는 다른 소리로 신월이를 일깨워주려 했다.

「엄마도 안다. 너희 그 책이 이젠 다 끝나지 않았니? 이젠 다른 일은 욕심내지 말아라. 네가 지금 앓고 있다는 걸 잊었어? 이렇게 다 큰 처녀애가 속이 있어야지. 이미 난 초 선생과도 말했다.」

신월이는 깜짝 놀라며 급히 물었다.

「뭐라고 말했지요?」

「뭐라고 안 했어.」

한씨 부인은 되도록이면 말을 느릿느릿 하려고 했다.

「고생했다고 인사하고 우리 애 병이 이제 거의 나아가니 걱정 말고 이제부터는 자주 보러 오지 않아도 된다고 했지.」

「엄마, 어떻게 그런 말을 할 수 있어요?」

신월이의 얼굴색이 대번에 변했다. 그녀는 엄마의 마음을 알 것 같았다.

「그분을 오지 못하게 한다구요?」

「못 오게 하는 게 뭐가 잘못됐어?」

한씨 부인의 얼굴도 무섭게 일그러졌다. 마음속으로는 성내지 말자고 별렀는데 성을 내지 않을 수 없었다.

「넌 그 사람 없으면 못 살아? 넌 애비 에미가 있는데 그 사람은 너한테 뭐가 되는 사람이야? 응? 그렇게 애잔하게 걱정돼?」

「엄마!」

신월이는 멍하니 엄마를 바라보았다. 엄마의 적의에 찬 태도는 그녀를 놀라게 했고 분노하게 하였다. 그녀는 다른 사람이 자기가 존경하는 사람을 훼방놓는 것을 용서할 수 없었다.

「엄마도 이전에 초 선생님을 아주 존중하지 않았어요? 그는 아주 좋은 분이시잖아요.」

「나도 그 사람이 좋은 사람이 아니라고는 말하지 않았어! 세상에는 좋은 사람 많다. 그래 그들이 모두 너에게 관여할 수 있어?」

한씨 부인은 분을 삼키고 한숨을 지었다.

120

「네가 병이 있으니 의사가 치료해주고 학교에 못 가니 부모가 너를 먹여주지 않니. 이 병이 대번에 나을 병도 아닌데 이후에 허구한 날이 있지 않니? 너 누구를 믿겠니? 부모밖에 더 있니? 엄마가 너를 키운 것은 네가 나를 늘그막에 모시기를 바라서가 아니야. 네가 일이나 저지르지 않으면 난 만족한다. 엄마는 늙어서 이젠 무슨 일이 생기는 게 무섭다. 내 한평생을 보렴. 남들은 모두 내 팔자가 좋다고 하지만 누가 나의 고충을 알겠니.」

서러움이 복받쳤으나 한씨 부인은 딸에게 차마 말할 수 없었다. 한씨 부인은 체면을 중요하게 여기는 사람이어서 언제든지 자신의 존엄을 지키려 애썼다. 말이 혀끝까지 나왔다가 도로 들어갔다.

「엄마는 교양이 없어 사람의 도리를 이러쿵저러쿵 말할 수는 없으나 한 가지만은 너도 알아두어야 해. 사람이란 자기 길을 스스로 가야 해. 자기 머리는 자기 어깨 위에 놓여 있지 남의 몸에 매여 있는 게 아니야. 자기의 팔자를 남에게 맡기지 말아. 믿지 못할 사람은 바라지도 말고.」

신월이는 조용히 엄마의 말을 듣고 있었다. 엄마의 말에도 일리가 있었다. 그것 또한 신월이가 지키고 있는 원칙이었다. 그러나 신월이는 엄마의 말에 다른 뜻이 있음도 알아들었다. 초 선생님도 포함해서 말하는가?

「엄마.」

그녀는 탐색조로 말했다.

「초 선생님은 그런 믿지 못할 사람이 아니에요.」

한씨 부인의 가슴이 덜컥 내려앉았다. 그토록 침이 마르도록 말했으나 아무 소용없다.

「초 선생, 초 선생, 넌 왜 그 초 선생을 그냥 입에 달고 사는 거야? 일찌감치 잊어버려. 난 진작 그 사람과 말을 확실히 했어.」

신월이가 화들짝 놀라며 물었다.

「뭘 말했어요?」

「그런 생각 아예 집어치우라구. 이 혼사는 근본적으로 이루어질 수 없어.」

한씨 부인은 더는 참을 수 없어 아예 신월에게 툭 털어놓았다.

「아!」

신월이의 머리가 요란한 소리를 내며 폭발하는 것 같았다. 그녀는 엄마의 팔을 꽉 잡고 흔들었다.

「엄마! 왜 그랬어요? 어떻게 그럴 수 있어요!」

한씨 부인의 손과 입술이 모두 떨렸다.

「그럼 내가 어떻게 해야 해? 응? 내가 틀렸어?」

「엄마!」

신월이의 눈에서 눈물이 줄줄 흘러내렸다. 엄연한 사실을 이젠 회피할 수 없었다. 엄마는 그녀의 애정을 간섭하려 하고 그녀와 초안조를 갈라놓으려 한다.

「엄마, 금방 엄마도 말했지요. 자기의 길은 스스로 걸어야 한다고. 이건 나 자신의 일이니 엄마는 간섭하지 마세요.」

「뭐라구?」

한씨 부인의 목소리가 높아졌다.

「나보고 간섭하지 말라구? 내가 간섭하지 않았더라면 네가 이렇게 클 수 있었어? 너 그 말 너무 늦게 했다. 알지? 일찍이 무얼 했어? 네가 내 딸이니까 내가 간섭하지 거리에 버려진 고아라면 난 거들떠보지도 않겠다.」

「엄마가 다른 건 다 간섭할 수 있어요. 그런데 제가 뭘 잘못했어요, 엄마?」

신월이가 고통스럽게 엄마의 어깨를 흔들었다.

「초 선생님이 왜 나빠요? 엄마는 왜 그렇게 그분을 미워해요? 무엇 때문예요?」

「난 남을 미워하지 않는다. 난 내 딸이 우둔한 걸 미워해. 내가 딸을 잘 키우지 못한 게 한스럽다.」

한씨 부인은 신월이의 손을 홱 밀치고 말했다.

「이 말은 벌써 너에게 했어야 했는데 네가 아직 어리고 또 앓고 있어서 말하지 않았다. 여기까지는 생각도 못 했지. 그런데 너 이 계집애가 속으로 호박씨 까는 줄은 몰랐지. 넌 그래 네가 회회인 걸 모르니? 회회가 어떻게 카페얼에게 시집가!」

한씨 부인의 목소리는 높지 않았으나 마치 무서운 천둥소리처럼 들렸다. 신월이의 심장은 마치 허공에서 떨어진 듯하였다. 그녀는 멍해졌고 바보처럼 보였다. 뜨거운 사랑 때문에 초안조가 다른 유의 사람임을 잊었고 그들은 서로 넘나들 수 없는 세계에 속해 있음을 잊었다. 그래 그녀가 정말 자신이 회회임을 잊었는가? 물론 아니다. 그러나 열아홉 살 소녀는 많은 시간을 학교에서 보냈고 모든 동창들과 같은 교육을 받았다. 마르크스레닌주의, 모택동 사상 외에는 누구도 감히 다른 신앙이 있다고 말하지 못했다. 비록 누구도 그것을 법에 어긋난 것이라고 말하지 않았지만. 식사습관 외에는 그녀 자신은 다른 동창들과 다른 차이가 없다고 생각했었다. 오직 어떤 사람들이 멸시하는 어투로 그녀를 소수민족이라고 말할 때만 소수로서의 고독과 압박감을 느꼈을 뿐이다. 그러나 박아댁 안에서는 그것과 달리 초 선생님은 한인이고 그가 소수민족이 되었다. 그래 그분도 자기와 같이 평등한 사람이 아니란 말인가? 꼭 그분을 쫓아야 하는가?

「안 돼요, 엄마. 전 그렇게 할 수 없어요!」

신월이는 미친 듯이 한씨 부인의 품에 안기면서 울었다.

「전 그 사람을 떠날 수 없어요. 떠날 수 없어요.」

「뻔뻔스럽기도 하다!」

한씨 부인은 신월이를 떠밀어버렸다.

「앓아서 그 꼴이 되어 가지고 마음은 아직도 멀쩡하네. 흥, 시집가겠다고? 그럼 좋아. 너한테 그런 팔자가 있다면 당장 회회를 찾아서 널 보내주마. 그럼 나도 한시름 놓게.」

신월이는 멍하니 엄마를 바라보았다. 엄마는 왜 전혀 자기를 이해하지 못할까? 자신의 마음을 어떻게 해야 엄마에게 알릴 수 있을까?

「엄마! 저의 마음속에는 그분 한 사람밖에 없어요. 그건 누구도 대신할 수 없어요. 엄마 절 좀 생각해 주세요. 엄마에게도 젊은 시절이 있었지 않아요…….」

「헛소리하지 마. 내가 처녀였을 때 너처럼 그랬다면 너의 할아버지는 나의 다리를 부러뜨렸을 거다.」

「엄마는 절 때릴 필요도 없어요. 전 뛰지도 못하고 날지도 못할 거예요. 병이 저의 모든 것을 망쳐버렸어요. 저에게는 이젠 아무것도 없어요. 그분이 저를 죽게 하지 않고 저의 목숨을 끌어주고 있는 것뿐이에요. 엄마, 제발 이렇게 빌어요. 제가 살아가는 그 희망만은 남겨주세요.」

「흥! 난 네가 죽는 꼴을 보더라도 네가 날 망신시키지 않았으면 좋겠다.」

한씨 부인이 무섭게 말했다.

「흥, 너까짓 것이 이 집에서 마음대로 할 것 같아?」

신월이는 공포에 질려서 엄마를 보고 있었다. 엄마의 얼굴은 서릿발보다 더 차갑게 보였고 독기어린 두 눈은 칼날같이 매서웠다. 모녀간의 거리는 너무 멀리 떨어졌다. 의논할 여지도 없는가? 그녀는 절망적으로 침대에 쓰러져 말없이 통곡하였다.

그날 밤 박아댁에서는 한 사람도 잠들지 못했다. 서채 안의 모녀의 대화가 여러 사람의 마음을 조이게 하였다. 잔잔한 목소리가 갑자기 큰 소리로 변하더니 울음소리가 터져나왔다. 식구들은 모두 놀랐다. 서채 문이 별안간 열리더니 한자기와 고모가 당황하여 들어섰고 그 뒤에 천성이와 배가 부르기 시작한 숙언이가 따라들어왔다.

한씨 부인은 본래 다른 사람에게는 알리지 않으려고 생각했으므로 한번 훑어보더니 말했다.

「왜 모두 왔어? 가서들 잠이나 자지. 여긴 아무 일도 없어요. 우리 모녀가 이야기하고 있는데.」

그러나 그녀는 자기의 기분은 감출 수 있었지만 신월이의 울음소리는 감출 수 없었다. 한자기는 무슨 말다툼이 생겼는지 다 알아차렸다. 그는 허둥지둥 딸의 침대 옆으로 뛰어가서 당황해서 어쩔 줄을 몰라 했다. 그는 화가 나서 아내를 노려보면서 소리쳤다.

「왜 이래 당신, 우린 약속하지 않았소? 아이가 앓고 있으니 무슨 말도 하지 말자고. 신월이는 견디어내지 못한단 말이오!」

「그럼 나는 견디어낼 수 있단 말이야? 그래 난 무엇이든지 견디어내야 해?」

한씨 부인이 분노했다. 이 사내는 딸만 생각했지 언제나 아내를 생각하지 않는다.

「그래 내가 당신 때문에 여지껏 고생했는데 이젠 당신 딸의 괴롭힘까지 당하란 말이야? 내 팔자는 왜 이렇게 사납지? 이 계집애가 이렇게 날 못살게 굴어! 언제면 이 고생이 끝나지? 응? 맨날 아파 죽는 시늉만 하지 온 식구가 시중드는 것으로도 모자라 이젠 야비한 짓을 하려 하니. 이건 어디서 물려받은 더러운 뿌리야!」

「그만 닥쳐!」

한자기는 흩어진 흰 머리카락을 떨었다. 깊숙한 눈에는 고통이 서렸고 분노가 뿜어져나왔다.

「입 좀 다물어! 사람 목숨을 핍박하지 말고.」

「도대체 누가 핍박해? 내가?」

한씨 부인은 점점 머리끝까지 화가 나서 한자기의 낯을 손가락질하면서 소리쳤다.

「한자기, 며느리 앞에서 네 체면 보아주니까. 흥! 아니면 다 털어놓을 거야!」

「집어치워요!」

천성이가 소리를 꽥 질렀다. 벽돌을 깐 방바닥이 다 울렸다. 그는 엄마가 정말 다 말할까봐 무섭게 엄마를 노려보면서 소리를 질렀다.

「이 집은 아직 망할 때가 되지 않았어요!」

한씨 부인은 정말 더 말이 없었다. 서릿발 같은 눈길로 한자기를 노려보니 한자기의 분노한 눈길이 빛을 잃고 겁에 질려 머리를 숙였다.

진숙언은 시집온 후 시어머니가 이렇게 화를 내는 것을 처음 보았다. 한 식구로 옆에서 구경만 할 수도 없어서 말리고 싶었으나 뭐가 뭔지 알 수 없어서 시어머니를 잡으며 탐색조로 말했다.

「어머님, 아버지에게 화내지 마세요. 부모는 모두 자식을 아끼지요. 어디 안팎이 있어요. 어머님도 저에게 감추려고 하지 마세요. 저도 신월이처럼 어머님의 딸이에요. 말씀하지 않아도 전 어머님의 걱정을 알 수 있어요. 신월이 때문에 근심하는 것이지요. 사실 저도 벌써 그 일을 생각해 보았어요. 초 선생님은 정말 좋은 분이에요. 신월이와도 어울리고…….」

한씨 부인은 한창 분해서 죽을 지경인데 자기가 친히 고른 며느리가 자기에게 맞서자 그녀는 위엄있게 숙언이를 노려보면서 말했다.

「여긴 네가 나설 자리가 아니다. 입 다물어. 어울려? 그럼 넌 어째 카페얼한테 시집가지 않았어?」

진숙언의 얼굴은 마치 한 대 호되게 맞은 듯 뜨거워졌다. 그녀는 머리를 숙이고 더듬거렸다.

「전…… 전…… 제 뜻은 아쉽게도 초 선생님이 회회가 아니니.」

한씨 부인이 코웃음을 치더니 말했다.

「그럼 아까운 거야, 뭐야?」

진숙언은 더 말하지 않고 머리를 숙였다. 마음속으로 한탄을 하였다. 애정? 애정을 얻는다는 게 왜 이렇게 힘든가?

옆의 침대에서 신월이는 베개에 엎드려 고통스럽게 흐느끼고 있었다.

늙은 고모는 신월의 침대 옆에 앉아서 소매 끝으로 끊임없이 흘러나오는 눈물을 닦아내고 있었다. 오늘 일은 뻔했다. 그렇지만 무어라고 말할 수 있겠는가? 그저 신월이 팔자가 너무 불쌍하고 모든 일이 이렇게 제대로 안 되니 눈물만 흘렸다.

천성이는 침대 옆에 꿋꿋이 서 있었다. 동생의 울음소리가 그의 마음을 찢는 듯했다. 사람이 마음속으로 진실로 사랑하는 사람을 마음속에서 떼어버리는 게 얼마나 고통스러운지를 천성이는 잘 알고 있었다. 그는 엄마 앞에 나서서 오랫동안 참아왔던 말을 하고 싶었다. 당신은 누구를 받아들일 수 있어요? 용계방은 회회가 아니오? 당신은 우리를 생이별시키지 않았소? 그러나 고개를 돌려 아내를 보자 입을 열 수 없었다. 아내는 자기의 아이를 가지고 있다. 그 말을 어떻게 하겠는가? 말해서 무슨 소용이 있는가? 끝장이야. 자기를 망치더니 이젠 여동생 차례가 된 것이다. 그는 마치 성난 소처럼 이마의 힘줄이 꿈틀거렸고 온몸의 피가 터져나올 것 같았다. 속이 답답해 죽을 지경이었으나 누구와 말하겠는가? 이 고집센 사나이는 별안간 땅에 주저앉더니 두 손으로 머리를 감싸쥐고는 분노의 비명을 질렀다.

「끝장이야! 끝장이야!」

누구도 그 뜻을 알아듣지 못했다.

자정이 지난 후에도 바람은 그냥 세차게 불었다. 마치 천만 마리 야수들이 노호하는 것처럼 지붕을 벗겨버릴 듯이 기승을 부렸다. 온 세계를 훼멸시킬 듯하였다. 박아댁 안의, 언젠가 한번은 몰아닥칠 폭풍은 이젠 잠잠해졌다. 서로 딴생각을 하고 있던 늙은 부부와 젊은 부부는 서채를 떠났고 고모가 신월이와 함께 누웠다. 방안은 전등을 켜지 않았고 소리도 없었다.

폭풍은 정말 사라졌는가?

신월이의 마음이 어찌 고요해질 수 있겠는가? 눈만 감으면 선명하게 초 선생님이 그녀 옆에 서 있었고 뜨거운 두 눈에서 애정의 불길이 뿜어져나왔다.

「신월이, 애정은 인류에게 가장 아름다운 감정입니다. 두 사람의 마음이 오랫동안 먼 길을 걷고 나서 한곳에 이르렀을 때 거울처럼 서로 비추어주고 피차가 하나되어 아무런 의심도 없을 때 심장의 박동은 상대방에게 이렇게 말하는 것입니다. 전 영원히 당신을 떠날 수 없습니다. 그러면 애정은 이미 조용히 찾아온 것입니다. 어떤 힘도 그들을 갈라놓을 수 없지요.」

「신월이, 내가 신월이에게 바친 것은 나의 모든 마음과 감정입니다. 내가 신월이에게 맡긴 것은 내 생명입니다.」

아, 이런 애정을 잊을 수 있고 끊어버릴 수 있고 배반할 수 있단 말인가?

사람은 아주 괴상한 생물이다. 가장 어려울 때 사람을 살아가게 하는 것은 종종 물이나 음식, 약물 등이 아니고 사람 마음속의 진실과 희망이다. 이 모든 것들이 전부 훼멸되었을 때 사람은 살 용기와 힘을 잃게 된다. 희망이 없고 사랑이 없는 인생은 죽는 것보다 못하다. 죽는 것은 어쩌면 그렇게 무섭지 않을지도 모른다. 신월이는 그렇게 생각하였다. 사람은 세상에 태어날 때부터 죽는 것이 결정되어 있다. 사람마다 다른 것은 죽기 전에 갖는 추구가 다른 것뿐이다. 얻은 것이 있는 사람은 웃으며 죽을 수 있고 얻지 못한 사람은 한을 안고 눈을 감는 것이다. 그런데 그녀는 어떤가? 일찍 추구도 했고 일찍 얻기도 하였다. 그녀는 사업에 미칠 듯한 추구를 가졌으며 두번째 지망도 없었다. 북경대학 서방언어학과가 그녀의 소망을 이루어주었다. 그녀가 애정을 동경하니 망망한 세상에서 서로 진심을 털어놓을 수 있는 친구를 얻었다.

그러나 이 모든 것은 사라졌다. 총총히 찾아왔다가 총총히 가버린 것이다. 마치 꿈 같고 지나간 바람 같다. 그녀가 이미 손 안에 꼭 틀어쥐었다고 생각했던 것이 손가락을 펴보니 아무것도 없었다. 그녀는 운명이 공평하지 않음을 원망하지 않겠다고 말한 적이 있다. 어쩌면 그 모든 것은 운명이 사전에 그녀를 위해 다 마련해 놓았던 것인지도 모른다. 그녀에게 주었던 것을 다시 빼앗아가고 그녀의 마음에 수없이 많은 상처를 남겨놓고서는 그녀에게 말쑥한 정신으로 아픔을 참아가며 죽음을 기다리게 하는가?

사람은 죽기를 원하지 않는다. 신월이의 쓴 물에 잠긴 심장도 여전히 쉬지 않고 가슴속에서 뛰고 있다. 천천히 그러면서도 황급히 뛰고 있었다. 마치 뿌리없는 부평초처럼 흔들거렸다.

「일편방심 천만갈래, 인간세상에는 놓을 곳도 없네.」

신월이는 나른해진 손을 내밀어 책상등을 켰다.

「신월아,」

고모가 다급히 일어나 앉으며 물었다.

「너 물 마실래? 아니면 약 먹을래? 움직이지 말아라. 고모가 가져다 줄게.」

「아니예요.」

신월이는 공포에 질린 듯 눈을 크게 뜨고 말했다.

「고모, 전…… 전 무서워요. 방안이 너무 어두워요.」

「어이구, 애가 놀랐구나.」

고모는 가슴이 아파서 그녀를 꼭 끌어안아 주었다. 고모는 신월이의 식은땀이 난 얼굴을 닦아주었다.

「신월아, 고모가 네 옆에 있지 않니? 무서워하지 마라. 사람이란 모두 구구 팔십일 난을 겪어야 한단다. 마음을 너그럽게 먹어라. 네 엄마가 한 말도 네가 잘되라고……」

고모는 속에도 없는 말을 하자니 마음이 찔렸다. 눈물이 저도 모르게 흘러나왔다. 그러니 그녀가 또 무슨 말을 할 수 있으랴.

「엄마.」

신월이는 중얼거렸다. 엄마만 생각하면 온몸에 소름이 끼쳤다. 책상등 아래 그 사진틀 속에서 엄마는 그녀에게 미소짓고 있다.

아, 엄마! 그녀는 떨리는 손으로 사진틀을 가져다가 그 누렇게 색깔이 바랜 사진을 보았다. 마치 십여 년 전의 그 한순간이 다시 나타난 듯싶었다. 신월이는 지나간 세월을 보았다. 그때 엄마는 젊고 온유하고 자애로웠다. 신월이의 손을 잡고 그녀의 볼에 입을 대고 달콤하게 미소짓고 있다…… 순간, 싸늘하고 무심한 얼굴이 사진을 덮어버리며 매서운 눈길로 그녀를 쏘아본다. 그것도 엄마의 얼굴이다. 바로 신월이가 생활 속에서 몸으로 체험하는 엄마의 모습이다. 사진하고 얼마나 다른가? 무엇 때문인가?

눈물이 신월이의 눈을 가렸다. 엄마! 지금처럼 대할 바에는 왜 저를 낳았어요? 딸이 당신께 번뇌만 가져다준다고 생각할 바에는 왜 저를 낳았어요? 당신은 지금 딸에게 원한만 있으면서 그때는 왜 그렇게 사랑했어요? 어쩌면 사진 속의 자애로운 웃음은 당신이 일부러 꾸민 것일지도 모르지만. 그럴 필요가 있어요? 전 진작 피부로 느꼈어요. 당신과 저 사이에는 모녀의 감정이 없음을. 전 당신의 부담이고 짐이었지요. 전 일찍 당신에게 해방을 주고 저도 해방을 얻고자 떠나려 했지요.

130

그런데 운명이 제가 집을 떠나 멀리 날지 못하게 했지요. 저는 공중에서 빙빙 돌다가 또 제자리로 돌아와 쓰러졌지요. 바로 당신의 주위에서 말예요. 전 엄마의 연민을 구걸하지 않았고 억지로 당신의 모성애를 얻으려 하지 않았어요. 그런데 당신은 무엇 때문에 제가 스스로 찾은 나의 사랑까지 빼앗으려 해요? 사실 말이지, 저는 저와 그분의 사랑에 대해 당신의 동의를 얻으려고도 생각하지 않았어요. 저는 단지 사랑은 자발적이고 자연적이고 무조건적인 것이며 신성불가침한 것인 줄 알았지요. 당신이 나서서 무참히 짓밟을 줄 몰랐어요. 딸의 생명을 대가로 치르는 것도 아끼지 않고요. 당신은 그것이 딸이 이 세상에 살아있는 마지막 희망인 줄을 뻔히 알면서도 빼앗아갔지요. 당신이 지키려는 모든 것이 딸의 생명보다도 더 중요해요?

커다란 눈물방울이 사진 위에 떨어졌다. 신월이는 지난 십여 년간 살얼음을 밟듯이 조심하면서 엄마와 지내왔으며, 줄곧 엄마의 마음을 알아내려 하였고, 엄마 마음속의 자신의 위치를 알려고 했는데 지금에야 모든 것이 선명해지는 느낌이었다. 고모는 의아스럽게 신월이를 바라보면서 물었다.

「애야, 한밤중에 왜 사진을 보니?」

「고모.」

신월이는 가볍게 사진들의 유리를 쓰다듬다가 갑자기 물었다.

「이분이…… 저의 친엄마예요?」

「무엇이?」

고모는 화들짝 놀랐다.

「왜 그런 생각이 들었어? 주워온 아이도 아닌데 엄마가 몇이 있겠니? 물론 너의 친엄마지. 보렴, 에미 딸의 얼굴이랑 눈매랑 모두 한틀에서 찍혀나온 것 같지 않니.」

「아니, 같지 않아요. 난 벌써 이분이 저의 친엄마 같지 않다고 느껴

왔어요…….」

신월이가 조용히 말했다. 그녀는 이전에 아버지와 엄마의 헤아릴 수 없이 많았던 말다툼이 생각났다. 모두 자신 때문이었다. 오늘 저녁 엄마가 한 말이 생각났다.

'네가 거리에 버려진 고아라면 난 거들떠보지도 않겠다.'

'그래 내가 당신 때문에 여지껏 고생했는데 이젠 당신 딸의 괴롭힘까지 당하란 말이야?'

'……이건 어디서 물려받은 더러운 뿌리야?'

'한자기…… 아니면 다 털어놓을 거야!'

이게 어디 어머니가 할 말인가? 그녀가 채 하지 않은 말은 무엇인가? 신월이의 가슴이 두근두근 뛰었다. 어쩌면 자신은 거리에 버려진 고아인데 한씨네가 주워다 길렀을지도 모른다. 십여 년간 남의 집에 얹혀살은 거겠지. 만약 그렇다면 더 좋겠다. 더 슬퍼하지 않고 여기를 떠나서 친엄마를 찾아가겠다.

「신월아, 무턱대고 추측하지 말아라.」

고모는 신월이의 눈물을 닦아주면서 자신은 눈물을 멈추려 하지 않았다. 입술을 부들부들 떨면서 말도 겨우 했다.

고모의 피하는 눈길에서 신월이는 자기의 추측에 확신을 갖게 되었다. 비록 그 추측은 그녀를 무섭게 하였지만. 이전에도 그녀는 이런 생각이 든 적이 있었으나 그때마다 머리를 흔들고 더 생각하지 않았다. 만일…… 그녀는 무서웠다. 그러나 지금 그녀는 아무것도 아랑곳하지 않았다.

「고모, 알려주세요.」

고모는 두 손으로 눈을 가렸다. 그녀의 심장은 무섭게 뛰었다. 십여 년 전의 일이 떠올라서 그녀의 오장육부를 뒤집어놓는 것 같았다. 고모는 신월이를 끌어안고 한바탕 울고 싶었다. 그러나 그녀는 반드시 참아야 하고 마음속 말을 목구멍에 삼키고 한마디도 해서는 안 된다.

「알려줘요, 네? 알려주세요.」

신월이가 별안간 고모의 팔을 잡고 미친 듯이 흔들었다. 그녀는 눈물이 글썽해서 고모를 바라보면서 말했다.

「고모, 난 고모가 키웠지요. 고모는 엄마보다 저를 더 사랑했어요. 그런데 저의 친엄마는 도대체…… 누구예요? 누가 저를 낳았지요? 알려주세요, 고모. 제 평생에 고모에게 이 한 가지만 부탁해요, 네?」

강렬한 감정의 폭풍이 태산처럼 고모를 내리눌렀다. 그녀의 손이 마비되고 피가 굳더니 심장이 막혀버렸다. 마치 뾰족한 칼이 그녀의 가슴을 찔러 오장육부가 터진 것 같았다. 고모는 신월이에게 아무 말도 하지 못하고 심지어 신음할 사이도 없이 신월의 침대 앞에 쓰러졌다.

「고모! 고모!」

처참한 부르짖음이 어둠에 싸인 박아댁을 울렸다.

병원에서 응급조치를 취했으나 고모는 살아나지 못했다. 의사 말이 고모는 급성 심장마비로 돌아가셨단다. 의사는 가족들을 나무랐다. 이분에게 심한 동맥경화가 있었는데 몰랐어요? 이전에 심장통증이 없었어요? 모른다. 식구들은 누구도 고모에게 심장병이 있는 줄 몰랐다. 그분은 한 번도 병을 보이지 않았고 약도 먹지 않았다.

고모가 돌아가셨다. 북경에서 유리걸식하던 여인이 박아댁에서 평범하지만 조용하지 않은 이십칠 년을 보냈다. 절반은 주인이고 절반은 하인이었던 그녀는 순전히 남을 위해서 살았다. 한순간도 자신을 아껴보지 못했다. 피땀을 다 흘리고 속도 다 태우고 끝내 넘어졌다. 다시 일어나지 못했고 끝내 그녀가 그렇게 애타게 기다리던 남편과 아이의 소식도 듣지 못했다. 그리고 신월이를 다 키워주겠다던 소망도 이루지 못하고 대답하기 힘든 신월이의 물음에도 대답하지 못한 채 돌아가셨다. 그녀가 그토록 숭배하는 알라께 죽기 전에 죄를 용서해달라는 기도도 드릴 사이 없이 영혼은 급히 이 세상을 떠났고 모진 고생을 다 겪은 육신만 남겨놓았다.

박아댁은 지극히 충성스럽던 노복을 잃었다. 한씨네는 그녀의 유체를 서산 아래에 있는 회족 공동묘지에 모시려 했다. 기진재의 조상묘지도 벌써 징용되어 선조들의 유골은 모두 공동묘지에 옮겨져 있었다. 거기에는 만나도 서로 안면이 없는 모슬렘들이 잠들어 있었다.

고모의 유체는 남채 객실에 모셔져 있었다. 새하얀 천을 덮고 장엄한 장례를 기다리고 있었다. 이 가난하고 비천한 여인은 죽은 후에야 비로소 장엄한 예우를 받게 되었다. 박아댁에서 마지막 하룻밤을 더 보내고 그녀는 영원한 세계로 가게 되었다.

신월이는 통곡하면서 고모를 모시고 하룻밤 지내겠다고 고집했다.

한자기는 절대 동의하지 않았다. 어제 저녁 신월이와 고모의 사별이 이미 신월이에게 큰 충격을 주었을 테니 이제 더 자극을 받게 해서는 안 된다고 생각했다.

밤이 깊었다. 한씨 부인과 천성이는 남채에서 고모를 지키고 있었고 한자기는 걱정스레 신월이를 보살피고 있었다. 가족을 잃은 슬픔이 신월이를 쓰러뜨렸다. 그녀에게는 고모를 지키거나 장례식에 참석할 힘조차 남아있지 않았다. 그녀는 맥없이 침대에 축 늘어져서 한없이 슬피 울기만 했다.

「신월아, 울지 말아라.」

한자기는 눈물을 흘리면서 딸을 위안했다.

「네 고모는 불쌍한 사람이다. 한평생 자식도 없었으니 천성이와 네가 그분의 자식과 다름없다. 너희들이 모두 고모를 존경하고 효도하려 하니 그거면 만족이다. 울지 말아라. 고모의 영혼이 평안하게 말이다. 넌…… 네 몸도 돌보아야지.」

134

「아빠.」

신월이는 눈물어린 눈으로 아버지를 바라보며 아버지의 손을 잡았다.

「아빠! 고모는 저 때문에 돌아가셨어요. 제가 고모를 해쳤어요.」

한자기가 깜짝 놀라며 물었다.

「신월아, 너 그게 무슨 말이냐?」

「제가 고모를 해쳤지요. 어제 저녁 제가 고모에게 한마디 물었지요.」

「뭘 물었지?」

「제가 고모께 누가 나의 친엄마냐고 물었더니 고모는…….」

「아니?」

예상하지 못한 감정의 충격에 한자기의 얼굴은 잿빛으로 변했다.

「그분이…… 그분이 뭐라고 알려주었니?」

「알려주지 못했어요.」

신월이는 고통스럽게 머리를 저었다.

「그분은 아무것도 말하지 않았어요. 그러나 저는 알아냈지요. 고모는 무슨 비밀을 감추고 있다는 걸. 왜 저에게 말해주지 않아요, 아빠? 당신들은 무엇 때문에 저를 속이고 있어요?」

「신월아!」

십여 년 전 일이 별안간 한자기의 마음속에 떠올랐다. 아니다. 시시각각 마음속에 나타나서 그의 영혼을 괴롭혔고 그의 몸을 해쳐왔다. 그리고 그를 핍박하여 힘들게 앞으로 걸어가게 했었다. 그러나 그는 줄곧 약속을 지켜왔다. 절대 딸에게 말하지 않겠다고. 딸은 그러지 않아도 너무 불쌍하다. 그애에게 더 많은 고통과 불행을 알게 해서는 안 된다. 그는 딸의 눈길을 피하려 백발이 된 머리를 숙이면서 떨리는 목소리로 말했다.

「신월아, 그런 일 없어…… 넌 나의 친딸이고 네 엄마의…….」

「더 이상 속이지 마세요, 아빠!」

신월이는 얼굴을 아버지의 흰머리에 댔다. 눈물이 흰머리를 적셨다.

「십여 년 동안 저는 늘 아빠가 고통을 참으며 침묵을 지키는 것을 보아왔어요. 왜 그러는지 그 이유는 몰랐지요. 저 때문이지요, 아빠? 이젠 저 때문에 더 고통을 받지 마세요. 딸이…… 이젠 오래 아빠를 괴롭히지 않을 거예요. 아빠를 떠나갈 것 같아요. 아빠는 저에게 알려주어야 해요. 도대체 누가 나를 낳았는지? 당신과 엄마가 모두 저의 친부모가 아니더라도 저에게 알려주어야 해요. 지난날 무슨 일이 일어났었는지 모두 알려주세요. 제가 죽을 때까지 자기의 친엄마가 누군지 모르게 하지 마시고. 전 엄마가 그리워요. 그분은 도대체 누구세요?」

「신월아!」

한자기는 고통스럽게 딸을 불렀다.

「묻지…… 묻지 마라.」

뜨거운 눈물이 그의 깊숙한 눈에서 줄줄 흘러나와서 딸의 얼굴과 손에 쏟아졌다. 그는 떨면서 머리를 들고서 겁에 질린 듯 딸을 바라보았다. 딸의 반짝이는 눈도 그를 바라보고 있었다. 아, 신월아. 아빠가 마음이 독해서 널 속이는 게 아니야. 네가 아직 다 자라지 않아 독립된 인생을 시작하지 않았기 때문이야. 어쩌면…… 그날이 없을 수도 있겠지? 무서운 공포가 그의 마음을 꽉 틀어쥐었다. 그의 여윈 손이 떨리더니 경련을 일으켰다. 그는 팔을 내밀어 딸의 목을 끌어안았다. 딸애를 가슴에 꼭 껴안았다. 딸애가 이 세상을 떠날까봐 두려웠다.

「아빠, 알려주세요.」

신월이가 고집스레 얼굴을 들고서 뚫어지게 아버지를 바라보았다. 딸의 눈길이 한자기의 마음속까지 찌르는 것 같았다. 깊숙이 파묻어 두었던 비밀은 이젠 더 감추기 힘들어졌다. 조만간 알려주어야 할 일이다. 알려주자. 지금 모든 것을 알려주자. 애가 이렇게 앓고 있으니 어쩌면…… 어쩌면 이런 기회가 다시 없을 수도 있다. 그렇게 되면 부녀가 모두 한을 안고 죽게 될 것이다.

13
엄마의 비밀

　누구도 그 전쟁이 얼마나 많은 강철을 소모했고, 얼마나 많은 생명을 삼켜버렸으며, 얼마나 많은 집을 파손시켰고, 얼마나 많은 아름다운 꿈을 깨버렸으며, 얼마나 많은 인생의 길을 바꾸어버렸는지 알지 못했다. 선과 악이 온 세계에서 박투를 벌였다. 독일, 이탈리아, 일본의 세 마귀가 지구를 온통 수라장으로 만들었다. 미국, 영국, 소련, 중국, 그리고 파쇼로부터 유린을 당한 모든 인민들이 손을 잡았다. 동서 양끝에서 복수의 불길이 타올랐다.

　1943년 9월 8일, 이탈리아가 정식으로 투항을 선포하고 10월 13일에는 총구를 돌려 독일에 선전포고를 하였다. 1945년 5월 8일, 독일이 무조건 투항서를 내었다. 8월 14일, 일본 천황이 황황히 정전조서를 내려 무조건 투항을 선포하였다. 전쟁의 재난을 당할 대로 당한 전세계 인민들이 마침내 비장한 승리의 날을 맞이하게 되었다.

　전쟁의 초연에 그을린 한 통의 편지가 대서양을 지나서 한씨 부인의 손에 쥐어졌다. 그 편지의 말들은 어찌나 처량하던지 꿈속에서 하는 잠꼬대 같았다. 우리는 아직 살아 있소. 당신들도 살아 있소?

기쁨과 놀라움에 한씨 부인은 하마터면 기절할 뻔했다. 답신이 런던에 도착하였다. 봉투는 한자기가 영문으로 써서 편지와 함께 부쳐준 것이었다. 편지지에는 서투른 아이의 필적이 적혀 있었다. '아빠, 이모, 빨리 돌아오세요. 엄마는 당신들을 그리고 있습니다.' 그 편지는 끝도 머리도 없었고 전보문처럼 짧았지만 가장 중요한 소식을 전해주었고 가장 깊은 그리움을 나타냈기에 누구에게 부탁해 쓴 틀 잡힌 편지들보다도 더 해외에 있는 사람의 마음을 움직여놓았다.

2월 2일, 용이 머리를 든다. 경칩의 천둥소리가 언 땅을 흔들어 땅굴 속에 숨어 있던 곤충이며 뱀들이 동면에서 깨어나고 오랫동안 잠들었던 용도 머리를 든다고 한다. 그날이 중국의 중화절(中和節)이다.

사람들은 양력설에 제사지내고 남은 떡을 기름에 구워서 벌레에게 주고 초란재도 뜰안과 물독 위에 구불구불 뿌려놓아 용을 맞이하고, 용의 머리를 깎아준다고 아이들의 머리를 깎아주었고 용의 이빨을 먹는다고 물만두를 만들어 먹었으며 용의 비늘을 먹는다고 춘병을 구워 먹었다. 그날 여인들은 바느질을 하지 말아야 했다. 용의 눈을 찌를까봐 그런단다…… 팔 년 동안의 전쟁은 사람들로 하여금 이 모든 것을 잊게 하였다. 1946년의 이른 봄, 2월이 북평에 왔을 때 경화도의 호수에는 얇은 얼음이 덮여 있었고 정양문 누각의 유리기와에는 두꺼운 먼지가 쌓여 있었다.

거리에 보기 드문 행인들은 허리를 구부리고 목을 움츠리고 걸었으며 전쟁에 시달려온 백성들은 대문을 꼭 잠그고 있었다. 그 중화절을 한족도 별로 달가워하지 않았으니 하물며 아무런 관계도 없는 모슬렘은 더욱 그랬다. 용은 아직 깨어나지 않은 것 같았다.

한 중년 남자가 박아댁의 대문 앞에 나타났다. 그는 손에 갈색 가죽 트렁크를 들고 저녁 노을이 질 무렵 발걸음을 서둘러 그 익숙한 골목으로 들어섰다. 갈색 구두는 흙길을 밟아서인지 그다지 높지 않은 소리를 냈다. 그의 걸음은 너무 급해서 약간 비틀거렸다.

그는 문 앞까지 걸어와서 돌계단에 곧 오르지 않고 멈추어 섰다. 그는 외투의 단추를 풀었다. 짙은 갈색 나사외투의 어깨에는 먼지가 앉았고 넥타이를 맨 셔츠에서는 땀냄새가 났다. 그는 약간 헐떡거렸다. 검고 여윈 얼굴이 부들부들 떨렸다. 그가 고개를 천천히 드니 검은 중절모에 덮여 있던 이마에는 깊숙한 주름이 져있었고 약간 들어간 눈에는 눈물이 고여 있었다. 아, 십 년이다. 끝내 돌아왔구나. 어디 한번 잘 보자꾸나, 나의 집이여!

집의 대문은 변함이 없었다. 오직 문 앞의 홰나무가 부러졌고 문의 붉은 칠이 벗겨져 낡아 보일 뿐이었다. 그러나 풍상은 그래도 옥마 노인이 남긴 글은 아직도 벗겨놓지 않았다. 수주화벽 명월청풍이라.

마치 십여 년 전의 세월로 다시 돌아간 듯싶었다. 그는 여느 때처럼 아침 일찍 집을 나서서 해가 져서 집에 돌아온 것 같았다. 마치 여느 황혼 무렵처럼 하루 종일 일하고 피곤해진 한자기가 집에 돌아온 듯싶었다. 그는 다섯 개의 돌계단을 올라가서 오른손을 내밀어 문고리를 당겼다.

「누구세요?」

안에서 아이의 목소리가 들려왔다. 그의 마음은 무척이나 떨렸다.

「나야.」

「누구세요? 호구조사하는 사람이에요? 우리 엄마가 남자들이 문을 두드리면 열지 말라고 했어요.」

「아이구, 왜 그런 말을 하니?」

여자의 목소리가 발소리와 함께 들려왔다.

「밖에 누구세요?」

「저예요. 제가 돌아왔어요.」

140

그는 대답하였다. 심장이 두근두근 뛰었다.

문이 삐꺽 소리를 내며 열렸다. 고모는 이 낯선 불청객을 보자 놀라 다시 문을 닫으려 했는데 그는 이미 문턱을 넘어서며 그녀를 정답게 불렀다.

「누님!」

「어?」

고모는 멍한 눈으로 그를 찬찬히 보았다. 남자애는 그녀의 뒤에 서 있었는데 키는 거의 고모만큼 컸다. 동그란 얼굴이 거무스레하고 두꺼운 입술은 꾹 닫혀 있었는데 마치 수시로 무슨 위험이나 공격을 받을 것에 대비하고 있는 것 같았다.

「너 천성이지?」

그는 떨리는 목소리로 말하면서 허리를 굽혀 아이의 손을 만졌다.

「편지는 네가 썼지?」

「오, 알라여!」

고모는 갑자기 불에 덴 것처럼 소리쳤다.

「천성아, 천성아, 이분은 너의 아빠야!」

「아, 아빠?」

천성이의 까만 눈이 의아스럽다는 듯이 반짝이더니 순간 기쁨의 불꽃이 터져나왔다. 눈물이 주르륵 흘러내렸다.

「나의 아빠. 나도 아빠가 있다!」

한자기의 마음이 다 녹아버린 것 같았다. 그는 트렁크를 던지고 두 손으로 아들을 끌어안았다. 얼굴을 아들의 동그랗고 거무스레한 작은 볼에 대고 비비며 소리쳤다.

「아들아, 나의 아들아! 난 너를 십 년이나 생각했단다!」

천성이는 아버지의 품에서 벗어나 안뜰로 뛰어갔다. 두 팔을 쫙 벌리고 외쳤다.

「엄마, 빨리 와! 빨리! 아빠가 돌아왔어요!」

십 년 만에 박아댁에 환호소리가 들렸다.

기쁜 소식이 너무 돌연히 닥쳐왔다. 한씨 부인은 깜짝 놀랐다. 황급히 남채에서 뛰어나와 추화문 안의 가림벽 옆에 나타난 키 큰 사내의 모습을 보자 눈물이 그녀의 눈을 가려버렸다. 그녀는 계단이 있는 것도 까맣게 잊고 한걸음에 달리려고 앞으로 걸음을 떼다가 밑으로 떨어졌다.

「오빠!」

그녀는 울다가 웃으면서 불렀다. 그것은 그녀가 어렸을 때 부르던 칭호였고 갓 결혼한 새댁이었을 때에 불렀던 친밀한 애칭이었다. 또한 십 년간 꿈속에서 수없이 부르던 칭호였다.

그는 달려가서 부축하면서 나지막하게 불렀다.

「벽아, 벽아.」

마치 이십 년 전 모든 일에 오빠를 따르던 그 여동생 같았다…… 아니다, 십 년이나 부르지 않아 서먹서먹했다.

「아이구, 방으로 들어갑시다.」

고모는 소매로 눈물을 닦으며 말했다.

「이것 좀 봐. 만나니 무슨 말을 먼저 해야 할지도 모르겠네.」

한자기는 아내를 따라 남채로 들어갔다. 떠난 지 십 년이 되었다. 그는 마치 꿈속에 있는 듯이 방안을 둘러보았다. 모든 것이 다 원래대로 놓여 있었으나 이젠 낡아보이고 스산해 보였다.

「앉지요. 앉으세요.」

고모는 의자를 잡고서 한자기를 불렀다. 지금은 주인이 오히려 손님 같았다.

「먼 데서 왔는데 앉아 쉬세요.」

한자기는 외투를 벗어 고모에게 맡기고 의자에 앉아서 옆에 서 있는 천성이를 끌어다 품에 안았다. 하고픈 말을 어디서부터 했으면 좋을지 몰랐다.

「천성이가 이렇게 컸는데 난 그냥 이애 어릴 때 모습만 기억하고 있었구료.」

「그래요. 십 년이나 지났으니 막 세는 나이로 이젠 열두 살이고 우리 아들과…….」

고모는 여기까지 말하고 입을 다물었다. 한자기는 알아들었다. 이 불쌍한 여인은 또 자기 아들 생각이 난 것이다.

「참 이 전쟁 때문에. 난 집에 돌아오게 될 줄은 생각도 못했어요.」

「옥아는 함께 오지 않았어요?」

남편이 갑자기 돌아와서 정신을 차릴 수 없었던 한씨 부인은 그제야 동생 생각이 났다.

「아빠, 이모는 왜 돌아오지 않았어요?」

천성이도 물었다.

「엄마가 저에게 아주 좋은 이모가 있다고 하던데. 전 이모를 기다리고 있어요.」

「그애는…….」

한자기의 얼굴색이 어두워졌다. 멍하니 입만 벌리고 어떻게 옥아에 대한 말을 했으면 좋을지 몰라 했다.

「그앤 외국에 남았어요?」

한씨 부인이 걱정스레 물었다.

고모도 당황해 했다. 그녀는 그보다 더 나쁘게 추측하고 있었다.

「옥아에게 무슨 일이 생겼어요?」

「아니, 그애도 돌아왔어요.」

「그럼 왜 집에 오지 않고?」

「그앤 어디 있어요?」

한씨 부인이 또 물었다.

「오, 우리가 상해를 지날 때 그앤 거기에 머물러 일을 본다고 하더군.」

한자기는 자신의 표정을 자연스럽게 하려고 애썼다. 지금 그는 우선 이렇게만 말해야 했다.

「내가 먼저 돌아왔소. 한 이틀 늦게 그애도 집에 올 거요.」

「아이구!」

한씨 부인은 그제사 마음을 놓았는지 이번에는 화를 냈다.

「그 미친 계집애도, 외국에서 그만큼 싸다녔으면 됐지. 집 앞까지 와서도 빨리 집에 오지 않고 무슨 놈의 상해 구경이야? 정말!」

고모는 한탄하였다.

「보세요, 얼마나 멀리 갔든 모두 소식이 있어 온다 하더니 오지 않아요. 그런데 우리 집 두 부자는 왜 지금까지 소식이 없는지?」

「언니, 조급히 생각 마세요.」

한씨 부인은 고모가 정신나간 사람처럼 그림자도 없는 일을 자꾸 외는 것이 싫었다. 더구나 십 년 만에 가족이 단란히 모인 날에 그녀가 슬퍼하도록 내버려둘 수 없었다. 그래서 백번이고 천번이고 되풀이하여 그녀를 위안했다.

「우리 기다립시다. 꼭 돌아올 때가 있을 거예요! 보세요, 천성이 아빠도 돌아오지 않았어요? 고모, 차나 따라주세요.」

「그래. 그래.」

고모는 대답하면서 걸어나갔다.

「이 보라지, 기쁜 마음에 차 끓일 생각도 잊었구먼.」

「아이구, 십년생사 망연하다고 무어나 상상하기도 겁나는군!」

한자기는 팔꿈치를 탁자 위에 세워 손으로 얼굴을 받치고 감개무량해서 말했다.

144

「누님도 그 희망을 보고 살아가고 있구료. 그분더러 그냥 기다리게 하시오. 그분이 당신을 도와 십 년이나 견디어냈구먼. 참 고맙소. 당신도 정말 고생이 막심했을 거요. 여자 몸으로 아이를 데리고 집을 지키고 우리 가게를 지켰으니.」

「우리 가게……..」

한씨 부인의 얼굴색이 대번에 변했다. 어찌나 슬픈지 눈물이 갑자기 쏟아져나왔다.

「애아버지, 우리 가게가 없어졌어요.」

「없어졌다!」

한자기는 멍해졌다. 그 소식이 그에게는 치명적인 타격이 아닐 수 없을 테지만 그는 그렇게 크게 놀라지는 않았다. 그는 멍한 눈길로 아내를 바라보면서 중얼거렸다.

「그건…… 나도 예측했었소.」

「어떻게 예측했겠어요?」

고모는 차를 들고 와서 야단이나 난 듯이 말했다.

「그건 정말 하늘이 무너지고 땅이 꺼지는 재난이었지요. 기진재는 너무나 기막히게 망했어요.」

한씨 부인은 불안스레 고모를 흘겨보았다.

「자꾸 저분의 마음을 산란하게 하지 마세요.」

「말하지 않아도 그러리라고 생각했소. 어디나 다 하늘이 무너지고 땅이 꺼졌으니까.」

한자기는 찻잔을 받아들고 마시지는 않았다.

「런던도 폭격에 수라장이 됐지요. 헌트씨 가게도 문을 닫고 그 집은 무너졌으며 아들까지 폭격에 죽었지요. 나도 살아나리라곤 생각도 못했어요. 지하실에 있으면서 당신들이 어떻게 되었는지 모른다는 생각만 들었지요. 어떤 때 꿈을 꾸면 그냥 집이 망하고 모두 폭격에 죽은 것만 보였어요. 지금 모두 살아 있는 것을 보니 꿈에도 생각 못한 일이어서 얼마나 기쁜지 모르겠군요. 재산을 잃은 것은 아무것도 아니지요. 사람이 무사한 것이 제일이지요.」

「그 말이 맞아요.」

고모가 말했다.

「아니, 외국은 여기보다 더했구먼. 알라여!」

「그럴 줄 알면 거기 갈 게 뭐예요?」

한씨 부인은 겁이 더럭 났다.

「당신 가지고 간 물건도 모두 잘못되었지요? 자초한 짓이지.」

「그래, 자초한 짓이었소.」

한자기는 차를 한모금 마시고 나서 말했다.

「그 물건들 때문에 하마터면 죽을 뻔했지. 그래도 물건은 잘못되지 않았어요. 그렇게 많은 사람들이 사려고 해도 아까워서 팔지 않다가 후에는 전쟁판이 되었는데도 아까워서 버리지 않고 그래도 끝내 가지고 왔어요!」

「네? 가져왔어요?」

한씨 부인은 생각 밖이라 너무도 기뻤다.

「어디다 두었어요?」

「음, 거기다…… 아직 도착하지 않았구면.」

한자기가 말했다.

「옥아가 올 때면 그 물건들도 도착할 거요.」

한씨 부인의 마음이 흥분되었다. 그녀는 남편이 가지고 간 것들이 모두 값진 것인 줄 잘 알고 있었다. 그 보배들만 있으면 이제 살림을 걱정할 필요도 없었다.

「물건이 돌아오고 사람도 무사하니 뭐가 겁나요? 이젠 또 살 길이 생겼어요. 좀 쉬었다가 다시 기진재를 세워야지요.」

한자기의 얼굴에서 이제 웃음이 없어졌다. 그는 힘없이 의자에 기대 앉아 긴 한숨을 쉬었다. 몇만 리의 뱃길과 몇천 리의 기차를 통한 여고와 끝없는 근심과 걱정으로 그는 이미 기진맥진하였다. 게다가 그의 길은 아직 채 끝나지도 않았다. 삼단같이 흩어져 복잡한 갈림길이 그의 앞을 막고 있었다. 그는 어떻게 걸어야 할지 몰랐다. 자신에게 계속 걸어나갈 용기와 능력이 있는지도 알 수 없었다.

「그럼 언니, 물 좀 끓여서 천성이 아빠 시원하게 목욕이나 하게 합시다. 우린 가서 밥이나 얼른 지어 뜨끈뜨끈하게 먹고 일찍 쉬셔야지요. 얼마나 피곤하시겠어요.」

한씨 부인이 고모에게 분부하였다. 그렇게 분주히 보내고 살뜰하게 지내는 것이 아내로서 가장 유쾌할 때였다.

「그래, 그래. 그럼 국수를 먹지.」

고모가 대답하며 나갔다. 한자기는 힘없이 머리를 의자 등받이에 기대고 잠이 들었다. 그는 정말 피곤했다.

「아빠, 아빠, 왜 벌써 쉬세요. 날도 어둡지 않았는데.」

천성이가 그를 흔들면서 졸라댔다.

「저에게 외국 이야기를 해주세요. 이모가 언제 집에 오는가도 알려주세요.」

어릴 때부터 아버지 사랑을 받아보지 못한 아이는 하늘에서 날아온 듯한 아버지에 대해 그렇게 신기해 하였다. 아직은 아버지를 생각해줄 줄 모르는 나이였다. 한자기의 잠은 아들 때문에 달아났다.

한자기는 목욕을 하고 중국 옷으로 갈아입었다. 밥을 먹고 나니 날이 저물었다. 식구들은 아직도 식탁 옆에 둘러앉아 이것저것 끝없이 물었다. 꺼멓게 그을은 유리덮개 안에서 석유등 심지가 타고 있었다. 등잔에 비치는 불빛은 따스하고 몽롱하여 한자기로 하여금 헌트집 지하실의 그 가물가물하던 촛불을 연상시켰다. 구수한 밤이야기를 나누는 것은 같으나 앞에 앉아 있는 사람은 그들이 아니다. 이것은 꿈인가?

「천성아, 자꾸 아빠를 괴롭히지 말아라. 이젠 다시 안 가셔. 나중에 부자간에 이야기할 날이 많고 많아. 고모와 같이 가서 빨리 자려무나. 너 내일 아침 일찍 학교에 가야지.」

한씨 부인이 아들을 달래며 말했다. 이 말은 고모도 들으라고 한 말이다. 남편이 너무 피곤해 하는 것 같아서 가슴이 아팠다. 일찍 쉬게 해야 했다. 고모는 눈치가 빨랐다.

「그래, 빨리 천성아. 아빠도 피곤해 하시는데.」

천성이는 내키지 않아 하면서도 고모를 따라 동채로 갔다.

한자기는 잘 생각이 조금도 없었다. 긴 밤이 그의 앞에 놓여 있으니 앞으로 어떻게 지내야 될지를 몰랐다.

그는 뜨락으로 나갔다. 밖은 깊은 어둠 속에 잠겨 있었다. 달도 별도 없는 어두컴컴한 마당에는 창가에서 비쳐나오는 어슴푸레한 등불빛이 있을 뿐이었다. 해당나무와 석류나무의 마른 가지가 창호지에 흩어진 무늬를 그려놓았다. 뜰안의 모든 것은 그가 익히 기억하고 있기에 어떤 빛이 없어도 손금 들여다보듯 잘 알고 있었다. 그는 여기저기를 어루만져 보았다. 잃으려니 했던 것이 오히려 다 남아 있다. 없어진 것은 세월뿐이다. 세월은 남아 있지 않다. 세월이 사람들에게 남긴 것은 상처뿐이다. 런던이나 북평이나 모두 마찬가지다. 북평은 다행히 런던과 같은 폭격을 당하지 않아서 박아댁은 남아 있었다. 이는 그로 하여금 잃었던 것을 되찾은 듯한 기분이 들도록 하였다. 그러나 기진재는 없어졌다. 무엇 때문에 잃었는가?

그가 남채에 돌아오니 한씨 부인이 동쪽 침실에서 밤기도를 드리고 있었다. 그녀는 전능의 알라께 남편이 무사히 돌아오게 해주신 것을 감사드리고 있었다. 한자기는 그녀를 방해하지 않으려고 서쪽에 있는

148

문을 열었다. 안은 어두컴컴했는데 습기찬 냄새가 코를 찔렀다. 그는 객실에 있던 석유등잔을 들고 와 십 년이나 보지 못했던 서재로 들어갔다.

책상과 의자, 그리고 책장도 그대로 있었다. 책장에 꽂힌 책들에는 두꺼운 먼지가 앉아 있었다. 그는 석유등잔을 책상 위에 놓고 옆에 있는 명나라식 의자에 앉았다. 그는 자기 발에 어떤 물건이 걸린 듯한 감각을 느꼈다. 방바닥도 이전처럼 판판하지 않은 것 같았다. 그가 허리를 굽히고 보니 검은 장방형 나무판이 거기에 놓여 있었다. 무엇인가? 그는 등잔을 들고 비추어보았다. 아, 등잔이 하마터면 그의 손에서 떨어질 뻔하였다. 그것은 검은 칠을 한 간판이었다. 세 글자가 불빛에 황금색 빛을 뿌렸다. 기진재!

그는 등잔을 놓고 꿇어앉아 조심스레 그 두꺼운 나무판자를 들고서 그 위에 앉은 먼지를 털었다. 손은 부들부들 떨렸고 맑은 눈물이 간판 위에 주르륵 떨어졌다. 기진재가 흔적도 없이 사라졌다면 그의 마음은 이다지도 아프지 않았을 것인데 그 간판을 보니 정말 뼈저리게 끝장났음을 느꼈다. 반평생의 심혈은 수포로 돌아갔다. 그런데 어쩌다 이렇게 되었을까?

한씨 부인은 기도를 마치고 나니 마음이 후련하였다. 그녀는 부부가 오래간만에 상봉한 기쁨을 안고 서쪽 방으로 걸어왔다.

「애아빠, 일찍 쉬세요. 거기서 무얼 뒤지고 있어요? 집은 당신 것이니 어떻게 정돈하고 싶은지 말만 하세요. 내일 언니보고…….」

그녀의 후련한 기분이 싹 달아났다. 그녀는 당황해 하였다. 금방 문틀에 손을 대자마자 한자기가 꿇어앉아 간판을 만지고 있는 장면을 목격했던 것이다.

「여보, 당신에게 보이려 하지 않았는데. 당신 끝내…….」

「가게가 어떻게 망했소? 말해보시오.」

한자기는 머리를 들고 그녀를 쳐다보았다. 등불을 등지고 앉은 그의 눈물어린 두 눈은 보기만 해도 겁이 났다.

「애아빠, 제 말을 들어보세요.」

한씨 부인은 손발이 다 마비된 것 같은 느낌이 들었고 온몸이 와들와들 떨렸다. 남편이 캐물으니 그녀 마음속의 상처가 은근히 아파왔다. 모든 것을 이젠 더 감출 수 없었다.

「모두 저의 죄예요. 후 선생께 미안하고 당신께 미안해요. 오빠, 제가 바보였어요.」

그녀는 힘없이 남편의 어깨에 머리를 기댔다. 지난 세월이 고통스럽게 되돌아왔다.

그 남보석 반지가 없어져 한씨 부인이 홧김에 후 선생을 내쫓으니 뜻밖에 일꾼들이 의분을 느끼고 불안해 하더니 모두 떠나버렸다. 기진재는 그 즉시 털썩 주저앉게 되었다.

한씨 부인은 분해서 밥도 먹지 않았고 고모는 어쩔 줄 모르며 맴돌았다.

「천성이 에미, 이거 야단났소!」

고모가 말했다.

「가게에 한 사람도 없으니 어떻게 하오?」

「괜찮아요. 뭐 내가 쫓은 것도 아니고 자기들이 가고 싶어 갔으니. 있고 싶대도 두지 않겠어요!」

한씨 부인은 대수로워하지 않았다. 그녀는 자기가 한 일에 후회할 사람이 아니었다. 그녀는 오히려 일꾼들이 스스로 그만두어 차라리 잘되었다고 생각했다. 돈을 쓸 필요도 없으니.

「돈주고 사람 구하는데 그자들보다 나은 회계나 일꾼을 못 얻겠어요? 내가 기진재에서 사람을 쓰려 한다고 입만 떼면 스스로 가게를 낼

처지가 안 되는 열 사람들 중 누가 안 오겠어요? 문이 터지도록 밀려올 텐데.」

그 말은 너무도 과장된 것 같다. 한씨 부인이 집을 고모에게 맡기고 매일 가게에 나가 지키면서 회계와 일꾼을 쓰려 한다고 소문을 냈으나 한 사람도 찾아오지 않았다. 할 수 없이 그녀는 체면이고 뭐고 다 집어치우고 평소에 들은 바대로 한 사람 한 사람씩 찾아가서 청했다. 그들은 전에 한자기를 만나면 백성이 임금을 만난 듯하더니 이제 한자기가 집에 없고 기진재에도 말썽이 생기자 너나없이 모두 체면을 차리고 마치 융중에 은거해서 청해도 나오지 않던 제갈공명같이 굴었다. 그들의 말은 할 말조차 잊게 했다.

「한씨 부인, 저희가 한씨 부인의 면목을 보지 않는 것은 아니지만요, 그 일은 감히 맡지 못하겠습니다. 지금은 옥기업 장사도 하기 힘들어졌지요. 아시겠지만 포 주인의 회원재가 그래도 아직까지는 견디고 있지만, 그 나머지 가게들은 모두 썰렁해요. 물건도 팔리지 않지 재료도 들어오지 않지, 하니 많은 작업방에서는 문을 닫았습니다. 북평의 몇천 명 되던 옥기 장인들이 지금 헤아려보면 백여 명밖에 남지 않았거든요. 이럴 때 저보고 맡으라 하면 저를 망신시키는 게 아니겠습니까? 댁의 장사가 잘못되면 후에 어떻게 한 선생을 뵙겠습니까?」

그렇게 말하는 것은 그래도 예의를 지키는 편이었다.

「한씨 부인, 어떻게 저를 이렇게 대우해줍니까? 저의 재간으로는 후 선생 발꿈치에도 못 가는데요. 후 선생 같은 분도 못 한다니 제가 어떻게 그 일을 맡겠습니까? 더 나은 분을 청하세요.」

「한씨 부인, 기진재가 도둑을 맞았다면서요? 신고를 해야지요! 재판을 걸어 철저히 해결해야지 그렇지 않고야 이후 누가 감히 기진재에 들어가겠습니까? 일이 좀 나면 황하에 뛰어들어도 그 누명은 씻지 못할 텐데요!」

어떤 말은 이보다도 더 듣기 거북했다.

「한씨 부인, 기분이 나쁘실지 모르겠습니다만 후 선생님은 당신에게 충성을 다했지요. 그런 충신도 당신은 도둑으로 몰고 외면하고 무정하게 차버렸는데 제게 무슨 담이 있어 그 자리에 들어서겠습니까?」

한 사람도 일하겠다는 사람이 없었다. 한씨 부인은 할 수 없이 고모와 상의했다.

「안 그러면 우리 자매가 잠시 지탱해볼까요?」

「어이구, 전 그것은 할 수 없어요. 식당을 한다면 모르겠지만.」

고모가 말했다.

「천성이 에미도 비록 옥기 출신이라지만 가게일은 해보지 못해서 품질이며 값이며 제대로 알 것 같지 않구먼. 우린 글도 모르는데 장부는 어떻게 보고. 그건 그렇구 가게와 집 사이를 뛰어다니는 것도 우리 여자들이 할 일이 아니고. 일본사람들은 거리에서 여자만 보면 그런다는데. 무서워요.」

「그럼…… 먼저 가게문을 닫고 천천히 방도를 생각해보지요. 청산이 있는데 땔나무가 없겠어요. 옥기업에 이런 말이 있지요. 삼 년 문을 못 연다고 겁날 것 없다. 문만 열면 삼 년은 먹는다고요.」

「안 돼요. 그건 작은 일이 아니지. 가게를 낭방이조 거리에 잠가두고 그 안에 그렇게 귀중한 물건이 많이 있는데 집과도 멀리 떨어져서 지키는 사람까지 없으면 어떻게 돼요? 이런 세월에는 군대가 아니더라도 토비들이 득시글거리는데 몽땅 들어내가도 모르겠어요. 그러면 반지 하나 도둑질해 가는 정도의 일이 아니지.」

「글쎄요, 그럼 어떻게 할까요? 집에는 남자들도 없는데.」

일을 겪어보지 않고서는 힘든 줄 모른다고 한자기가 집에 없으니 한씨 부인은 그제야 장사를 하는 것이 얼마나 힘든 일인가 알았다. 그녀는 한자기가 십 년 동안 창업하면서 얼마나 고생을 했겠는지 짐작할 수 있었다. 지금 가업이 그녀의 손에 왔는데 그녀는 지킬 재간조차 없었다.

그때 찾아온 사람이 있었다. 일하려고 온 것이 아니라 기진재를 사려고 하였다. 판다? 절대 팔지는 못하지. 기진재는 양씨 선조 때부터 물려받은 것이고 한씨 집 목숨이 달려 있는 것이다. 가게를 팔고 간판을 떼버리면 옥기 양씨와 옥기 한씨는 끝장이다. 동업자들에게나 세상 사람들 눈에 큰 망신인 것이다.

「한씨 부인, 말은 그렇게 하는 것이 아닙니다. 다 운수놀음이지요. 누구도 자기의 팔자가 어떨지 모르지 않습니까? 한 걸음 한 걸음씩 걸어가 보아야 알지요. 지금은 전쟁판이라 뒤숭숭하고 한 선생도 집에 계시지 않는데 무섭지 않으세요? 겉치레로 큰 간판만 버젓하게 내걸고 있으면 뭐해요? 물건을 가지고 있는 것이 돈을 손에 넣고 있는 것보다 못하지요. 전 댁의 물건에 욕심이 나서 그러는 게 아니예요. 제 물건도 팔리지 않아 속이 타는걸요. 전 그 가게 위치가 좋으니 혹시 장사가 좀 풀릴까 해서 그래요. 모두 같은 항업끼리는 원수라지만 부인의 딱한 처지를 돕는 것도 되고요. 값은 잘 치르겠어요. 부인이 값을 부르면 전 깎지도 않겠어요. 그렇지 않고서야 한 선생이 돌아오면 제가 어떻게 떳떳하게 대할 수 있겠습니까? 그때가 되면 혹시 저의 장사도 변변치 않아 한 선생의 도움을 받아야 할지 모르니까요. 낭방이조 거리에 옥기 한씨의 자리가 없겠습니까? 한씨 부인, 제 말 좀 잘 생각해보시고 맞으면 그렇게 하시고 안 그러면 제가 말을 하지 않은 셈 칩시다. 서로 얼굴은 붉히지 말고…….」

그는 계속해서 찾아왔다. 올 때마다 무얼 사들고 왔다. 처음에 한씨 부인은 거들떠보지도 않았고 두번째는 완곡하게 거절하다가 세번째에는 잠자코 가만 있었다. 그 외에는 정말 다른 방도가 없었다. 남을 거절하는 것이 두려운 게 아니었다. 그녀가 걱정한 것은 물건이었다. 만일 물건을 도난당한다면 누구한테 신고하겠는가? 일본사람한테 찾아갔다간 스스로 함정에 빠지는 것일 테니.

할 수 없이 한씨 부인은 운명에 굴복하고 말았다. 전에는 생각도 못 해본 길을 택해야 했다. 그녀는 귀중한 물건 몇 개만 남기고 나머지 것들과 집을 모두 팔아버렸다. 그녀는 눈물을 흘리며 기진재 간판을 안고 돌아왔다. 가슴이 찢어지는 듯했다.

정작 분통터지게 하는 일은 그 후에 일어났다. 팔린 기진재는 사흘 후에 회원재라는 새 간판을 걸었던 것이다. 이제는 포수창의 가게로 변했다. 원래 나서서 기진재를 산 사람은 눈가림이었고 일자무식인 한씨 부인은 계약서에 도장을 찍고서 기진재를 원수인 포수창에게 넘겨주었던 것이다. 한자기에게 패배했던 포수창은 값도 따지지 않고 기진재를 사들였다. 그것은 한자기의 가업과 명성을 철저히 허물어뜨리고 옥왕의 자리를 차지하기 위해서였다. 포수창은 성공했다!

한자기는 그 치명적인 타격에 어안이 벙벙해졌다. 십 년 동안 그의 마음을 끌어오고 꿈속에서도 잊을 수 없던 기진재가 그렇게 끝장을 볼 줄은 생각도 하지 못했다. 그럴 바에는 폭격에 허물어지는 것이 더 나았다. 전쟁 때문에 망했다면 아까운 심정뿐이겠으나 지금 그에게 남겨진 것은 치욕이었다. 영원히 씻어버릴 수 없는 치욕이었다. 파산을 했다면 두렵지 않았을 것이다. 그는 빈곤한 생활을 해보았고 고생도 겪었기에 그것은 그다지 두려운 일이 아니었다. 그의 사업은 바로 그렇게 빈곤한 바탕에서 고생하여 세운 것이다. 모든 것이 수포로 돌아가도 맥이 빠지지 않았을 것이다. 사람만 있다면 모든 것은 다시 일으킬 수 있다. 전쟁 후에 마음 바쁘게 집으로 달려오면서 그는 이미 가장 나쁜 상황도 생각했었다. 그러나 지금의 상황은 그의 예측보다도 더 형편없었다. 너무도 참혹하게 망했다. 재산보다 더 중요한 명성, 지위,

154

신의, 인격이 모두 허물어졌다. 북평 옥기업 중에서 이름이 뜨르르하던 옥왕이 이젠 무너지고, 가장 이름있던 기진재도 사라졌다. 강한 적수의 손에 망하기도 했지만 내부의 분열과 다툼 때문에 망했다.

일꾼들이 한꺼번에 일을 그만두는 일은 너무도 드문 일이다. 기진재의 간판에 먹칠을 한 것이다. 그러니 기진재가 망한 것은 당연한 일이다. 다시 이 더럽혀진 간판을 내건다는 것은 하늘에 오르는 것보다 더 힘들어졌다.

「당신…… 당신은 나를 망쳤어!」

그는 조용히 부르짖었다. 원망도 아니고 미움도 없었다. 완전히 의기소침해진 실망의 신음소리 같았다.

「이제부터 난 남을 대할 낯이 없어. 동업자나 친구나 단골손님이나 이웃이나…… 모두 얼굴을 들고 대할 수 없어. 피해야지. 모든 사람들과 멀리 해야지. 북평의 한자기는 없어졌어. 내가 밖에서 죽었다고 생각해야지. 이런 줄 알았더라면 난 돌아오지 않았을 거야. 왜 돌아와?」

「애아빠, 너무 속태우지 마세요. 나를 때리거나 욕하는 건 마땅하지만 그렇게 자신을 괴롭히지 마세요.」

한씨 부인은 남편의 얼빠진 모습을 보자 마음이 쓰렸다. 차라리 한바탕 얻어맞았다면 이것보다 나을 것 같았다.

「내 탓이에요. 집을 망쳤지, 망신 당했지. 당신께 미안해요. 조상들께 볼 낯도 없고요. 어제 저녁 꿈에 우리 아버지를 보았어요. 아버지가 저보고 '벽아야, 벽아야, 그 사람을 기다려라. 한자기는 좋은 아이다. 집을 그에게 맡기니 난 시름 놓는다.' 하고 말씀하셨어요. 내가 아버지의 팔을 잡고 울면서 '아버지, 우리 가게가 없어졌어요. 난 그분 만나기가 겁나요!' 했더니 아버지가 나의 따귀를 한 대 치더군요…… 그래 저는 깨었지요. 깨어나서 울고 또 울었지만 울수록 더 무서워지더군요. 당신이 돌아오기를 기다리면서도 또 돌아오는 게 무섭더군요. 난 정말 당신 볼 면목이 없어요, 오빠!」

한자기의 갈래갈래 터진 마음에 눈물이 스며들어 정신을 차리게 하였다. 그는 기진재의 첫번째 파산이 생각났고 사부님 양역청이 생각났다. 그것은 한평생 잊을 수 없는 일이다. 양역청이 살아 있을 때 그가 혼인한 것이 아니어서 그는 양역청이 돌아가실 때까지도 사부님이라 불렀다. 이십여 년 후 우리 아버지라 하니 그의 감명을 불러일으켰다. 그와 사부님과의 감정은 부자의 정으로도 비기지 못한다. 사부님은 세상을 떠나시기 전에 그에게 자식을 맡길 여가도 없었지만 친밀한 오누이의 정은 그와 벽아를 하나로 연결시켜 놓았다. '오빠, 저한테 장가드세요!' 그 한마디가 한자기가 다시 일어설 수 있는 기초가 되어주었다. 기진재는 양씨의 것이지 한자기의 것이 아니다. 자신에게 무슨 자격이 있어 사부님의 자식을 책망하겠는가? 만약 의지가 굳센 맏딸 벽아가 없었더라면 이후의 모든 것이 존재하지 않았을 것이다.

「벽아, 난 당신을 나무라지 않아.」

그는 그녀의 어깨를 쓰다듬으며 말했다.

「다 무능한 내 탓이야. 무거운 짐을 메지 않고 가장 긴요할 때 도망쳤으니.」

「아니예요, 오빠.」

남편의 용서와 너그러운 태도는 아내에게 가장 큰 위안이 되었다. 문화 지식이 없고 독립적인 직업도 없고 사업에 대한 추구심도 없이 마음속에 오로지 남편과 가정밖에 없는 여인에게 필요하고 의지되는 것은 이것뿐인 것 같다.

「이제까지 당신을 고대해왔는데 만나자마자 저에게 잘못했다고 하세요? 그러지 마세요. 모두들 남자들의 마음은 독하다던데 당신의 마음은 아직도 옛날처럼 착해요. 오빠, 괴로워하지 마세요. 일이 이미 이렇게 된 바에야 속을 태워도 쓸데없어요. 자기 몸이나 아껴야지요. 그

156

런 말이 있잖아요. 청산이 있는데 땔나무가 없겠어요. 사람이 무사히 돌아왔으니 전 이 이상 더 바라는 거 없어요. 그것도 그렇지만 당신이 가지고 간 물건들이 모두 돌아오고 나도 몇 개 남겼으니 무슨 걱정이 있어요?」

여자들의 얼굴은 7월의 하늘 같아서 어디서 구름이 날아오면 어두컴컴해져 금방 비를 쏟고 그러다가 바람이 불어오면 온 하늘이 구름 한 점 없이 맑게 개인다. 한씨 부인은 겁에 질려서 눈물을 흘리며 지나간 일들을 말했는데 도리어 남편의 위안을 받았다. 한자기는 노발대발하지도 않았고 욕도 하지 않았다. 오히려 자기 잘못이라고 사과까지 했다. 한씨 부인의 가슴을 짓누르던 검은 구름이 대번에 사라졌다. 좋은 말 한마디는 천 냥 간다고 재난을 당한 후 이렇게 마음을 따스하게 해 주니 얼마나 기쁜지 몰랐다. 이런 사내를 기다린 보람이 있다. 남편이 돌아와 집에는 튼튼한 기둥이 세워진 셈이니 그녀는 이제 두려울 게 없었다. 모든 근심과 걱정이 사라졌다. 잘 살아보아야겠다고 그녀는 생각했다.

「아니 왜 그렇게 근심하세요? 모든 일은 다 잊어버리세요.」

이제는 그녀가 오히려 남편을 위안하였다. 그녀의 얼굴에는 얌전하고 유순한 웃음이 떠올랐다. 그녀는 책상 위의 등잔불을 들면서 말했다.

「자, 가서 주무셔야지요. 지금이 어느 때예요. 금방 돌아와서 밤을 새겠어요? 빨리 잡시다. 하룻밤 푹 쉬세요. 내일 아침 늦게까지 누워 있어요. 제가 언니보고 고기 사오라 해서 만두를 빚어놓고 당신 기다릴게요.」

희미한 등잔불이 동쪽 침실 쪽으로 옮겨갔다. 한자기는 묵묵히 그녀를 따라갔다.

침실은 여전히 십 년 전 그대로였다. 그 모든 것은 그에게 익숙한 것이고 또 십 년이나 보지 못했던 것이다. 한씨 부인이 등잔불을 침대머리에 있는 선반 위에 놓았다. 그러고는 자그마한 구들비로 침대보를 조심스럽게 쓸었다. 사실 침대보는 조금 전에 그녀가 깨끗이 쓸어놓아 먼지 하나 없었다. 북쪽 벽 침대가에 이불 두 채가 포개져 있고 동쪽 침대 난간에 베개 한 쌍이 나란히 놓여 있었다.

「빨리 누우세요. 어디도 제 집보다 못하지요. 밖에서 누가 이불을 펴주겠어요?」

한씨 부인은 신을 벗고 침대에 올라가서 이불을 폈다. 그러고는 돌아서서 한자기를 보면서 재촉했다.

「왜 그렇게 꾸물거려요? 졸리지 않아요?」

「난 지금 자고 싶지 않소. 당신 먼저 쉬지.」

한자기가 말했다. 그의 표정은 멍청한 것이 마치 꿈을 꾸고 있는 것 같았다. 등잔불이 비치는 침실 안은 몽롱하면서도 아늑한 기분이 들었다. 마치 신혼부부의 신방 같았다. 잠깐 이별 후의 상봉은 신혼과 같다고 하는데 하물며 십 년이란 오랜 이별 후에야 더 말할 것 있겠는가! 천애지각에서 돌아온 사람에게 고향집이 얼마나 포근하겠는가? 그러나 자기의 침대 옆에서 자기 아내를 눈앞에 두고 한자기는 도리어 당황해 하였다. 마치 보이지 않는 벽이 그들 부부를 가로막고 있는 것 같았다.

「당신 먼저 자오. 난…… 난 더 앉아 있고 싶소.」

「왜 그래요, 당신?」

한씨 부인은 우습다는 듯이 남편을 보더니 말했다.

「외국에서 지하실에 살았다더니 거기에 습관이 되었어요? 집에 오니 오히려 거북해요? 참 우습네.」

「아니, 난…… 잠이 안 와.」

한자기는 힘없이 의자에 앉으면서 중얼거렸다.

「……잠이 오지 않으니 여기 앉아 있는 것이 더 나을 것 같아서.」

「당신…… 웬일이세요?」

한씨 부인의 얼굴에서 웃음이 사라졌다. 그녀도 순간 보이지 않는 벽이 그들 부부 사이를 멀어지게 하고 있음을 의식하였다. 남편에 대해 가장 민감한 것은 아내이다. 한자기의 그 이상한 표정과 도리에 맞지 않는 말들이 한씨 부인의 뜨겁던 마음을 얼음장처럼 식혔다. 냉대받는 억울함이 울컥 올라왔다.

「어째, 저는 뜨거운 정으로 당신을 대하는데 당신은 오히려 제가 싫어요? 당신이 십 년이나 집에 돌아오지 않았어도 어떻게 당신을 기다렸겠어요? 내가 어디 더러운 것을 묻혀왔어요? 아니면 무슨 못할 짓을 했어요? 남들이 무슨 시시한 말을 했는가 가서 물어보세요! 한자기의 아내가 어떤 사람인가. 세상 사람들에게 눈이 있고 알라께서 보고 있어요!」

한씨 부인은 눈물을 뚝뚝 떨구었다. 새는 자기의 털을 아끼고 사람은 자신의 명성을 아낀다. 양가의 부녀는 정절을 자신의 생명보다 더 귀중히 여긴다. 남편이 돌아와서 한자리에 들지 않으니 그녀에게 칠출죄(七出罪)가 있다고 말하는 것과 같다. 그녀는 깨끗했다. 억울하게 누명을 쓸 수 없다.

「말하세요, 제가 무얼 잘못했는가?」

「난…… 난 아무 말도 안 했는데.」

한자기는 그녀의 시선을 피하면서 몸을 돌려 불빛이 비치지 않는 어둠 속에 머리를 파묻었다.

「나도 알고 있소. 당신이 자중한 사람이라는 걸…….」

「그런데 당신은 왜 머리를 축 늘어뜨리고 그 야단이에요? 거기서 하룻밤 앉아 쉬겠다고, 미쳤어요?」

한씨 부인은 이젠 우쭐해져 씩씩거리며 침대에서 내려와 한자기의 옆에 서서 손가락으로 그의 이마를 찌르면서 야단이었다.

「말해봐요, 빨리!」

한자기는 한마디도 하지 못했다. 할 말이 없는 것이 아니었다. 꼭 해야 하는 말이 많고도 많았으나 할 수가 없었다. 집에 돌아오기 전에 그는 그 말들을 몇 번이나 곰곰이 생각해 보았다. 마치 글을 쓰듯이 여러 가지 짜임새로 엮어도 보았지만 가장 합당한 것을 찾지 못했다. 말하지 않고서는 안 된다. 이 집에 돌아온 이상 꼭 말해야 한다. 말하자니 너무 어려웠다. 집에 돌아오니 입이 말을 듣지 않았다. 몇 번이나 입을 벌렸다가 말을 삼켜버렸다. 그래서 그는 기진재가 망했다는 청천벽력 같은 소식을 듣고도 성내지 않았다. 그에게는 그것보다 더 힘들고 더 큰일이 있었다. 아내를 속이는 거나 아내에게 알려주는 것 모두가 힘들다. 그 시각에는 검은 구름이 그의 눈앞에 떠 있고 천둥소리가 머리 안에서 울리고 있었으며 창검이 그의 오장육부를 마구 찌르고 있었다. 평생 사십삼 년 동안 살면서 이런 곤경에 빠지기는 처음이었다. 모두가 스스로 죄를 만들고 스스로 파멸한 곤경이었다. 그는 자신이 런던 폭격에 죽지 않은 것을 원망했다. 그랬더라면 다른 사람에게 남겨놓은 것이 사랑이든 원한이든 그는 전혀 몰랐을 것이고 이 흩어진 삼단을 정리할 필요도 없었을 것이다.

한씨 부인은 완전히 오리무중에 빠졌다. 칼로 세 번 찔러도 소리 한마디 없다. 한자기는 그런 사람이 아니었다. 이게 웬일인가? 십 년 동안 그는 변했다. 주견이 있고 입만 벌리면 도리가 서던 옛날의 그 결단력 있던 한자기는 어디로 갔는가? 왜 이렇게 우유부단하고 말도 시원히 못 하는 사람으로 변했는가? 이건 도대체 무슨 일인가?

「전 지금 당신에게 말하고 있는 거예요. 당신 안 들려요? 귀가 먹었어요?」

한씨 부인은 화가 나서 이가 갈리고 주먹을 쥔 두 손도 부들부들 떨렸다. 그녀는 성격이 급해서 늑장부리는 것을 견디지 못한다.

「난…… 속이 타서.」

한자기는 할 수 없이 머리를 들고 아내를 보았다. 말도 절반만 하고 또 멈추었다. 그의 푹 꺼진 두 눈에는 빛이라곤 없고 거의 죽어가는 사람 같았다.

「속이 타다니? 뭐가 속이 타요? 할 말이 있으면 저한테 하세요. 밖에서 무슨 일을 저질렀어요?」

한씨 부인의 속이 또 두근거렸다. 그녀도 남편 일이 걱정되어 그녀가 생각해낼 수 있는 나쁜 일을 하나하나 묻기 시작하였다.

「그 서양 사람 헌트가 당신을 속였지요? 물건을 빼앗겨서 감히 말도 못 하는 게 아니예요?」

「아니오.」

「길에서 도둑을 맞았어요?」

「아니.」

「밖에서 남에게 빚을 졌어요?」

「아니오. 그런 일이라면 차라리 좋겠어!」

한자기는 멍하니 누렇게 색이 바랜 고려지로 붙인 천장을 올려다보았다. 등잔불이 그의 그림자를 천장에 그려놓았다. 머리가 가마뚜껑처럼 시커먼 것이 마치 자신을 쫓고 있는 마귀 같았다. 그는 소름이 끼쳤다. 찬 봄밤에 그의 잔등과 이마에는 땀이 흥건했다.

「어떻게 당신에게 말하면 좋을지 모르겠소. 난…….」

수수께끼를 풀듯이 물은 것이 모두 수포로 돌아갔다. 한씨 부인은 당황했다. 그녀의 마음속에 여자들이 가장 바라지 않는 일이 생각났다. 말하자니 자기 속도 떨렸다.

「당신…… 밖에 여자가 있는 것이 아니예요?」

한자기는 꺾듯이 머리를 푹 숙였다. 천장 위의 그 마귀가 내리덮쳤다. 가장 나쁜 수수께끼의 답안이 맞아떨어진 것이다.

한씨 부인은 대번에 번개를 맞은 듯했다. 그녀의 정신 기탁, 행복에 대한 동경, 십 년 동안 고생하면서도 고대해온 아름다운 꿈이 순간에 산산이 부서졌다. 그녀가 믿어오고 의지해왔던 남편, 그녀 마음속의 가장 훌륭한 남자, 그녀의 생활 속에 없어서는 안 되는 기둥이 무너지고 끊어지고 끝장난 것이다! 그녀는 온몸의 피가 얼어붙고 손발이 마비된 것 같은 느낌이 들었다. 그녀의 입술까지도 얼음처럼 차가워졌다.

「아이구, 당신 정말 양심없는 사람이에요! 우리는 집에서 죽을 고생을 하는데 당신은 밖에서 바람을 피우고 있었구먼! 어떤 음탕한 년이 어떤 여우 같은 년이 당신을 홀렸어요?」

한자기는 머리를 앞가슴에 축 드리우고 숨도 크게 못 쉬었다.

「말해요, 당신 말하란 말이야!」

한자기는 두 손으로 얼굴을 감싸고 있었다. 그는 말할 수 없었다.

「말 안 할래요? 당신 말 안 하면 난 이 자리에서 죽어버리겠어요!」

한자기는 입술을 깨물고 있었다. 그는 자신이 먼저 죽어버리고 싶었다. 한씨 부인의 얼굴이 검푸르게 변하더니 손에 가위를 찾아들고 자기의 가슴을 겨루고 있었다. 이 사내에게 그녀는 이젠 아무런 미련도 남지 않았다. 자기 목숨을 끊는 것도 무섭지 않았다. 그전에는 이 사내를 위해서 살았지만 이후에는 그럴 필요도 없다.

「말해요! 그 여인이 누구예요?」

한자기는 부르르 떨더니 겨우 목구멍에서 두 글자를 토해냈다.

「옥아…….」

쨍그랑! 가위가 바닥에 떨어졌다. 침묵. 오랜 침묵이 흘렀다.

혼외정사를 벌인 한자기는 아내의 마음속에 있던 자신의 형상을 산산이 깨버렸다. 그뿐 아니라 한씨 부인의 모든 희망도 깨버렸다. 그것은 보석반지를 잃거나 기진재가 팔렸을 때보다도 더 큰 실망을 한씨 부인에게 안겨주었다. 그녀 생명의 모든 의미가 이젠 사라졌다. 그런데 그녀의 남편을 빼앗아가고 그녀의 가정을 깨버린 그 음탕한 년, 여우 같은 년이 다른 사람이 아닌 바로 그녀의 친동생이었다. 바로 옥아가 칼로 무정하게 언니의 마음을 도려낸 것이다! 한씨 부인은 다리에 힘이 빠지고 몸은 솜처럼 가볍게 침대에 쓰러지더니 기어일어날 힘조차 없었다.

얼마나 오랜 시간이 지났을까, 그녀는 별안간 칼에 찔린 듯 벌떡 일어나더니 소리를 질러댔다.

「알았어, 내가 정말 바보였어! 그때 어째 그 생각을 못 했을까? 당신네 연놈은 미리 약속하고 하나가 먼저 떠나고 다른 하나가 뒤쫓아가서 밖에 가서 다시 모였구면. 그러고는 그럴 듯하게 천성이의 옷에 쪽지 한 장 넣어놓고 이 바보를 속였구나. 당신들 연놈이 나를 속이는 동안 난 진심으로 당신들을 믿었지. 하나는 내 아이의 아버지고 하나는 나의 친동생이니까. 난 꿈에도 거기까지 생각 못 했어. 한자기! 인륜도 모르는 인간 같으니. 우리 아버지 엄마가 어떻게 대했었어? 난 당신을 어떻게 대했어? 옥아 그애는 당신의 친동생과 같단 말이야!」

「그래…… 나도 알지.」

한자기는 머리를 숙이고 어물어물 말했다.

「안다고? 안다면서 왜 그런 짓을 해?」

한씨 부인은 화가 머리끝까지 치밀었다.

「아니, 난 몰랐소…… 갈 때는 사실 그녀가 나온 줄 몰랐지. 당신은 그애가 왜 갔는지 모르지. 우리는 약속이 없었어요.」

한자기는 말을 똑똑하게 하려고 했으나 말이 두서없이 나가서 더욱 알아들을 수 없게 되었다.

「난 그러지 않았지…… 그앤 나의 친동생 같았어. 그앤 아이였으니까! 밖에서 나는 그애를 대학에 공부시켰는데. 난 그러지 않았어……
후에.」

「후에는 그래 친동생이 아니었어? 후에는 나쁜 생각이 들었어? 후
에 당신은 사람이 아니란 말이오?」

한씨 부인은 이를 부드득부드득 갈았다. 이 무치한 사내를 찢어놓고
싶었다! 그녀 마음속에는 이미 판단이 섰다. 옥아는 나이 어려 철이 없
고 고독해 한자기를 오빠로 생각하고 부모처럼 믿었을 테니 무슨 일인
들 한씨의 말을 듣지 않았겠는가? 이 사내가 순결한 처녀를 망쳤을 것
이 틀림없다!

「아니오. 내 말 좀 들어보오. 내가…… 어떻게 말하면 좋겠소?」

한자기는 망연하게 머리를 들었다. 어슴푸레한 등불 아래 그는 마치
그 인간지옥 같던 런던으로 다시 돌아간 듯싶었다.

「전쟁 때문이오. 모든 것을 파멸시킨 전쟁, 사람을 절망시킨 전쟁
때문이오.」

그것은 다시 돌이켜보기조차 무서운 한토막의 역사였다. 전도되고
혼란된 역사였다. 문명을 파멸시키고 생명을 참살하며 사람을 죽음의
끝까지 밀고 가고 원시상태로 밀고 간 역사였다.

폐허 아래의 땅굴 같은 지하실에 아직 살아 있는 네 생명이 갇혀 있
었다. 어쩌면 내일 폭격 후 여기가 그들의 영원한 안식처가 되는지도
몰랐다. 올리브의 참사는 헌트 부부의 마음에 치명적인 타격을 주었
다. 재산의 축적과 사업의 추구는 이젠 아무런 가치도 없는 것이 되고
수포처럼 되어 모든 것이 의의가 없어졌다. 친절하고 말이 많던 헌트
부인은 멍청하게 되어 말 한마디 없었다. 매번 경보가 해제되면 검은
치마를 입은 그녀의 모습은 무너진 양옥의 폐허 위에 나타나서 계단을
올라갔다 내려왔다 하였다. 어떤 때는 멍하니 서서 먼 곳을 바라보고

있었다. 마치 그녀의 사랑하는 아들을 기다리고 있는 것 같았다.

「갑시다, 여보. 올리브는 이제 우리를 떠나갔어요. 그애는 돌아오지 않을 거요.」

「어찌 그럴 수 있겠어요? 그애는 돌아와서 저녁 먹기를 기다리는 데! 그렇게 좋은 애가 어떻게 없어질 수 있어요? 난 그애를 기다리겠어요. 그애는 돌아올 거예요. 꼭 돌아올 텐데.」

날이 어둡자 헌트는 부인을 지하실로 끌어들였다. 어슴푸레한 촛불 밑에서 그녀에게 음식을 조금 먹였다. 음식은 늙은 헌트가 겨우 폭격으로 수라장이 된 거리에서 사온 것이다. 헌트 부인은 이제 겨우 잠이 들었다. 그녀는 꿈속에서 위안을 찾고 잃어버린 것을 찾고 있었다. 어떤 때는 달콤한 잠꼬대도 하였다.

「올리브.」

폭격은 여전히 계속되고 있었다. 히틀러의 바다사자 계획은 영국의 모든 항구, 공항, 공업도시를 부수고 영국의 공군 주력을 소멸시키며 영국의 경제 잠재력과 국가관리 계통을 파괴하여 영국의 민심을 정복하려는 것이었다. 영국 공군과 지면 고사포부대는 즉시 반격하였으나 대가는 어마어마했다. 9백여 대의 비행기가 파손되었고 백만 채의 집이 파손되었으며 8만 6천 명의 국민들이 폭격에 죽었다! 누구에게나 죽음은 수시로 찾아들 수 있었고 산다는 희망은 몽상처럼 묘연하였다.

양빙옥은 낮이고 밤이고 마냥 지하실 침대에 쓰러져 있었다. 심한 충격은 그녀의 마음을 짓밟아버렸을 뿐만 아니라 그녀의 육체에도 타박상을 입혔다. 그녀는 마치 거의 죽어가는 환자처럼 다시 일어설 힘을 잃었다. 헌트 부인이 말을 않는 상황과 달리 그녀는 끝없이 자신의 고통을 말하고 또 말했다. 양침, 올리브, 올리브, 양침. 국적이 같지 않고 종족이 다르고 영혼이 다른 두 사람이 양쪽에서 두 번이나 사랑의 늪에 빠져 죽을 뻔했던 처녀를 맹공격하고 있어 그녀는 그 시달림에 죽을 지경이었다.

인생은 본래 짧은 것이지만 그녀는 이제 이십오 년밖에 살지 못했다. 그러나 그녀는 너무도 많은 고생과 시달림을 받았다. 가령 지금 그녀가 죽는다면 인생이 그녀에게 남겨놓은 것은 고통과 후회뿐일 것이다. 인생에 정말 내세가 있다면 그녀는 지옥의 고통을 당할지언정 다시 인간세상에 태어나지 않으려 했다. 인생은 그렇게 잔혹한 것이다! 만약 알라께서 즉시 자기를 불러가지 않고 계속 인간세상에 둔다면 그녀는 자기가 따온 쓴 과일을 먹으면서 머리가 세고 주름이 온 얼굴을 덮어 늙은 처녀가 될 때까지 하루를 여삼추같이 심판받는 그날을 기다려야 할 것이다. 그녀가 알라 옆으로 가게 되면 이렇게 부르짖을 수 있을 것이다. 알라여! 저는 응보를 받았나이다!

한자기는 하루 종일 그녀의 침대가를 지키면서 물을 마시게 하고 음식을 먹여주면서 생명을 아끼라고 윽박질렀다.

「옥아야, 먹지 않으면 안 돼. 넌 병이 들었어. 방법을 내서 의사를 보러 가야겠는데.」

「오빠, 난 병이 없어요. 내 마음이 죽었어요.」

마음이 죽었다? 얼마나 무서운 일인가? 옛사람들은 인간의 슬픔 중에서 마음이 죽은 것처럼 슬픈 일이 없다고 했다. 젊은 옥아의 마음이 이미 죽었다! 한자기의 마음은 천근 반석을 올려놓은 듯 무거워졌다. 그는 어떻게 이 동생을 죽음에서 구해야 할지 몰랐다. 그녀를 업고 고해에서 빠져나와 인간세상에 돌아가야 한다. 그러나 인간세상도 고해였다.

폭파 소리가 지하실을 진동시켰고 인간의 생명을 위협하고 있었다. 그는 정말 이렇게 옥아와 같이 인생을 고별하고 싶었다. 그녀 혼자 다른 세상에서 외로이 고생하게 하고 싶지 않았다. 죽자! 죽자! 이 세상에 이젠 미련이 없다. 중국, 북평에도 돌아가지 않겠다!

「한 선생 갑시다.」

사이먼 헌트는 흔들리고 있는 시멘트 천장을 올려다보며 말했다.

「우리 함께 지하철로 갑시다. 더 든든한 방공호로 옮겨 갑시다. 이곳은 이젠 더 있기 힘들게 되었습니다.」

「그런데 빙옥이가 이렇게 허약하니 어떻게 가겠습니까?」

한자기는 절망적으로 한숨을 쉬었다.

「안 가겠어요. 전 죽는 게 두렵지 않아요. 죽었으면 좋겠어요. 선생님이 부인을 모시고 가세요!」

「죽으면 좋다? 우리 올리브를 볼 수 있게? 함께 죽지요, 죽읍시다!」

사이먼 헌트는 눈물을 머금고 비참한 웃음을 지었다. 그는 더듬거리며 구석에 가서 중국 술을 꺼내더니 꿀꺽꿀꺽 다 마셔버리고 나서 빈병을 팽개쳤다. 그는 뻘겋게 충혈된 두 눈을 부릅뜨고 비척거리다가 침대가에 쓰러졌다. 그는 목쉰 소리로 노래를 부르기 시작하였다. 그노래는 본래 런던 거리의 술 주정꾼들이 인생을 희롱하며 부르던 방탕스런 노래였는데 지금 헌트 입에서 흘러나오니 어찌나 처량한지 마치장송곡 같았고 구슬픈 통곡과도 같았다.

친애하는 친구여
즐거운 친구여
길흉화복을 막론하고
우린 꼭 팔을 끼고 갑시다!

헌트는 취했다. 마비된 상태로 잠이 들었다. 오랫동안 취해 있기 바라고 깨어나기 싫다는 말은 단지 중국의 인생 철학만이 아니었고, 환난 속에서 진정한 친구를 안다는 것도 단지 중국 속담만이 아니었다. 피난의 안식처인 지하실에도 진지한 우정이 있고 사랑이 있었다.

지하실은 재난 속에서 깊은 잠에 들었다. 사람들은 오늘 살고 있지만 어쩌면 내일은 함께 죽을 것이다.

　　양빙옥은 잠들지 않았다. 어둠 속에서 그녀는 밝은 세계를 보았다. 밝은 햇빛, 따스한 봄바람, 푸른 수목, 어여쁜 꽃떨기, 부드러운 새 울음소리. 아, 세계는 마땅히 이래야 하고 인생도 마땅히 이런 것이라야 한다. 너른 백사장, 푸른 바닷물, 가볍고 하얀 돛, 조용한 작은 섬. 아, 세계는 마땅히 이래야 하고 인생도 마땅히 이런 것이라야 한다. 누가 이 모든 것을 빼앗아갔는가?

　　한 사람으로서 이 세상을 찾아왔을 때 그녀는 본래 그 모든 것을 가져야 했다. 아담과 하와가 사람을 창조하였다. 『성경』과 『코란경』은 모두 그 똑같은 하나님의 뜻을 선포했다. 그렇다면 사람이 이 세상에 온 것은 고난을 당하기 위해서인가? 인류를 좌지우지하는 신은 그의 백성에게 평화와 행복을 주고 세상에 사랑이 넘치게 하려는 것이 아닌가? 사랑, 이는 사람을 유혹하고 또 한편 사람을 못살게 구는 단어이다. 양빙옥은 사랑을 바쳤기에 기만을 당했고 올리브는 사랑을 바쳤지만 거절을 당했다. 사랑은 바로 고난이고 죄악인가? 작은 섬도 보이지 않고 흰 돛도 보이지 않았다. 아름다운 처녀가 바다에 빠져 파도 속에서 허우적거리며 외친다.

　　「오빠!」

　　그녀는 신음하였다.

　　「옥아야, 나 여기 있어. 네 옆에 있어.」

　　그는 그녀를 쓰다듬어 주었다.

　　「난 죽기 싫어요.」

　　「넌 죽지 않을 거다. 아직 젊으니까.」

　　「그래요?」

　　「그럼, 넌 좋은 처녀애야. 인생이 금방 시작되었으니 알라께서 너에게 복을 줄 거야! 옥아야, 용기를 내서 앞으로 나아가야지.」

그는 그렇게 말했지만 사실 자기도 앞에 무엇이 놓여 있는지 몰랐다.

「아니예요. 저에게는 용기가 없어요. 저는 두려워요. 난 인생을 사랑하지만 사랑은 죄악이지요.」

그녀는 부들부들 떨었다.

「사랑이 어찌 죄악이겠니? 옥아야, 자꾸 지나간 고통으로 자기를 괴롭히지 말아라. 장래에 아름다운 인생이 다가올 거다.」

「그래요?」

그녀는 무서운 듯이 그의 손을 잡고서 말했다.

「저에게도 사랑할 권리가 있어요? 있어요? 아니 없어요. 전 지금 죽게 되었어요. 막 바다 밑에 가라앉는데요. 전 무서워요. 오빠, 저를 안아주세요.」

그는 그녀를 안아서 얼굴을 자기의 가슴에 대게 하였다. 그녀로 하여금 자기 심장의 박동소리를 듣고 아직 인간세상에 살아 있음을 믿게 하려 하였다. 그녀에게서 죽음에 대한 공포를 쫓아내고 어떤 마귀도 그의 품에서 동생을 앗아가지 못하게 하려고 하였다.

「아, 난 아직 살아 있구나.」

그녀의 목소리는 미약하였다.

「살아 있는 사람이구나. 난…… 살 권리가 있고 사랑할 권리가 있어요!」

「있고말고…… 마땅히 있어야지. 너에게는 마땅히 모든 것이 있어야 한다.」

그는 그녀를 위안하면서 또 자신도 위안하였다.

「오빠, 꼭 안아주세요.」

그는 그녀를 꼭 껴안아주었다.

「오빠, 저에게 입맞추어 주세요, 네?」

그는 깜짝 놀랐다. 이건 무엇인가? 사랑의 조수가 그를 향해 밀려오는가? 오누이의 사랑인가 아니면 남녀의 사랑인가? 아니면 둘 다인가? 아니면 사람의 감정이 저도 모르는 사이에 변했는가? 별안간 폭발한 미친 듯한 조수는 그를 당황하게 하였고 어쩔 바를 모르게 하였다.

「아니야. 옥아, 우린 그렇게 할 수 없어.」

「왜요?」

그는 침묵을 지켰다. 세상에서 바쁘게 반평생을 뛰어다니며 북평에서 이름을 날렸고 영국에 와서도 명성이 자자한 서른여덟 살 난 한자기는 처음으로 사랑에 의한 영혼의 진동을 느꼈다. 이것은 그가 전에 느껴보지 못한 감정이었다. 지난 세월에 그는 사람과 사람간에는 은혜와 원한만 있다고 생각했었다. 사람들이 서로 내왕하는 것은 은혜를 갚거나 원수를 갚는 것이라고만 알았지 자기에게 속한 사랑이 있는 줄을 몰랐다. 이제 지나간 모든 것이 다 끊어졌다. 그에게 또 무엇이 있는가? 그는 옥아를 꼭 껴안았다. 죄책감이 그를 위협하면서 그가 정도를 벗어난 행동을 하지 못하게 하였다. 그녀는 누구인가? 친동생과 같은 여자인가? 어려서부터 친해온 친구인가? 환난과 생사를 같이해온 벗인가? 무엇 때문에 올리브가 그녀를 빼앗아가려 할 때 그는 두려움을 느꼈는가? 무엇 때문에 그녀가 죽음의 위협 속에서 몸부림칠 때 그도 그녀와 함께 죽기를 바랐는가? 무엇 때문에 그녀가 끝내 그에게 사랑을 토로하고 사랑을 갈망할 때 그는 도리어 당황해 하였는가? 그는 그 모든 것을 똑똑히 말할 수 없었다.

「아, 당신도…… 나약한 사람이군요. 나와 같아요! 사람이 사람을 파멸시키고 자아를 파멸시켜요. 오빠, 우리는 사람이에요. 살아서 마땅히 사람답게 사랑할 권리가 있어요!」

「나…… 나에게도 있어?」

170

그는 그녀에게 물었다. 자기 자신에게도 물었다.

「나도 사랑할 수 있는가?」

지성과 혈육의 몸이 박투를 벌였다. 그는 마음속으로 겹겹이 망을 짜서 자신을 단단히 묶어놓았으나 그 망은 그다지 힘이 없어서 스스로가 그것을 찢어버릴 수 있었다. 그가 안고 있는 처녀는 아름다웠으나 재난을 받고 있었으며 다정다감하나 무정한 세상에 버려져 있었다. 그녀는 누구인가? 그들에게는 같은 혈연관계가 없고 넘어가지 못할 장애가 없었으며 그들은 운명을 같이하는 오누이면서도 또 각자가 독립된 남자와 여자였다.

마치 땅 속 깊이에서 울려나온 그 소리가 그의 닫혀 있던 마음을 깨우고 오랫동안 마음속 깊이 감추었던 감정도 깨운 것 같았다. 인간세상도 다 잊어버렸다. 하늘과 땅이 무너지고 홍수가 터졌으며 바닷물이 육지를 삼키고 번갯불이 생명을 파멸시켰다. 고독한 섬 위에 아담과 하와만 남아서 세계가 다시 시작된다.

세계가 다시 시작되었다. 두 사람의 세계이다! 그것이 죄악인지 고난인지 행복인지 희망인지 그들은 몰랐다. 두 영혼이 몸부림치고 두 영혼이 화답하고 두 영혼이 고통스럽게 신음하였다. 그것은 사람이 사람을 파멸시킨 것인지 아니면 사람이 사람을 구한 것인지?

인생의 슬픔과 통한을 어떻게 피할 수 있겠는가? 넋을 잃게 하는 것은 끝없는 나의 애정뿐이다. 꿈속에서 이 몸이 나그네인 줄 잊고 한바탕 즐겼구나!

인생은 꿈인가? 아니다. 꿈은 깨어나면 잊을 수 있으나 인생을 잊을 수 있는가?

인생은 한 권의 책인가? 아니다. 책은 다 쓴 후에도 고칠 수 있으나 인생을 고칠 수 있는가? 인생은 설계도가 없다. 인생은 다 살아보고 나서야 인생을 완성할 수 있는 것이다.

역사는 즉흥적인 작품이다. 그것은 역사가 된 후에야 천추만대에 이러쿵저러쿵 평을 듣는다. 그러나 어떻게 평하든 그것이 이미 존재했던 사실을 바꿀 수 없다. 오직 우연 속에서 필연을 찾아야만 그것이 도리가 되는 것이다.

역사는 사람의 발자취이다. 그러나 발자국을 남긴 사람들이 모두 자기의 역사를 돌이켜보는 것은 아니다.

역사는 다시 쓸 수 없다. 그것이 수많은 사람들의 운명을 뒤흔들었던 큰 변혁이든 아니면 종이에 쓸 가치도 없는 평범한 사람의 한 단락의 시시한 경력이든 모든 것은 지나갔다. 그러나 모든 것은 남아 있다.

오랫동안 난처한 침묵이 흘렀다. 여자의 불행 중 남편의 혼외정사를 알게 된 것보다 더 큰 것이 없다. 남자의 치욕도 아내에게 자기의 외도를 고백하는 것보다 더 큰 것이 없다. 그 혼외정사나 외도가 모두 한 가정 안의 친자매간에 생겼다! 운명은 왜 이다지 잔혹한가?

기진재 주인의 완벽한 형상이 깨졌다. 어쩌면 세상에 근본적으로 완벽한 사람이 없을지도 모른다. 완벽함은 사랑에 의한 착각일 것이다. 기진재 주인 한자기가 고국에 돌아와 옛집으로 들어올 때까지도 그 자신은 자기가 사십삼 년간 세워놓은 형상은 나무랄 데 없다고 여겼을지 모른다. 그러나 그 순간에 그 형상은 무너지고 흩어지고 더러워졌다. 박아댁의 그 오랜 문턱이 마치 엄연한 분계선처럼 그의 영혼을 둘로 갈라놓았다. 그가 밖에서 생각했던 모든 자기변호와 자기위안이 분계선 안에 들어서니 그렇게도 황당하기 그지없었다. 다시 아내를 대하고 나서야 아내가 그에게 이렇게 강한 사랑을 가지고 있음을 발견하였다. 그런데 그는 이 모든 것을 무시하고 마치 세상을 모르는 철부지 소년처럼 혼외정사를 인식하고 지내왔었다. 옥아…… 옥아는 도대체 그에게 어떤 사람인가? 그들은 국외에서 부부의 신분으로 몇 년간이나 살아왔고 또 그런 신분으로 고국에 돌아왔다. 그렇다면 벽아는 어디에 놓겠는가? 한자기, 너는 지금 무슨 일을 저질렀는가? 사부님이 남긴 두 딸에게 넌 죄를 지었다!

미친 듯이 사랑하던 한씨 부인의 감정이 산산이 부서졌다. 그녀는 이 양심없는 사내를 찢어놓고 싶었다. 거리로 나가서 이웃사람들이 다 보는 데서 톡톡히 망신시키고 싶었다. 온 세상 사람들에게 평소에 옷차림새가 깨끗하고 점잖던 한 주인이 어떤 물건짝인가 알게 하고 싶었다. 한자기가 실컷 망신 당하고 명성이 땅바닥에 떨어져 한평생 머리도 들지 못하게 하고 싶었다. 그러나 그녀는 차마 그렇게는 할 수 없었다. 그가 누구인가? 그녀와 함께 자라며 정이 깊어진 오빠인데. 바로 그가 그 옛날 수난 속에서 혼수감도 잔칫상도 하객도 없는 상황에서 몸을 맡아준 남편인데. 기진재가 망했을 때 다시 가업을 일으키고 양씨 집 모녀를 구해준 은인인데. 고생하며 자라서 열한 살에야 아빠를 본 아들 천성이의 친아버지인데. 전쟁이 가정을 무너뜨렸다. 그래도 남편은 전쟁에서 용케 살아 그들 모자를 보려고 돌아오지 않았는가? 그녀는 남편이 미웠지만 남편을 막다른 궁지로까지 몰아넣기는 싫었다. 그녀는 그 음탕한 여인을 찢어놓고 싶었다. 자기 남편을 유혹한 그 여우 같은 여인의 입을 비틀고 얼굴을 갈기고 침을 뱉고 거리로 끌고 가서 세상사람들이 모두 그녀를 비웃고 욕해서 그녀가 머리를 벽에 찧어 죽게 했으면 속시원할 것 같았다.

그러나 그녀는 차마 그렇게 할 수 없었다. 그녀는 동생 옥아이다. 다섯 살에 아버지를 여의고 열두 살에 어머니를 잃은 불쌍한 아이다. 그녀는 언니가 키우다시피 하여 그들의 감정은 절반은 자매 같고 절반은 모녀 같았다. 옥아가 다 자랐다. 천하에 시집가지 않는 처녀가 어디 있으랴만 언니는 그만 일을 등한히 하였다. 누가 그애가 연대에서 그런 억울한 일을 당하리라 생각했겠는가? 누가 그애가 외국에 가서 십 년이나 있으려니 했겠는가? 이십 년이나 언니가 그애를 좌지우지할 수 있겠는가? 그애가 노랑머리 서양 사람한테 시집갔어도 아무런 방법이 없었을 것이다. 그애는 아직 어리고 철이 없고 너무나 제멋대로여서 한 걸음 잘못 떼었다고 그애를 잡을 수는 없지 않는가? 언니로서 미워한들 무슨 수가 있으랴? 이 못난 계집애야!

한씨 부인은 베개에 엎드려서 울 힘조차 없었다.

「당신…… 내 동생을 망쳤어요!」

「…….」

「당신은 자신을 망쳤어요!」

「…….」

「당신은 우리 모자를 벌써 잊어버렸어요!」

「잊었다구?」

그는 멍청하게 머리를 들고서 중얼거렸다.

「난 잊을 수 없어. 정말 잊었다면 내가 어떻게 돌아오겠어?」

「누가 돌아오라구 했어요?」

한씨 부인이 별안간 머리를 들더니 소리쳤다.

「그런 짓을 했으면서 왜 돌아와요? 이름을 감추고 멀리 피해 있을 거지. 편지도 하지 말고 한평생 돌아오지도 말 거지. 보지 않으면 속도 타지 않을 텐데요. 죽었거니 생각하면 그래도 그리움이나 있었을 텐데. 조상 묘지에 당신네 연놈의 뼈가 묻히지 않으면 좋은 소리나 듣지. 지금 이게 무슨 꼴이에요? 집에 와서 나를 망신주고 나를 기막혀 죽게 하려고 하니, 한자기, 당신 너무 독해요!」

「벽아, 나에게 어찌 그런 마음이 있겠소?」

한자기는 고통스럽게 자기의 옷자락을 움켜잡았다. 그의 가슴속에서는 심장이 황급하게 뛰고 있었다.

「밖에서 떠돌며 사는 사람에게 얼마나 집이 그리운지 당신은 모를

174

거요. 나는 어디서든 중국사람만 만나면 그가 복건사람이건 광동사람이건 사천이나 산동사람이건 반가워 죽을 지경이었소. 우리는 에미 없는 고아들 같았소. 모두들 매일 집에서 오는 편지를 기다리고 매일 중국의 소식을 알아보았소. 누구도 똑똑히 말하지 못했다오. 신문에는 어디는 다 타버리고 어디에서는 몇만 명이 죽고 하는 소식뿐이었소. 나는 속으로 이젠 끝장이구나, 집이 다 망했으니 희망이 없다고 생각했소. 겨우 일본이 투항한 날을 맞이하게 되어 우리는 실컷 울었다오. 나는 손이 떨려서 편지도 뜯지 못했는데 옥아가 읽어주었소. 편지는 비록 한마디뿐이었으나 그 한마디가 나의 마음을 쓰다듬어 주는 것 같았소. 내가 받아보니 그건…… 천성의 글씨겠지? 내 아들이 편지를 쓰는구나. 아들, 나에게 아직 아들이 있고 집이 있다! 돌아가자! 돌아가자! 이젠 하루도 더 있고 싶지 않았지. 그때 영국은 싸우지 않았고 우리는 헌트씨 집을 떠나서 따로 세내어 살고 있었소. 옥아는 대학을 다 마치지 못하고 중국인 학교에서 교편을 잡고 있었지. 그 학교에서는 장기로 그녀를 쓰려고 우리가 남아 있기를 바랐다오. 그런데 남아 있을 수 있었겠소? 천성이의 편지를 받은 우리를 누가 남겨둘 수 있었겠소. 우리는…… 돌아왔소. 두 달 동안 기선을 탔는데 너무 느려서 난 마음이 급해 죽을 지경이었다오. 한걸음에 집에 도착하고 싶었소.」

「우리, 우리 하지 마세요. 마치 부부처럼!」

한씨 부인도 들으니 마음이 쓰려왔다. 그렇지만 듣기도 거북하고 메스꺼웠다. 여러 가지 감정이 한데 엉클어지면 정리하기가 힘들다.

「당신이 집 생각한 것은 정말일지 모르지만 그애도 당신과 같겠어요? 그애도 돌아오려 했어요? 감히 돌아오는가 말이에요?」

「그앤 무서워했지.」

한자기는 얼굴을 감싸고 말했다.

「집이 가까워질수록 그애는 당황해 했다오. 와서 어떻게 당신을 만날지 몰라 했소. 배가 상해에 도착하니 그애는 울면서 중국땅에 도착하였으니 집에 온 것과 같지 않아요? 더 가지 않겠어요! 하고 말했소. 나는 진퇴양난에 빠졌소. 이튿날 그애도 생각을 바꾸어 나와 같이 기차에 올랐소. 그애는 돌아오지 않을 수 없었어요. 여기도 그애 집이고 그의 가족들이 있으니. 그앤 당신들을 그리워했어요!」

한씨 부인이 멍해졌다. 그녀는 침대에 일어나 앉으며 물었다.

「그애가 상해에서 놀고 있다고 하지 않았어요?」

「아니.」

한자기는 머리를 숙였다.

「누님 앞에서 그렇게 말할 수밖에 없었소. 그애도 돌아왔소. 나와 함께 돌아왔소.」

「어디 있어요?」

「여관에 있어요. 집 앞까지 와서 그앤 또 망설이더군. 할 수 없이 잠시 있을 곳을 찾아주고 당신과 상의하려고…….」

「무얼 상의해요? 그애는 여관에서 한평생 있겠데요? 당신은 남몰래 작은 집을 차릴 거예요? 그앤 영원히 이 집에 안 들어올 건가요? 세상 사람들의 눈과 입을 막을 수 있어요?」

한씨 부인의 마음이 뒤죽박죽이 되었다. 멀리 하늘가에 있던 불이 곧 눈썹을 태우게 되었다.

「그럼 어떻게 하면 좋겠소? 당신이 말해보시오.」

한자기는 아무 궁리도 나지 않았다. 모든 것을 아내에게 맡겼다.

「아이구!」

한씨 부인은 힘없이 한숨을 지었다. 한숨소리에는 원망도 있었고 연민도 비애도 있었다.

「그애를 집에 데려와야지 어쩌겠어요. 집안 망신을 입 밖에 낼 수 있어요? 지나간 일은 모두 삼켜버리고 맙시다. 그애가 밖에서 죽지 않은 것도 알라의 도움인데 돌아오면 난 때리지도 않고 욕하지도 않겠어요. 언니까지도 눈치채지 못하게 하겠어요. 얼마 지난 후 적당한 자리를 찾아서 시집보내면 나도 책임을 다한 셈이지요. 그 이후에는 영원히 서로 내왕하지 않고 다시 그애를 생각하지 않겠어요. 당신도 그애하고 발을 끊어야 해요!」

「그…… 그건 힘들 것 같은데.」

한자기가 겁에 질린 듯 그녀를 바라보았다.

「뭐라구요?」

한씨 부인은 또 화가 났다. 그녀의 인내도 이미 한계에 이르렀다.

「나는 쓴맛을 다 배에 삼키고 당신들 연놈의 체면을 보아주었어요. 그런데 자기들이 오히려 싫다고? 당신은 어디 시장에 가서 물건 사듯이 나와 흥정하는 것이오? 더럽게 놀면서. 말해요!」

한자기는 머리를 숙이고 말했다.

「우린…… 아이가 있소!」

「아.」

금방 잦아들었던 파도가 또다시 일기 시작하였다. 한씨 부인은 너무 놀라서 정신을 차릴 수가 없었다.

동채 방안에서 천성이는 달콤하게 잠들어 있었다. 꿈속에서 가볍게 아빠 하고 불렀다. 고모는 몸을 뒤척이며 돌아누웠다. 지금 시간이 어떻게 되었는지는 모르겠지만 어슴푸레 남채에서 들려오는 말소리가 있었다. 잘 들리지도 않아서 그녀는 다시 잠들었다. 속으로는 나이 삼사십이니 아직 젊은 부부지, 오랜만에 만나니 할 말도 많구나 하고 생각했다.

날이 밝았다. 고모는 일찍 일어나 부랴부랴 거리에 가서 바삭과자와 깨가 박힌 구운 떡, 떡튀김 등을 사왔다. 그것들은 천성이 아버지가 전에 좋아하던 음식이었다. 외국에는 이런 것을 파는 곳이 없을 거야. 돌아오니 북평의 음식 생각이 날 텐데.

남채에서는 아직 아무 기척이 없었다. 그래서 할 수 없이 천성이를 먼저 먹여 학교에 보냈다. 어제 밤 늦도록 말하느라 늦게 잤을 테니 푹 자게 해야지. 아무리 기다려도 인기척이 없자 떡이 식을까봐 근심이 된 고모는 남채 앞으로 가서 소리쳤다.

「거기…… 천성이 아빠 일어났소?」

대답 소리가 없었다. 고모는 안에서 한숨 소리가 나는 것을 들었다. 좋아해도 모자라는데 이게 무슨 한숨 소리야? 남채 문이 잠겨 있지 않아 고모는 의아스럽게 생각하면서 안으로 들어갔다. 동쪽 침실의 상황이 그녀를 깜짝 놀라게 했다. 여자는 베개에 엎드려 눈물을 흘리고 남자는 의자에 앉아서 한숨을 짓고 있었다.

「이건 또 무슨 장난이오?」

고모는 일부러 웃으면서 말했다. 내심 부부가 어제 저녁 십 년간의 고생을 말하다보니 속이 상해서 눈물을 흘리는가 했다. 고모는 분위기를 바꾸어주려고 말했다.

「큰 어려움이 다 지나가고 사람도 돌아왔으니 좋아해야지. 자, 가서 얼굴을 씻고 아침을 먹어야지.」

두 사람 모두 대답이 없었다.

「아니, 그럼 말다툼했어? 그래 밤새도록 싸웠어요? 어떻게 된 일이야. 무엇 때문에? 천성 에미, 할 말이 있으면 나중에 하고. 이 기쁜 날에 왜 성질을 부려요?」

「언니.」

한씨 부인이 눈물을 닦고 얼굴을 돌리면서 말했다.

「천성이는 아침 먹었어요?」

「벌써 먹고 학교 갔지. 여기서도 빨리 서둘지 않고?」

「언니 먼저 드세요. 우리 걱정하지 마세요. 우린 싸우지 않았어요. 지금 일을 의논하고 있어요. 언니, 식사하고 쉬세요. 우린 아직 더 할 말이 있으니까요.」

고모는 기분이 상했다. 그녀는 말없이 난로에 석탄을 넣어주고 물주전자를 올려놓고는 나와버렸다. 속으로는 이렇게 한탄하였다. 이 집에 또 무슨 나를 속일 일이 있는가? 말로는 남이 아니라고 해도 그래도 친자매간이 아니니까. 고모는 생각에 잠겨 북채로 돌아와 구운 떡을 먹기 시작했다. 입맛이 떨어져서 먹기도 싫었다.

똑똑똑. 밖에서 누가 문을 두드렸다. 고모는 구운 떡을 내려놓고 대문으로 걸어가서 별 생각 없이 문을 열었다. 문 밖에는 양복을 입은 젊은 여인이 두 살쯤 되어 보이는 여자아이를 안고 서 있었다. 그녀 뒤에는 타고 온 인력거가 돌아나가고 있었고 큰 짐차 하나가 가죽상자 몇 개를 싣고 있었는데 차의 임자가 밧줄을 풀고 있었다. 이건 웬일인가?

「언니, 제가 돌아왔어요!」

그 여인이 앞으로 몸을 굽히더니 고모를 끌어안고 울었다.

「어머나!」

고모는 그제야 그녀가 누구인지 알아보았다.

「아이구, 옥아구나. 어제 상해에 있다는 말을 듣고서 아직도 이삼일 더 있어야 집에 오는 줄 알았는데 이렇게 왔구면. 아니, 이애는 누구 집 계집애지? 아니…… 밖에서 이미 시집갔구면. 아이까지 이렇게 크고? 천성이 아빠가 돌아와서 아직 말도 못 했구면. 난 깜짝 놀랐지. 알아보기 힘들었어.」

양빙옥이 멍해졌다. 그녀의 발은 이미 문 안으로 들어섰다. 고모는 아이를 받아 안았다.

「이 아이 좀 봐. 엄마와 똑같구나. 이모가 안아보자. 이모 좀 안아보자.」

「고모라 불러라.」

양빙옥이 말했다.

「아무렇게나 불러도 괜찮아. 천성이를 따라 고모라 해도 좋지. 한씨네 아이와 같으니까!」

고모는 빙그레 웃으면서 여자애의 얼굴에 입을 맞추었다.

「고모, 안녕하세요?」

여자아이는 자그마한 입을 벌리고 듣기 좋게 고모를 불렀다.

「아이구, 귀여워라!」

고모는 좋아서 야단이었다.

「너 말하는 투가 서양 냄새가 나는구나. 네 아빠는 왜 같이 오지 않았지?」

「아빠는 어제 일이 있어 나갔어요. 엄마가 저를 데리고 아빠 찾으러 간다고.」

「그래 빨리 오라고 해라. 새 사위가 집에 오는 것은 큰일인데.」

차의 임자가 기다리기 힘들다는 듯이 말했다.

「마님, 이 물건들을 어디다 부리지요?」

「저 좀 보세요. 좋아하다보니 밖에 물건이 있는 걸 잊었군요!」

고모가 다급히 말했다.

「수고스러운 대로 먼저 이 북채에 들여놓아 주시죠. 천천히 정리하게. 조심하세요. 천천히. 안에 물건이 깨지지 않게.」

고모가 물건을 옮겨놓는 것을 지휘하고 옥아가 돈을 치르고 차의 임자를 보냈다. 고모는 대문을 잠그고 신이 나서 그들을 데리고 안뜨락으로 들어갔다.

「옥아, 옥아도 십 년 동안 나이가 들어보여. 밖에서 속을 태웠어?」

양빙옥은 어떻게 대답해야 좋을지 몰랐다. 오래간만에 돌아온 옛집을 바라보니 눈물이 주르르 흘러내렸다. 아 이 가림벽, 등나무 넝쿨,

추화문, 낭하…… 꿈속에서 그리던 모든 것이 또다시 눈앞에 나타났다.

「참 재미있구나!」

계집애는 고모의 품에서 빠져나와 난간을 잡고 서채 낭하까지 뛰어갔다.

「엄마, 이건 중국의 공원이에요? 우리 집은 어디 있어요? 이만큼 좋아요?」

「이게 우리 집이야.」

양빙옥은 딸을 보니 마치 어린시절의 자신을 보는 것 같았다. 집, 내 집에 돌아왔구나!

「그렇지. 처녀는 아무리 멀리 시집가도 친정이 자기 집이지.」

고모가 감탄조로 말했다.

「돌아오면 또 서채에 들어야지. 거기는 옥아가 있던 곳이니까. 얼마 전 편지를 받고 천성이 엄마는 옥아를 위해 서채를 말끔히 치워놓았어. 아무 때건 돌아오면 있을 수 있게 하려고.」

「네…… 언니는요?」

양빙옥이 주춤하면서 걸음을 멈췄다. 고모가 남채 쪽으로 입을 삐죽이면서 말했다.

「두 사람이 지금 화를 내고 있어. 만나자마자 다투었지. 밤새 싸운 것 같아.」

양빙옥이 순간 얼굴을 돌렸다. 마음이 무거워졌다. 한씨 부인은 밖의 인기척을 들었다. 고모가 누구하고 말하는 건가? 그녀는 침대에서 내려와 급히 침실을 나와 밖으로 나갔다. 뜨락에 옥아가 그녀를 바라보고 있었다.

「옥아야!」

가슴에서 터져나오는 부름이었다. 한씨 부인은 계단을 뛰어내려서 그녀에게로 뛰어오는 옥아를 끌어안았다. 한씨 부인은 동생의 잔등을 치면서 울먹였다.

「옥아, 옥아야. 불쌍한 내 동생아. 너 왜 갔어? 가지 말아야 했어!」

「언니!」

양빙옥도 소리내어 울었다. 그녀는 언니의 어깨에 기대어 언니의 얼굴에 대고 말했다.

「제가 이렇게 오지 않았어요? 이젠 다시 안 가겠어요!」

오랫동안 쌓였던 자매의 정이 터져나왔다. 벽아와 옥아. 이 두 양씨네 구슬 같은 딸들은 어떻게 서로의 사랑과 그리움을 표현해야 할지 몰랐다. 그 외의 다른 것은 모두 잊어버렸다. 자매간은 그래도 자매간이었다. 고모도 옆에서 눈물을 닦았다. 그녀는 아침까지 자신이 남인 것이 서러웠는데 지금은 정말 제집 식구처럼 그 상봉의 기쁨을 함께 나누었다.

「집에 들어가자.」

두 자매는 훌쩍거리며 남채로 걸어갔다. 작은 계집애는 양빙옥의 옆을 따르면서 작은 소리로 물었다.

「엄마, 이분은 누구세요? 고모예요?」

한씨 부인은 얼굴을 들어 그 조그마한 아이를 보았다. 옥아의 딸, 한 자기의 딸이었다.

「아니 너의…… 이모야.」

양빙옥이 중얼거렸다.

「이모, 안녕하세요?」

작은 계집애는 누구에게나 다 예절바르게 인사하였다. 본능적인 반감이 한씨 부인의 마음을 찔렀다. 요 청승맞은 것아, 너 왜 여기 왔어. 네가 있어 내가 힘들게 되었는데! 그러나 그 반감은 그녀의 의식중에 반짝하고는 사라졌다. 한씨 부인은 그것을 나타내지 않았다. 그녀는

182

사태를 장악하여 모든 것을 그녀가 바라는 방향으로 돌아가게 하려고 하였다. 그녀는 자신을 억제하면서 웃음을 띠고 말했다.

「오냐. 애가 참 귀엽구나. 이모는 네가 참 마음에 드는구나. 이모는 너를 좋아한단다. 이모네 집이 좋니?」

양빙옥은 대뜸 어떤 기미를 알아차렸다. 여기는 이모네 집이다. 그러나 두 살짜리 아이가 그 속에 담긴 뜻을 알아들을 리 없었다.

「좋아요. 이모 집이 참 좋아요!」

아이는 깡총깡총 뛰면서 먼저 남채 방안으로 들어갔다.

여자애는 호기심에 찬 눈으로 낯선 집안을 둘러보았다. 높은 책상, 높은 의자가 있구. 오, 여기에 또 문이 있구나. 그애가 문 안에 머리를 쏙 밀고 들여다보니 낯익은 사람이 보였다. 그애는 기뻐서 소리쳤다.

「아빠도 여기 있어요. 아빠!」

동쪽 침실에 구부정하게 앉아 있던 한자기는 놀란 얼굴을 들었다.

옥아를 세수시키려고 놋대야를 들고 오던 고모도 그 아빠 소리에 깜짝 놀라서 손에 든 대야를 팽개쳤다.

「알라여! 이건 웬일인가요?」

한씨 부인의 얼굴이 대번에 차가워졌다. 그녀는 고모에게 말했다.

「언니! 다 보셨지요? 이미 이렇게 된 바엔 고모를 속일 수 없어요. 이들이 밖에서 이런 짓을 하고 왔어요. 옥아가 저 아이를 데리고 왔으니 난 죽어야 해요? 살아야 해요?」

「이건……」

고모는 입을 딱 벌리고 뭐라고 말해야 좋을지 몰라 했다. 그녀의 얼굴이 부끄러움 때문에 새빨갛게 되었다. 한자기와 양빙옥은 한 사람은 안방에, 한 사람은 바깥방에 선 채 열린 문을 사이에 두고 서로 바라만 볼 뿐 말이 없었다. 여자아이는 이쪽저쪽을 번갈아 보더니 겁에 질린 듯 물었다.

「엄마, 아빠, 이모가 우리를 좋아 안 해요? 금방까지 나를 좋아한다 했는데.」

「들어보세요, 언니!」

한씨 부인은 입술을 떨면서 소리쳤다.

「이렇게 아빠, 아빠 하고 부르니 이건 제 얼굴을 치는 게 아니겠어요!」

여자아이는 겁이 나서 울었다. 그애는 엄마 옆에 가더니 울먹였다.

「엄마, 난 무서워요.」

양빙옥은 딸을 안고서 등을 한씨 부인 쪽으로 돌리며 말했다.

「언니, 할 말이 있으면 저하고 하세요. 아이를 놀라게 하지 말고. 아이에게 무슨 잘못이 있어요.」

「그래.」

한씨 부인이 쌀쌀맞게 말했다.

「너희들은 다 잘못이 없다. 내가 바람을 피웠고 망신했다. 선조들의 명성도 내가 더럽혔다. 돌아가신 부모님 얼굴에도 내가 먹칠을 했다. 맞았어?」

「언니, 언니.」

양빙옥은 치욕에 눈물을 흘리면서 말했다.

「제가 몇만 리 길을 언니의 모욕을 받자고 온 것이 아니예요.」

「내가 너를 모욕했어? 너도 부끄러운 줄 알아? 창피한 줄 알면서 왜 돌아와?」

한씨 부인은 한마디도 양보하지 않고 캐물었다.

「그럼 너한테 좀 물을 게 있다. 너 왜 돌아왔니? 금의환향하여 자랑하러 왔니? 아니면 집을 허물고 조상의 얼굴에 먹칠하러 왔니? 아니면 한자기를 부추겨서 나를 쫓아내고 잘 살아보려고 왔니? 아니면 내 아래서 첩이 되려고 왔니?」

한자기는 더는 참을 수 없어서 의자에서 벌떡 일어났다.

「벽아! 무슨 말을 그렇게 해?」

「언니.」

마주서서 몰아대니 양빙옥은 참을 수 없었다.

「언니, 남의 인격을 좀 존중해 주세요.」

「인격? 무엇이 인격이야? 사람이 밥먹고 사람 노릇을 하지 않는 게 인격이야?」

한씨 부인은 얼굴을 돌려서 한자기를 흘겨보더니 말했다.

「당신은 한쪽에 밀어놓고 가만두자 했는데 무슨 대꾸예요? 체면을 보아주니 도리어 부끄러운 줄도 모르고!」

「알라여!」

고모는 당황해서 어쩔 줄을 몰라 했다.

「식구들이 이렇게 대놓고 싸우니 어쩔 셈이오? 모두 입다물면 안 돼요? 일이 이미 저질러진 이상 싸워도 소용없어요. 할 말이 있으면 살살 해야지, 남들이 알면…….」

「언니, 나는 싸우려는 게 아니예요. 저도 체면이 있는 사람이에요. 일을 만들지는 않지만 일이 나면 두려워하지 않아요. 나를 건드리기만 하면 난 해내지 못하는 일이 없어요!」

한씨 부인은 화가 나서 얼굴이 다 파래졌다. 입술은 하얗게 질렸고 두 눈에서는 서릿발 같은 빛이 뿜어져나왔다.

고모는 두려워서 와들와들 떨었다.

「천성이 에미, 그래서는 안 돼요! 옥아도 이 집 식구인데.」

「언니, 언니 이 말을 위해서라도 나는 이 집을 돌보아야지요.」

한씨 부인의 눈에도 눈물이 그렁그렁해졌다. 그러나 그녀는 눈물과 감정으로 자기의 결정을 허물 수 없었다. 그녀는 이를 악물고 무서운 소리로 말했다.

「이 일을 밖의 사람들은 누구도 몰라요. 난 이 일이 오늘부터 스스로 없어지게 하겠어요. 고모는 누구에게도 말하지 마세요. 천성이도 알지 못하게 하세요. 난 나의 아이가 자기 아비가 사람이 아니라고 보게 할 수 없어요! 고모가 만일 조금이라도 입 밖에 낸다면 우리 사이도 끝장이에요!」

「내가 어떻게 남한테 말하겠어요? 속에 넣고 있다가 죽으면 무덤에 가지고 가지!」

고모는 맹세하였다.

「그런데 속이기 힘들 것 같아요. 이애는 산 사람인데 물건도 아니고 어디다 감추겠어요?」

양빙옥은 소름이 끼쳤다. 자신이 물건보다 못해졌다. 마치 도주범처럼 숨어야 하는가? 돌아오는 길에 집 생각이 그렇게 간절하더니 집에 오면 설 자리조차 없을 줄은 몰랐다.

「감출 필요가 없어요.」

한씨 부인이 자신있게 말했다.

「딸이 친정에 오는 것은 정정당당해요. 남들에게는 이애가 이미 시집갔고 이번에 언니 만나러 왔다구요. 이애 남편은 밖에 있다 하면 되지요.」

「그건…… 얼마나 감출 수 있겠어요?」

고모도 아주 진지하게 한씨 부인이 내놓은 방안을 생각하고 있었다. 마치 그 두 사람은 내각 총리대신들처럼 남의 운명을 결정할 수 있는 듯싶었다.

「안 돼요. 이렇게 큰 아이가 입만 벌리면 아빠라 부르는데.」

「다르게 부르게 하면 안 돼요? 뭐 이모부라 하든지. 아니면 외삼촌이라 하든지 다 돼요. 단지 아빠라고만 부르지 않으면 되지요.」

한씨 부인은 모든 일에 엄밀한 조치를 하였다.

「왜 내가 아빠라고 못 불러요?」

여자아이는 억울하다는 듯이 울면서 중얼거렸다.

「아빠는 외삼촌이 아니야.」

양빙옥은 딸을 끌어안고 그들 모녀를 처리할 방안을 토의하는 두 여인에게 냉소를 지으면서 말했다.

「불쌍하군요. 저는 전쟁이 잔혹하고 전쟁의 고난이 사람들의 감정을 더욱 밀접하게 하는 줄밖에 몰랐어요. 전쟁보다 더 잔혹한 것이 사람인 줄 몰랐어요! 감정은 다 어디 갔고 인간성은 다 어디 갔어요? 당신들은 두 살짜리 아이도 용서 못 하고 사람의 권리까지 박탈하려 하니! 이앤 내가 훔쳐오거나 빼앗아온 물건이 아니예요. 이애는 생명이고 사람이에요. 이애는 한자기의 딸이에요. 이애는 자기 아빠를 부를 권리가 있어요!」

「아빠!」

여자아이는 엄마의 격려를 받자 울면서 한자기에게로 달려갔다. 한자기는 딸을 끌어안고 얼굴을 애의 부드러운 머리칼에 대고 있었는데 어깨와 잔등이 다 부르르 떨렸다.

「보세요. 어떻게 끊어버려요.」

고모는 자신의 주장을 증명해보이면서 눈물을 닦았다.

「아니, 너에게도 도의가 있어?」

한씨 부인은 공격방향을 시종 양빙옥에게 돌리고 있었다.

「너 밖에서 무슨 글을 읽었어? 공부할수록 낯판만 두꺼워지니. 사생아를 낳고서도 자랑인 듯이 말하다니. 뭐라구 이애는 한자기의 딸이라구? 그럼 너는 한자기의 아내야?」

「물론 그렇지요!」

양빙옥의 대답은 예상 밖으로 명확했다.

「뭐라구? 너 감히?」

한씨 부인의 분노에 또 기름이 부어졌다.

「그럼 넌…… 너는 나를 어디다 놓고 있니?」

「그건 나도 몰라요.」

양빙옥이 말했다.

「난 저분을 사랑하고 저분도 나를 사랑하므로 우리는 결합했지요. 일은 그렇게 간단해요. 당신으로 말하자면 난, 그저 나의 친언니인 것밖에는 몰라요. 옛날에는 한자기의 아내였지만 그건 이미 지나간 일이에요!」

「아이구, 기가 막혀라. 너 이 방탕한 년아, 입만 벌리면 사랑이구나.」

한씨 부인은 이젠 더 참을 수 없었다. 그녀는 손을 번쩍 들어 잽싸게 양빙옥의 뺨을 쳤다.

「네가 오히려 나를 꾸짖는구나. 그래 저분이 너를 사랑한다구! 너를 사랑한다구! 한자기! 여기 와서 사랑해요. 잘 사랑하란 말이야!」

한자기는 머리를 딸의 목에 파묻고 떨면서 흐느끼기만 하였다.

고모가 황급히 한씨 부인의 손을 잡으며 말했다.

「안 돼요. 손을 대지 말아요, 천성 에미. 옥아가 이렇게 크도록 천성 에미는 손가락 한 번도 아까워서 대지 않았잖아요?」

「옛날 이야기는 하지도 마세요. 그앤 이미 나의 동생이 아니예요!」

한씨 부인의 가슴에는 원한의 불길이 타오르고 있었지만 옥아의 뺨을 한 대 치고 나니 그녀도 마음이 아파서 힘없이 의자에 앉았다. 양빙옥의 흰 얼굴에는 자줏빛 손가락 자국이 났다. 그녀는 따끔해진 얼굴을 만지면서 처량하게 말했다.

「언니, 내가 미우면 때리세요. 때려서 원한이 사라진다면 그것도 해방이겠어요. 그럼 나도 언니의 감정을 상하게 한 것 때문에 고통을 느끼지 않겠지요. 언니, 용서하세요. 제가 일부러 언니의 남편을 빼앗으려고 그런 것이 아니예요. 전쟁이 모든 것을 바꾸어놓았고 사람의 운명을 고쳐놓았어요. 전쟁이 역사를 끊어놓아서 우리는 오늘까지 살리라고는 생각도 못 했고 북평에 우리 집이 남아 있으리라고도 생각 못 했고 우리 자매가 또다시 만날 수 있으리라고는 생각 못 했어요! 전쟁이 끝났어요. 다시 세워진 우리 이 가정도 요행 남아 있게 되었고 아이도 살아남았어요. 어쩌면 이것이 알라께서 우리에게 베푼 은혜일지도 모르고 어쩌면 마귀가 우리를 놀라게 한 것일지도 모르지요. 왜냐하면 우리는 북평에 집이 있음을 진정으로 잊지 못했기 때문이지요! 외국에서 떠돌아다니는 처량한 느낌과 남의 집에 얹혀 사는 고통이 우리로 하여금 이 북평의 집을 그리게 하였고 미친 듯이 집 생각이 나게 했지요. 런던은 전쟁중에 완전히 파멸되지 않아서 곧 회복이 되었지요. 우리도 발붙일 곳이 생기게 되고. 그러나 그것은 자기 집이 아니었어요! 천성이의 편지를 받자 우리는 한걸음에 돌아오고 싶었어요. 집도 물리고 직장도 그만두고 겨우 보존해온 물건들을 가지고 돌아왔어요. 뒷길이라곤 남기지 않고 왔지요. 집에 오게 되었으니 말이에요!」

한씨 부인은 분해서 씩씩거리며 의자에 앉아 있었다. 옥아가 말하는 그 장광설은 듣기도 싫었고 알아들을 수도 없었다. 그녀도 옥아의 말에 진정이 있음을 느꼈지만 그게 무슨 소용이 있는가? 공부한 사람들은 말 하나만은 잘한다. 도의에 어긋나면서도 지껄일 수 있다. 아무리 말해봐라. 둥근 것을 모가 났다 할 수 없고 모난 것을 둥글다 할 수 없지 않은가? 나보고 너를 불쌍히 여겨달라고? 눈물만 흘리면 모든 것이 다 사라져? 흥!

「그 따위 소리는 작작 해라! 돌아온 게 잘못된 것 같아? 흥 일찍 뭘 했어? 돌아오지 말 것이지. 너 왜 돌아왔어?」

「글쎄요. 내가 돌아와서 무얼 해요?」

양빙옥도 낮은 소리로 말했다. 솔직히 말해서 그녀도 자신이 돌아온 동기를 분명히 말할 수 없었다. 잊지 못할 고향땅과 언니를 보러 근근히 왔는가? 아니면 여기서 영원히 살아가려고 생각했는가? 여기서 어떻게 살아갈 수 있겠는가? 뒤에는 절벽이고 앞은 낭떠러지다. 그래 그녀는 이것을 생각해보지 않았는가? 아니다. 그녀도 생각했었다. 때문에 그녀는 돌아오는 길에 집이 가까워질수록 겁이 났고 한 걸음 내디딜 때마다 힘이 들고 무거웠다. 북평의 박아댁은 그녀와 한자기의 집일 뿐만 아니라 양군벽의 집이기도 하였다. 양군벽은 단지 그녀의 언니가 아니라 한자기의 전처였다! 이 모순을 그래 조화시킬 수 있단 말인가? 바로 그 이유 때문에 그녀는 고향 북평에 도착하자 주춤거려 발길을 멈추고 잠시 여관에 들면서 숨을 돌려 사색하고 선택하려 했었다. 그런데 그 선택은 자꾸 반복되면서 결과가 나오지 않았다. 집은 이미 눈앞에 있었다. 언니가 자기를 기다리고 있고 오빠도 거기서 자기를 기다리고 있다. 자기는 무엇 때문에 자신을 문 밖에 두어야 하는가? 그녀는 더 주저하지 않고 누구의 대답도 기다리지 않고 집으로 돌아왔다. 결과가 어떨지는 알려고 하지도 않았다. 집에 들어서기 전에 그녀는 언니에 대한 그리움을 이겨낼 수 없었다. 핏줄 속에 숨어 있는 그 힘이 그녀를 아무것도 아랑곳하지 않고 앞으로 걸어오게 하였을지도 모른다. 앞에 바람이 부는지 비가 올는지 산이 막혀 있는지 바다가 가로놓였는지는 생각도 하지 않았다…… 지금 그녀를 맞이한 것은 원한이었다. 언니의 원한을 그녀는 어떻게 막아야 하는가.

「오지 말아야 했는데. 나는 정말 오지 말아야 했는데.」

그녀는 원한 앞에서 떨지 않을 수 없었다.

객실 안의 난로 안에서 석탄불이 활활 타오르고 있었고 난로 위에 놓인 놋주전자 안의 물이 설설 끓고 있었다.

「말하지 마오. 날 괴롭히지 말아요. 돌아오자 한 것은 나의 주장이었지.」

한자기는 멍해진 양빙옥을 바라보자니 마음이 몹시 무거워졌다. 그는 다가서서 놋주전자의 물을 찻잔에 부어 양빙옥에게 밀어주며 그녀를 바라보았다.

「흥, 서로 장단을 잘 맞추는구먼.」

한씨 부인은 남편을 흘겨보면서 말했다.

「왜 그런 주장을 내놓았지요? 돌아오지 말 것이지.」

「천성 에미, 그만 해요.」

고모는 힘들게 중간에서 말렸다. 그녀는 자기가 어느 편에 서야 옳을지 몰랐다. 지금 언니가 우세를 차지했으니 그녀는 동생이 가련했다. 고모는 옥아의 어깨를 잡고 상 옆으로 밀고 가서 의자에 앉혔다.

「옥아, 물이나 마셔. 입술까지 다 말랐구먼! 밖에 나간 사람들이 왜 집에 올 생각이 없겠어요. 밖에서 어떤 일이 있었더라도 무사히 돌아만 오면 고마운 줄 알아야지. 내 보기는 잘 돌아온 것 같아!」

속에 불이 난 듯하고 입안이 바짝 마른 양빙옥은 찻잔을 들고 후후 입김을 불었다. 물이 식자 무서워서 감히 말도 못 하는 딸을 끌어다 다리 위에 앉히고 물을 먹였다. 이건 딸이 처음 마시는 고향의 물이다. 단지 쓴지 알 수 없다.

「어이구, 요렇게 작은 아이가 어른을 따라다니며 고생하는구나!」

고모는 감탄하면서 딴생각을 하고 있었다. 그녀는 한 달도 차지 않은 자기 아들과 남편 생각이 났다. 그들 부자가 밖에서 어떤 고생을 하고 있는지 걱정이 되었다.

「사람이 사람을 그리는 것만큼 힘든 일이 어디 있겠어요?」

그녀는 밑도 끝도 없는 말을 했다.

「우리 애와 애아빠가 돌아올 수만 있다면 다른 여자와 아이를 데리고 와도 난 기쁘겠구먼.」

「흥, 난 고모처럼 그렇게 천박하지 않아요.」

한씨 부인은 못마땅하다는 듯이 머리를 돌렸다. 고모는 금방 이쪽에 좋은 소리를 하려다가 또 저쪽 눈치를 보아야 했다.

「천성 에미, 나도 위안해주느라고 그러지 않아요? 이미 일이 이렇게 된 이상 천성 에미도 너그럽게 생각해야지. 지금 세상에 남자들이 처첩을 몇 명씩 두는 사람도 적지 않게 있지 않소? 어쨌든간 천성 에미가 먼저 시집왔으니 큰마누라고. 물이 높아도 산을 못 넘는다고 옥아는 뒤에 놓여야지.」

그 말은 너무나 속모르고 한 말이었다. 그녀는 자기의 말이 옥아를 위해 용서를 빌고 좋은 소리를 한 줄로 알았다. 고모는 지금 옥아가 큰부인의 응낙을 기다리는 줄로 알았다. 그것으로 자기가 이 가정을 지키는 가장 좋은 방법을 내놓았다고 생각했다.

「언니는 너무 가련해요.」

양빙옥은 비웃으면서 고모를 흘겨보았다. 이 가난하고 불쌍한 여인이 그녀로 하여금 깨닫게 하는 것이 있었다. 중국에서 여인이 되려면 우매하고 스스로 자신을 천대하고 집안 살림이나 하고 아이를 낳는, 공구나 남편의 부속품밖에 될 수 없다. 어디에 사랑할 권리가 있는가? 여기서는 사랑을 승인하지 않고 혼인만은 승인한다. 형식적이든 기형적이든 혼인이면 된다. 남자들이 그렇게 여인을 보지만 여인들조차 그렇게 여인을 본다!

「언니는 저를 어떻게 보아요? 한자기의 작은마누라로 생각해요?」

「아니, 그렇지 않고. 그래 아니란 말이오?」

고모는 정말 어리둥절해졌다. 고모는 작은 것이 되고서도 작은 것에 만족해 하지 않는 여인을 정말 이해할 수 없었다.

「왜 내가 가련해? 난 옥아가 가련해서 그러는데.」

「더러워라!」

한씨 부인이 분해서 욕을 퍼부었다.

「한자기가 작은마누라를 얻어도 그년 차례가 되겠어요. 그년은 부끄러운 줄도 모르는 천한 년! 하늘 아래 어디에 친자매가 한 남자에게 시집갈 수 있어요?」

「그만 하오! 그만 해!」

한자기는 이제 더 참을 수 없었다. 머리가 터질 것 같아서 주먹으로 벽을 치면서 고통스레 신음하였다.

「날 죽으라고 핍박하고 있소?」

「당신이 왜 죽어요?」

한씨 부인이 냉소를 지었다.

「아무리 잘 죽어도 개처럼 살기보다는 못하지요. 당신, 처첩을 서너 명 더 두시구려. 나도 당신 담이 얼마나 큰가 보게!」

양빙옥은 딸을 안고 벌떡 일어서더니 밖으로 나갔다. 그녀는 완전히 깨달았다. 두 무식한 여인이 그녀에게 자신의 위치를 잘 알려주었다. 무슨 애정의 신화고, 인생의 가치고, 삶의 권리고, 고향 생각이고 그런 말을 여기에 누가 알아듣겠는가?

「옥아, 가지 마!」

벽에 기대 있던 한자기가 별안간 황급히 머리를 들고 비참하게 소리를 질렀다. 한씨 부인이 책상을 치면서 일어섰다.

「한자기!」

양빙옥이 뜰안에 서서 말없이 뒤를 돌아다보았다. 그녀 품에 안긴 딸이 손을 내밀면서 아빠! 하고 불렀다.

「알라여!」

고모는 마음이 급했으나 손발이 말을 듣지 않았다. 고모는 비틀거리며 계단을 내려와서 중얼거렸다.

「이걸 어쩐다? 이걸 어쩐다…….」

알라여! 그것은 모슬렘이 복을 기원하는 부름이고 도움을 구하는 부름이며 용서를 바라는 부름이었다. 모슬렘들은 복잡한 인간세상 일에 친친 감겨서 스스로 빠져나오지 못할 때는 운명을 전능의 알라께 맡겨 알라께서 재판을 내려주시기를 바랐다.

초봄의 태양이 뿌연 구름 속에서 얼굴을 내밀었다. 햇볕이 뜨락에 내려앉아서 따스해졌다. 지붕 위 기와에도 푸른 이끼가 약간씩 돋았고 낭하 앞의 해당나무, 석류나무의 마른 가지에서도 싹이 트기 시작하였다. 겨울이 얼마나 추웠든 봄은 찾아오고야 만다. 빙설 속에서 잉태된 생명은 완강하게 자라려 하고 싹을 틔우고 새 가지를 뻗으려 한다.

정교하게 조각하고 채색 무늬를 그린 추화문 앞은 색채의 세계였다. 여기는 어린 아들 딸의 세상이었다. 그 세상에는 질투도 증오도 투쟁도 없었다. 그 세상은 꿈이었고 현실이었다.

천성이가 학교에서 돌아오자 집안의 전쟁은 거짓말처럼 뚝 그쳤다. 한씨 부인은 분노를 가라앉혔고 양빙옥도 고통을 감추었다. 천성이, 이애가 바로 어릴 때 이모 품속에서 응석을 부리던 그 천성이었다. 서투른 글씨로 아빠 이모 빨리 돌아오세요, 라는 편지를 썼던 바로 그애다. 그애의 목에는 아직도 이모가 걸어준 비취여의가 걸려 있었다. 천성이는 이모의 마음속에 친딸에 못지않은 자리를 차지하고 있었다. 천성이는 오자마자 이모를 찾았다.

천성이가 온 식구의 배고픔을 해결해 주었다. 밥을 먹고 나자 천성이는 동생과 놀 수 있게 되었다. 국민학교는 오전에 수업이 다 끝난다. 천성이는 너무나 신났다. 이모의 딸이니 그의 여동생이다. 그는 마치 하늘에서 떨어진 것같이 여동생이 생긴 것이 너무 기뻤다.

두 애는 바삭과자를 손에 들고 추화문에 기대서서 서로 마주보면서 먹고 있었다. 천성이는 이 여동생이 너무 좋았다. 여동생의 얼굴이 그렇게도 희고 반들거리는 것이 옥 같았고 꽃잎사귀 같았다. 작고 빨간

194

그애의 입은 앵두 같았고 마노구슬 같았다. 크고 검은 눈은 무엇 같다
할까…… 천성이는 생각나지 않았다. 아무튼 여동생은 아무리 보아도
싫지 않은 그림 같았다. 여동생의 흰 세일러복과 빨간 치마도 참 예뻤
다. 오, 다리에는 두꺼운 양말을 신었고 조그만 구두를 신은 것이 너무
도 깜찍했다. 머리에 맨 리본도 예뻤다. 여동생이 말하는 것도 너무 재
미있고 귀여웠다. 중국말을 할 줄 알고 외국말도 할 줄 알았다!

「얘야, 바삭과자가 맛있니?」

「그래 맛있어. 이건 내가 먹어본 것 중 제일 맛있는 거야!」

「외국말로는 어떻게 하니?」

「This is the food I took best.」

「아이, 참 재미있구나! 외국에도 바삭과자가 있니?」

「없어.」

「외국에도 이런 집이 있니?」

천성이는 뜰안을 가리켰다.

「없어.」

「외국에 이런 꽃이 있어?」

그는 처마 밑의 채색 그림을 가리켰다.

「없어.」

「외국에 이런 가림벽이 있니?」

그는 황양목 조각 가림벽을 가리켰다.

「없어.」

「외국은 참 나쁘구나. 외국에는 아무것도 없으니.」

천성이는 아주 자랑스레 웃었다.

「너 좀 보렴. 이 위에 있는 산이고 물이고 나무고 집이고 구름이고
모두 재간있는 사람이 새긴 것이야. 위에는 달이 네 개나 있어. 달 네
개가 모두 같지 않지.」

「뭐? 달? 나도 달인데.」

「그래? 너도 달이야? 맞아. 너 이름이 뭐지?」

「난 신월이라 불러. 초생달이야. 꼬부랑하고 뾰족한 것이 작은 쪽배 같아…… 음…….」

그녀는 가림벽의 조각을 가리키면서 말했다.

「바로 이런 것이야!」

거기에는 초생달이 비스듬히 걸려 있었다.

「오, 그렇구나. 이것이 너구나. 넌 신월이고 난 천성이니 우리는 하늘에서 친구야!」

「참 신난다.」

여동생은 말하면서 먹고 있었다.

「오빠의 이름이 참 좋구나.」

「네 이름도 좋아, 신월…….」

「엄마가 그러시는데 나를 낳을 때가 밤이었는데 창문에 초생달이 걸려 있었대.」

어린 신월이는 물론 그녀의 부모가 어떻게 자기를 세상에 데려왔는지 알 수 없었다. 그리고 그 단락의 역사가 부모의 마음에 영원히 아물지 않는 상처를 남겼음도 알 수 없었다.

양빙옥은 서채 방안 자기의 침대에 걸터앉아 있었다. 구리침대, 경대, 책상 모든 것이 다 그대로 있어 소녀시절의 아름다운 꿈과 깨진 꿈을 간직하고 있었다. 모든 것이 아직도 그녀를 기다리고 있었고 그녀가 돌아오기를 바랐다. 그녀는 돌아왔다. 그러나 그 소녀는 사라졌다. 십 년이란 세월과 함께 사라지고 영원히 돌아오지 않는다. 서채 방안은 여전한데 그녀는 변했다. 고생을 겪은 삼십대의 젊은 부인으로 변했고 승인받지 못하는 아내와 어머니가 되었으며 이 가정의 인간 쓰레기가 되었고 파렴치한 화근이 되었다. 그녀는 친언니가 용서하지 못할 원수가 되었다. 원수가 되게 한 사람은 바로 그녀 자신이었다. 자신이 바보여서 집에 올 마음이 간절하여 함정 속에 뛰어들었고 그 물속에 빠진 것이다. 거미줄에 걸려서 발버둥치는 작은 벌레가 자신의 우둔함을 후회하고 불에 탄 나방이 자신의 유치함을 알게 된다고, 모든 것이 이젠 다 알려졌으나 너무도 늦었다!

한자기는 책상 옆에 앉아서 머리를 푹 숙이고 있었다. 그들은 이렇게 가까이 앉아 있었지만 그들 사이의 거리는 그렇게 멀었다. 마치 두 사람 사이에는 철난간이 세워져 있는 것 같기도 하고 마치 창밖에 감시하는 눈이 있는 것 같기도 했다. 서로 마주 앉아서 아무런 말도 없었다. 고통스러운 침묵이 흘렀다.

「오빠.」

오랫동안 침묵을 지키다가 그녀가 말했다.

「이것이 바로 우리가 꿈에도 그리던 집이에요!」

그는 아무 말없이 한숨만 지었다.

「난 정말 바보예요. 여기는 나의 집이고 그녀는 나의 언니라고만 생각했어요. 변했어요. 변했어요. 나도 얼마나 유치해요. 감정의 조수를 사막으로 흐르게 하다니. 그 십 년 동안 어쩌면…… 우리도 변했을지 모르지요. 북평을 모르고 이 집을 모르는 것 같아요. 남들도 우리를 모르고 있어요. 그들의 눈에는 내가 얼마나 나쁜 여인인지 몰라요. 난 음탕하고 도덕이 문란하고 당신을 유혹해서 사생아를 낳고도 파렴치하게 돌아왔으니.」

「그런 말을 어찌 옥아의 입에서 되풀이하오!」

한자기는 답답하다는 듯이 그녀의 말을 잘라버렸다.

「옥아는 순결하오. 모두 나를 위해서 옥아는 여기에…….」

「당신을 위해서 난 아무것도 아쉬운 것이 없어요. 난 당신과 결합한 후에야 세상에서 내가 진정 사랑하고 영원히 떨어질 수 없는 사람이 오직 당신임을 알았어요.」

양빙옥은 정겹게 그를 바라보았다.

「당신은요? 당신은 남들이 이해 못 하는 우리의 이 결합을 후회하지 않아요?」

「아니.」

그의 잔등이 섬뜩해졌다.

「난 후회하지 않아!」

「나도 후회하지 않아요!」

그녀는 나지막하게 말했지만 그 목소리는 아주 힘있고 견고하였다. 마치 한마디 한마디가 심장에서 뿜어져나온 피와 같았다.

「난 사랑을 바쳐서 사랑을 얻었고 사람으로서의 권리를 누렸어요. 그러니 지금 죽어도 유감이 없어요. 영원히 후회하지 않을 거예요. 어떠한 냉대나 저주, 어떠한 죄명을 쓰더라도 후회하지 않겠어요. 왜냐하면 천지에 한 사람이 나를 이해하여 주고 사랑하기에 난 만족해요.」

따스한 정감이 한자기의 마음을 녹여주었다. 잊을 수 없는 세월이 그의 마음속에 다시 나타났다.

「나는 애정을 모르는 사람이었는데 옥아가 애정을 알게 하였소. 옥아는 나에게 사랑을 주었지. 어쩌면 그것이 너무 늦게 왔기에 더 귀했을지도 모르지!」

「그래요. 너무 늦게 왔기에 더 귀했지요! 내가 그때 왜 올리브를 거절했는지 아세요? 당신 때문인 것 같아요. 그건 내가 당신과 결합한 후에야 알았어요. 나는 우리가 더 일찍 사랑하지 못한 것이 후회되거든요. 더 일찍 말예요.」

그녀는 조용히 말하면서 마치 지난 소녀시절을 되찾아오려는 듯하였다.

「그건 불가능하지.」

한자기가 가볍게 감탄하였다.

「그때는 그녀가…… 있었으니까.」

「그녀!」

도취되었던 양빙옥은 그 말에 깨어났다.

「당신과 그녀 사이에도 이런 진지한 애정이 있었어요?」

「아? 어떻게 말하면 좋을까?」

한자기는 어쩔 수 없이 설명하기 가장 힘들고 난처한 그 문제를 다루지 않을 수 없었다.

「우리의 혼인은 같은 운명이 만들어놓은 것이오. 나와 벽아 사이에도 감정이 있었지. 아주 깊은 감정이 있었소. 그것을 승인하지 않으면 스스로 자신을 속이는 것이고 남을 속이는 거요. 그런데 그것이 무슨 감정이었는가 하면 나의 사부님에 대한 감정의 발전과 연속이었소. 난 벽아를 친동생같이 보았고 옥아도 마찬가지였지. 난 양씨 집에서 유랑하는 고아인 나를 받아주고 재간을 배워준 것이 고마웠소. 그런 감격의 마음은 한평생 갚아도 다 갚지 못할 거요. 그래서 벽아가 나에게 시집오려 할 때 나는…… 나는 감동되어 눈물을 흘렸소. 그런데 그것이 애정이었는가 하면 그렇지는 않소. 그때 나는 근본적으로 애정을 몰랐소. 그건 오누이의 감정이었고 은혜를 갚고자 하는 생각이었소!

벽아한테 장가든 후 나는 자신이 사부님의 아들이 된 것 같았고 양씨 집의 모든 것을 떠메려 했소. 만일 나중에 변고가 생기지 않았더라면 난 그녀와 백년해로를 했을 것이고 많은 부부들처럼 아들딸을 낳고 가업을 꾸려가며 평생 절대 다른 여자를 사랑하지 않았을 거요. 결혼 후 십 년 동안 바로 그렇게 지냈지. 그런데 그 십 년은 어떤 세월이었나 생각해보면 나와 벽아가 밤낮없이 걱정하고 근심한 것은 기진재였고 말하는 것도 모두 장사와 옥이었고 집이었지. 유독 애정은 말해본

적이 없었소. 무엇이 애정이고 무엇이 부부며 무엇이 가정인지 누가
알았겠소? 그저 함께 살림하며 살아간 것이지. 아무것도 생각할 필요
가 없었다오. 우리 두 사람은 마치 기진재의 두 주주처럼 공동의 이익
이 서로 연결되어 있기에 누구도 상대방을 떠날 수 없게 되었소. 영원
히 결합될 수밖에 없었소. 후에 기진재가 발전하여 장사도 커지고 일
꾼도 많아지니 그녀는 가게일은 관여하지 않고 집안 수입과 지출만을
걱정하게 되었소. 그 후부터 우리에게는 공동의 언어가 점점 적어지고
그녀는 나의 골동품 소장하는 취미도 이해하지 못하게 되었지. 그 십
년 동안 우린 다투지는 않았지만 감정은 점점 멀어졌어. 멀어져도 고
민되지 않았지. 이미 습관이 되고 마비되었어. 어쩌면 두 번의 다툼이
유일한 것이었을지 모르지. 마지막으로 다툼을 한 후 불쾌하게 작별하
고 난 집을 떠났소. 가령 전쟁이 없었다면 난 집을 떠나지 않았을 것이
고, 모든 것이 원래대로 유지되었을 거요. 죽을 때까지도 난 그녀를 버
리지 않았을 것이오. 그러나 나와 벽아 사이에 애정은 있을 수 없었을
것이오. 그렇지 않고서야 후에 내가 그렇게…….」

그는 더 말하지 않았다. 후에 생긴 일은 모두 말할 필요가 없다. 그
는 묵묵히 양빙옥을 바라보았다. 그의 마음속에 엉켜 있던 사색도 약
간 분명해진 것 같았다. 양빙옥은 위안을 받고 해방받은 느낌으로 소
리없이 탄식하였다.

「고마워요. 당신은 나의 속병을 떼어주었어요!」

그녀는 말했다.

「그전에 나는 한 번도 당신한테 그렇게 묻지 않았어요. 감히 묻지
못했지요. 내가 당신을 열렬히 사랑할 때 나도 벽아가 눈앞에 보였어
요. 그녀는 당신의 아내이고 나의 언니였으니까요. 나도 나의 거동이
그녀를 다칠까봐 걱정했지요. 그러나 사랑은 모든 것을 돌보지 않는
거예요. 감정이 지성을 밀어버리니 난 그녀를 생각하지 않으려 하고

결과도 생각하지 않으려 하고 우리는 서로 사랑했지요. 그러나 나의 마음속엔 여전히 퍼뜩퍼뜩 지나가는 알 수 없는 미안함이 있었어요. 그녀에 대한 그 미안함이 나를 끌고 돌아온 거지요. 미안함은 집에 가까이 올수록 더욱 강해졌지요. 나는 그녀에게 사과하러 온 것이 아니예요. 그녀의 징벌을 받으려고도 하지 않았어요. 그저…… 심리상의 해방을 얻으려 했을 뿐이에요. 지금 당신이 저를 해방시켜 주었어요. 그녀에 대한 나의 미안함도 없어지게 했어요!」

「그러나 이 모든 것을 어떻게 그녀에게 설명하겠소?」

한자기는 별로 마음이 가볍지 않았다.

「그녀에게 내가 그녀를 사랑하지 않고 처음부터 사랑하지 않았다고 말할 수 있소? 그녀가 어떻게 생각하겠소? 그녀는 근본적으로 우리를 이해하지 못하오. 그녀는 내가 새것을 좋아하고 낡은 것이 싫어서 본댁을 차버린다고만 생각할 거요.」

「그녀가 어떻게 생각하든지 무슨 상관이에요. 당신은 그녀에게 팔린 종신노예도 아닌데, 자기 길을 걸어야지요. 우리 두 사람이 그녀를 떠납시다. 집이고 재산이고 여기 있는 모든 것을 그녀에게 주고 우리는 아무런 거리낌도 없이 우리의 손으로 우리 집을 세웁시다!」

양빙옥의 마음속에 이미 결단이 내려졌다.

「오빠, 우리 갑시다!」

「가다니? 어디로 간단 말이오? 북평에는 어디나 다 나를 아는 사람들이 있는데 몸을 감출 데를 찾을 수 있어? 사람들의 입이 얼마나 무섭다구. 사회여론이 사람을 죽일 수도 있소.」

한자기는 난처해 했다. 충혈된 두 눈에는 근심과 공포가 어려 있었다.

「그리고 그녀도 동의하지 않을 텐데.」

「그럼 우린 북평을 떠나 중국을 떠나 런던에 돌아가지요.」

양빙옥은 멀리 떠날 궁리만 하였다.

「그녀를 멀리멀리 피해서 가면 서로 간섭이 없게 되지요. 서로 빚진 것 없고 서로 미안한 것도 없이 우리는 우리의 보금자리를 찾고 우리의 생활과 사업을 찾읍시다. 우리 갑시다!」

한자기는 대답하지 않았다. 천천히 머리를 숙이더니 두 손으로 이마를 받쳤다.

「왜? 당신 안 가겠어요?」

「난…….」

「가기 겁나요?」

양빙옥은 입을 약간 벌리고 찬 기운을 들이켰다. 그녀의 뜨거운 가슴이 싸늘히 식는 것 같았다.

「간다?」

한자기는 간다고 생각하니 많은 눈들이 앞에 선했다. 양군벽의 눈과 천성의 눈, 고모님의 눈, 전 북평사람들의 눈들이 모두 그를 노려보았다. 그들은 이렇게 묻는 것 같았다. 당신 간다구? 어디로 가? 감히 가? 어떻게 갈 수 있어? 그는 할 말이 없었다. 온몸에 소름이 끼치는 것 같았다.

「당신 그럴 배짱이 없어요?」

양빙옥의 마음은 점점 더 차디차졌다. 해외에서 십 년간 같이 살아온 한자기가 그렇게 낯설게 보일 수 없었다. 이 사람이 바로 런던의 옥기 전시회 때 몇천 명 관중 앞에서 영어로 청산유수 같은 강연을 하면서도 조금도 주저없이 침착하던 한자기인가? 이 사람이 바로 이익의 유혹에도 끄떡없이 소장품을 팔지 않겠다고 단호히 거절하여 백만장자가 될 기회를 미련없이 포기한 한자기인가? 자기의 심혈을 다 쏟아 그녀를 대학공부시키며 그녀의 소원을 성취시키는 것을 흐뭇해 하던 한자기인가? 전쟁의 재난 속에서 뜨거운 사랑으로 그녀의 마음을 덥혀주고 그녀의 인생을 구원해준 한자기인가? 밤을 새워 병실 앞을 지키면서 신월이의 첫 울음소리를 듣고 미친 듯이 기뻐하던 한자기인가?……마땅히 그 한자기여야 한다. 어찌 아닐 수 있겠는가? 복잡해진 생각이 그녀로 하여금 한자기가 똑똑히 보이지 않게 했을지도 모른다. 어쩌면 그녀가 과거에 본 모든 것이 착각일지도 모른다. 어쩌면 하룻밤 사이에 그가 변했을지도 모르지. 그녀는 더 생각하기 겁났다.

「당신 어떻게 할 작정이에요?」

그녀는 물었다. 마음이 불안스러워졌다.

「그들이 말하는 것처럼 두 마누라를 얻으려고는 하지 않겠지요?」

「난…… 난 어리석었어!」

한자기는 해결할 수 없는 모순 속으로 빠졌다. 주먹으로 자기의 머리를 쳤다.

「우린 돌아오지 말아야 했어. 돌아오지 말아야 했어.」

「당신 그렇게 격해질 필요 없어요. 자기를 때려도 아무 문제도 해결되지 않아요.」

양빙옥은 그의 주먹을 밀치고 말했다.

「우린 아이들 싸움처럼 기분대로 해서는 안 돼요. 난 지금 당신과 진심으로 의논하고 있어요. 우리의 운명을 결정해야지요.」

「난 어떻게 했으면 좋을지 모르겠소. 말해보오. 난 옥아의 말을 들을 테니.」

「제가 어떻게 당신이 저의 말을 듣게 하겠어요? 당신은 자기 인생길을 결정할 권리가 있어요. 하물며 제가 하려던 말은 이미 다 했으니까요. 당신은 찬성하지 않더군요.」

「난…… 어이구!」

한자기는 머리를 들고 길게 한숨을 쉬었다.

「나는 왜 돌아오려 했던가!」

한자기는 할 말은 안 하고 딴전을 피우며 그가 피할 수 없는 선택을 회피하려고 했다. 양빙옥의 마음속의 하늘을 떠받치고 우뚝 섰던 그 담대한 사나이가 빙산이 녹듯이 무너져버렸다. 희망을 가득 품었던 사람은 종종 쉽게 충동하고 일단 실망하면 오히려 냉정해진다.

「그래요. 당신은 도대체 무엇을 위해서 돌아왔어요?」

그는 말없이 멍하니 천장만 올려다보았다.

「이 집과 기진재, 그리고 그 보배들을 실어오기 위해서였어요?」

「난 그 모든 것을 잃을 수 없어. 옥은 나의 생명인데.」

「옥왕이란 깃발을 다시 북평에서 내걸려구요? 다시 당신의 사업을 시작하려구요?」

「나는 사업이 없을 수 없소. 나의 사업은 중국에 있소.」

「이 집이 깨지지 않게 하려고 왔지요? 천성이가 아버지 없는 고아가 되지 않게 하려고?」

「그렇겠지…… 그런 것 같아. 천성이는…… 불쌍한 천성이!」

「그리고 당신의 아내가 주인을 잃지 않게 하려고 왔지요?」

「아.」

그는 말문이 막혔다.

「대답해요. 당신은 마땅히 맞다고 말해야지요! 이 모든 것은 뻔한 사실이니까요.」

그녀는 그를 바라보며 그의 대답을 기다렸다.

「당신은 그녀를 사랑하지 않으면서도 그녀를 떠나지 못하고 떠나려고도 감히 생각하지 못하지요.」

「옥아.」

그는 당황해 하면서 말했다.

「우리 둘 다 집이 그리워서 온 게 아니오?」

「집? 집은 당신의 것이고 모든 것이 다 당신의 것이지요. 갈 때는 다

버리고 갔어도 그대로 다 있으니 당신은 아무것도 잃을 게 없어요.」

「아, 기진재는 이미 망했어.」

그는 처량하게 말했다.

「오? 당신도 손해본 게 있어요?」

그녀는 우는지 웃는지 알 수 없었다.

「슬퍼할 필요가 없어요. 당신의 그 보배들이 다 그대로 있지, 박아댁이 그대로 있지, 당신의 아내와 아이도 다 있지 않아요? 당신 집이 망하지 않았으니 당신은 마땅히 돌아와야지요. 그런데 나는 여기에 무엇이 있다고 당신을 따라 여기까지 왔을까요?」

그녀는 멍하니 앞을 바라보았다.

「옥아…….」

한자기는 당혹스러워 고개를 돌리며 말했다.

「왜 그래? 여기도 옥아의 집인데.」

「나의 집? 나의 집은 벌써 없어졌어요.」

그녀는 힘없이 두 손을 내려뜨리고 자기의 무릎을 만졌다.

「없어졌어요. 나의 집은 기진재 뒤뜰의 나지막한 작은 집이었지요. 창 밖에는 햇볕이 있고 꽃이 있고 석류나무가 있었지요. 집안은 따스했고 엄마는 달콤한 떡을 구워주었고 팥빵을 쪄주었지요. 꿈속에서 아버지가 옥을 가는 자장가를 들으면 얼마나 즐거웠다고요. 애석하게도 모두 없어졌어요. 저에게는 다시 그 집이 없어요. 아름다운 추억만 남고. 그 집은 가난하고 비좁았지만 저는 잊을 수 없어요. 없어졌군요. 없어졌어요.」

양빙옥은 스스로 자신이 불쌍하여 한숨을 지었다. 우수에 잠긴 두 눈에는 눈물이 글썽했다. 눈물이 끝내 두 볼을 타고 흘렀지만 그녀는 닦지도 않았다. 눈물이 자기 마음의 불길을 꺼버렸으면 했다. 한자기가 일어나서 그녀의 두 어깨를 어루만져주며 수건으로 그녀의 눈물을 닦았다.

「옥아, 제발 이렇게 슬퍼하지 말아요. 여기는 앞으로도 영원히 옥아의 집이오.」

그녀는 한자기의 손을 만졌다. 사내의 손이 그녀로 하여금 힘의 존재를 느끼게 하였다.

「그래요?」

그녀는 그의 손에 입을 맞추면서 말했다.

「아니야, 오빠. 여기는 우리 집이 아니예요. 우리 갑시다. 나를 위하여 신월이를 위하여 우리는 갑시다.」

그녀는 그의 손이 경련을 일으키는 것을 느꼈다.

「왜 옥아는…… 기어코 가려고 하오?」

그의 목소리는 아주 낮고 미약했다.

「좀 참을 수 없어?」

「참아? 어떻게 참아요? 온순하게 그녀의 말대로 친정나들이 온 것처럼 가장하란 말이에요? 신월이보고 당신을 이모부, 외삼촌이라 부르게 하란 말이에요? 자리가 나면 다른 데로 시집보내게요? 그래요? 어림도 없어요!」

그는 말없이 떨리는 손으로 그녀의 머리를 쓰다듬어 주었다.

양빙옥은 홱 그의 손을 밀치고 일어서서 야멸차게 말했다.

「한자기! 당신도 남자야?」

한자기가 비틀대며 중얼거렸다.

「옥아.」

「여기는 옥아가 없어. 당신 앞에 선 사람은 양빙옥이야!」

「빙옥이, 내 말 들어봐.」

「말할 필요도 없어. 지나간 일은 모두 사라졌으니까! 알려줄까? 난 사람이야. 독립적인 사람이란 말이야. 당신 것도 아니고 양군벽에게 속한 부속품도 아니야. 당신들이 마음대로 움직일 수 있는 장기쪽도 아니야! 여자에게도 존엄이 있고 인격이 있는 거야. 여자는 남자 주머니 속의 돈이 아니야. 마음대로 꺼내쓸 수 있는가 했어? 여자는 남자 몸의 옷도 아니야. 입고 싶으면 입고 벗고 싶으면 벗어? 입지 않을 때는 옷장에 집어넣을 수 있는가 말이야? 인격, 존엄이 당신의 재산이나 진보나 명예 지위보다 더 귀중해! 난 당신이 이 가정에서, 그리고 사회에서 사람처럼 보이게 하기 위해서 자신을 사람 대우하지 않게 할 수 없어! 당신은 자기의 텅 빈 껍질을 지키기 위하여 버리지 말아야 할 것을 다 버렸어! 십 년 세월에 난 왜 당신을 바로 보아내지 못했을까? 한 사람을 이해하고 사랑한다는 것이 왜 이렇게도 힘들어? 당신은 나와 결합한 것을 후회하지 않는다 했지만 난 이젠 그 말이 믿어지지 않아. 그러나 나는 지금 후회해. 난 잘못했어. 처음부터 지금까지 잘못했어! 난 내가 사랑을 얻었는가 여겼지. 사내의 어깨로 사랑의 책임을 걸머지겠거니 했지. 흥, 당신도 그녀와 마찬가지로 근본적으로 무엇이 애정인지 몰라! 난 잘못했어. 완전히 착오였어.」

양빙옥은 이젠 다시 눈물을 흘리지 않았다. 눈물 없는 눈은 더 밝았다. 그녀는 이젠 고통스럽지 않았다. 고통은 이미 다 지나갔다. 십 년에 한 사람을 제대로 알게 되었고 삼십 년에 인생을 알게 되었으니 이것도 세월을 바치고 얻은 수확이 아닐 수 없었다. 그녀는 이전보다 총명해졌고 어리석은 일을 하지 않으려 했다.

「아니, 빙옥이. 내가 잘못했어.」

한자기는 힘없이 책상 옆에 기대섰다. 후회스럽고 한스러워 그는 가슴을 탕탕 치면서 말했다.

「모두 다 내 잘못이야. 내가 빙옥이를 망쳤어!」

「그렇게 말할 필요가 있어요? 내가 당신을 망쳤을지도 모르죠. 당신에게는 이렇게 좋은 가정이 있고 아내와 아들이 있으며 또 많은 재산도 있는데 저 때문에 망신을 당할 순 없지요.」

양빙옥은 차분하게 말했다. 그녀의 마음은 잔잔한 호수처럼 냉정하였다.

「내가 당신을 너무 번거롭게 한 것 같지요. 너무 미안하군요. 내가 없으면 모든 것이 다 좋아지겠지요. 난 떠나야겠어요. 이젠 더 방해하지 않겠어요.」

「정말 가겠어?」

생각도 못한 충격이 한자기의 머리에 떨어졌다. 그는 자신이 급속히 아래로 내려앉는 듯한 느낌이었다. 마치 발아래는 밑바닥이 없는 낭떠러지나 만장 파도 같았다. 그는 양빙옥이 없다면 자기가 어떻게 살아갈지를 몰랐다. 그는 당장 물에 빠져 죽을 사람처럼 본능적으로 구원을 바랐다. 그는 뛰어가 빙옥의 손을 잡고 애원했다.

「빙옥이는 못 가. 난 빙옥이를 떠날 수 없어!」

「당신, 당신은 이 집도 떠날 수 없잖아요!」

양빙옥은 싸늘하게 자기 손을 빼면서 말했다.

「이러지 말아요. 생활 속에서는 연극이 필요없어요. 난 슬프게 헤어지고 싶지 않아요. 차분하게 웃으면서 과거와 작별합시다.」

한자기는 얼빠진 듯이 서서 끝내 할 수 없이 머리를 숙였다. 그의 널따란 어깨와 훤칠한 체격은 마치 모든 골격이 다 내려앉은 듯이 축 늘어졌다.

「어디…… 어디로 가려고? 런던의 중국인 학교에서 교편 잡으려고? 아니면 헌트 선생을…….」

「그 걱정은 하지 말아요. 천하에 내가 있을 곳이 없겠어요? 여자는 남자의 보호 없이도 살 수 있어요. 우리의 착오적인 결합이 올가미고 그물인 바에야 그것을 벗어버리고 자유의 몸이 되어야지요. 그건 내가 이전의 생애와 바꾸어온 것이기에 나는 그 자유를 더욱 아낄 거예요.

난 나의 여생이 즐거우리라 믿어요. 신월이가 함께 있기에 나는 가장 행복한 사람일 거예요.」

「뭐? 신월? 그래 신월이까지 데리고 가려구?」

한자기의 축 늘어졌던 몸이 와들와들 떨렸다.

「데리고 가지 마. 데리고 가지 마. 난 신월이까지 잃을 수 없어. 그 앤 나의 딸이오. 우리 애정의 열매……」

「애정? 무엇이 애정이에요? 천하에 진정한 애정이 어디 있어요? 내가 사랑할 만한 것은 딸밖에 없어요. 내 딸이니 내가 물론 데리고 가야지요. 남의 손에서 고아처럼 눈치보게 할 수 없고 당신도 난처한 궁지에 빠지지 않아야지요.」

「아니야, 신월이는 영원히 나의 딸이오. 그애를 남겨주오. 제발 빌어요!」

한자기는 부르르 떨면서 그녀 앞에 무릎을 꿇었다.

뜰안은 떠들썩한 것이 분위기가 좋았다. 신월이와 천성이는 이쪽에서 말타기 놀이를 하고 있었다. 열한 살짜리 천성이는 당연히 말이 되어 여동생을 태우고 뒤뜰에서 앞뜰로 뛰어다녔다. 말탄 아이나 말이 된 아이나 모두 신이 나서 야단이었다. 저쪽에서는 한씨 부인과 고모가 낑낑거리며 북채에 놓아둔 큰 상자들을 남채로 옮겨갔다. 그것은 가업이고 목숨이다. 그 무엇보다도 귀중한 것이다. 그것들을 방안에 잠그어 놓으면 한자기를 묶어놓은 셈이다. 그는 어디에도 가지 않을 것이다. 서채 안의 두 사람의 속삭임도 한씨 부인이 일부러 자리를 내주고 시간을 내준 것이다. 둘이 실컷 쑥덕거리라지. 아무리 말해봐야 내 손바닥을 벗어나지 못할 테니!

박아댁은 햇볕이 쫙 퍼져 있고 기쁨이 넘쳐났다. 서채 안에 일어난 거센 바람과 세찬 파도도 별로 소리를 내지 않았다. 신월이는 오늘 난

생 처음으로 가장 재미나는 오후를 보냈다. 오빠의 목을 잡고 앉아서 흔들거리며 말타고 북평 구경하는 재미를 보았다. 오빠는 기고 뛰면서도 헐떡거리며 그애에게 동요를 불러주었다.

밤이 깊었다. 서채 방안에서 신월이는 엄마가 젊었을 때 누워 잤던 침대에 누워, 엄마가 다독여주는 손길을 느끼며 깊은 잠에 빠졌다. 신월이는 기다란 꿈을 꾸었다. 그 꿈은 아롱다롱한 채색의 꿈이었다. 런던의 탑교며 북평의 대전문, 그리고 바다 위의 큰 윤선, 가림벽의 달이며 바삭바삭하고 맛있는 바삭과자까지 함께 꿈에 나타났다. 유독 집에 들어섰을 때 시작되었던 어른들의 말다툼은 나타나지 않았다. 신월이는 꿈속에서도 깔깔거리며 웃었다. 그녀가 꿈에 본 것은 다 아름다운 것인 모양이다. 꿈은 늘 아름답다. 꿈은 응당 아름다워야 한다.

양빙옥은 아이를 재운 뒤 등잔불 밑에서 자기 짐을 챙겼다. 별로 손댈 것도 없었다. 그렇게 왔으니 또 그렇게 떠나면 되었다. 그러나 그녀는 신월이의 물건은 남겨두어야 했다. 그녀는 끝내 신월이를 두고 가겠다고 대답했다. 한자기는 눈물섞인 애걸을 하였고 사내로서 무릎까지 꿇고 그녀에게 빌었다. 부녀의 감정이야 거짓이 아니겠지? 그녀는 신월이가 없으면 한자기가 오래 살지 못할 것 같은 예감이 들었다. 감정의 잃음은 인생을 짓밟는 가장 독한 독약이다. 남겨두자. 엄마의 애간장이 다 터지는 일이다. 이번의 작별이 어쩌면 평생의 이별이 될지도 모른다.

그녀는 세심히 신월이의 옷, 신, 양말, 손수건 등을 정돈해 놓았다. 그녀는 모든 것을 딸에게 남겨놓지 못하는 것이 한스러웠다. 자애로운 어머니의 마음을 어떻게 다 남겨둘 수 있으랴!

이젠 더 남겨둘 것이 없다. 그녀는 가죽 트렁크를 닫으려다가 트렁크 덮개 속 천가방 안에 있는 작은 사진틀에 시선이 멈췄다. 그녀는 그 사진틀을 꺼냈다. 거기에는 그들 모녀가 함께 찍은 사진이 있었다. 런던을 떠나기 전 차이나타운의 사진관에서 찍은 것이었다. 빙옥이는 그 사진을 찍으려고 일부러 중국옷으로 갈아입었다. 그 사진은 그들 모녀에겐 단 한 장밖에 없는 기념사진이나 다름없었다. 왜 많이 찍지 않았던가? 글을 가르치느라 항상 바쁘다보니 찍지 못했다. 후에 시간과 기회가 많으려니 했었다. 누가 이렇게 될 줄 알았으랴! 그 사진이 마지막 기념이 되었다. 가지고 가서 수시로 꺼내 보아야지. 아니야, 남겨두어야지. 신월이가 늘상 엄마를 보게 해야지. 마치 엄마가 그애 곁을 떠나지 않고 지키고 있듯이 해야지.

그녀는 사진을 꺼내서 책상 위에 놓았다. 내일 아침 신월이가 눈을 뜨면 엄마를 볼 수 있을 것이다. 이후의 기나긴 세월 동안 하루도 빼놓지 않고, 아침저녁으로 엄마는 여기에서 신월이를 지킬 것이다.

딸은 달콤하게 잠들어 있었다. 엄마가 옆에 있기 때문에 이렇게 깊은 잠에 빠질 수 있다. 그런데 내일은 어쩌겠는가? 내일은 엄마가 없는데! 빙옥이는 몸을 굽혀 딸 옆에 누웠다. 그녀는 딸을 품속에 꼭 껴안고 얼굴을 비비고 손을 잡아보았다. 모녀의 마음이 서로 통하기나 하려는 듯했다. 아니다. 딸이 엄마의 지금 심정을 어찌 알겠는가? 그애는 모를 것이다. 영원히 알 수 없을 것이다. 딸애가 모르는 것이 더 좋을 것 같다.

양빙옥은 다시 일어나 앉아서 가죽 트렁크 안에서 편지지를 꺼내어 석유등잔 밑에서 뭔가를 쓰기 시작했다. 감정의 홍수가 펜 끝에서 쏟아져나왔다. 그녀는 딸에게 글자마다 눈물이 섞인 편지를 남겼다. 그녀는 이 편지를 봉한 후 한씨에게 맡기면서 영원히 신월이에게 자기 말을 꺼내지 말고 그애가 엄마 없는 아이라는 느낌이 없게 하며 그애가 커서 대학을 나온 후에 그 편지를 딸에게 주라고 자기의 마지막 부탁을 하였다.

이튿날, 날이 아직 밝지도 않았는데 남채 침실에서 한씨 부인은 성지 메카 쪽을 향하여 경건히 아침기도를 드리고 있었다. 고모는 온 얼굴이 눈물범벅이 되어서 그녀 뒤에 조용히 와서 말했다.

「천성이 에미.」

고모는 글쎄 이럴 때 와서 그녀를 방해한다.

「우리 좀 상의해 보자구요. 꼭 옥아를 쫓아야 해요?」

「그애를 둘 수 없어요!」

한씨 부인이 탄식하면서 말했다.

「그애가 지은 죄는 교리에서 용서하지 못할 것이에요!」

확실히 양빙옥과 한자기는 죄가 있다. 그들의 결합은 중매쟁이가 없고 증인이 없으며 혼서도 없고 종교의식도 가지지 않았으며 불법적이다. 알라와 모슬렘이 용서하지 못할 일이었다. 모슬렘 세계에서 기혼자가 간통죄를 범한 것은 살인죄와 한 가지로 세계의 큰 죄악으로 알려져 있다. 『코란경』에는 명확하게 훈시하였다. '음부와 간부는 각기 백 번 채찍으로 때려야 한다. 너희들은 그들을 가련하게 여겨 알라의 형벌을 줄여서는 안 된다. 가령 너희들이 확실히 알라와 마지막날이 있음을 믿는다면.' 하물며 양빙옥과 한자기는 어떤 관계인가? 양빙옥은 한자기의 합법적인 아내의 친동생이다. 『코란경』에는 이런 계율이 있다. '알라는 너희들이…… 두 자매를 아내로 맞아들이는 것을 엄금한다!'

「그애는 가야 해요. 멀리 갈수록 좋아요. 영원히 다시 돌아오지 말아야 해요!」

뜨거운 눈물이 한씨 부인의 창백한 얼굴에서 굴러떨어졌다. 친동생을 쫓는 그녀도 고통스러웠다. 그러나 그 외에 또 무슨 방법이 있겠는가?

사실 언니가 동생을 만류한대도 양빙옥은 절대 머물러 있지 않을 것이다. 그녀는 꼭 떠나려 했다. 그녀는 지금 떠나야 했다. 날이 밝아 딸이 깨어나서 엄마 하고 부르면 모든 것은 수포로 돌아가게 된다. 그녀는 반드시 가야 했다. 그녀는 마지막으로 딸의 볼에 입을 맞추었다.

……가야 했다. 더 머무를 수 없다! 양빙옥은 박아댁의 대문을 성큼 넘어서서 찬바람을 맞으며 떠나갔다. 그녀는 다시 뒤돌아보지 않았다. 그녀는 그곳의 모든 것을 다 잊어버렸다. 오직 귓가에 엄마…… 하는 딸애의 목소리만 맴돌았다.

엄마가 갔다. 신월이는 여전히 꿈속에 있었다.

엄마는 어둠 속으로 떠나갔다. 그날 밤은 아주 컴컴했고 추웠다. 음력 2월 초사흘, 하늘의 초생달은 아직 나오지 않았다.

14
상처받은 영혼들

사진틀 속의 엄마는 신월이를 보며 미소짓고 있었다. 신월이의 손을 잡고 그녀의 볼에 입을 맞추는 것이 그렇게도 온유하고 자애로울 수가 없었다.

신월이는 두 손으로 사진틀을 받쳐들고 얼굴에 갖다대었다. 너무 오랫동안 갈망해왔던 것이다. 신월이는 엄마의 사진에 입을 맞추면서 미친 듯이 엄마의 사랑을 빨았다.

「엄마! 나의 엄마.」

죄책감에 젖어 있는 영혼은 딸 앞에서 떨고 있었다. 한자기는 멍하니 딸을 바라보면서 아, 이애가 제 엄마를 많이 닮았구나 하는 생각을 했다. 그는 봉해져 있는 편지를 신월이에게 건네주었다. 그 편지는 그 희귀한 옥들과 같이 밀실에 십칠 년 동안 감추어져 있던 것이었다.

그 편지가 지금 딸의 손에서 펼쳐졌다.

신월아, 나의 사랑하는 딸아.

넌 아직 꿈속에 있는데 엄마는 떠나간다. 네가 깨어나서 엄마를 찾으며 얼마나 울어댈지 알 수 없구나. 넌 영원히 엄마를 용서하지 말아라. 엄마는 네가 세 살도 되기 전에 너를 버렸다. 엄마의 마음이 너무 독하다! 그러나 이 집에서 엄마를 받아주지 않으니 나도 여기서 하루라도 더 있고 싶지 않구나. 엄마는 가야 한다!

넌 영원히 엄마를 용서하지 말아라. 엄마는 네가 가장 어머니의 사랑을 필요로 할 때 너를 데리고 가지 않았다. 엄마는 너무 무정하다. 그러나 엄마만큼 너를 사랑하고 엄마만큼 네가 필요한 사람은 너의 아빠이다. 너는 아빠의 혈육이고 그분 생명의 분신이다. 비록 나와 그분 사이의 애정이 이미 식어 서로 딴길을 걸어야 하는 지금이지만, 나는 차마 딸의 마음을 반으로 가를 수 없고 아빠에게서 너를 빼앗아갈 수 없구나.

난 너를 아빠에게 맡긴다. 그리고 나의 언니이자 너에게는 이모가 되는 분에게 너를 맡긴다. 그분이 나를 대신해서 너의 엄마가 될 것이다. 이후부터 그들이 너의 부모이니 너도 진정으로 그분들을 사랑하기를 당부한다. 난 네가 그렇게 할 수 있으리라고 믿는다. 왜냐하면 나는 너의 어린 마음에 깊은 기억을 남기지 못할 것이고 세월이 지나가면 너는 나를 잊을 테니까.

나는 그러기를 희망한다, 사랑하는 딸아. 나를 잊고서 사랑을 모두 그들에게 바쳐라. 너의 몸에는 한씨와 양씨의 피가 흐르고 있다. 그들은 혈육의 정으로 너를 키울 것이다. 난 그들에게, 네가 커서 어른이 되기 전까지는 이 세상에 다른 엄마가 있음을 너에게 알려주지 말라고 부탁하였다. 그렇게 되면 너는 나를 생각할 필요가 없으니까. 나 혼자만 너를 생각하고 그리운 고통을 모두 혼자 당하려고 한다. 비록 운명이 우리 모녀를 갈라놓았지만 나는 영원히 내 마음속의 달을 잊을 수 없다. 하늘의 달이 지지 않는 한, 피가 나의 혈관 속에 흐르는 한 딸은 영원히 엄마의 마음속에 있을 것이다.

어쩌면 알라께서는 내가 경건한 신도가 아니라고 여기실는지도 모르지만 나는 여전히 경건히 기도를 드리겠다. 떠돌아다니는 나의 영혼을 위해서가 아니라 너를 위하여, 나의 딸을 위하여 기도하겠다. 나는 알라께서 너를 지켜주시고 너에게 행복과 사랑을 주시기를 기원하겠다. 네가 이 차디찬 세상에서 따스함을 느낄 수 있도록, 너의 순결한 마음에 희망이 깃들고, 아름다운 청춘이 빛을 뿌리게 해달라고 기도하겠다. 그렇게만 된다면 엄마는 더 바라는 게 없다.

엄마는 간다. 낯선 인생길을 고독하게 걸어가겠다. 살 길을 찾기 위해서도 아니고 사랑을 찾기 위해서도 아니다. 엄마는 오직 자신을 찾으려 한다. 사람은 모든 것을 잃을 수 있으나 자신을 잃어서는 안 된다. 지나간 삼십 년은 이미 흘러가버렸다. 이제부터 엄마는 독립되고 자유로운 인생을 시작할 것이다.

다시 만나자 나의 딸아! 엄마는 아무것도 너에게 남겨주지 않았다. 이 편지 한 통만이 오랫동안 너를 기다릴 것이다. 네가 커서 이 편지를 볼 때쯤이면 스물 몇 살쯤 된 처녀가 되어 있을 것이고 대학도 졸업했을 것이다.

눈물이 편지지에 떨어졌다. 신월이의 심장이 급하게 오그라드는 듯했다. 아, 엄마! 딸은 비록 운좋게 엄마가 다닌 적이 있는 연원에 들어가긴 했으나 당신의 희망을 실현하지 못했어요. 딸은 대학에서 일년도 채 공부하지 못하고 중도에서 포기해야 했어요. 그녀의 손이 떨리기 시작하고 다시 편지를 읽어내려갈 용기가 없어졌다. 아니야, 이건 엄마의 목소리다. 엄마가 딸에게 말하고 있다. 글자 하나하나 모두 귀한 것이다. 신월이는 눈물을 닦고 급히 그 십칠 년 전 눈물자국이 있는 편지를 읽었다.

······네가 독립적으로 자기에게 속한 인생길을 걸을 때는 이미 엄마가 필요하지 않을지도 모른다. 그러나 그래도 엄마가 지나간 세월과 바꾼 대가로 얻은 교훈을 들어보아라. 너한테 쓸모가 있을 것이다.

신월아, 네가 청춘기에 들어서면 애정을 피하지 못하게 된다. 너는 그것을 어떻게 대하겠니? 엄마는 물론 네가 진정으로 사랑하고, 마음이 변함없는 사람을 만나기를 진심으로 바란다. 다시 엄마가 겪은 수난을 당하지 말기를 바라고 또 바란다. 그러나 애정은 소녀가 상상하는 것처럼 그렇게 아름다운 것만이 아니다. 그 배후에는 종종 함정이 있고 낭떠러지가 있다.

애정은 늘 틀린 것도 보지 못하게 하고
영원히 행복과 즐거움만 생각하게 한다.
애정은 마음대로 날아다니며 제멋대로이다.
모든 사상의 쇠사슬을 부숴버리기도 한다.

기만은 영원히 마음속에 감추어두고
예절을 지키고 겉으로는 그럴 듯하다.
그것은 이익말고는 아무것도 보이지 않는다.
영원히 사상을 위해 철창을 만든다.

이것은 영국 시인 블레이크의 시다. 엄마가 여기에 적어놓았으니 교훈으로 삼기 바란다. 너에게 깨끗한 두뇌와 밝은 눈이 있고 강한 마음이 있어 어두운 안개가 덮인 인생의 길에서 자기의 운명을 단단히 잡고 하나하나의 어려운 고비를 슬기롭게 넘기기를 바란다.

너는 알 만하니? 장래의 어느 날 엄마가 너와 다시 만나게 될 때 너는 강한 사람이기를 바란다.

안녕히, 나의 딸아!

너의 엄마 빙옥의 글

1946년 3월 6일 새벽.

십칠 년의 세월이 한순간에 농축되었다. 모녀의 두 심장이 세차게 마주쳤다! 십칠 년 전 엄마는 딸의 불행한 애정을 진정 예견할 수 없었을 터이고, 십칠 년 후인 오늘 딸도 엄마에게 자기의 불행한 애정을 하소연할 수 없다. 엄마, 당신은 어디 계세요? 무엇 때문에 딸을 구해주지 않으세요?

강렬한 갈망과 절망이 동시에 신월이를 습격했다. 그녀의 나약한 심장은 황급하게 떨었고 줄달음치던 말떼가 그녀의 가슴을 지나가는 것 같더니 용솟음쳐 흐르던 뜨거운 피가 나갈 길이 없는 협곡 속에 갇히게 되었다.

그녀의 창백한 피부에 금세 식은땀이 배어나오는가 했더니 두 볼과 입술이 시퍼런 자주색으로 변했다. 그녀는 힘들여 입을 크게 벌리고 숨을 쉬었으나 가슴은 여전히 천근 바윗돌이 짓누르는 것 같았다.

「신월아! 신월아!」

한자기가 놀라 소리치면서 다급히 딸을 안았다.

「엄마!」

신월이는 온 힘으로 그 한마디를 외치고는 아버지의 품안에 쓰러져 정신을 잃었다.

동인병원의 응급실에서는 긴장된 조치가 취해지고 있었다.

신월이는 여전히 혼수상태에 있었다. 그녀는 비스듬히 침대에 누워 있었는데 낯색은 푸른 잿빛이고 입술은 검푸른 자주색이었으며 입가에서는 붉은 거품이 나오고 있었다. 그녀는 꼼짝달싹하지 않았다. 마치 생명이 이미 끊어진 것 같았다. 아니다. 그녀의 쇠약한 심장은 아직 힘겹게 뛰고 있었다. 급성부종이 생긴 폐도 힘겹게 호흡하고 있었다.

의료진들이 신월이를 둘러싸고 분초를 다투며 죽음과 힘겨운 싸움을 벌이고 있었다. 노의사가 직접 현장을 지키며 병세를 지켜보았다.

파멸적인 재난이 한자기를 무너뜨렸다. 그는 거의 꿇어앉다시피 딸의 병상 앞에 붙어서 딸의 창백하고 힘없는 손을 틀어쥐고 놓으려 하지 않았다. 천성이도 아버지 옆에 서 있는데 검붉은 얼굴에서는 식은 땀과 뜨거운 눈물이 뒤범벅이 되어 흘렀다.

「환자의 가족들은 여기를 나가시오!」

노의사가 명령하였다.

「의사 선생님! 의사 선생님!」

한자기는 애걸하듯이 노의사를 바라보면서 절이라도 할 듯이 말했다.

「제발 저의 딸을 구해주십시오! 어떤 대가라도 아끼지 않겠습니다.」

「어떤 대가가 생명만큼 값지겠습니까?」

노의사는 냉혹하게 말했다.

「이애는 이 고비를 넘길 수 있을 것 같지 않습니다. 우리도 최선은 다하겠지만…….」

「네?」

한자기는 공포에 떨었다.

「아버지.」

천성이가 아버지를 부축하면서 말했다.

「초 선생님을 오시게 합시다. 신월이를 보게 합시다.」

「너 가서,」

한자기는 경련을 일으키는 손으로 아들의 팔을 잡고 말했다.

「……가서 그분께 전화를 걸어라!」

천성이는 아버지를 복도의 긴 의자에 앉게 하고 서둘러 뛰어나갔다. 한자기는 망연히 천장에 달린 전등을 바라보았다. 그의 심장이 산산조각 나는 것 같았다. 한 조각은 응급실에 있는 딸에게 가 있고 한 조각은 어디로 떠돌아다니는지 모르는 양빙옥을 쫓아가고 한 조각은 잊을 수 없는 초안조를 기다렸다…… 딸애는 죽을 수 없다! 이 세상에는 그녀가 떠날 수 없고 두고 갈 수 없는 사람이 있으니까.

신월이는 낯선 세계에서 떠돌아다니고 있었다. 그곳은 하늘도 땅도 어두컴컴하다. 아니 땅도 하늘도 없고 해도 달도 별도 없으며 산천도 없고 화초나 나무도 없었다. 아무 소리도 들리지 않았다. 이곳은 혼돈의 세계였다. 모든 것이 존재하지 않는 것 같았다. 왜냐하면 그녀는 아무것도 볼 수 없었고 아무 소리도 들을 수 없었으므로. 자신이 마냥 아래로 떨어져 내려가는 듯한 감각밖에 없었다. 어디서 떨어지는지 어디로 떨어지는지 알 수 없었다. 마치 보이지 않는 엘리베이터를 타고 마냥 아래로 아래로 내려가고 있는 것 같았다. 그 깊이를 알 수 없는 곳으로 내려가기만 했다. 그녀의 몸은 모두 사라지고 심장만이 흔들거리며 아래로 가라앉는 것 같기도 하였다.

끝내 어디엔가 내렸다. 여긴 어딘가? 알 수 없다. 주위는 여전히 어두컴컴했다. 단지 자신이 어디엔가 세게 부딪친 것 같았고 뭔가 단단한 물건에 몸이 찔린 듯이 통증이 왔다. 그녀는 고무풍선처럼 몇 번 뛰었는데 땅바닥에 떨어질 때마다 그 단단한 물건에 찔리곤 했다. 온몸이 쑤시듯 아팠다. 다행히 이제는 더 뛰지 않고 바닥에 드러눕게 되었는데 꼼짝도 못 하겠다. 탄환에 맞은 새가 공중에서 곤두박질하며 땅에 떨어져서 조용히 죽어가는 것같이 날개를 퍼덕일 힘조차 없었다.

그러나 그녀는 아직도 몸부림치고 싶었다. 그녀는 자신이 아직 죽지 않고 살아 있음을 의식하고, 살아서 이 어두운 세계를 떠나려고 마음

먹었다. 그녀는 몸을 움직여보려고 했으나 온몸이 상처를 입은 듯이 아팠다. 움직일 때마다 혹형을 당하는 것 같았다. 그녀는 이런 혹형을 당하더라도 몸부림치고 싶었다. 넘어져서 다시 일어나지 않는다면 그건 끝장이기 때문이다. 죽고 싶지 않았다.

그녀는 손을 내밀어 주위를 더듬어보았다. 만져지는 것은 모두 단단하고 거친 것이 깨진 암석 같았다. 그러다가 그녀는 액체 같은 것을 만지게 되었다. 차디차고 끈적거렸다. 피비린내가 났다. 이건 물이 아니다. 생명이 없는 곳에는 물도 없다. 그녀는 나뭇가지 같은 것을 만졌다. 거기에는 가시 같은 것이 가득하였는데 사슴뿔 같기도 하고 산호 같기도 하였다. 이건 나무가 아니다. 생명이 없는 곳에는 나무도 없다. 그녀는 자기 주위에는 피와 해골만 있는 듯한 느낌이 들어 온몸에 소름이 끼쳤다.

여기는 빙설에 파묻힌 알래스카보다 더 무서운 곳이다. 여기는 마귀굴이고 지옥이다. 여기는 죽음의 장소다. 여긴 그녀가 올 곳이 아니다. 여길 떠나자. 빨리! 그녀는 앞으로 기어가라고 스스로에게 명령을 내렸다. 손으로 바닥에 있는 괴물의 이빨 같은 것을 잡으며 발로 쌓여진 해골을 밀치며 얼굴은 차디찬 피에 대고 기기 시작하였다. 한 치씩 움직일 때마다 온몸은 그 뾰족한 것에 긁히고 찔렸다. 그녀는 자신에게 피가 흐름을 느꼈다. 그녀의 피는 뜨거운 것이다. 이젠 생명의 냄새를 맡을 수 있었다. 그것이 그녀에게 힘을 주었다. 그녀는 생명으로서 죽음과 한바탕 겨루어보려고 하였다.

망망한 암흑은 끝이 없었다. 그 터널이 얼마나 긴지 알 수 없었다. 그녀는 쉬지 않고 앞으로 기었다. 거미줄이 얼굴에 걸리고 박쥐의 날개소리도 들려왔다. 그녀는 끝내 생명체를 만났던 것이다. 거미와 박쥐에게 그곳은 인간세상과 얼마나 떨어져 있느냐고 물으려다가 실망하고 말았다. 얼굴에 걸린 것은 자신의 머리카락이었고 쑥쑥거리던 소리는 자기의 숨소리였지 박쥐가 내는 소리가 아니었다. 이 마귀의 소굴에는 그녀 외에는 어떤 생명도 없다. 그녀는 헐떡이면서 잠깐 쉬었다. 힘을 모았다가 다시 앞으로 기어가려고 하였다.

그녀는 힘들게 계속 전진하고 있다. 한번 움직일 때마다 오랫동안 쉬어야 했다. 그녀는 어두운 곳을 향하여 기어갔다. 앞에 누군가 그녀를 기다리고 있었다. 그녀는 그들을 향해 부르짖었다.

「아빠!」

「엄마!」

「오빠!」

「초 선생님!」

아무런 반응도 없었다. 그녀도 자신의 목소리가 들리지 않았다. 마치 그녀가 입을 크게 벌렸는데도 아무런 소리도 내지 못한 듯했다. 젠장, 여긴 어떤 곳인지 소리조차 나지 않는다!

그러나 그녀는 자기가 부른 사람들이 자기를 기다린다고 굳게 믿었다. 그녀의 심장은 더욱 빠르게 뛰었으나 앞으로 나아가는 속도는 더 느려졌다. 매번 몸부림칠 때마다 머리카락만큼 가는 거리밖에 움직이지 못했다. 그렇지만 멈출 수는 없다. 그녀는 머리카락처럼 가는 잣대로 죽음의 길을 재고 있었다.

끝내 한가닥 희뿌연 빛이 그녀 앞에 나타났다. 그녀는 천천히 움직여서 지옥의 탈출구 쪽으로 다가갔다. 그 빛이 점점 커지더니 찬란한 햇빛이 되었다.

신월이는 천천히 눈을 떴다. 뿌연 빛은 점점 뚜렷해지고 그녀는 낯익은 얼굴이 자신을 자애롭게 바라보고 있는 것을 보았다. 바로 노의 사였다! 몸을 움직이려 했으나 힘이라곤 없었다. 콧구멍에는 산소 호스가 꽂혀 있고 팔뚝에는 링거가 다리에는 지혈대가 매여 있었다. 마치 혹형을 당하고 있는 죄수 같았다. 그러나 그녀의 눈에서는 끊임없이 눈물이 흘러나왔다. 그녀는 자신이 다시 인간세상으로 돌아왔음을 확신하였기 때문이다.

「아, 깨어났어요!」

그녀는 귀에 익은 목소리를 들었다. 그 소리가 나는 곳을 급히 찾았다. 초 선생님이 보였다! 아버지와 오빠도 문가에 있었다! 그들은 정신없이 뛰어오면서 그녀를 불렀다.

「신월아! 신월아!」

신월이의 눈에서 눈물이 쉴새없이 흘러나왔다. 내가 금방 당신들을 불렀는데 못 들었어요? 그녀의 입술이 씰룩거렸다. 그러나 말이 나오지 않았다. 그녀는 말할 기운조차 없어서 가만히 그들을 바라보기만 했다.

「신월이.」

초안조의 눈물이 신월의 얼굴과 몸에 떨어졌다. 그는 몸을 굽혀 그녀의 귀에 대고 속삭였다.

「신월이는 나았어. 나았다구.」

「그녀에게 말하지 마시오. 격해지면 안 됩니다!」

노의사가 위엄있게 말했다.

「제가 여기서 신월이를 보게 해주세요!」

초안조가 노의사에게 간청하였다.

「전 말하지 않겠어요. 절대 말하지 않겠어요.」

신월이의 눈도 똑같이 노의사에게 간절히 바라고 있었다.

노의사의 눈시울이 붉어졌다. 간청을 차마 거절할 수가 없다. 그녀는 초안조의 말에는 대답하지 않고 신월이를 바라보며 말했다.

「애야, 작년 여름에 우리가 한 말을 기억하고 있니? 너는 오필리어가 아니라 건강하고 용감한 처녀야. 정서를 안정시키고 의지력을 키워 나와 호흡을 잘 맞춰 병을 이겨야 해.」

신월이의 입술이 움직였다. 그녀는 이렇게 말하고 싶었다. 저는 기억하고 있어요. 꼭 그렇게 하겠어요. 전 죽고 싶지 않아요! 그러나 그녀는 그런 말을 할 힘이 없었다.

「난 너를 믿고 있다, 애야.」

노의사는 가볍게 그녀의 눈물을 닦아주고 말했다.

「너도 나를 믿어야 해. 너의 선생님도 믿어야 해. 우리가 같이 너를 도와줄게. 넌 곧 나을 거다.」

신월이의 눈에는 생명의 빛이 반짝였다. 이미 그 죽음의 마귀굴을 기어나온 이상 꼭 살 수 있다고 그녀도 굳게 믿었다.

초안조는 생명을 갈망하는 그녀의 두 눈을 차마 볼 수 없었다. 그는 얼굴을 돌렸다. 자기가 그녀 앞에서 통곡할까봐 우려가 되었다.

그의 뒤에 서 있던 한자기와 천성이는 조용히 흐느끼고 있었다.

「큰아버지.」

초안조가 낮은 소리로 말했다.

「이젠 위험을 벗어났으니 제가 여기서 지키겠어요. 돌아가서 쉬세요. 집에 또…….」

한자기는 몸서리를 쳤다. 집에는 아직 죽은 사람이 누워 있다. 오늘은 장례식날이다. 집에는 아내와 임신한 며느리만 남아 있다. 지금 그가 어찌 딸을 떠날 수 있겠는가? 그러나 집에는 장례식을 치러야 한다. 고모는 비록 그의 친누이가 아니고 어떤 혈연 관계도 없으나 자기 집에 은혜가 있었던 사람이다. 마지막으로 그분을 보내면서 한자기와 그 젖을 먹고 자란 천성이가 자리에 없다면 남들이 비웃을 뿐만 아니라 자기의 양심에도 거리끼는 일이다.

「초 선생님, 그럼 이애를 지켜주십시오. 잘 보아주세요.」

천성이는 눈물을 닦으며 초안조를 바라보았다. 마음속에 하고픈 말이 많았으나 입이 떨어지지 않았다. 그는 자기와 동갑내기인 이 사내가 얼마나 고통스러울지 알았다. 그는 여동생이 죽음을 면한 후에도 인간세상의 시달림을 받아야 한다는 것을 잘 알고 있었다. 초안조와 여동생 사이의 감정은 살아 있는 한 하루도 끊어질 수 없음도 알고 있었다. 이런 비극을 뻔히 보면서도 오빠라는 사람은 도울 힘이 없었다. 그 자신도 가련한 사람이니 어떻게 남을 도울 수 있겠는가? 무고한 아내를 위해서가 아니라면, 불쌍한 여동생을 위해서가 아니라면, 이미 원기를 잃은 가정을 지키기 위해서가 아니라면, 그는 벌써 죽어버렸을 것이다. 그러나 죽으면 안 된다. 그의 어깨에는 이 가정의 미래가 놓여 있다!

그는 제대로 자기의 의사도 표현하지 못한 채 동생을 초안조에게 맡기고는 고모의 장례를 치르러 갔다. 그의 늙은 유모에게 아들로서의 책임을 다해야 했다.

「초 선생님.」

한자기는 초안조의 손을 잡고 문 밖에 나가서 흐느껴 울면서 아무 말도 하지 못했다. 진실한 사랑을 품고 있는 그 젊은이에게 무슨 말을 할 수 있겠는가? 신월이를 잘 위안해달라고 당부할 수 있겠는가? 아내가 했던 말이 귀에 쟁쟁해서 그는 초안조를 보기조차 민망하였다. 이 젊은이에게 신월이의 걱정은 말고 자신을 돌보라 하겠는가? 그건 자기의 소원과도 어긋나는 것이다. 그가 초안조를 청해온 목적은 그것이 아니었다. 인간세상에서 육십 평생 그렇게 많은 책을 읽고 한어와 영어로 유창하게 말할 수 있는 노인이 지금은 초안조에게 자기의 감정을 전달할 언어가 없어서 슬프게 눈물만 흘리고 있다.

「큰아버지, 아무 말도 하지 마세요.」

초안조가 간절한 눈빛으로 그를 바라보면서 말했다.

「저는 여태까지 저의 마음과 당신의 마음은 서로 통한다고 생각하고 있었습니다.」

한자기는 피곤한 몸을 끌고 아들과 같이 병원을 떠났다. 병원 문앞까지 가서도 뒤돌아보면서 한참이나 망설이더니 이를 악물고 갔다. 산 사람이나 죽은 사람이나 모두 그를 필요로 했다. 그가 숨을 쉬는 동안에는 뛰어다녀야 했다.

약물이 한방울 한방울 신월이의 혈관 속으로 흘러들었다. 의사들이 신월이를 주시하고 있었다. 초안조는 말없이 신월이를 지키고 있었다. 간호원이 우유 한 컵을 가져왔다. 초안조가 받아서 신월이에게 낮은 소리로 물었다.

「좀 먹을래요? 괜찮겠지?」

신월이는 식욕이 조금도 없었지만 머리를 끄덕였다. 그녀는 선생님이 들려주던 그 금 캐는 사람의 이야기가 생각났다. 그의 위는 이미 잠들었으나 그는 지성으로 자신을 핍박하여 먹었단다. 살기 위해서는 꼭 먹어야 한다.

초안조는 작은 숟갈로 우유를 떠서 그녀의 입가로 가져갔다. 마른 입술이 약간 벌려지고 새하얀 우유가 입 안으로 들어갔다. 그녀는 입술을 약간씩 움직여서 우유를 삼켰다. 따스한 액체가 그녀의 체내로 흘러들어가니 마치 봄물이 언 땅을 적셔주는 것 같았다.

초안조는 눈도 돌리지 않고 그녀를 주시하면서 한 술, 또 한 술 떠넣어 주었다. 신월이는 마지막 한 모금의 우유를 삼키고 나서 입술을 빨았다. 이제 입술도 발그스레해졌다. 그녀는 기다란 속눈썹을 깜박이면서 선생님께 감사의 미소를 지었다.

「초 선생님.」

그녀의 입이 소리를 냈다. 그녀는 참말 기뻤다. 이젠 그분과 말할 기운이 생긴 것이다.

「신월이!」

초안조는 감동해 그녀를 불렀다. 그것은 아침 이후 신월이가 처음 한 말이다. 그것이 신월이가 정신을 차려서 한 첫마디 말이었다. 신월이는 말할 수 있으니 희망이 있다.

신월이는 그에게 하고픈 말이 너무 많았다. 그녀는 초안조에게 말하고 싶었다. 두 살 때부터 줄곧 엄마가 없었는데 지금은 있다. 자기의 친엄마, 좋은 엄마가 있다. 초 선생님이 보신 그 사진 속의 자애롭고 온화한 엄마다! 비록 신월이는 엄마가 지금 어디 있는지 모르나 꼭 찾을 수 있다고 믿었다. 어느 날엔가 꼭 엄마를 만나리라고 믿었다. 그녀는 초 선생님과 함께 엄마를 만나러 가서 자랑스럽게 초 선생님께 '이분이야말로 저의 엄마이자 당신의 엄마예요.'라고 말할 거다. 아니, 그때까지 기다리지 말고 지금 알려주고 싶었다. 엄마가 편지에다 저에게 진정으로 사랑하고 마음이 변치 않는 사람을 만나라고 했는데 그 사람이 바로 당신이에요. 엄마는 십칠 년 전에 오늘 일을 어떻게 알았을까요? 이것이 운명이겠지요. 누가 운명이 공평하지 않다고 하겠어요? 엄마는 속상한 말도 했지요. 무슨 함정이니 낭떠러지니 하는 말이었어요. 그것은 엄마가 불행을 당했기 때문이지요. 그러나 불행은 이미 지나간 역사가 되었지요. 딸은 그것을 다시 되풀이하지 않을 거예요. 초 선생님도 저에게 조금이라도 속임이 있단 말예요? 초 선생님도 함정이고 낭떠러지란 말예요? 그렇다면 저는 오히려 그곳으로 뛰어들겠어요.

「초 선생님.」

그녀는 빨리 그에게 알려주려 하였다. 그러나 흥분으로 숨이 차서 말을 이어서 똑똑하게 할 수 없었다.

「엄마는…… 당신을 좋아할 거예요. 내 말은…… 나의 엄마가. 당신은 몰라요.」

「나는 알고 있어요, 신월이.」

초안조가 가볍게 손을 저으면서 그녀가 힘들여서 말을 하지 못하게 하였다. 그녀의 감정이 격해질까봐 우려되었다.

「난 다 알고 있으니까.」

「……?」

신월이의 눈은 놀란 듯이 의문을 나타냈다. 초 선생님이 어떻게 알고 있을까? 아버지가 알려주었을까?

사실 초안조는 아무것도 몰랐다. 박아댁을 떠난 지 사흘밖에 되지 않는데 그가 어떻게 그 사흘 동안 한씨의 집에 그렇게 큰 변고가 생긴 줄 알겠는가? 또 어떻게 신월이에게 엄마가 둘 있으리라고 생각했겠는가? 그는 한씨 부인 한 사람밖에 모른다. 그는 한씨 부인의 그 어떤 여지도 두지 않던 말을 영원히 잊을 수 없을 것이다. 한씨 부인은 그가 신월이를 사랑할 권리가 없고 신월이도 그를 사랑할 권리가 없다고 선언하였다. 그때 그는 고통을 참으면서 한씨 부인에게 이 모든 것을 신월이에게 알려주지 말라고 간청했다. 그 후 그는 여전히 신월이를 보러 왔고 깊은 사랑과 희망없는 사랑을 안고 있었다. 신월이가 혹시 마음속 깊이 감춘 그의 고통을 알아낼까봐 조심해야 했다. 보니까 한씨 부인도 그 약속을 지키고 있는 것 같다. 엄마가 당신을 좋아할 거예요, 라고 신월이가 금방 한 말이 그 점을 증명했다. 신월이는 아직 그들의 사랑이 엄마의 지지를 받으리라고 꿈꾸고 있다…… 그러나 그것은 필히 신월이에게 희망의 천지를 남겨주었다. 그 천지가 비록 좁고 허무하고 묘연하지만 신월이에게 살아갈 소망을 안겨준다. 신월이의 생명을 최대한으로 연장시키기 위해서라면 초안조는 달갑게 받아들일 것이다. 굴욕을 참으며 박아댁에 들어가서 신월이와 함께 꿈 같은 미래를 짜고자 했다.

「큰어머니가 나를 좋아한다는 건 잘 알아요. 큰아버지도 그렇구. 그분들은 모두 나의 친부모 같아요. 나는 그들과 잘 지낼 수 있을 거예요.」

그는 그렇게 말했다. 신월이가 행복감을 느끼게 하기 위해 그는 신월이를 속이지 않을 수 없었다. 그는 자신도 속이고 있다. 마치 과거의 모든 것과 미래의 모든 것이 모두 아름다운 것처럼 말해야 했다.

신월이는 도리어 아름다운 꿈속에서 깨어났다. 초 선생님이 말하는 큰어머니는 그녀 마음속의 엄마가 아니었다. 초 선생님은 그녀에게 다른 엄마가 있는 줄 전혀 모르고 있다. 그녀는 깨어났다. 완전히 정신을 차렸다. 엄마는 그녀 마음속의 허황한 개념으로부터 실제로 존재하는 실체로 변했다. 마음속의 엄마는 마음에 있지만 찾을 수가 없고 집에 있는 엄마는 마음에 없지만 그녀의 손아귀를 벗어날 수 없다. 신월이의 생각은 뒤죽박죽이 되어 정신병자의 소리처럼 말을 한다 해도 초 선생님은 알아들을 수 없을 것이다. 그녀에게는 말할 힘도 없었고 이 모든 것을 알려줄 생각도 없어졌다. 말해서 무슨 소용이 있으랴? 초 선생님은 그 엄마만 알고 있고 그 엄마는 그들 두 사람의 운명을 틀어쥐고 있는데.

신월이는 슬픈 듯이 눈을 감아버렸다. 이젠 말하지 않겠다. 혼미 속에서 그렇게 인간세상을 갈망했는데 정신을 차리고 보니 인간세상은 이토록 고통스럽다. 속임수, 인간세상은 가는 곳마다 모두 속임수뿐이다. 초 선생님까지 나를 속인다. 무엇 때문인가요? 초 선생님, 저는 엄마가 벌써 당신에게 그런 말을 한 줄 알고 있어요. 그런데 당신은 무엇때문에 지금까지 저를 속이고 있어요? 다 알 만해요. 사랑 때문이지요. 당신은 허무한 상상 속에서 우리의 사랑을 지속시키려 하고 있지만 당신이나 저나 모두 뻔히 알고 있지요. 이제는 지속시키기 아주 힘들어요. 가령 저에게 건강한 심장이 있고 제가 아직도 연원에 있어 삼학년 학생이라면, 우리 사이의 비밀은 이 년만 더 지켜져서 제가 졸업을 하고 독립적이고 자주적인 사람이 된 다음에는 누구도 우리의 사랑을 막지 못할 거예요. 전 절대 집에 미련을 두지 않았을 거고 날아갈 힘도 있었을 거예요. 전 당신과 함께 천애지각까지라도 가서 우리에게 속한 깨끗한 땅을 찾을 수 있었을 거예요. 그러나 그 모든 것이 실현되기 힘들어졌어요. 저의 심장은 이미 깨졌으며 몸도 이젠 기진맥진해요. 한 걸음 한 걸음 운명이 정해준 종점으로 다가가고 있어요. 파멸! 모든 것이 파멸되었어요.

눈물이 그녀의 기다란 속눈썹 밑에서 흘러나왔다. 반짝이는 눈물방울이 양볼을 타고 내려와 입안으로 들어갔다. 그녀는 입술을 실룩이면서 눈물을 삼켰다.

「신월이, 슬퍼하지 말아요.」

초안조가 눈물을 닦아주었다.

「좋아질 거요. 의사가 말했거든요. 반드시 나을 거라고. 봄이 되면…….」

「봄이 되면…….」

신월이도 중얼거렸다.

「봄이 되면 우리의 책이 찍히겠지요.」

초안조의 심장이 조여드는 듯하였다. 신월이는 아직도 그 책을 기다리고 있다. 어떻게 말해야 좋겠는가?

「그래요.」

그는 이렇게 말할 수밖에 없었다.

「봄이 되면 인쇄될 테지요.」

이것은 거짓말인가? 그렇다. 아니다. 이것은 초안조와 신월이에게 공통된 소망이다. 사람이 소망을 가지고 있는 것 정도는 허락되는 일이 아니겠는가! 신월이의 입술이 실룩였다. 그녀는 내가 볼 수 있을까요? 하고 말하고 싶었으나 이렇게 말했다.

「네, 전 기다리겠습니다.」

그리고 억지로 미소를 지어보였다. 그녀는 초안조를 슬프게 하고 싶지 않았다. 그도 위안이 필요하다. 그는 이렇게 말하지 않았던가.

애정은 바치는 것이고 주는 것이다. 그가 신월이에게 바치고 준 것은 너무 많았다. 신월이는 그분께 무엇을 드렸던가? 아쉽게도 아무것도 없다. 그에게 위안이나 줄 수밖에 없다. 그가 말한 모든 것을 신월이가 굳게 믿고 있다고 보여주어야 한다. 그를 위해서라도 신월이는 꼭 살아갈 것이고 또 살 수 있으리라고 그가 믿게 하여야 한다. 비록 사는 것이 이렇게 힘들고 정신과 육체의 시달림을 받아야 하지만.

초안조는 그녀의 웃는 얼굴을 보자 안도의 숨을 내쉬었다. 말하기 힘든 고통은 모두 마음속에 삼켜버렸다. 그는 그녀의 손을 어루만져 주었다. 손은 비록 창백하고 힘이 없었지만 손목의 동맥은 아직 뛰고 있었다. 매번의 박동이 모두 그의 심장에 전해졌다.

노의사가 옆방에서 걸어나와 신월이를 자세히 검사해 보고서는 간호원에게 주사를 놓으라고 지시하였다. 초안조는 신월이의 손목을 붙잡아주었다. 약물이 조금씩 신월이의 체내에 주입되는 것을 보고 그것이 신기한 힘을 내주길 경건하게 바랐다. 사실 그것은 보통의 진정제였다. 그것은 외주혈관을 확장시키고 심장에 돌아가는 혈유량을 감소시켜 호흡의 곤란을 덜어주는 동시에 환자가 안정하고 잠들게 하였다. 지금 신월이의 감정이 너무 예민해 치료는 불리하다. 노의사는 약물로써 그 한 쌍의 연인들의 대화를 제지시킬 수밖에 없었다.

약이 약효를 일으켜 신월이는 차츰 잠이 들었다. 얼굴에는 약간 웃음을 띠고 있었다.

「의사 선생님, 신월이의 상황이 어떻습니까?」

초안조가 침대 옆에서 일어나 불안스레 노의사를 바라보았다. 그는 확실한 대답을 듣고 싶었다.

「저에게 사실대로 알려주세요. 앞에 어떤 위험이 있더라도 저는 다 알아야 합니다.」

노의사는 그의 요구를 들어주지 않았다. 일년 전에 초안조가 노의사의 사무실에 찾아왔을 때는 그에게 신월이의 모든 것을 감추지 않았다. 왜냐하면 그때는 초안조가 단지 한 명의 교사였을 뿐이어서 그의 학생의 상황을 제대로 그에게 알려줄 필요가 있었다. 그러나 그 후 많은 접촉을 통해 그녀는 이 교사가 신월의 부모보다 더 중요한 영향력이 있음을 느끼게 되었다. 노의사는 그의 도움이 필요했다. 그의 말과 감정이 신월이의 정서에 결정적인 영향을 미치고 있었다. 노의사는 초안조를 신임하고 그에게 의뢰하였다. 한 생명을 구하기 위하여 그들은 자신들도 모르게 친구가 되었다. 친구는 진지하게 대해야 했다.

그러나 그가 친구이기 때문에 노의사는 깊이 생각하지 않을 수 없었다. 반백이 넘는 노의사에게도 젊은 시절이 있었고 순결한 첫사랑과 뜨거운 감정이 있었기에, 연인들의 마음은 아주 연약해 치명적인 충격을 받아내지 못한다는 것을 알고 있었다. 그녀는 초안조의 존재가 신월이에겐 생명의 상징이자 마치 망망대해를 항해하는 배가 의지하는 등대와 같음을 알고 있었다. 가령 등대가 어두워지거나 꺼진다면 배는 전복될 것이다. 신월이를 위해서라도 그녀는 반드시 등대를 지켜야 했다.

「지금의 상황으로는 아직 괜찮아요.」

그녀는 이렇게 대답하였다.

「초 선생님, 선생님은 정서를 안정시키고 너무 긴장하지 마세요.」

사실상 일련의 검사를 통해 그녀는 신월이의 상황을 손금보듯 잘 알고 있었다. 이첨판협소가 점차 심해지므로 좌심방의 압력이 날로 커져 계속 확장되고 두꺼워져서 좌심방의 공능이 쇠약해진다. 이로 인하여 폐정맥 압력과 폐모혈관 압력이 올라가고 폐에 부종이 생겼다. 동시에 이첨판폐쇄가 완전하지 못한 병변이 심해지니 폐에 어혈이 생기고 호흡이 힘들게 되었다. 폐동맥의 고압은 우심공능의 불완전을 초래하게 된다. 이 모든 것은 수시로 말을 못하거나 실명하거나 반신불수 심지어 사망까지 초래한다…… 이것들을 어떻게 초안조에게 알려줄 수 있겠는가? 인애의 마음이 과학의 냉철성을 압도하였다. 그녀는 지금 초안조가 신월이와 함께 앞에 무엇이 있든 완강하게 모든 것을 아랑곳하지 않고 앞으로 나아가기를 바랐다. 의사와 함께 죽음과 시간을 다투기를 진심으로 바랐다.

박아댁에서는 고모를 보내고 나니 온 식구가 피곤해서 형편없었다. 그러나 한자기는 딸이 근심되어 천성이와 함께 즉시 병원에 돌아가려 했다.
「여보!」
한씨 부인이 막았다.
「당신의 몸이 무엇보다 중해요. 오늘 하루는 당신에게 너무 힘들었어요.」
한자기는 묵묵히 밖으로 나가려고만 했다.
「아버지, 오지 마세요. 저 혼자면 돼요!」
천성이가 말했다. 한자기는 들은 척도 하지 않고 밖으로 나갔다.
「아버님!」
진숙언이 쫓아나와서 말했다.
「제가 저이하고 같이 가겠어요.」
한자기가 발걸음을 멈추고 우울하게 며느리를 바라보았다.
「네가 어떻게 가?」
한씨 부인이 황급히 그녀를 막았다.
「그렇게 무거운 몸으로 갔다가 일이라도 생기면…….」
진숙언은 우두커니 서버렸다. 눈물이 주르륵 흘러내렸다. 한씨 집이 가장 힘들 때 자신은 아무 힘도 되지 못한다. 그녀는 지금 누구보다도 중요하다. 보호가 필요한 것은 숙언이가 아니라 그녀 뱃속의 아이였다. 그녀가 자신을 생육의 기계라고만 보더라도 그 사명을 완수해야 했다.

「당신 돌아가!」

천성이가 아내에게 말했다. 그러고는 성큼성큼 가버렸다. 마음은 형언하기 힘든 기분이었다. 이 집의 죽은 이나 산 이나 아직 태어나지 않은 이나 모두 사랑해야 했다. 사랑을 잃은 마음으로 모든 사람을 사랑해야 했다. 천성이는 아버지를 부축하면서 갔다. 한자기는 허리를 굽히고 아들에게 몸을 맡기다시피 하고 걸어갔다. 발밑에 자꾸 무엇인가 걸렸다. 그 길을 몇십 년이나 걸었는데 길이 이젠 울퉁불퉁해진 것 같기도 하다.

하늘에는 눈꽃이 휘날렸다. 소리없이 내리는 눈이 그들의 머리와 어깨에 떨어졌고 그들의 앞길에 떨어졌다. 눈이 점점 더 크게 왔다. 길을 덮었고 지붕 위의 기와를 덮었다. 낭하 앞의 해당나무와 석류나무의 마른 가지에도 눈이 붙어 마치 흰 매화나무처럼 되었다.

진숙언이 눈물을 흘리며 부엌에서 저녁을 지었다. 고모가 생전에 다 못한 일이 그녀에게 남겨졌다. 마지막 나날에도 고모는 재계를 지키면서 여전히 온 식구의 식사를 마련해주었다. 이제 그분은 떠나가셨다. 알라께서 그녀를 신성한 재계의 달에 돌아가시게 해서 그분은 공덕 원만히 알라를 만나러 갔다.

비록 집안은 불행한 일을 당했으나 한씨 부인은 고모의 장사를 지내는 바쁜 때에도 재계를 엄격히 지키고 있었다. 그녀는 기아와 갈증을 참으면서 물 한 모금, 쌀 한 톨도 입에 대지 않았다. 그리고 눈으로는 사악한 것을 보지 않고 입으로는 사악한 말을 하지 않고 귀로는 사악한 것을 듣지 않고 머리로는 사악한 생각을 하지 않으며 온 마음으로 알라를 경배하고 선공을 닦고 있었다.

날이 어두워졌다. 눈오는 날에는 해지는 것이 보이지 않는다. 그러나 사원의 지붕 위에는 붉은 등을 달았다. 부근의 모슬렘들에게 정확한 개재시간을 알리는 신호이다. 붉은 등이 켜지면 한씨 부인은 며느리와 같이 밥을 먹는다. 규정에 의하면 임산부는 재계를 지키지 않아도 된다. 그러나 일이 일어난 후부터 한씨 집은 누구나 밥을 먹을 정신이 없었다.

「어머님.」

진숙언이 젓가락을 놓으면서 말했다.

「전 아무래도 병원에 가봐야겠어요. 아버님과 천성 씨가 아직 식사하지 않았거든요. 신월이에게도 먹을 것을 가져가야지요. 그애가 어떤지도…….」

「어이구.」

한씨 부인이 한숨을 쉬더니 말했다.

「그럼 내가 갈 테니 집을 지켜.」

「어떻게 어머님이 가시게 하겠어요? 어머님은 연세가 많고 눈도 오니 전 마음놓을 수 없어요. 제가 가겠어요.」

진숙언이 고집을 피웠다. 한씨 부인도 더 말릴 수 없어서 재빨리 밥통에 음식을 넣어 갈 차비를 해주었다. 그러고는 몇 번이나 당부했다.

「길에서 꼭 조심해라. 넘어져서 다치지 말고.」

「네, 알겠어요.」

진숙언이 눈을 밟으며 박아댁을 나왔다. 그녀의 마음은 벌써 신월이의 옆으로 날아갔다. 육 년간의 동창생활, 이 년간의 시누이 올케 사이. 그들은 친자매와 같이 친했다. 그러니 그녀가 어찌 신월이를 지키지 않겠는가!

밤중의 버스는 텅텅 비어 있었다. 차장은 자리에 웅크리고 앉아서 정류장에 버스가 도착했는데도 일어서지 않았다. 진숙언은 한손으로 밥통과 음료수를 들고 다른 한손으로 버스문을 잡고서 겨우 차에 올라 탔다. 버스가 문을 닫더니 떠나갔다. 차바퀴가 길 위에 쌓인 눈을 깔아 뭉개서 두 갈래 검은 자국을 남겼다.

신월이는 침대 위에서 조용히 자고 있었다. 그녀의 가슴이 천천히 기복을 이루었다. 얼굴엔 홍조가 떠올랐고 입가에는 미소를 짓고 있었다. 마치 아름다운 꿈에 도취되어 있는 것 같았다.

그녀는 무시무시한 마귀소굴을 다시 보지 않았다. 그녀가 간 곳은 아름다운 곳이었다. 푸르디푸른 수목들이 우거지고 나뭇가지 사이로는 장밋빛 하늘이 내다보였는데 하늘에는 금빛 구름이 떠다니고 있었다. 발 아래는 파란 잔디밭이었는데 푹신푹신하고 부드러운 것이 마치 끝없이 펼쳐진 융단 같았다. 푸른 풀잎사귀에는 반짝이는 이슬방울이 맺혔고 떨기떨기 피어난 꽃들이 향기를 뿜고 있었다.

멀리 보이는 기복을 이룬 산맥들의 꼭대기는 금빛 노을에 물들어 있었고 폭포가 산 중간에 걸린 것이 마치 길고 흰 비단 같았다. 샘물이 조잘대며 흐르다가 바위에 부딪쳐 무수한 진주를 생산해냈다. 샘물은 산골짜기를 지나고 숲속을 지나고 또 풀밭을 지나 계속 그 맑은 거문고 소리를 내면서 흘러 널따란 호수로 들어갔다. 호수도 장밋빛이어서 하늘과 이어진 듯싶었다. 금빛 구름이 하늘에 떠다니고 호수 속에서도 떠다닌다. 백조 한 무리가 둥둥 떠왔다. 새하얀 깃에 구부러진 목, 새빨간 입을 가진 백조들은 수면에 그림자를 드리웠다. 어느 것이나 똑같게 생겼다. 하나가 저쪽으로 헤엄쳐 가면 다른 것들도 그 뒤를 따라갔다. 백조들이 노래를 불렀다. 물 위의 백조들이 부르니 물 밑의 백조들도 따라불렀다. 그 노랫소리는 수면을 통해 멀리까지 전해갔다. 산골짜기와 숲속에서 메아리가 길게 울렸다. 그 소리는 돌돌거리는 샘물 소리와 함께 어울리고 신월이의 발소리와 합해졌다.

신월이는 먼지도 더러운 것도 없고 사악함이나 속임이 없으며 고통이 없는 세계로 갔다. 그녀는 긴 머리를 어깨 위에 풀어헤치고 흰 치맛자락을 날리면서 맨발로 걸어갔다. 그녀의 발걸음소리는 마치 연꽃잎 위의 이슬방울이 호수에 굴러떨어지는 듯했고 마치 백조의 발이 가볍게 호수를 치는 것 같았다.

　초안조와 한자기, 천성이가 신월이를 지키고 있었다. 세 사람은 묵묵히 말이 없었다. 사람은 서로 이해하기 위하여 언어의 교류가 필요하다. 그러나 진정으로 서로 이해하고 있는 사람은 언어가 없어도 이해할 수 있다. 교류할 수 없는 언어는 마음속에 감추어둘 수밖에 없다. 마음속에 감춘 언어는 입 밖으로 말한 언어보다 더 진지하다.

「당신 왜 왔어?」

　천성이가 머리를 들고 헐떡거리며 들어오는 숙언이를 보았다.

「뭐 좀 드셔야지요.」

　진숙언이 가쁜 숨을 쉬면서 밥그릇을 천성이에게 건네주었다.

「초 선생님, 시장하시지요?」

　초안조는 묵묵히 손만 저었다. 세 사람은 밥먹을 마음이 없었다.

「신월이는 어때요?」

　숙언이는 눈가루가 묻은 외투를 벗어서 천성이의 다리 위에 놓고 급히 신월이의 침대 옆에 걸어갔다. 신월이는 편안하게 자고 있었다. 호흡도 고르게 하였다. 알코올로 수송된 산소가 그녀의 호흡을 도와주어 산소결핍의 상황이 개선되었으며 이뇨제가 체액을 많이 배출하게 하여 그녀의 폐부종이 좀 가벼워졌다.

「좀 나은 것 같아요.」

　초안조가 말했다.

「깨어났을 때 나하고 말까지 했어요. 후에는 잠이 들고.」

「숙언아, 그애 깨우지 마라.」

한자기가 말했다.

「푹 자게 하고 내일 다시 상황을 보아야지.」

숙언이는 가볍게 병상을 떠나왔다. 그녀는 시아버지 옆에 와서 낮은 소리로 말했다.

「아버님, 집에 돌아가세요. 아버지 얼굴색이 말이 아니예요. 더 밤을 새우면 안 돼요. 제가 여기에 있겠어요.」

「네가…….」

한자기는 마음이 놓이지 않아 그녀를 보았다.

「전 아무 일도 없어요. 천성 씨도 여기 있으니 마음놓고 가세요.」

초안조도 말했다.

「큰아버지, 집에 돌아가세요. 여기는 우리 세 사람이 있는데요.」

「초 선생님도 돌아가서 쉬세요.」

진숙언이 그에게 말했다. 피곤해서 초췌해진 초안조를 보니 그녀 마음이 쓰려오고 부끄러웠다. 자기는 신월이의 가족으로서 응당 초 선생님의 근심을 덜어주어야 한다. 지금은 신월이가 앓아서 드러누웠으니 누가 초 선생님을 안타깝게 여기겠는가? 그녀가 신월이를 대신해서 이 불행한 사람에게 관심을 가져주어야 했다.

「아니, 저는 못 가겠습니다.」

초안조가 말했다.

「안 됩니다. 안 됩니다.」

「제가 전화거는 게 아닌데.」

천성이는 후회되어 머리를 숙였다.

「이렇게 폐를 끼치고.」

「초 선생님.」

한자기가 눈물이 글썽해서 초안조를 바라보았다.

「우린 선생님께 미안합니다. 제 말 들으세요. 돌아가 쉬세요. 신월이를 마음놓게 하기 위해서라도 선생님은 몸을 조심해야지요.」

그 말에 얼마나 깊은 뜻이 담겨 있는지 초안조는 알아들었다.

초안조는 할 수 없이 일어났다.

「제가 큰아버지를 댁에까지 모셔 드리지요. 오늘 저녁엔…….」

그는 또 주저하듯이 신월이를 바라보았다.

「제가 금방 의사에게 물었어요. 위험이 없대요.」

천성이 말했다.

「마음놓고 가세요. 제가 여기서 지키겠어요. 내일 다시 전화를 드리겠습니다. 상황이 정상적이면 오지 마십시오.」

「아닙니다. 전 내일 아침 일찍 오겠어요. 신월이가 깨어나면 그렇게 알려주세요.」

초안조는 돌아서서 다시 신월이를 보며 속으로 이렇게 말했다. 나를 기다려주오. 내일 만납시다. 그러고는 한자기를 부축하면서 근심스레 갔다. 거리에는 함박눈이 계속 내리고 있었다. 어슴푸레한 가로등 아래 두 사람이 눈을 밟으며 버스 정류장으로 갔다. 그들은 서로 부축하면서 가까이 붙어 갔다. 그들의 마음은 가까이에 있었다. 그러나 말을 하지 않았다. 이런 때는 어떤 말도 힘이 없는 것이다.

초안조는 한자기를 박아댁 문 앞까지 모셔다주고 헤어졌다.

한자기는 그를 안으로 청하지 않았고 그도 그럴 마음이 없었다. 신월이가 집에 없으니 대문이 차디차 보였다. 가로등 아래서 서로 마주보다가 한자기는 문을 두드렸고 그는 돌아서서 가버렸다.

초안조는 급히 버스를 타러 갔다. 연원에 돌아가면 학과에 가서 휴가를 받아야 했다. 다른 선생을 청해서 대리로 강의하게 해야 하겠다. 신월이가 병원에 누워 있으니 안심할 수 없다. 초안조는 개인의 일로 휴가를 받아본 일이 없다. 이번은 예외였다. 신월이를 위해서이다. 그는 학과에서 자기를 이해해주고 반의 학생들도 양해해주기를 바랐다.

지금 신월이에게는 그가 가장 필요하고 누구도 그를 대신할 수 없다. 신월이는 그에게 무엇인가? 학생인가? 연인인가? 남들이야 뭐라든 그는 아랑곳하지 않았다.

함박눈이 연원을 뒤덮고 있었고 미명호도 얼어붙었다.

초안조는 눈길을 따라 비재로 돌아왔다. 가로등 아래에 그와 동반하는 것은 그림자뿐이었다. 그림자가 멈추어 섰다. 그는 멍하니 호숫가에 서버렸다. 시계를 들여다보니 이미 자정을 넘었다. 누구를 찾아가서 휴가를 얻겠는가? 학과 사무실은 벌써 비었을 것이고 학과 책임자들은 독신 숙소에 없다. 내일 아침 일찍 또 병원에 가야 하는데 출근시간까지 기다려서 휴가를 얻을 시간이 없다. 이걸 어쩐다?

멍하니 서 있던 그는 갑자기 반장 정효경이 생각났다. 지금은 27재에 가서 여학생 숙소문을 두드리고 정효경에게 휴가를 얻는 길밖에 없다.

신월이가 깨어났다.

「오빠, 언니.」

그녀는 눈을 뜨자마자 식구들이 침대 옆에 있는 것을 보았다. 그녀는 웃으면서 그들을 바라보았다.

「신월아, 너 기분이 어때? 좋아진 것 같아?」

숙언이가 그녀의 손을 어루만지면서 나지막하게 물었다.

「좋아.」

그녀는 힘들게 대답하였다. 식구들에게 그녀는 좋다고 말하고 싶었다. 모두들 한시름 놓게 말이다.

「너 뭘 좀 먹을래? 숙언이가 만들어 왔어.」

천성이가 품속에서 밥통을 꺼냈다.

「아직 따스해.」

「아니.」

신월이가 말했다.

「오빠, 언니를 보니…… 난…… 아주 기뻐.」

「선생님, 저애에게 물을 먹여도 됩니까?」

숙언이가 옆에 있는 간호원에게 물었다.

「필요없어요.」

간호원은 링거병을 가리켰다. 그 안에 이미 생명을 유지하는 수분과 영양이 있음을 알려주었다.

간호원은 또 말했다.

「환자와 말을 하지 마세요. 의사 선생님이 당부했어요.」

「저희들이 말하게 해주세요.」

신월이가 간청하였다.

「어쩌면…… 후에는 기회가 없을 텐데요.」

간호원이 얼굴을 돌리고 손으로 눈을 가렸다. 환자와 가족들이 자기의 눈물을 보지 못하게 하기 위해서였다.

「신월아, 너 왜 그런 말을 해?」

숙언이의 가슴이 덜컹 내려앉는 것 같았다. 눈이 시큰해졌으나 그녀는 눈물을 참았다.

「신월아, 너 나았어. 오래지 않아 퇴원할 거야. 집에 가면 난 그냥 너와 이야기만 할 거야.」

「그랬으면 얼마나 좋겠니.」

신월이가 조용히 말했다.

「오빠, 언니를 떠나지 않으면 얼마나 좋겠어!」

그녀는 잠깐 있다가 물었다.

「아빠는?」

「아버지는 집에 가셨어.」

「초 선생님은? 초 선생님이 보이지 않아? 금방 여기에…….」

「초 선생님도 돌아갔어. 내가 가시라고 했지. 너무 피곤해 하니 돌아가 쉬시라구 했지.」

진숙언이 억지로 웃음을 지으면서 물었다.

「너도 그렇게 생각하지, 맞지?」

「그래.」

신월이가 숨을 몰아쉬더니 말했다.

「고마워…… 그분에게 관심을 가져주어서. 밖에 비가 오지? 가기 힘들겠는데.」

「지금 어떻게 비가 오겠니? 눈이 오고 있어.」

진숙언이 말했다.

「날이 밝으면 내가 부축해줄 테니 밖에 나가서 눈구경하자. 너 눈 좋아하지?」

「눈, 눈…….」

신월이는 자꾸 되풀이하였다. 그녀의 눈앞에는 옥으로 단장한 연원이 떠올랐다. 미명호가의 결백한 세계, 흰 눈 아래 드러난 비재의 단청을 올린 기둥과 처마, 꼬불꼬불한 눈길이 하얀 호수의 작은 섬에까지 뻗어 있고 그녀는 조용히 정자 옆에 서서 심금을 울리는 바이올린 소리를 들었다…… 아, 그녀는 그곳으로 돌아가고 싶었다. 그때로 다시 돌아가고 싶었다. 그때 자기가 얼마나 어리석었던지. 애정이 찾아온 줄도 모르고 있었지. 알았을 때는 이미 연원을 떠나야 했지. 지금 그녀는 얼마나 그 작은 섬에 서서 미명호를 향하여 모든 사람들을 향하여 이렇게 선포하고 싶은지 모른다. 나는 그분을 사랑한다! 사랑한다! 사랑한다! 동창들은 깜짝 놀라겠지? 괜찮아. 사추사가 질투하겠지? 괜찮아. 남의 질투를 받는 것도 행복이야.

눈앞의 빙설이 녹아버리고 그녀의 웃음도 사라졌다. 자기는 참 어리석다. 연원은 이미 자기에게 속하지 않고 초 선생님도 자기에게 속하지 않는다. 엄마가 분명히 말했었다. 그녀가 죽는 꼴을 보더라도 그녀는…….

「아, 엄마.」

그녀는 눈을 감고 쓸데없는 생각을 그만두려고 하였다. 그녀는 고통스럽게 엄마를 불렀다.

숙언이는 어떻게 그녀를 위로하면 좋을지 몰라서 쩔쩔맸다.

「신월아, 엄마가 생각나? 엄마는 금방도 너 보러 오겠다 했어. 내일 오시게 할까?」

「필요없어!」

눈물이 신월이의 속눈썹 아래에서 쏟아져나왔다.

「내일…… 엄마 사진을 가져오면 돼요.」

천성이의 안색이 대번에 변했다.

「사진? 신월아 너는…….」

「오빠.」

신월이는 눈물어린 눈으로 천성이를 바라보았다. 그녀의 표정에는 말하기 힘든 미안함이 떠올랐다. 그녀는 오빠를 속상하게 하지 않으려고 일부러 엄마의 뜻을 고쳐서 말했다.

「오빠…… 아빠와…… 엄마에게 효도 잘하세요.」

뜨거운 눈물이 천성이의 커다란 눈에서 소리없이 굴러떨어졌다. 그는 자기의 커다란 손을 부들부들 떨면서 동생의 작은 손을 어루만져주었다. 착한 동생아, 가련하고 불쌍한 나의 동생아, 너는 이미 다 알고 있었구나!

그때 한자기는 서채 안에서 고통스럽게 신음하고 있었다. 잠을 이룰 수 없었다. 자기의 서재 겸 침실인 남채 서쪽 방에 들어가면 고독과 공포를 느꼈다. 그는 금방 병원을 떠난 것을 후회하였다. 딸이 보이지 않으니 안절부절못하였다. 그는 딸의 방으로 와서 날이 밝기를 기다렸다. 딸의 침대와 책상을 만지니 약간의 위안을 받았다. 이 침대와 책상, 그리고 의자는 딸의 것이고 또한 빙옥의 것이다. 책상 위에는 지금도 빙옥의 사진이 놓여 있고 딸의 베개 옆에는 빙옥이 남긴 편지가 놓여 있다. 엊저녁 딸애는 이 편지를 보고 나서…… 그의 손이 떨렸다. 그는 편지를 책상서랍에 넣었다. 서랍 안에는 천성이 신월에게 준 비취여의가 놓여 있었다. 그것은 본래 빙옥이가 천성이에게 준 것인데 천성이는 또 신월이에게 주었다. 두 아들딸은 서로 끔찍이 사랑하였는데 아비라는 자신은 그들에게 마음의 상처만 남겼다. 그는 일찍 아들이 아버지를 잃게 하였고 또 딸이 엄마를 잃게 하였다. 한자기의 용서할 수 없는 죄를 그 누가 이해할 수 있겠는가!

그는 서랍을 쾅 닫아버렸다. 다시 편지나 여의를 보지 않았다. 그러나 사진 안의 빙옥이는 여전히 그를 향해 미소를 짓고 있다. 아, 빙옥이. 당신은 어디에 있소? 우리들의 딸이 지금 불행을 당한 줄 알고나 있소? 나는 이미 당신을 잃었는데 이제 딸까지 잃을 수는 없어. 만일…… 만일 운명이 정말 나에 대해 이렇게 잔혹하다면 나는 죽은 후에도 다시 당신 볼 면목이 없소!

그는 겁에 질려 사진을 바라보았다. 고통으로 가득 찬 그 방안을 둘러보았다.

날이 거의 밝아오니 한씨 부인은 소정을 하고 남채 동쪽 침실에서 여느 날과 같이 알라께 경건한 아침기도를 하였다. 규정된 동작을 엄격히 한 후 두 번 경배드리고 오랫동안 꿇어앉아 알라께 이 집에 복을 내려줄 것을 빌었고 딸의 재난도 걷어가기를 빌었다. 으휴, 딸애는 불쌍한 아이다. 어려서부터 엄마가 없더니 또 그런 병에 걸려서 벌써 이년째 고생하고 있다. 오늘 나았다가도 내일이면 또 발작하고. 이렇게 앓고 있으니 자신도 옆의 사람도 애가 타서 도무지 참지 못하겠다.

서채 안에서 너무 지친 한자기가 책상에 엎드려 잠이 들었다. 두 손은 아직도 그 사진을 잡고 있었다. 사진 속의 빙옥이와 딸은 미소를 지으며 그를 바라보고 있었다.

딸애가 그를 향해 걸어왔다. 그녀에게는 병색이라고는 하나도 없었고 흰 치마를 입고 있었다. 머리도 곱게 빗었는데 평소처럼 댕기도 고무줄도 매지 않고 머리채 끝을 동그랗게 오므렸다. 딸애의 하얗고 보드라운 얼굴에는 달콤한 웃음이, 초롱초롱한 큰 눈에는 청춘의 빛이 넘쳐났다. 그녀는 서채문을 열고 가볍게 아버지에게 뛰어왔다.

「아빠, 제가 돌아왔어요. 난 다 나았어요.」

「아, 너 나았니? 나았어?」

커다란 행복감이 아버지의 마음을 녹여주었다. 한자기가 벌떡 일어나서 딸을 꼭 껴안았다. 감격의 눈물이 그의 눈을 뜨게 하였다. 딸이 없었다. 그가 안고 있는 것은 사진이었다.

「신월아! 신월아!」

한자기는 미친 듯이 딸을 부르며 서채를 뛰쳐나와 대문 쪽으로 내달았다. 그는 딸이 꼭 나았으리라고 확신하였다.

약이 한 방울, 한 방울 떨어진다.

「언니…… 몇 시예요?」

「다섯시야. 날이 거의 밝는구나.」

「네.」

「신월아, 너 좀 더 자려무나.」

「전 잠이 오지 않아요…… 오빠 언니와 말하고 싶어.」

「후에 또 말하지.」

숙언이가 그녀의 손을 어루만지면서 낮은 소리로 말했다.

「너 나은 다음 우리는 천천히 말하자. 허구한 세월이 있는데.」

「음.」

「네가 퇴원하면 난 서채에 가서 너와 같이 있겠어. 너의 몸이 회복되면 우리 놀러 다니자. 향산이랑 의화원, 팔달령, 십삼릉이랑 우린 아직 다 돌지 못했지, 그렇지?」

「그럼 얼마나 좋겠어.」

신월이의 얼굴에 웃음이 떠올랐고 두 눈도 빛났다. 아름다운 기대가 그녀를 흥분시키니 아이처럼 소리내어 웃었다. 웃음 때문에 기침이 나왔다.

숙언이는 그녀의 가슴을 살살 어루만져주면서 말했다.

「신월아, 좀 쉬렴.」

흥분된 심장은 쉬려고 하지 않았다. 기침이 잦아지니 그녀는 헐떡이면서 이전에 쓰던 칭호로 숙언이를 불렀다.

「숙언아.」

「왜?」

「우리 함께 학교 다니던 일이 생각나니? 얼마나…… 재미있었어?」

「그럼.」

지나간 학생시절이 숙언이에게 달콤한 추억을 불러일으켰다. 그러나 그것들은 이미 지나가고 다시 오지 않을 것이다. 그녀는 지금 아내가 되었고 오래지 않아 엄마가 될 것이다. 소녀시절을 생각하니 마음이 괴로워졌다. 그러나 그녀는 신월이 앞에서 자신의 슬픔을 드러내보이기 싫어서 억지로 미소를 지으며 덩달아 말했다.

「그때 우리 둘은 늘 붙어다녀 여학생들은 나를 여종이라 하고 남학생들은 나를 호위병이라 했지. 나는 그들이 말하는 것이 하나도 겁나지 않았어. 보렴, 우리는 끝내 한집 식구가 되지 않았니. 영원히 함께 있게 되었지?」

246

「영원히.」

신월이는 끝없는 미련을 안고 그녀를 보면서 말했다.

「숙언아…… 너의 손을 좀 만져보자.」

숙언이는 임신으로 통통히 살이 오른 손을 내밀어 신월이의 힘없고 작은 손을 잡으니 감개무량하였다.

「숙언아, 내가 만약 정말 낫는다면.」

신월이의 맑은 눈에서 눈물이 굴러떨어졌다.

「신월아, 너는 꼭 나을 수 있어!」

숙언이의 가슴이 철렁 내려앉았다. 이애의 정서가 어째서 이렇게 갑자기 변했는지 알 수 없었다. 신월이의 두 눈이 흐려지더니 목소리도 약해졌다.

「그런데…… 낫지 않으면?」

천성이는 머리를 호되게 한 대 맞은 듯이 멍해졌다. 그는 침대를 잡고서 멍하니 동생을 바라보며 말했다.

「신월아, 너 나쁜 생각하지 말아라!」

「오빠.」

신월이는 눈을 한 반쯤 감았는데 오빠의 얼굴이 어슴푸레 보이는 것 같이 느껴졌다. 그녀는 오빠의 뜨거운 입김이 자기를 덥혀주는 것을 느꼈다.

「오빠…… 저는 생각하지 않을 수 없어요. 만일 나을 수 없다면.」

「말하지 마. 제발 그런 말 하지 마라.」

천성이는 얼굴을 동생의 볼에 댔다. 오누이의 눈물이 함께 흘러내렸다. 신월이는 입술을 실룩이면서 오빠의 뜨거운 눈물을 삼켰다. 한참 헐떡이다가 그녀는 하고 싶은 말을 힘들게 끝내 하고야 말았다.

「……나는…… 아버지를 오빠와 언니께 맡기겠어요.」

「그런 말, 그런 말은 하지 마. 넌 꼭 나을 거야.」

천성이는 동생을 껴안았다. 그는 동생이 자기를 떠날 수 있다고 믿지 않았다.

「너 다 나으면 나와 같이 집에 가자.」

숙언이의 눈물이 방울방울 신월이의 손에 떨어졌다. 숙언이의 심장은 미친 듯이 뛰었다. 불길한 생각이 머리를 스치고 지나갔다. 그녀는 그쪽으로 생각하기 겁났으나 그 무서운 그림자를 쫓아낼 수 없었다.

옆에서 지키고 있던 간호원이 급한 발걸음으로 옆방으로 들어갔다. 노의사가 간호원을 따라나왔다. 그녀는 말없이 천성이를 부축해 일으키고 청진기로 신월이의 심장박동을 들었다. 자애로운 어머니 같은 눈은 신월이를 주시하였다. 신월이는 눈을 감고 힘들게 헐떡이고 있다. 천성이와 숙언이는 노의사를 쳐다보면서도 감히 묻지 못했다. 무서운 말이 나올까봐 두려웠다. 노의사는 아무 말도 하지 않고 슬그머니 산소 수송 호스의 산소기류를 크게 틀어놓았다.

「난…….」

신월이가 입술을 벌리면서 마른 혀를 내밀어 입술을 빨았다.

「물을 마시고 싶어.」

숙언이가 노의사를 바라보니 머리를 끄덕였다.

숙언이는 집에서 가지고 온 귤즙을 컵에 따라서 작은 숟가락으로 신월이의 입에 넣어주었다. 한 모금 두 모금 신월이는 탐스럽게 빨았다. 그녀는 목마르지 않았다. 마음속에 이런 생각이 들었다. 물을 마시고 살아야지. 세 모금, 네 모금…… 또 멈추었다.

「몇 시예요?」

그녀가 또 물었다.

「음, 다섯시 반이야.」

숙언이가 그녀의 귀에 대고 말했다.

그녀는 겨우 눈을 뜨고 중얼거렸다.

「날이…… 어째 아직도 새지 않지?」

「곧 날이 샐거야. 넌 초 선생님을 기다리지? 날만 새면 초 선생님이 올 거야. 참고 기다려.」

「응.」

그녀는 가볍게 머리를 끄덕였다. 그녀는 눈을 크게 뜨려고 애쓰면서 말했다.

「알려줘. 어디가 동쪽이야? 나 좀 보고 싶어.」

「이쪽이야. 창문 이쪽이야.」

숙언이는 손에 들었던 컵을 놓고 그녀의 머리를 받쳐 얼굴을 동쪽으로 돌려주었다. 창밖은 아직도 어두컴컴하였다. 눈이 유리창에 떨어지는 것이 어슴푸레 보였다.

신월이는 창밖을 주시하면서 헐떡였다. 그녀는 또 초조해 하였다.

「어째…… 날이 아직도 새지 않지? 해가 아직도 뜨지 않지?」

「아.」

숙언이는 그녀의 생각을 알아맞추었다.

「눈오는 날엔 해가 뜨지 않는다. 조급해 하지 마. 날이 곧 샐 것 같아. 오래지 않아 샐 거야.」

신월이는 머리를 약간 끄덕이더니 눈을 감았다. 날은 아무 때건 꼭 샐 것이다. 해가 없어도 날은 샐 것이다. 그녀는 믿고 있었다. 그러나 좀 빨리 새야지. 날이 새면 초 선생님을 만날 수 있을 텐데. 그녀는 빨리 초 선생님을 보고 싶었다. 신월이는 헐떡이면서 초조히 초안조를 기다렸다. 그녀의 눈썹이 찡긋거리고 입술이 실룩거렸다.

「신월아.」

숙언이가 그녀의 손을 어루만지면서 말했다.

「너 좀 진정하고 있어. 말하지 마.」

신월이의 입술이 아직도 힘들게 실룩였다.

숙언이는 귀를 그녀의 입에 대고 미약한 소리를 들었다.

「나의…… 적삼…… 호주머니 안에.」

「알았어. 알았어.」

숙언이는 재빨리 손을 신월이의 가슴에 넣고 부들부들 떨면서 더듬거렸다. 손을 빼내 보니 반짝반짝한 배지였다. 흰 바탕에 붉은 글자 네 개가 찍혀 있었다. 북경대학. 진숙언은 떨리는 손으로 배지의 핀을 신월이의 가슴에 꽂아주었다. 배지는 그녀의 미약한 호흡과 같이 기복을 이루었다.

신월이는 눈을 감고 힘을 모으고 있었다. 속으로 호흡을 세면서 기다리고 있었다. 그녀의 호흡이 점점 미약해졌고 심장박동도 점점 느려졌다. 마치 실오라기 같은 물줄기가 사막에서 힘들게 흐르는 것 같았다. 그 물이 당장 말라버릴 것 같다. 그러나 그 실오라기 같은 물은 마르려 하지 않고 있다. 아직 마지막 한 방울은 흘리지 않았다. 신월이가 고대하는 사람이 아직 오지 않았다. 숙언이는 숨을 죽이고 초조히 시계바늘만 들여다보았다. 여섯시 일분, 이분, 오분이다……. 초안조는 아직도 오지 않았다. 그가 오는 길은 너무 멀었다. 연한 서광이 동창에 살며시 비쳤다.

신월이의 입술이 또 실룩거렸다. 목소리는 너무 낮아 알아듣기 힘들었다.

「날이…… 샜어요?」

「오래지 않아.」

숙언이가 창밖을 가리키며 말했다.

「보렴. 약간 밝았구나.」

「그래.」

그녀는 기뻐하며 속눈썹을 들고 두 눈을 크게 뜨려고 애쓰면서 동쪽을 바라보았다.

「그런데…… 난 어째서 보이지 않지?」

「신월아! 너 보이지 않니?」

천성이가 당황했다.

「보이지 않아요.」

그녀는 눈을 크게 떴다. 눈앞은 여전히 암흑천지였다. 아무것도 보이지 않았다.

「오빠, 어디 있어요?」

「신월아, 난 네 옆에 있어.」

질겁한 천성이가 그녀의 손을 잡았다.

「너 날 좀 보아라.」

「난…… 보이지 않아요.」

절망한 신월이의 두 눈에서 눈물이 흘러나왔다. 내 눈이 왜 이렇지? 다시는 오빠나 언니를 보지 못하고 아빠도 보지 못하게 되었는가? 엄마의 사진도 볼 수 없는가? 초 선생님도 볼 수 없는가?

「초…….」

그녀는 온 힘으로 그를 불렀다. 그러나 한 글자만 토하더니 순간 멎어버렸다.

「신월아! 신월아!」

천성이와 숙언이는 마치 별안간 깊은 낭떠러지에 떨어진 것 같았다. 의사들이 긴장하여 응급처지를 하였다.

초안조는 지금 시내로 들어오는 도중이었다. 눈이 길을 덮어서 버스가 느릿느릿 다녔다. 초안조는 애가 타는 것 같았다. 신월이가 기다리고 있을 텐데. 그는 천성이보고 신월이 깨어나면 자기가 날이 밝으면 온다고 알려주라고 부탁했었다. 이제 날이 밝았다. 신월이가 깨어났을까? 신월이가 실망하게 해서야 안 되지. 빨리 그녀 옆으로 가야 한다.

눈물이 노의사의 안경을 적셨다. 그녀는 깊은 한숨을 내쉬더니 청진기를 거두고 응급기계의 호스들을 빼냈다. 자애로운 손을 내밀어 신월이의 벌린 입과 약간 뜬 눈을 감겨주었다. 의사의 마지막 직책까지 다한 셈이다.

신월이는 끝내 그녀가 고대하던 사람을 기다리지 못하고 모든 것을 버리고 떠나버렸다. 이 세상을 떠나기 서운해 하든 증오하든 이젠 영원히 떠나버렸다. 새하얀 침대보가 간호원의 손에서 펼쳐지더니 신월이의 몸을 덮고 얼굴을 덮었다.

「신월아! 신월아!」

숙언이가 침대에 달려들어 동생을 끌어안았다. 그러나 신월이는 그 부름소리를 듣지 못했다. 간호원이 숙언이를 잡아일으키고 침대를 밀었다. 신월이를 데려가려 했다.

「아니! 이애는 죽지 않았어요. 이애가 어떻게 죽어요!」

천성이의 온몸의 뜨거운 피가 모두 얼굴로 솟아올랐다. 그는 마치 성난 수사자처럼 미친 듯이 달려들어 간호원을 밀치고 여동생의 몸에 엎드려서 가슴이 터지도록 소리쳤다.

「신월아! 신월아!」

신월이는 아무 소리도 하지 않았다. 그에게 답하는 것은 울음소리들뿐이었다.

「신월아! 신월아!」

천성이는 핏줄이 터질 것만 같았고 힘줄이 끊어지는 것 같았다.

「네가 어떻게 죽니! 너는 살아야 해!」

신월이는 조용히 침대에 누워 있었다. 그녀는 영원히 대답할 수 없었다.

천성이의 쇠망치 같은 주먹이 부드득부드득 소리를 냈고 시뻘건 눈에서는 불길이 솟았다. 그는 분노하여 세상을 노려보았고 주위의 사람들을 노려보았다. 그는 복수하려 하였다. 동생을 위해서 복수하려 하였다. 그러나 적수를 찾지 못했다. 의사와 간호원들도 가만히 있었다. 그들의 눈에도 눈물이 고여 있었다. 불길이 꺼지더니 천성이는 힘없이 머리를 축 늘어뜨리고 눈물을 동생의 얼굴에 쏟았다.

「신월아! 신월아!」

그는 낮은 소리로 동생을 부르더니 조심스레 그의 든든한 팔에 안고 앞으로 걸어갔다.

「신월아, 집에 가자. 오빠와 같이 집에 가자.」

날이 마침내 밝았다. 하늘에는 구름이 낮게 떠있고 눈꽃이 하늘에서 마구 쏟아졌다.

초안조는 눈보라를 맞으며 병원으로 뛰어갔다. 그는 병원 정문에 들어서자 응급실로 뛰어들어서 신월이가 누워 있던 진찰실로 들어갔다.

침대가 이미 비어 있었다. 그는 멍해져서 소리쳤다.

「신월이! 신월이는?」

그는 망연히 주위를 살펴보았다. 신월이는 어디 가고 그 집 식구들은 다 어디에 갔는가? 그가 당황하여 진찰실을 나오자 한 사람이 말없이 그를 막았다. 노의사였다.

「의사 선생님, 신월이는요?」

그는 다급히 노의사의 팔을 잡았다. 노의사의 눈물어린 두 눈은 안경 너머로 그를 바라보고 있었다. 그녀는 깊은 자책감에 젖어서 말했다.

「나는…… 선생님을 위하여 그애를 잡아두지 못했습니다.」

「아!」

간담이 서늘해지는 비참한 소리를 지른 초안조의 영혼은 완전히 붕괴되었다.

온 하늘에 눈꽃이 휘날린다. 그는 아무것도 아랑곳하지 않고 미친 듯이 뛰기만 했다. 행인들이 길을 내주었고 자동차도 급정거를 했으며 붉은 신호등도 그의 앞에서는 아무런 소용이 없었다. 그의 눈에는 이 세계가 이미 텅 빈 것만 같았다. 오로지 신월이의 모습만이 망망한 하늘가에서 멀어져가고 있었다. 그는 젖먹던 힘까지 다 써서 쫓아가고 있었다. 신월이, 나를 기다려주오!

망망한 눈이 박아댁을 뒤덮고 있었고 스산하고 찬 기운이 박아댁을 감돌고 있었다.

남채 객실에 신월이의 유체가 놓여져 있었다. 신월이는 조용히 한뤄 위에 누워서 마지막 세례를 기다리고 있었다. 그녀의 몸에는 새하얀 천이 덮여 있었고 옆에는 하얀 천막을 쳐놓았다. 천막에는 아랍문자로 이렇게 씌어져 있었다.

'알라의 허가없이 누구도 죽을 수 없다. 사람의 수명은 정해진 것이다. 우리는 모두 알라께 속하기에 다시 알라에게 돌아간다.'

말라죽은 나무처럼 얼굴에 생기가 없는 한자기 부부가 딸을 지키고 있었고 비통으로 몸부림치는 천성이 부부가 동생을 지키고 있었다.

그때 넋을 잃은 초안조가 그들 앞에 나타났다. 그의 눈은 굳은 듯이 한 곳만 보았고 목쉰 소리로 불렀다.

「신월이! 신월이!」

한씨 부인이 불안스러워서 일어났다. 이 사람, 이 사람은 왜 왔어?

「초 선생님!」

숙언이가 통곡하며 마주 나갔다. 천성이는 그를 끌어안고 크게 소리를 놓아 울었다.

「늦게 왔습니다. 너무 늦게 왔어요.」

「신월이는? 신월이는?」

초안조는 흰 천막을 뚫어지게 보면서 다급히 신월이를 찾았다. 한씨 부인이 대경실색했다. 그녀의 손이 떨렸고 목소리도 떨렸다.

「안 돼! 안 돼!」

절대 초안조가 신월이를 보게 할 수 없다. 모슬렘의 시체는 신성한 신앙을 가지고 있고 신월이는 곧 알라를 만나게 된다. 어찌 이교도 앞에 보일 수 있겠는가?

「어머님!」

숙언이가 애타게 시어머니에게 간청하였다.

「저분이 한 번 보게 하세요? 네? 마지막으로 만나게 하세요. 마지막으로…….」

천성이는 눈물을 샘처럼 흘리면서 비분에 찬 눈으로 엄마를 노려보았다.

「죽기까지 했는데 엄마는 이제 또 어쩌자는 거예요!」

「알라여!」

한씨 부인이 멍해졌다. 지금 이 사람을 쫓자면 힘들 것 같았다.

초안조가 갑자기 흰 천막을 젖혔다. 그는 신월이를 보았다.

신월이, 이것이 신월인가? 이 년 전 그가 짐을 들어주고 영어로 대화를 나누며 27재까지 바래다준 그 신월인가? 달빛 아래 미명호를 거닐면서 그가 낭송한 바이런 시를 듣던 그 신월인가? 서채 방안에서 그와 같이 번역문을 다듬던 그 신월인가? 이 년 동안 완강한 의지력으로 병마와 싸우면서 진지하게 생명의 가치를 추구하던 그 신월인가? 그와 마음이 서로 통하고 영원히 헤어지지 않으려 하던 그 신월인가? 어제 저녁 작별하기 전까지도 그의 손을 잡고 있던 그 신월이란 말인가? 이 흰 천이 덮고 있는 것이 신월이란 말이오? 신월이!

그는 흰 천의 한쪽 끝을 들었다. 신월이의 얼굴이 그 앞에 나타났다.

신월이는 조용히 눈을 감고 입을 다물고 있었다. 새하얗고 보드라운 두 볼에는 얕은 홍조가 떠올랐다. 이뇨제 주사는 그녀의 청춘의 모습을 지켜주었다. 그녀는 아직 살아 있는 듯했다. 엊저녁 헤어질 때에도 이렇게 자고 있었는데 지금은 깨울 수 없단 말인가? 어찌 그럴 수 있겠는가?

눈물이 신월이의 얼굴에 떨어졌으나 아무런 반응도 없었다. 그가 정답게 신월이를 불렀으나 아무런 반응도 없었다.

「신월이! 신월이!」

그는 신월이의 어깨를 부여잡고 흔들었으나 아무런 반응도 없었다.

신월이는 이미 그를 떠나갔다. 영원히 돌아올 수 없는 것이다.

초안조의 마음이 산산이 부서졌다. 절망했다. 미쳤다. 그는 억제하지 못하고 달려들어 그녀의 얼굴에 입맞추었고 눈과 입술에 입맞추었다. 그 눈물섞인 키스는 그들의 첫키스였고 또 마지막이었다. 첫사랑의 키스였고 사별의 키스였다.

한씨 부인은 깜짝 놀랐다. 그녀는 평생 이런 충격을 당해보지 못했다. 모슬렘이 어떻게 카페얼과 입을 맞출 수 있는가? 이건 죄다. 그녀는 평생 이런 사랑을 맛보지 못했다. 이렇게 미친 듯하고 이렇게 깊고 이렇게 강한 사랑이 있단 말인가. 그녀의 피는 마치 얼어버린 듯하였다. 알라여! 어쩌면 좋은가요? 어찌할까요?

그 한순간 박아댁은 마음을 뒤흔드는 고통 속에서 굳어져버렸다.

한씨 부인이 몸서리치더니 정신을 차렸다. 그녀는 별안간 초안조한테 달려들더니 고통 속에서 몸부림치는 젊은이를 끌어안으며 울면서 말했다.

「애야, 제발 이젠 가거라. 가거라. 우리의 인연도…… 이젠 끝났다.」

바람이 아우성치고 눈꽃이 미친 듯이 휘날린다.

천성이와 숙언이는 밤낮없이 여동생을 지키고 있었다. 여동생은 그들 마음속의 달이었다. 그 달이 없으니 이제 어찌 이 기나긴 세월을 보낼 수 있을는지 몰랐다.

한자기는 밤낮없이 딸을 지키고 있었다. 딸은 그가 애지중지하던 보배다. 그 보배가 없으니 이제 누가 인생의 험악한 길을 그와 동반해서 걸어가겠는가?

한씨 부인은 여전히 다섯 번의 기도시간을 지키고 있었다. 딸을 위하여 알라께 기도하였다. 딸은 나이가 어리고 무지하여 학교만 다니다보니 예배를 드리지 못했고 경문도 읽지 않아서 아무것도 모른다. 그러나 그녀도 모슬렘의 후손이니 당연히 모슬렘이고 알라의 자녀다. 거룩하시고 인자하신 알라께서 그녀의 모든 죄를 용서하시고 그녀의 영혼을 천국에 들게 하시고 지옥에 들지 말게 하소서.

오늘은 섣달 스무여드렛 날이다. 이슬람력으로는 9월 27일이다. 오늘 저녁은 재계날의 진귀한 밤인 개더얼이다. 바로 이날 밤 알라께서 『코란경』을 대지에 근접한 첫번째층 하늘에 내려놓고 천사를 시켜서 선지자 마호메트에게 조금씩 계시해 주었다. 『코란경』에는 이렇게 씌어져 있었다. '개더얼은 천 날보다 더 가치가 있다.' 한씨 부인은 개더얼에 밤을 새우면서 기도하였다. 그녀의 경건한 마음을 알라께 바쳐서 딸이 십구 년간 빠뜨린 재계와 예배를 보충하여 딸의 모든 죄를 씻어버리려고 하였다.

밤이 깊어 조용하였다. 한씨 부인은 눈보라 소리도 식구의 울음소리도 듣지 못했다. 그녀의 마음은 깨끗한 진공상태가 되어 떠들썩한 인간세상을 떠나 알라와 대화를 하고 있었다.

그녀는 알라의 응답을 받은 듯한 느낌이 들었다. 알라께서는 딸에게 죄가 없고 성결하다고 하셨다. 그녀는 알라의 용서에 뜨거운 눈물을 흘렸다.

그녀는 알라의 뜻대로 딸을 위하여 메테를 많이 나누어 선을 쌓고,

딸을 위해 장례도 그럴 듯하게 치르려 하였다. 닭과 양을 잡아서 장례에 오신 성직자들과 손님들을 대접하려 했다. 신월아, 엄마는 할 일을 다했으니 너는 마음놓고 갈 수 있다.

싸늘한 등불 아래에 신월이가 누워 있다. 그녀의 손은 아버지의 손에 꼭 쥐어져 있었다.

한자기는 우두커니 딸의 옆에 앉아 있었다. 그의 거무스레한 얼굴에는 아무런 표정도 없었다. 우묵하게 들어간 눈에는 눈물도 없었다. 눈물이 벌써 말라버렸다. 그는 꼼짝하지 않고 딸의 손을 쥐고서 놓으려고 하지 않았다. 그도 물론 이슬람교에서 속히 장사지내는 걸 주장하는 사실을 잘 알고 있었다. 죽은 사람이 땅에 들어가는 것은 마치 금한테 덮쳐드는 것 같다면서 좋기로는 당일에 안장하는 것이 좋다 했다. 그러나 그는 딸이 떠나는 것이 너무도 아쉬웠다. 그는 아내에게 간청하였다. 딸이 하루만이라도 더 있게 해달라고. 딸이 가면 이젠 다시 만날 수 없다.

신월이는 집에서 이틀을 더 있었다. 이젠 떠나야 했다. 사흘을 넘겨서는 안 된다. 꼭 떠나야 한다.

눈이 멎고 날이 개었다. 눈에 덮인 박아댁 상공에는 밤하늘이 가신 듯이 맑았고 온 하늘에 별들이 반짝였다.

서남쪽 하늘에 초생달이 떠올랐다. 꼬부랑하고 뾰족하며 맑고 밝은 아름다운 초생달이었다.

사원의 하늘에도 붉은 등이 켜졌다.

그때 수천 수만의 모슬렘들이 하늘의 초생달을 바라보고 있었다. 왜냐하면 초생달이 떠오르면 재계달의 마지막날이 끝났음을 상징하기 때문이다. 이슬람력의 10월이 시작된다. 내일은 이슬람력으로 10월 1일이다. 바로 소바이람이다. 전세계의 모스렘들은 이날을 가장 성대한 명절로 친다.

몽롱한 서광이 대지에 비칠 때, 사람들이 육안으로 검은색 실과 흰색 실을 분간할 수 있을 때 모슬렘들은 서둘러 음식을 조금씩 먹고 양치질을 하고 대정을 씻는다. 그러고는 명절 옷차림을 하고 바쁘게 집을 나선다. 친척 친구들끼리 인사를 나누면서 메테를 나누고 경문을 낮은 소리로 읊으며 사원으로 몰려가서 해가 뜬 후 성대한 명절의식에 참가하기를 기다린다.

1963년의 이른 봄이 왔다. 눈이 그치고 해가 비쳤다. 박아댁은 소복 단장으로 분위기가 엄숙하고 경건하였다. 대문은 활짝 열려 있었고 모슬렘들이 끊임없이 모여들었다. 그들은 모두 오랫동안 오가지 않던 친구들이거나 별로 내왕이 없던 이웃들, 그리고 기진재와 오랜 교분이 있는 동업자들이었다. 그 외에도 신월이와 같이 국민학교와 중학교를 다닌 청년들과 사원 주위에 살고 있는 동포들이었다…… 그들은 신월이를 알지는 못했다. 그러나 한자기에게 이렇게 훌륭한 딸이 있는 줄은 알고 있었다. 그 처녀애가 환하게 생긴 것이 그림에 나오는 사람 같고, 총명하고 똑똑하며 대학에 다닌다는 것도 알고 있었다. 부근에 또래의 아이들이 남자 여자 그렇게 많은데 그애밖에 대학에 가지 못했다. 그 처녀는 우리 회회들의 자랑이었다. 처녀애가 정말 불쌍하구나. 대학도 채 다니지 못하고 갔구나. 그들은 한씨댁이 청해서 온 것이 아니었다. 사람들은 불행한 소식을 듣자 모두 가슴이 덜컥 내려앉은 듯하여 스스로 찾아왔다. 가까운 사람들은 처녀애의 얼굴을 들여다보고 향불을 피우고는 한바탕 울었으며 나머지 사람들은 그녀에게 선물을 올렸다. 처녀에 대한 애도와 축원을 표시하였다. 알라께서 이 처녀를 가엾이 여겨 성결한 재계의 달에 죽게 한 것도 복이다. 장엄한 소바이람절에 문을 나서게 한 것도 괜찮은 마지막길이 아니겠는가?

표정이 엄숙한 성직자와 친지들이 이마무(주교)의 인솔하에 천천히 박아댁에 들어섰다. 그들은 신월이의 장례를 치러주러 온 것이다.

천성이가 그들을 악수례로 맞았다. 그때의 천성이는 이미 눈물에 푹 젖은 사람이 되어 있었다. 비애는 완전히 그를 넘어뜨렸으나 이를 악물고 지탱하고 있었다. 여동생을 보내주어야 했다. 이 가정의 장남이므로 누구도 그를 대신하지 못한다. 아버지는 이미 쓰러졌다. 걸을 수도 없다. 아버지로 하여금 신월이를 보내게 할 수는 없다. 아버지는 견디지 못할 것이다. 아버지는 가면 다시 돌아오지 못할 것이다.

신월이는 한뤄 위에 누워서 마지막 세례를 받는다.
교리의 규정에 의하면 망인을 씻어주는 가장 합법적인 사람은 망인의 가까운 가족이거나 도덕이 있는 사람이어야 했다. 그 사람은 재계와 예배를 잘 지키고 신앙이 경건한 모슬렘이어야 했다. 그런 사람이라야 망인을 위해 죄를 씻을 수 있는 것이다. 신월이를 세례시켜 줄 사람은 반드시 여자여야 했다. 한씨 부인은 이 모든 조건에 부합되어 가장 합당한 사람으로 뽑혔다. 그녀는 먼저 대정을 씻고서 사원에서 전문 세례를 맡은 여자동포와 같이 딸을 위하여 신성한 세례를 했다. 마호메트는 이렇게 말했다. '누가 망인을 씻어주어 더러운 것을 막아주면 알라께서 그의 40가지 죄를 용서해준다.' 한씨 부인이 손수 딸을 위하여 시체를 씻어주면 자기의 죄도 용서받게 된다. 사람은 세상에 살면서 죄를 많이 짓는다. 끊임없이 참회하고 끊임없이 용서를 바라야 한다. 죽을 때까지.
밖에서 성직자가 경문을 읽었다.
말로나 동작으로나 재간으로 하는 모든 기도와 예배는 모두 알라를 위함이다. 아, 선지자여, 당신이 알라의 인자하신 사랑과 축복을 받음을 축하하나이다. 우리와 알라의 모든 충복에게 평화를 주소서.
안에서 향로가 신월이의 몸을 세 번 돌았다. 한씨 부인은 더운 물병을 들고 딸을 목욕시켰다. 먼저 소정을 씻었다. 그녀의 얼굴과 두 팔꿈

치와 두 발을 씻었다. 엄마로서 지금까지 한 번도 딸을 위해 이렇게 하지 못했다. 오늘이 처음이다. 또 마지막이기도 하다. 신월아, 엄마는 너한테 못해준 것이 너무 많다. 이번에 다 갚아주겠다. 알겠니, 신월아? 신월이는 아무것도 몰랐다. 그녀는 너무 늦게 온 엄마의 사랑을 소리없이 받고 있었다. 물병의 더운물이 소리없이 흘렀다. 엄마의 눈물과 함께 딸의 얼굴과 손에 발에 떨어졌다.

소정을 씻은 다음에는 대정을 씻었다. 먼저 비눗물로 머리부터 발끝까지 적신 다음 세숫비누로 그녀의 머리와 전신을 씻었다. 한 사람의 생전에 얼마나 많은 죄가 있었고 몸에 얼마나 많은 더러운 것이 묻어 있더라도 이 신성한 세례로서 깨끗해진다. 맑은 물이 소리없이 그녀의 전신을 흘러내렸다. 발 옆으로 해서 한뤄로 흘러내렸는데 그 물은 깨끗하였다. 그녀의 옥 같은 몸은 티끌 하나 없었다.

한씨 부인이 깨끗하고 흰 천으로 딸의 몸을 닦아준 후 세 사람이 함께 들어 그녀를 흰 천이 깔린 침대에 뉘었다. 그녀의 머리에는 사향을 쳐주고 이마와 코끝, 두 손과 두 무릎, 그리고 두 다리에는 용뇌향을 뿌려주었다. 그곳은 모슬렘이 알라에게 절을 할 때 땅에 대는 곳이었다.

한씨 부인이 딸을 들여다보았다. 그녀는 딸을 어루만지면서 떠나보내기 아쉬워했다. 그러나 딸을 더 만류할 수 없다. 이젠 그녀에게 장의를 입혀서 보내야 했다. 마호메트가 이렇게 말했다.

'누가 망인에게 장의를 입히면 후세에 알라께서는 신선옷을 그에게 준다.'

한씨 부인은 손수 딸에게 장의를 입혔다. 성인들의 교시대로 한씨 부인은 딸을 위해 미리 마련해 놓았었다.

이제 신월이는 단장을 끝마쳤다. 장의는 여섯 자짜리 흰 천과 넉 자짜리 흰 천이었는데 그녀의 전신을 감싸놓았다. 그녀의 온몸에서 싱그러운 향기가 풍겼다. 이것이 모슬렘이 인상세상과 작별할 때의 모든 짐이다. 이외에는 아무것도 없다. 서채 안의 책들과 엄마가 남겨놓은 사진, 여의, 그리고 글자마다 눈물이 고인 편지, 그녀가 임종 전까지 아끼던 학교 배지, 초 선생님이 그녀에게 준 브라질목과 축음기는 모두 남기고 가야 했다.

신월이의 시체가 들려나와서 뜰안 중앙에 놓였다. 머리는 북쪽을 향하고 얼굴은 서쪽으로 돌려졌다. 서쪽은 성지 메카가 있는 방향이다.

모슬렘의 장례는 성대하고 장엄하였으며 검소하였다. 그것은 망인을 위해 거행되는 함께하는 기도였다. 그것은 모슬렘에게는 부차적인 주요한 사명이었다. 사람마다 망인을 위해 장례를 치러주어야 할 의무가 있다. 장례는 보통 예배와 달리 절을 하거나 허리를 굽히지 않는다. 똑바로 서서 기도한다. 음악도 없다. 모슬렘의 기도는 어떤 반주도 필요없다. 그것은 알라께 어떤 시끄러움도 드리지 않는 고요한 묵도이다. 그 특수한 형식은 세세대대 변함이 없다. 장엄하게 서서 알라의 진정한 존재를 느끼고 그분의 위대함과 자애로움을 생각한다. 그것은 충직한 영혼의 알라에 대한 무한한 숭배이며, 각자의 진실한 감정의 발로이며, 망인을 포함한 전체 모슬렘을 위한 장래의 소망을 알라께 간청하는 호소였다. 장례에 참가하는 모슬렘들은 반드시 청백해야 하고 또 남자라야만 했다.

여인들은 스스로 뒤로 물러섰다. 추화문 밖은 물샐틈도 없이 사람들로 꽉 들어찼다. 그들은 한탄 속에 망인을 추모하였다.

박아댁 대문 밖에는 서둘러 장례에 참가하러 온 정효경과 나수죽이 서 있다. 그들은 초 선생님의 넋잃은 모습에 겁을 먹었고 한신월이 죽었다는 소식에 깜짝 놀랐다. 생기가 넘치던 처녀가 어떻게 그렇게 죽는단 말인가? 지난번에 만났을 때까지도 웃으며 수다를 떨었는데! 신월아, 너의 병은 정말 그렇게 심하고 고칠 수 없었니? 미리 알았더라면 자주 왔을 텐데. 아, 정효경은 알았지만 다시 오지 않았다. 자기에게는 그렇게도 어려운 일들이 많이 있었다. 신월이가 자신보다 힘든 일이 더 많았으리라는 걸 왜 생각하지 못했을까? 신월아, 넌 죽기 전에 우리 반과 동창들을 생각했니? 나도 생각했어? 내가 너한테 미안한 마음이 있다는 걸 알고 있니? 초 선생님이 너에게 말 안 했어? 꼭 말했을 거야…… 그러나 너는 아무런 내색도 하지 않았지. 여전히 나를 믿어주었지. 너의 마음속에는 고민도 있고 고통도 있었겠지? 어쩌면 넌 나를 미워했겠지? 아니야. 신월아, 나를 미워하지 마. 난 너를 해칠 마음이 없었어. 난 너를 위해서. 이제 너는 떠나갔구나. 아무 고민도 없겠지. 그러나 나는 원래의 길을 가야 해. 희망도 안고 고민도 가지고 걸어야 해.

어떤 여자 손님이 그들을 막았다.

「뭐하려구? 응? 너희들은 어디서 오는 거야?」

「우린 한신월의 동창이에요. 와서……」

나수죽이 눈물을 줄줄 흘리고 헐떡이면서 말했다.

「우리 회회인가?」

「아, 아닙니다.」

정효경이 놀라며 말했다.

「우리는 한반의…….」

그녀가 말도 채 끝내기 전에 그 여자 손님은 마치 전염병을 피하듯이 그들을 밖으로 밀치면서 소리쳤다.

「안 돼, 안 돼! 우리도 안 되는데 너희들을 들어가게 할 수 없어. 가라, 빨리 가!」

뜨거운 눈물이 정효경의 눈에서 흘러나왔다.

「한 번만 보게 해주세요. 마지막으로 한 번만이오!」

「뭐라구? 망인의 시체는 이제 신앙을 지니고 있어. 누구도 보지 못해. 너희들 한인은 더 말도 안 돼.」

「우리 좀 들어가게 해주세요!」

나수죽이 그 여자 손님의 손을 잡고 울면서 외쳤다.

「제발 빕니다. 네? 제발!」

「왜 이렇게 떠들어? 안에서 장례식을 하는데. 알라여!」

쾅! 하고 박아댁 대문이 굳게 닫혔다.

추화문 안 신월이의 시체 옆에 주교와 성직자들이 서쪽을 향하여 엄숙하게 서 있고 그들의 뒤에는 많은 모슬렘들이 서쪽을 향하여 엄숙하게 서 있었다. 한 모슬렘이 죽었을 때 만약 백 사람이 그를 위해 장례를 치러주면 그 죽은 모슬렘은 천국으로 들어갈 수 있다. 신월이의 장례에 온 손님 숫자는 이보다 훨씬 많았다.

향로가 신월이를 에워싸고 돌았다. 성직자들의 손에서 손으로 넘겨지면서 자꾸 되풀이되었다. 한 번, 두 번, 세 번. 『코란경』을 읊는 소리가 박아댁 안에서 울려퍼졌다.

성직자가 두 손을 내려뜨리고 두 눈으로 앞을 주시하면서 장례를 위하여 묵묵히 기도하였다. 그는 두 손을 귓가에까지 들고 경문을 읽었다.

「알라후애커배얼!」(알라는 위대하시다!)

모슬렘들이 성직자를 따라서 함께 읊었다. 알라후애커배얼! 그리고 성직자를 따라 두 팔꿈치를 내려뜨리고 두 손을 맞잡고 알라에 대한 찬미사를 속으로 읊었다.

오, 알라여! 당신을 찬미합니다. 당신의 이름은 존귀하고 당신의 위엄은 고상합니다. 우리는 당신만을 숭배합니다. 그 무엇도 당신에 비하지 못합니다.

두번째로 손을 귓가에 들고 경문을 읽었다.

「알라후애커배얼!」

모슬렘들은 함께 마호메트에 대한 찬미사를 속으로 읊었다.

오, 알라여! 마호메트와 그의 추종자들에게 복을 내리소서. 마치 당신이 이브라흠과 그의 추종자들에게 복을 내리신 것처럼. 당신은 찬미와 노래를 받아야 합니다.

세번째로 손을 들어 경문을 읽었다.

「알라후애커배얼!」

모슬렘들이 묵묵히 망인을 위하여 기도하였다.

오, 알라여! 우리를 용서해주소서. 산 이나 죽은 이나 이 자리에 있는 이나 없는 이를 막론하고 어른이든 소년이든 남자든 여자든 우리 모두를 용서해주소서.

오, 알라여! 우리들 중 그 누구를 살리겠으면 이슬람 중에 살게 하시고 죽이겠으면 신앙 중에 죽게 하소서.

오, 알라여! 이 사람의 보상 때문에 우리를 박탈하지 마시고 이 사람 떠나간 뒤에 우리를 시험하지 마소서.

장엄하고 고요한 분위기가 흘렀다. '알라는 위대하시다'란 찬송소리 외에는 아무 소리도 들리지 않았다. 기도는 모슬렘들의 마음속에서 흘러나왔다. 그들은 전지전능하시고 어디에나 계시는 알라께서 듣고 계신다고 믿었다. 그들의 마음과 알라는 서로 통하는 것이다.

박아댁 상공의 하늘은 물처럼 맑았고 보석처럼 푸르렀다. 이 푸르디 푸른 하늘이 인간세상과 모슬렘의 세계를 이어주었고 망망한 우주공간까지 이어주고 있었다. 신성한 적막 가운데 옹골찬 소리가 메아리쳤다.

「알라후애커배얼!」

마지막 한 번의 경문을 읽은 다음 성직자와 모슬렘들은 각자 자신들의 양쪽 하늘에 대고 인사를 하였다.

「알라께서 당신에게 평안을 하사하시기를 바랍니다.」

모슬렘들의 두 어깨에 천사 두 분이 계셨다. 왼쪽의 천사는 그의 죄를 기억하고 오른쪽의 천사는 그의 선한 공덕을 기억한다.

모든 모슬렘들이 두 손을 앞에 들고 알라의 뜻을 받는다. 그 순간에야 망인의 혼백은 확실히 자신이 죽었음을 느끼고 귀착점을 찾아간다.

모슬렘들이 신월이의 시체를 담은 곽을 들고 나가려 하였다. 신월이가 집을 떠나 먼 길을 가야 할 때가 되었다. 박아댁이여, 이젠 영영 이별이다.

「신월아! 신월아!」

숙언이가 울부짖으면서 뛰어나와 곽 위에 엎어져 동생을 보내지 않으려 했다.

「신월아! 신월아!」

한자기도 목이 쉰 소리로 부르짖으며 뛰어나와 곽 위에 엎어져 딸을 보내려 하지 않았다. 모슬렘들은 너나없이 눈물을 흘렸다. 그러나 누구도 신월이를 만류할 수 없었다. 그녀는 길을 떠나야 했다.

한씨 부인이 눈물을 머금고 남편과 며느리를 끌어당기며 말했다.

「그애를 떠나게 합시다. 시름 놓고 가게 해야지요. 신월아 가라, 애야. 집 생각하지 말고. 칠 일이 되면 엄마가 너 보러 가마.」

곽이 천천이 움직였다. 한자기가 딸을 부축하고 휘청휘청 앞으로 쫓아갔다. 시체는 박아댁을 나와서 문 앞에 세워놓은 트럭 위에 올려졌다.

골목에는 신월이를 바래려고 나온 모슬렘들로 꽉 들어찼다. 장례식에 참가하는 사람들이 차에 오르니 차가 시동을 걸었다.

숙언이가 트럭의 칸막이를 붙잡고 울면서 손을 떼려 하지 않았다. 무엇 때문에 여자는 장례에 참가하지 못하는가? 자기는 어째서 신월이를 전송할 수 없는가?

천성이가 갑자기 손을 내밀어 아내를 차 위로 끌어당겼다. 사람들은 차마 그녀를 쫓지 못했다. 예로부터 내려오던 습관이 타파된 것이다. 자동차가 떠나갔다. 모슬렘들이 잔뜩 모여선 길의 사이를 뚫고 새하얀 눈길을 달렸다.

「신월아! 신월아!」

한자기는 힘없이 소리지르며 눈이 쌓인 땅바닥에 쓰러졌다.

「신월아! 신월아!」

골목에서 서성이던 정효경과 나수죽이 동창의 이름을 부르며 미친 듯이 자동차를 쫓았다.

자동차는 달릴수록 빨라져서 따라잡을 수 없었다.

자동차가 골목을 나와서 큰 거리로 들어섰다. 소바이람절이어서 사원 앞의 거리에는 수천 수만의 모슬렘들이 모여들어 교통이 차단되어 차들은 진작부터 다니지 못했다. 사람들은 신월이를 위하여 길을 내주었다. 모슬렘들은 진지한 축원을 안고 그 처녀를 떠나보냈다.

성직자는 도중에 줄곧 경문을 읽었다.

천성이와 숙언이가 계속 동생을 붙잡아주고 있었다. 자동차는 신월이가 학교를 다녔던 길을 따라 서북쪽으로 달렸다. 이 길을 따라가는 신월이는 다시 돌아오지 못할 것이다. 자동차가 북경 시내를 벗어났다. 신월이가 십칠 년간 살아온 도시여, 이젠 영영 이별이다. 자동차가 북경대학 정문 앞을 지나갔다. 신월이가 꿈에도 잊지 못하던 모교여, 당신의 딸은 다시 돌아오지 못합니다. 자동차는 의화원을 돌아 연산 아래의 길을 따라 서쪽으로 서쪽으로 줄곧 달렸다.

웅위로운 서산 아래 은빛으로 반짝이는 흰 눈의 세계.

산 아래의 회족 공동묘지는 온통 흰빛이었다. 나무들은 흰 비단을 둘렀고 땅에는 흰 융단이 깔렸다.

눈덮인 땅 위에 새 흙이 나온 곳이 있었다. 거기에 새로 판 무덤이 있었는데 그것이 신월이가 영원히 잠들 곳이다. 멀리 어떤 고독한 모습이 보인다. 그는 나무 밑에 쓸쓸히 서서 이 새 흙들을 묵묵히 바라보고 있었다. 그는 말뚝처럼 꼼짝않고 한자리에 서 있었다. 마치 생명이 없는 암석 같았다.

장례 치르는 사람들이 왔다. 그들은 신월이를 메고 빠른 걸음으로 새 흙이 있는 쪽으로 걸어왔다. 부르짖는 소리도 없었고 가슴을 치는 통곡소리도 없었다. 낮은 흐느낌소리와 눈을 밟는 소리만이 들렸다. 모슬렘들은 엄숙하고 경건하게 걸어서 망인을 땅 속에 보내는 것이 제일 중요하다고 여겼다.

나무 아래에 우두커니 서 있던 그 고독한 사람이 흠칫 몸을 떨었다. 그도 묵묵히 장례의 대오를 따라갔다. 장례의 대오가 멈추어 섰다. 바로 새 무덤이 나있는 옆에 가서 섰다. 그들은 무덤의 동쪽에 엄숙하게 서서 사람마다 가지게 되는 그 처소를 바라보았다. 일곱 자 되는 무덤은 그들을 키워준 대지와 연결되어 있었다. 그 고독한 사람도 소리없이 무덤 옆에 가더니 서버렸다.

「선생님.」

숙언이가 그를 발견하였다. 눈물이 그녀의 목을 메게 하였다. 신월이가 죽었어도 변함없는 애정을 갖고 있는 그 연인을 보고 그녀는 아무 말도 하지 못했다.

천성이가 그의 어깨를 슬프게 쓸어안으며 그의 손을 잡고 흔들었다.

「선생님이 오실 줄 알았습니다. 신월이를 보내러 오실 줄 알았지요.」

초안조는 한마디 말도 하지 않았다. 그의 무표정한 얼굴은 얼음같이 차디찼다. 그는 까딱하지 않고 서서 무덤만 응시하고 있었다. 한 생명이 여기에서 사라진단 말인가? 두 마음을 이어주던 사랑이, 하늘과 땅 같이 긴 사랑이 이 황토에 막혀버린단 말인가?

「망인의 가족이여, 그녀를 위하여 무덤에 누워보시오.」

처량한 소리가 옛 풍속을 알리었다. 그 소리에 초안조는 정신을 차렸고 천성이도 놀라서 비통 속에서 정신을 가다듬었다.

무덤에 누워보는 것은 모슬렘들이 망인에게 마지막으로 마음을 전달하는 방식이다. 무덤의 크기가 망인의 시체를 모실 수 있는지? 아랫 바닥이 반듯한지? 망인이 오랫동안 편안히 잠들게 하기 위하여 그 가족들이 몸소 먼저 누워본다. 그 의무를 지킬 사람은 망인의 가장 가까운 가족이어야 한다. 아들이나 형제여야 될 수 있다. 아직 스무 살을 채 넘지 못한 신월이에게는 그녀를 위하여 무덤에 누워볼 사람은 그녀의 오빠밖에 없었다.

슬픔에 지친 천성이가 무덤 속으로 뛰어들었다. 그때 고통에 마음이 내려앉은 초안조가 무덤 속으로 같이 뛰어들었다.

천성이는 멍해졌다. 그러나 그는 말리지 않았다. 세상에서 이분은 신월이의 가장 가까운 가족이다.

누구도 초안조를 말리지 않았다. 천성이와 숙언이를 제외하고는 누구도 그를 알지 못했다. 누구도 그가 모슬렘이 아니란 걸 몰랐다. 이 묘지에 한인이 올 리가 없다. 그들은 모두 이 사람이 틀림없는 신월이의 가족이라고 생각하였다.

초안조는 무덤 서쪽에 있는 라허를 멍하니 바라보았다. 그것은 타원형의 동굴이었는데 바닥은 평평하고 천장은 궁륭형이었고 어둠침침하였다. 그곳이 신월이의 영원한 침실이고 영원한 잠자리고 영원한 집이다. 초안조는 무덤바닥에 꿇어앉아 무릎걸음으로 라허 안으로 기어들어갔다. 그는 여지껏 이런 곳에 와본 적이 없었는데 어쩐지 눈에 익었다. 언제 어디서 보았던가?

주위에 생기라곤 없고 마음은 텅 비어 있었다.

그는 떨리는 손으로 천장을 만져보고 삼면의 벽을 만져보고 바닥을 만져보았다. 손이 시리도록 차가웠다. 언 땅은 차가웠다. 신월이는 이렇게 차디찬 세상에 누워 있어야 했다.

그는 손바닥으로 천장과 삼면 벽을 빡빡 문질렀다. 땅바닥은 세심히 문지르고 흙덩이와 돌을 다 골라내고 보드라운 흙을 고루 펴 다져놓았다. 신월이가 편안히 누워 있게 해야 한다.

눈물이 흙에 뚝뚝 떨어졌다. 그는 참지 못하여 넘어지고 말았다. 신월이가 영원히 잠들 곳에 드러누운 채 다시 일어날 힘이 없었다. 그는 그곳을 떠나고 싶지 않았다. 참을 수 없는 아픔으로 천성이의 가슴이 터지는 것 같았다. 그는 겨우 정신을 가다듬고 억지로 초안조를 끌어당겼다.

「됐어요…… 신월이가…… 들어가게.」

지면 위의 곽이 열렸다. 모슬렘들이 신월이의 시체를 들어내서 천천히 내려보냈다. 초안조와 천성이가 함께 일어나서 팔을 내밀어 그녀를 받았다. 신월이가 그들의 손에 들려서 천천히 아래로 내려왔다. 그들은 무덤바닥에 꿇어앉아서 신월이를 라허 안에 들여보내려 하였다. 초안조는 팔을 몹시 떨더니 곧 이별할 신월이를 응시하였다. 눈물이 비 오듯 쏟아졌다. 그 마지막 시각에 그는 신월이를 놓으려 하지 않았다.

「놓으세요, 초 선생님.」

슬픔에 잠겨 있던 천성이가 힘들게 이렇게 권하였다. 그의 마음은 찢어지는 듯하였다. 두 사람의 손이 가볍게 신월이를 동굴 안으로 들여놓았다. 초안조가 동굴 어귀에 달려들어 신월이의 옆으로 기어갔다.

「신월아. 신월아.」

숙언이가 낮은 소리로 부르짖으며 흐느꼈다. 그녀는 무덤 옆에 넘어지면서 중얼거렸다.

「넌 산 보람이 있어.」

모슬렘들은 경건하게 무덤 옆에 꿇어앉았다. 그들은 신월이를 위하여 묵묵히 기도를 드렸다.

향불이 피기 시작하였다. 경을 읊는 소리가 묘지에 울려퍼졌다.

모든 찬송은 알라께 속합니다. 알라는 전세계의 주님이시고 인자하신 주님이시며 마지막날의 주님이십니다. 우리는 알라만 숭배합니다. 알라여! 우리를 보호하여 주소서. 알라여! 올바른 길도 우리를 인도하여 주소서.

천성이는 동생 옆에 꿇어앉아 그녀의 얼굴을 감싼 흰 천을 벗겨주었다. 신월이의 얼굴이 드러났다. 신월이는 라허 안에 반듯이 누웠다. 머리는 북쪽으로 놓였고 얼굴은 서쪽을 향하였다. 눈을 감은 그녀의 기다란 속눈썹이 아래로 늘어지고 옥 같은 얼굴에는 연한 홍조가 비쳤다. 그녀의 목 밑에는 사향이 베어져 있어 라허 안에 향기가 감돌았다.

초안조는 얼빠진 듯이 신월이를 바라보았다.

그는 신월이가 처음 연원에 들어오는 것을 보았다. 흰 블라우스에 하늘색 바지를 입은 그녀는 손에 무거운 가죽 트렁크와 그물망태를 들고 있었다.

그는 미명호 가에서 길을 잃은 신월이가 반갑게 그를 향하여 뛰어오고 있는 것을 보았다.

그는 붉은 단풍나무 사이로 보이는 호수의 작은 섬에서 신월이가 별안간 그를 돌아다보던 모습을 보았다.

그는 병상에 누운 신월이를 보았고 가슴에 새겨진 말들이 또 귀에 들려왔다.

「선생님, 우리 사이는…… 애정인가요?」

「알려줄게, 신월이! 신월이를 만난 그 첫날부터 나는 남몰래 신월이를 사랑했다고 말할 수 있지.」

「아, 그것이 운명이에요. 선생님이 저를 기다리고 저도 선생님을 만나게 된 것이 말이에요.」

「우리는 사랑을 주었고 또 사랑을 얻었지요. 우리의 사랑은 깊고도 열렬하며 그만큼 오래오래 갈 것입니다.」

「바로 제가 당신을 깊이 사랑하기 때문에 그 사랑이 오래 가지 못할까봐 두려워요. 어느 때건 제가 당신을 버리고 먼저 이 세상을 떠날 거예요.」

「언제라도 나는 신월이를 버리지 않을 거요. 두 생명이 합쳐질 때 그 힘은 얼마나 크겠어요? 난 신월이를 부축하고 업고 끌고서라도 앞으로 갈 거요. 그 알래스카를 걸어나오면 우리에게도 아름다운 내일이 있을 겁니다.」

「평생에 지기 하나를 만나는 것만으로 족하다는 말처럼 전 이젠 죽어도 한이 없겠습니다!」

「초 선생님, 저 때문에 슬퍼하지 마세요. 선생님은 저에게 자신을 아는 것도 행운이라고 말했지요. 지금 저는 마침내 자신을 알게 되었습니다. 그러니 행운이 있는 사람이지요. 과거에 선생님이 저에게 준 모든 관심에 감사를 드립니다. 이후부터는 다시 선생님께 폐를 끼치지 않게 되기를 바랍니다.」

그는 또 마치 신월이가 마지막으로 입술을 힘들게 실룩거리며 고통스럽게 부르짖는 그 소리가 들려오는 것 같았다.

「초…….」

「신월이! 난 여기 있어. 신월이 옆에 있어.」

그는 정신이 나간 듯이 대답하면서 신월이를 뚫어지게 바라보았다.

신월이는 다시 아무런 반응도 없었다. 그녀는 조용히 자기의 마지막

귀착지에 누워 있었다. 감고 있는 두 눈은 마치 무슨 생각을 골똘히 하는 것 같았고 꼭 다문 입은 수많은 말들을 머금고 있는 것 같았다. 누구도 그녀의 영혼이 무엇을 생각하고 있는지 무슨 말을 하려 하는지 몰랐다. 그녀의 얼굴은 서쪽을 향해 있었다. 그녀의 주님과 그녀의 조상들이 그녀를 부르고 있다. 그녀에게 인간세상의 모든 것과 작별하고 가야 할 곳으로 가라고 하는 것 같았다.

시간이 너무 오래 걸렸다. 라허를 막을 시간이 되었다.

「초 선생님, 이애와…… 작별인사하세요!」

천성이가 통곡하면서 그 정에 미친 사람을 끌었다.

그는 작별을 고하지 않았다. 그들에게는 영원히 결별의 날이 없다.

그는 묵묵히 동굴을 막는 벽돌을 들고 천성이와 함께 한 장 한 장 쌓았다. 그것은 피와 살로 쌓은 것이고 눈물로 붙여놓은 것이다. 한 장 또 한 장…….

동굴문이 점점 작아졌다. 이젠 신월이의 몸이 보이지 않았다. 라허 안에는 희미한 흰 빛만 보였다. 그것은 초안조의 달이었다. 그의 달이었다. 이제는 다시 볼 수 없단 말인가?

그의 손이 멈추어졌다. 미친 듯이 그 흰 빛만 보았다.

「보지…… 보지 마세요.」

천성이가 그에게 마지막 한 장의 벽돌을 건네주었다. 천성이의 손이 떨리고 있었다.

「선생님이 이러시면 그애가 어떻게 가겠습니까? 우리가 어떻게 살겠습니까?」

초안조는 그 벽돌을 받지 않았다. 그는 자기의 손으로 신월이와 자신을 영원히 막아놓을 수 없었다.

눈물이 그 마지막 한 장의 벽돌에 떨어졌다. 천성이가 이를 악물고 그 벽돌로 마지막 한 줄기 광선이 비쳐드는 동굴문을 막아버렸다.

14 상처받은 영혼들 273

눈앞이 캄캄해지더니 초안조는 까무라쳤다. 다시 눈을 떴을 때 그의 앞에는 이미 신월이가 없었다.

천성이가 라허판을 막아놓아 망인과 가족들 사이를 가로막았다. 이 평생에는 영원히 다시 만날 날이 없을 것이다.

모슬렘들이 손으로 황토를 움켜쥐고 신월이를 덮으려 했다.

초안조가 무덤 중간에 묵묵히 서 있었다. 정신나간 듯한 그의 얼굴에는 아무런 표정도 없었다. 마치 그의 생명도 이미 끝나고 그의 영혼과 육체가 모두 신월이의 옆에 남아 있는 것 같았다. 사람들이여, 흙을 뿌리시라. 우리 두 사람을 함께 묻어버리시라.

신월이가 죽은 지 칠 일이 되는 날 박아댁의 온 식구가 서산 아래에 왔다. 신월의 묘지를 찾아왔다. 그것은 모슬렘들의 죽은 이에 대한 첫 번째 추도의식이다. 이후 40일, 백일, 주기, 죽은 이의 생일날에도 또 와서 향불을 피우고 경을 읊어준다. 신월이 집을 떠날 때 부모는 묘지까지 그녀를 바래다주지 않았다. 손윗사람은 손아랫사람을 보내지 않는다. 그러나 엄마는 신월이에게 칠 일에 꼭 오겠다고 했고 지금 약속대로 온 것이다. 아버지도 겨우 가족의 도움을 받으며 따라왔다. 오빠와 언니도 왔다. 그들은 신월이가 그리웠다. 신월이도 그들을 기다렸겠지?

모슬렘들은 제사에 쓰는 것이 아무것도 없다. 음식도 꽃다발도 없다. 다만 성결한 향불만 피워져 있고 엄마의 마음속에 아로새겨진 경문이 있다. 그들은 신월이에게 비석을 세워주려 했다. 묘 앞에 그녀의 이름을 남기려고 했다. 비석을 세우는 사람은 망인의 후손이어야 하는데 후손이 없는 그녀는 오빠와 언니가 세워주게 되었다. 그들은 한씨의 후손들이 언제나 신월이를 잊지 않게 하려고 하였다. 천성이는 그 비석을 원래는 칠 일 전에 묘 앞에 세우려고 미리 주문하였는데 그때

274

까지도 만들어지지 않아서 식구들이 모두 유감스러워했다. 신월이에게 너무 미안했다. 40일이 될 때 신월이에게 줄 수밖에 없었다.

그들은 차에서 내려 멀리 보이는 묘지를 향하여 묵묵히 처량하게 걸어갔다. 서산 봉우리는 아직도 눈빛으로 반짝이는데 산 아래 눈은 이미 다 녹았다. 숲속 묘지 안의 갈황색 땅이 눈녹은 물에 젖어 햇살 아래 싱그러운 내음을 뿜고 있었다. 봄이 왔다. 그러나 봄은 이젠 신월이에게 속하지 않았다.

묘들이 나란히 이어져 있었다. 눈녹은 물에 축축해진 묘지는 오래된 묘와 새 묘가 잘 구별되지 않았다. 하물며 모슬렘들이 매일 이곳에 안장되고 있으니 어느 것이 신월이 것인가? 천성이와 숙언이는 동생이 잠들고 있는 곳을 한평생 잊을 수 없다. 그들은 아버지와 어머니를 이끌고 신월이에게 찾아갔다. 묘지에는 네 사람이 묵묵히 움직이고 있었다. 초췌한 두 노인과 지칠 대로 지친 한 사나이, 그리고 뒤뚱거리며 걷고 있는 임산부였다.

그들은 모두 멈추어 섰다. 신월이가 바로 앞에 있었다.

신월이의 묘 앞에는 이미 한백옥으로 만들어진 비석이 세워져 있음을 그제서야 발견하고 그들은 매우 놀랐다.

결백한 비석은 티없이 깨끗하고 소박하였다. 지나친 장식이나 조각이 없는 대신 묘비 위쪽에 아름다운 초생달이 부각되어 있었다. 묘비의 중간에 말쑥한 초록색으로 미끈하고 단정한 글씨가 새겨져 있었다.

한신월지묘
1943~1963

묘비는 그다지 높지 않았다. 마치 신월이의 날씬하고 깜찍한 몸매와 같았다. 묘비에는 어떠한 직함도 어떠한 사적도 적혀 있지 않았다. 신월이는 인간세상에 어떠한 공적도 남긴 것이 없다. 그럴 여가도 없었다. 그녀는 오로지 보통사람이었다. 그녀를 기억하는 사람은 그녀의 가족들뿐이었다.

묘비에는 비석을 세운 사람의 이름도 없었다. 묘지에는 그 사람의 모습이 보이지 않았다. 그는 이미 가버렸다.

나에게… 촛불을… 촛불을!

명월이 언제 뜨는가고
술잔 들고 청천에 물었다오.
하늘 궁전에서는 오늘 저녁이
어느 해인지 누가 알리오?
나도 바람 타고 가보려 했다가
하늘 높이 있는 누각들이
너무 추울까 걱정되누나.
미녀들이 하늘하늘 춤추는
이 인간세상과 어찌 비기리오?

주문누각을 지나서
비단 창가에 이르러
잠 못드는 이들을 비추어주네.
하필 사람들이 이별할 때면 둥글어지니

어찌 원망하지 않겠소?
인간에게 슬픔과 기쁨, 이별과 만남이 있듯이
달에게도 흐릴 때와 개일 때, 둥글 때와 이즈러질 때가 있으니
이 일은 예로부터 마음대로 되는 일이 아니라오.
사람들이 오래오래 살아서
천리 밖에서라도 이 달을 함께 보았으면 하는도다!

달이 연원을 비추었다. 미명호 상공의 둥근 달은 찬란하였지만 미명호수에 잠긴 달은 몽롱하였다. 달빛이 비치는 호숫가의 오솔길을 따라서 초안조가 고개를 숙이고 서성이고 있었다. 혼자 오가는 유령 같았고 고독한 외기러기 같았다. 그의 이름처럼 기러기[雁]도 오는 때가 있고 조수[潮]도 때가 있는데 유독 명월만은 다시 떠오르지 않았다.

박아댁 상공의 상현달이 고요하고 쓸쓸했다면, 미명호 상공의 보름달은 둥글고 밝았으며 숭문문 상공의 하현달은 희미하고 어슴푸레하였다.

달이 졌다. 밤마다 불을 켜고 술잔들어 달을 청하는 비재에 지지 않고, 생명을 탄생시키기도 하고 매장하기도 하는 흙 속에 졌다. 이때부터 명월은 하늘에도 인간세상에도 없었다. 오직 그의 마음속에만 있었다. 그의 자그마한 서재에는 영원히 사라지지 않을 깊은 애정이 남아 있었다. 책장 중간에 바이런과 나란히 「고사신편」 역문의 원고가 놓여 있었다. 신월이는 줄곧 그 책이 출판되기를 기다렸다. 그도 여전히 기다리고 있었다.

달이 박아댁을 비추었다. 서채 낭하 앞의 해당화는 눈처럼 하얗게 피었고 옥 소장실에는 맑은 눈물이 비오듯 쏟아졌다.

달빛이 창문 커튼을 뚫고 옥궤를 비추더니 한자기의 초췌하고 늙은

얼굴을 비추었다. 그는 창가에 우두커니 앉아서 푹 꺼져들어간 눈으로 하염없이 달만 쳐다보았다. 뼈만 남은 앙상한 두 손으로 구슬 하나를 만지작거리면서.

딸의 요절이 그의 영혼을 파멸시켰고 그의 몸도 완전히 망가뜨렸다. 그는 이제 살아 있는 송장과 다름없었다. 그는 멍하니 앉아 있다가, 지팡이를 짚고 뜰안에서 휘청휘청 걸어다니다가, 서채를 멍하니 쳐다보다가, 나무로 조각된 가림벽을 들여다보다가, 해당나무를 멍하니 보고서 머리를 절레절레 저으며 한숨을 내쉬었다. 그러고는 다시 옥을 감춘 밀실로 돌아가 멍청히 앉아 있었다. 나이가 회갑이 되니 특별공예품공사에서는 그를 은퇴시켰다. 정신이 흐릿해지고 걸음도 제대로 걷지 못하는 늙은이는 이제 더 공사를 위해서 일을 할 수 없게 되었다. 그의 「변옥록」은 아직 끝내지 못한 채였으므로 다른 사람들이 계속 쓰게 할 수밖에 없었다. 그것은 그의 한 사람만의 사업이 아니라 옥의 강은 끝없이 이어진 것이다.

그에게는 고민을 풀 만한 곳이 없었고 집을 나설 기운도 없었다. 오로지 자기 밀실에 틀어박혀 있을 수밖에 없었다. 그의 생명을 지탱해주는 것은 그 옥들뿐이었다. 한평생 고생스레 모아온 옥이다. 천애지각에까지 떠돌아다니고 모진 풍상을 겪으면서도 버리지 못한 옥들이다. 그 옥들이 그의 쓸쓸한 말년을 동반하게 되었다. 그는 옥을 위해 살고 있다. 옥을 잃어서는 안 된다. 옥은 그의 생명의 마지막 기둥이나 다름없는 것이다.

1963년 5월 숙언이는 남자아이를 낳았다. 그애는 엄마 뱃속에서 너무 많은 시달림을 받아서인지 여위고 작았지만 생김새는 준수하고 총명하였다. 초롱초롱한 눈은 어릴 때의 천성이를 닮았다. 이 년 후에 또 여자아이를 낳았는데 피부가 옥처럼 희고 빨간 입술이 마노 같았고 검고 큰 눈은 보석 같은 푸른빛이 반짝이는 것이 어릴 때의 신월이를 신통하게 닮았다. 딸은 고모를 닮는다고 그것은 이상한 일이 아니었다. 손자 손녀를 보게 되자 딸을 잃은 한씨 부인의 슬픔이 약간 가셔졌고 한자기의 쓸쓸한 마음에도 약간 위안이 되었다. 그는 아이들에게 친히 이름을 지어주었다. 손자는 청평(靑萍)이라 부르고 손녀는 결록(結綠)이라 불렀다. 한씨 부인과 천성이 부부도 모두 이름들이 좋은 것 같아서 다른 의견이 없었다. 그러나 그들은 이것들이 옛날의 두 보검의 이름인 줄은 몰랐다. 한자기가 자기의 후손들을 보검으로 보는 의도를 몰랐다. 그 자신도 분명히 알지 못할지 모른다.

1963년 6월, 쓸쓸하고 말없이 학생들을 가르치던 초안조는 강사로 진급되었다. 엄 교수가 세상을 뜬 지 반 년이 되고 뒤를 이을 사람이 없으니 그렇게 될 수밖에 없었다. 학교 당국에서는 초안조의 교학수준을 여러 번 고찰해보았으나 흠잡을 데가 없었으며 초안조에게는 이젠 어떠한 방해도 없었으니 이젠 어떠한 의논도 있을 수 없었다. 그리고 영원히 명백하게 말할 수 없는 그의 가정역사 또한 어느 누가 나서서 명쾌하게 밝힐 재간이 없었기 때문이다.

1965년 7월, 초안조의 반 15명 학생들이 졸업하였다.

초 선생님과 작별인사를 하게 된 정효경의 마음은 형언할 수 없이 복잡하였다. 모택동 주석이 문예계에 대해 내린 지시를 통해, 문화연합회의 각 협회에서 십오 년간 기본적으로 당의 정책을 집행하지 않았다고 질책하였다. '최근 몇 년간 수정주의의 변두리까지 넘어갔다.'

예술가들이 모두 공포에 떨고 있었다. 정효경 어머니도 서양 사람, 죽은 사람들의 극을 연출했기에 페도페구락부 성원으로 몰렸고 정치비판을 받았다. 정효경도 잠자코 침묵을 지켰다.

각자가 발령받은 직장으로 떠나기 전에 정효경과 나수죽은 신월이의 묘소를 찾아가서 죽은 친구에게 작별인사를 했다. 이제부터 모두들 각자의 길로 흩어져야 했다.

280

그들은 묵묵히 신월이의 황량한 무덤을 보고 있었다.

「신월아, 우리는 간다. 나중에 북경에 올 기회가 있으면 다시 너 보러 올게.」

나수죽은 흐느끼며 말을 잇지 못했다. 그녀는 정효경의 소매를 당기면서 말했다.

「너도 이애와 말 좀 하려무나!」

정효경은 오랫동안 침묵을 지키더니 낮은 소리로 조용하게 말했다.

「누가 미장이나 목수가 만든 물건보다 더 견고한 것을 만들 수 있는가? 그는 바로 무덤파는 사람이다. 왜냐하면 그가 만든 집은 세계의 마지막날까지 있을 수 있기 때문이다.」

「너 그건 무슨…… 무슨 뜻이야?」

나수죽이 어리둥절해져서 물었다. 정효경이 담담하게 말했다.

「무슨 특별한 뜻은 없어. 나수죽, 너 잊었어? 이건 햄릿에 나오는 대사인데.」

그들은 무덤 앞에서 얼마나 오랫동안 울었는지 모른다. 그들은 눈물 섞인 흙을 무덤에 올려주고 돌아갔다. 그들은 박아댁에 가서 신월이의 유물을 돌려주었다. 그들도 27재를 떠나야 하기에 신월이의 짐을 더는 보관할 수 없었다. 딸과 동갑내기인 처녀들과, 딸애가 입학할 때 가지고 갔던 짐들을 보자 한자기는 까무러쳤다.

그때부터 그는 다시 병석에서 일어나지 못했다.

1966년 8월, 파멸과도 같은 재난이 별안간 박아댁에 떨어졌다.

그 재난은 어쩌면 근본적으로 피할 수 없었던 건지도 모른다. 그 일은 사람들이 거의 잊어버리다시피 한 이십여 년 전의 일 때문이었다.

그해 남보석 반지 하나가 기진재를 망쳐버렸었다.

한씨 부인한테 쫓겨난 후 선생은 오갈 데도 없고 생계도 유지할 수 없는 궁지에 몰렸다. 그때 한씨 집의 원수인 포수창이 그에게 손을 내밀어 후한 보수를 주고서 청해갔다. 포수창은 후 선생이 돈관리를 잘하는 회계임을 알고 있었다. 후 선생은 생계를 위하여 해외에서 돌아오지 않고 있는 한자기에 대한 미안한 마음을 안고 회원재에 들어갔다.

어느 날 회원재에 늘 드나드는 순경이 와 차를 마시면서 얘기를 나누고 있었다. 후 선생은 무의식중에 그 순경이 손에 낀 남보석 반지를 발견하였다. 후 선생은 흠칫 놀랐지만 일부러 아무렇지도 않은 것처럼 물었다.

「선생님의 그 반지는 어디서 샀습니까?」

「좀 보아주시죠.」

순경이 웃음을 지으면서 반지를 빼서 보였다. 그는 자랑스레 말했다.

「이것은 산 것이 아니고 애인이 준 것이지요.」

그는 자기의 사생활을 감추지 않았다. 그가 어느 가게주인의 셋째첩과 정사를 맺고 있는 것은 이미 공개된 비밀이나 다름없었다.

후 선생은 반지를 받아 자세히 보고는 놀라서 반나절이나 말을 하지 못했다. 그 반지는 바로 기진재에서 잃어버린 남보석 반지였다. 그는 너무도 그 반지에 익숙했다. 절대 틀림없다. 그런데 이 반지가 어떻게 순경 애인의 손에 들어갔을까? 그는 곰곰이 생각해보았다. 아, 맞았다. 기진재에서 반지를 잃은 그날 한씨 부인과 같이 가게에서 마작을 논 여인 중에 그 셋째첩이 있었다.

모든 것이 이젠 분명해졌다. 그는 두근두근 뛰는 가슴을 억지로 가라앉히고 순경에게 잘 보아주겠으니 두고 가라고 말하고 순경이 간 후에 그 반지를 들고 박아댁에 뛰어갔다.

「알라여! 난 누명을 벗었습니다! 난 누명을 벗었습니다!」

그는 한씨 부인 앞에서 외마디소리를 지르더니 피를 토하고 까무러

쳐버렸다.

한씨 부인은 그 반지를 받지 않고 다시 순경에게 주었다. 그녀가 어찌 감히 경찰국의 사람을 건드리겠는가? 그녀는 후씨 아내에게 그때 받은 배상금을 돌려주고는 눈물 콧물 흘리면서 좋은 말로 구슬렀다. 그러나 그녀는 다시 후 선생님을 청해올 수 없었다. 기진재는 이미 없어졌다. 후 선생은 억울한 누명은 벗었으나 목숨을 잃고 말았다. 그는 사흘 후에 죽고 말았다. 불쌍한 과부와 고아들만 남겨놓고.

그리고 이십 년이 지났다. 지나간 일이라고 다 잊혀지는 것이 아니다. 후 선생의 아이들이 어른이 되었다. 그들은 모두 노동자계급이 되었는데 자신들의 고난의 가정사를 잊지 않고 있었다. 그들은 비참하게 돌아가신 아버지를 잊을 수 없었다. 문화대혁명으로 '더러운 오물을 다 쓸어버린다'는 세월이 오니 그들은 지난 일이 생각났다. 자신들의 아버지는 자본가가 핍박하여 죽었다. 자본가는 점원을 사람처럼 대우하지 않았다. 한씨 집이 자본가인가? 물론이다. 포수창은 공사합영 때 이미 자본가가 되어 망했다. 옥왕 한자기는 무엇 때문에 그물에서 빠져나와 국가공무원이 되었는가? 이 전도된 역사는 다시 뒤집어야 한다. 자본가한테 피의 원수를 갚아야 한다!

어찌 해볼 사이도 없이 군복을 입고 팔뚝에 붉은 완장을 두른 젊은이 한 무리가 박아댁에 뛰어들어서 목조각 가림벽을 짓부수고 낭하의 채색 단청에 검은 먹칠을 해놓았다. 그들은 밀실의 문을 부수고 그 안의 소장품을 다 털어갔다. 그물에서 빠진 자본가는 이렇게 값진 물건을 몰래 감추고 있었던 것이다.

그러나 나이어린 홍위병들은 몰랐다. 그 물건들은 돈만 가지면 살 수 있는 것이 아니었다. 그것들은 모두 한자기의 심혈이 깃들어 있었고 한자기의 생명과 같은 것이었다. 그것들은 하나의 살아 있는 역사이고 끊임없이 흐르는 옥의 강이었다. 그것들은 만날 수는 있으나 얻

을 수 없는 국보였고 그 어느 하나라도 고궁박물관이나 역사박물관의
소장품과 비길 수 있었다.

「내 옥이야! 나의 옥!」

바람만 불어도 넘어질 것같이 허약하던 한자기가 병상에서 떨어져
무릎걸음으로 기면서 목이 터지도록 부르짖었다. 그는 죽을 힘을 다하
여 그 하늘에서 내려온 것 같은 사람들에게 덮쳐들었다.

이런 때에 옥이 다 무엇인가? 한씨 부인과 숙언이가 꿇어앉아 홍위
병들에게 빌지 않았더라면 그들의 넓적한 가죽띠가 한자기를 때려죽
였을 것이다.

「나의 옥, 나의 옥……。」

옥왕이 절망적으로 신음하고 있었다.

홍위병들이 돌아갔다. 그들은 트럭으로 소장품을 모두 실어갔고 옥
왕이란 액자와 기진재 간판도 빼앗아갔다. 액자와 간판은 한자기의 죄
목으로 가져간 것이다.

재난당한 집은 마치 엎어진 새둥지 같았다. 한씨 부인은 남편을 소
파 위에 부축해 앉히고 눈물을 흘리며 그의 목의 핏자국을 씻어주었고
얼굴의 눈물을 닦아주었다. 며느리가 녹두죽을 끓여왔다. 식은 녹두죽
을 마시고 시아버지로 하여금 속의 불을 끄게 하려고 하였다.

한자기는 고개를 내저었다. 그의 마음은 이미 완전히 싸늘해졌다.
그의 심장은 옥이 가져갔다. 그는 그 옥들을 잊을 수 없다. 5천 년 전
의 옥괭이, 4천 년 전의 옥횡, 상대의 옥결, 한대의 강모, 청옥천마, 당
대의 청옥비천패, 백옥인물대판, 청옥구름무늬귀걸이, 송대의 마노잔,
백옥룡손잡이잔, 원대의 백옥삼양주전자, 비취덮개사발…… 어느 것
이나 청나라 건륭대보다 더 늦은 것은 없었다. 어느 것이나 세상에 드
문 진보였다. 그것들을 잃으면 어디 가서 다시 찾겠는가? 옥왕이 옥을
잃고 어떻게 산단 말인가?

「애아빠, 몸을 돌보세요. 물건들을 아쉬워 말고!」

한씨 부인이 남편 옆에 앉아서 남편의 뼈만 앙상한 손을 잡고서 위안해주었다. 사실 그녀도 그 물건들이 얼마나 아쉬운지 모른다.

'황금은 값이 있어도 옥은 값이 없다'고 그 물건들은 기진재의 알짜들이었고 박아댁의 기초였다. 남편이 집 떠난 지 십 년 만에 또다시 가지고 돌아와서야 그녀의 속은 든든해졌다. 이후의 세월은 근심 걱정 없었고 자손들의 장래도 걱정할 필요가 없게 되었다. 재산은 사람의 핏줄이다. 돈이 있어야 사람은 허리펴고 살 수 있다. 돈이 없으면 사람은 단번에 맥이 빠지고 머리도 축 처진다. 새 사회든 옛날 사회든 누구도 돈을 떠날 수 없다. 그 누구도 서북풍을 마시며 살 수는 없으니까. 박아댁의 그 거대한 재부는 원래 그들 늙은 부부와 돌아가신 고모 외에는 아는 사람이 없었다.

정부에서도 모르고 공사에서도 몰랐고 옥기항업의 동료들도 몰랐다. 그들은 모두 기진재가 이미 망했고, 한자기가 외국에서 빈손으로 돌아온 줄밖에 모른다. 해방 후 남들보다 잘산 것은 한자기가 국가노임을 받은 때문이라고 알고 있었다. 누구도 그 집에 그런 보배창고가 있어 그 중 제일 떨어지는 것 하나만 팔아도 아들을 장가보내고도 넉넉히 남을 줄을 몰랐다. 천성이와 숙언이마저 아버지의 방에 무엇이 있는 줄 몰랐다. 오늘은 완전히 끝장났다. 누구든 다 알게 되었다. 물건을 모두 빼앗겼을 뿐만 아니라 자본가란 더러운 모자까지 눌러써야 했다. 이제부터는 끊임없이 투쟁을 맞고 괴로움을 당해야 했다. 자기들의 사돈인 숙언이 아버지의 소업주보다도 못한 꼴이 되었다.

여기까지 생각하니 한씨 부인은 뼈까지 시려왔다. 그녀의 창백한 얼굴의 빽빽한 주름살은 다시 펴지지 못했다. 그러나 그녀도 이젠 남편의 상처에 소금을 더 칠 수 없었다. 까딱하면 영감의 목숨까지 잃고 말 것 같았다. 그녀가 남편의 마음을 위로해주지 않으면 주인은 쓰러지게 되고 이 집도 잘못될 것이다. 그녀는 가업을 일구어세우고 잘 살아보려던 불 같은 소원을 집어치울 수밖에 없었다. 그녀는 일부러 아무렇지도 않은 듯이 말했다. 마치 자기는 처음부터 재산을 모으는 것에는 관심을 갖지 않은 척하였다.

「애아버지, 재산이 다 뭐예요? 한평생 돈모으는 것이 한평생 경을 읽기보다 못해요. 돈이란 것은 죽어서도 가지고 가지 못하는 것이 아니예요? 이 세상에서 복을 받으면 다음 세상에서 고생을 하고, 지금 고생을 하더라도 다음 세상에서는 복을 누릴지 몰라요. 사람은 자기 분수를 지켜야지. 팔자를 고치려 해서는 안 돼요. 좋은 일이나 많이 하고 앞날은 알려고도 말아야 해요. 우리가 본래 아무것도 없었다고 생각하면 돼요. 당신이 우리 아버지에게서 재간을 배울 때처럼. 우린 그렇게 가난해도 살아오지 않았어요. 애아버지, 마음을 넓게 가지세요.」

백발부부가 어릴 적 일을 말하노라니 애틋하기도 하고 슬프기도 하여 한씨 부인은 저도 모르게 눈물을 흘렸고 한자기도 마음이 좀 가라앉는 것 같았다. 육십이면 회갑이라고 그의 육십 년도 한 바퀴 돈 셈이다. 떠돌아다니던 거지로부터 부자가 되었다가 또다시 부자로부터 빈털터리 가난뱅이가 된 셈이다. 원래와 똑같은 신세가 되어 얻었던 것은 다 잃고 말았다. 아무것도 얻지 못한 셈이다. 운명이 그와 장난을 한 것이다. 그를 실컷 놀려주고 고생시키니 그도 늙어버렸다. 그는 이제야 알게 되었다. 미리 이럴 줄 알았더라면 그렇게 죽도록 고생하며 돈을 버느라고 야단하지 않았을 것이다.

투러여띵 빠빠가 일찍 그에게 말했었다. 사람은 이 세상을 잠시 지나가는 나그네고 몸은 영혼의 임시거처이다. 산다는 것은 짧은 한순간이고 죽은 후에야 영원한 삶이 있다. 영원한 삶에 비하면 짧은 한순간은 아무것도 아니다. 영화부귀는 눈앞에 지나가는 뜬구름이고 금은보화도 더러운 흙과 같은 것이다. 사람이 어머니의 뱃속에 있을 때부터 알라는 그를 위하여 운명서를 써놓아서 일생의 수명, 수입, 직업, 복이 결정되어 있다. 무릇 운명에 있는 것은 얻으려 하지 않아도 스스로 생기고 무릇 운명에 없는 것은 얻으려고 아무리 애를 써도 반드시 잃고 만다. 『코란경』에는 명확하게 훈시되어 있다. '지금 세상의 생활은 유희오락이고 사람을 속이는 향수이다.' '이 땅의 모든 재난과 너희들이 당한 재앙은 내가 그 재앙들을 만들기 전에 벌써 천경에 다 적혀 있었다…… 이로 하여 너희들이 자신들이 잃은 것 때문에 슬퍼하지 않고 내가 너희들에게 하사한 것 때문에 기뻐 날뛰지 않게 하려고 한다.' 그렇다면 한자기도 마땅히 자족을 느끼고 총애를 받은 치욕을 당하든 놀라지 말고 재산을 얻었다고 기뻐하지 말아야 하고 자신의 신세 때문에 슬퍼하지 말아야 했다.

그러나 사람이 깨달을 것을 다 깨달았을 때는 생명도 이젠 끝이 온 것이다. 이젠 더 기를 쓸 필요가 없다. 죽음밖에 없으니까.

이튿날, 공사에서 사람들이 나와 그에게 한바탕 상황을 말해주고 나서 그에게 자신의 죄악의 역사를 교대하라고 으름장을 놓았다.

며칠 지나서는 방산관리소 사람이 와서 한씨 가족보고 몽땅 안뜰에서 나와서 북채로 이사가라고 명령하였다. 북채도 크나 작으나 다섯 칸이고 너희들 식구가 아기까지 합해서 여섯이니 실컷 살 수 있다. 집 없는 사람도 많은데 빨리 옮겨!

병석에 드러누운 아버지를 바라보니 천성이는 난감하였다. 그는 방산관리소의 사람에게 남채는 남겨달라고 요구하였다. 아버지를 움직이게 할 수 없으니까 사정을 보아달라고 했다.

안 돼!

「제발…… 제발 내가 서채에 있게 해주시오! 서채는 나의…… 떠나기 너무 아쉽습니다.」

겨우 목숨을 지키고 있는 한자기가 병상에서 머리를 들고 불쌍하게 애걸하였다. 그는 집이 아까운 것이 아니라 그곳이 아쉬웠다. 거기는 빙옥이 살던 곳이고 딸이 살던 곳이다. 그는 남채에서 나와서 거기서 영원히 살고 싶었다. 마지막으로 거기서 이 세상을 떠나고 싶었다.

그것도 안 돼! 혁명은 손님을 청해서 밥먹는 일이 아니야. 무릇 적이 좋아하는 것은 우리는 꼭 반대해야 한다. 이 영감이 서채를 아쉬워할수록 더 빨리 옮겨야 한다. 이른바 집없는 사람들이 달려들어서 서채 방안의 물건을 밖으로 던졌다.

아, 큰 구리침대, 그 책상, 그 사진, 그 브라질목, 축음기, 책…… 모두 뜰안에 내던져져 있었다. 한자기는 울면서 기어가서 진귀한 유물들을 구하려 했다. 그것들은 그의 목숨이었다.

안뜰 안은 모두 방산관리소 사람들의 주택이 되었다. 앞뜰의 북채에서 옥왕 일가족이 비좁게 살고 있었다. 사람은 복은 다 누리지 못해도 이겨내지 못하는 고생은 없는 것 같다. 식구 여섯이 그래도 그런 대로 살 수 있었다. 사실 집이 더 작다 하더라도 비비고 살 수 있었을 것이다. 백성들은 비좁게 사는 데 재간이 있다. 놓을 자리가 없는 물건들은 팔아버렸다. 나무상 하나가 얼마되지 않았지만 팔아서 손자 손녀에게 우유를 사주었다.

그래도 몇 가지 물건은 팔 수 없었다. 한자기는 지금 딸의 침대와 책상을 쓰고 있었고 딸의 유물들이 모두 그의 신변에 놓여 있었다. 매일 빙옥이와 딸의 사진만 들여다보았다. 그는 자신에게 딸 만나러 갈 날이 얼마 남지 않았음을 느꼈다. 기왕 이 세상이 다음 세상을 위한 준비이고 죽음이 이 세상과 다음 세상을 이어주는 다리인 바에야 빨리 건너가야지. 건너가면 딸을 볼 수 있지 않은가! 이 세상에 이제 또 무슨 미련이 있겠는가?

그러나 한자기에게는 여전히 미련이 남아 있었다. 그것은 이십 년 전의 끝맺지 못한 정이었고 꺼지지 않는 불길이었으며 갚지 못한 빚이었다. 그는 아직 속죄하지 못했다. 그는 줄곧 마음속에 한 사람을 품고 있었다. 묵묵히 가만가만 애타게 그렸다. 그는 아내 앞에서 그 감정을 드러내서는 안 되었다. 아들과 며느리 앞에서는 더욱 조심해야 했다. 오직 딸만이 그의 마음을 알았는데 너무 늦게서야 알았다. 그에게는 지금 속마음을 털어놓을 사람조차 없다. 그저 자기 마음속에 삭여야 했다. 그러나 그는 이 감정과 이 불, 이 빛, 이 죄를 모두 땅 속에 가지고 갈 수는 없었다. 죽기 전에 그는 자신을 청산하고 그 잊을 수 없는 사람의 용서를 받아야 했다. 그러나 그는 그녀가 지금 어디에 있는지도 모른다. 어디에 가서 찾는단 말인가? 근근이 목숨을 지탱하는 그가 다시 천애지각을 찾아나설 수도 없다.

그는 아들에게서 종이와 펜을 얻어다가 병든 몸을 추스리고 딸의 책상에 엎드려 편지를 쓰기 시작하였다. 한 구절을 쓰는 데도 꽤 많은 힘이 들었다. 그는 한 구절 쓰고는 헐떡이면서 그 사진을 한참 들여다보고 힘을 모았다가는 또 계속 쓰곤 했다. 그의 마비된 손은 펜을 단단히 잡을 수 없었고 어두워진 눈은 종이의 가로줄을 바로 보아낼 수 없었다. 글씨는 아주 크게 써졌고 비뚤비뚤하였다. 중첩되고 엇갈린 데도 적지 않았다. 가령 그 사람이 이 편지를 받는대도 글씨를 알아보기가 힘들 것이다. 그는 편지를 며칠 동안 힘들여 썼다. 길게 쓴 편지를 봉투에 넣으니 불룩한 것이 소포만큼이나 컸다. 봉투에 주소를 영어로 썼는데 옛날 사이먼 헌트의 주소였다. 가령 그의 친구가 아직 살아 있다면 편지를 빙옥에게 전해달라고 간곡히 부탁하였다.

그는 이미 오랫동안 누구에게도 편지를 쓰지 않았다. 쓰기 힘들고 고통스러운 이 편지를 쓰는 것도 기쁨이라는 생각이 들었다. 편지라는 형식을 생각해낸 사람은 참 대단하다. 편지는 사람과 사람의 대화의 연속이고 또 대화를 대신할 수도 있다. 사람과 사람이 어느 때건 대화를 나눌 수 있는 건 아니다. 어떤 때는 마주 앉아서도 대화를 할 수 없고 어떤 때는 대화를 하고 싶어도 만날 수 없다. 편지는 차마 입에 담기 힘든 말과 마음속의 말을 쓸 수 있으며, 편지는 사람의 사상감정을 천리 만리 밖의 볼 수 없는 사람에게 전해준다. 그러니 편지가 말보다 훨씬 낫지 않은가?

그는 순간 편지가 정말 좋음을 깨달았다. 편지는 아주 중요하다. 만약 말도 못 하고 편지도 못 쓴다면 사람은 갑갑해 죽거나 애가 타서 죽을 것이다. 무엇 때문에 일찍 쓰지 않았던가? 일찍 써야 했을 걸 그랬다. 만약 오 년 전에 이 편지를 썼더라면 빙옥이에게 딸의 기쁜 소식을 전할 수 있었을 것이다. 그러나 그때 그에게는 편지쓸 용기가 없었다. 그는 자신이 빙옥에게 편지쓸 자격이 없다고 생각하였다. 지금은 더욱 쓸 면목이 없으나 반드시 써야 한다. 이 편지를 쓰지 않으면 그는 죽어도 눈을 감지 못할 것이다. 그리고 영원히 빙옥이의 질책을 받을 것이다. 그는 평생에 진 빚을 이 평생에 갚고 싶었다. 다음 세상에까지 끌고 가고 싶지 않았다.

이 편지는 너무도 중요하다!

그는 헐떡이면서 힘들게 편지봉투를 붙였다. 그는 편지를 천성이에게 맡기면서 빨리 가서 등기우편으로 부치라고 신신당부하였다. 그 표정은 마치 마지막 유언을 남기는 것만큼 엄숙하였다. 그는 아들에게 편지의 내용과 목적을 알려주지 않았다. 아들은 편지봉투의 영어를 알아보지 못한다. 그는 이전에 아들에게 영어를 배워주지 않은 것을 후회했었으나 지금은 그것이 다행이었다.

천성이는 처음에는 아버지가 명령대로 공사에 죄악의 역사를 교대하느라고 쓰고 있는가 여겼다. 쓰지 않으면 이 고비를 넘기지 못한다. 그런데 아버지가 쓴 것은 편지였다. 그는 불룩한 편지봉투와 그 위에 쓰인 외국글자를 보자 깜짝 놀랐다. 이런 세월에 외국 사람에게 편지를 쓰다니 아버진 정말 정신이 나가지 않았는가!

「빨리…… 빨리 가 부쳐라!」

한자기가 침대에 누워서 간절한 눈길로 아들을 바라보며 재촉하였다.

「네.」

천성이가 대답하고는 아버지의 방을 나왔다.

그는 우체국에 가지 않고 자기 방으로 들어갔다. 숙언이는 아직 출근하지 않았고 청평이와 결록이 침대 위에서 놀고 있었다.

천성이는 그 묵직한 편지를 들고서 다급히 봉투를 뜯었다. 빨리 편지의 내용을 알고 싶었다. 그는 근본적으로 개인의 통신비밀은 법률의 보호를 받는다는 상식도 몰랐다. 그러나 그 세월에 법률이 이미 무용지물이 된 지도 오래다. 그 편지를 그가 검사하지 않는다 해도 검사하는 데가 있었다. 차라리 그가 먼저 검사하는 게 더 나을 것이다.

편지는 중문으로 썼다. 그는 중문은 알았다. 그런데 글씨가 어찌도 알아보기 힘든지 그는 알아맞추면서 보아야 했다. 편지받는 사람은 이모였다. 그러니 내용을 짐작할 수 있었다.

이모는 지금도 천성이의 기억에 남아 있었다. 이십 년 전에 이모가 왔었다. 집에서 하룻밤 자고 이튿날 신월이를 두고서 가버렸다. 그해 천성이는 열한 살이었다. 열한 살짜리 아이니 무엇이든 알 수 있었고 기억할 수도 있었다. 그는 자라면서 점점 더 뚜렷이 알게 되었다. 그 일이 이 집에 얼마나 깊은 상처를 남겼는지를 잘 알게 되었고 엄마가 이모를 미워하고 이모가 아버지를 빼앗아간 것을 원망하는 줄도 알게 되었다. 엄마는 입는 옷이 아니다. 집 한 채도 아니고 사람이다. 아버지가 어떻게 버리고 싶으면 버리고 가지고 싶으면 가질 수 있는가? 엄마는 이모만 미워하는 게 아니라 아버지도 미워한다. 아버지의 마음이 너무 독하다고 미워한다. 그러나 그 미움은 너무 사랑한 나머지 생기는 미움이었다. 엄마는 그래도 아버지를 사랑하였다. 아버지가 돌아오니 그를 받아들였고 아버지와 계속 살림을 하였다. 엄마는 이 집이 부서지고 천성이한테 아버지가 없을까봐 두려워했다.

그런데 이모가 가니 신월이는 엄마가 없어졌다. 어른들간의 해결할 수 없는 갈등이 자식들에게 죄를 지었다. 천성이는 힘이 자라는 대로 여동생을 보호하였고 마음이 닿는 데까지 동생을 사랑해주었다. 동생은 어려서부터 아버지에게서 영어를 배웠고 고등학교를 나오니 대학에 들어갔다. 그는 조금도 질투하지 않았다. 그가 공부하지 못하게 된 것은 세월을 잘못 만난 탓이다. 그의 어린시절은 아버지가 집을 떠난 세월에 지나갔다. 기진재가 망한 후 아버지가 직장에 다니게 되기 전까지의 그 기간은 전쟁시기였고 집 살림이 가장 어려울 때였다.

그는 아버지가 그렇게 값진 옥을 많이 감추고 있는 줄 몰랐다. 식구들을 먹여살리기 위해서 그는 초중을 겨우 졸업하고는 공장에 들어가 일했다. 그때 그의 나이는 열다섯 살밖에 되지 않았는데 발꿈치를 들어서야 겨우 기계를 만질 수 있었다. 그러나 그는 후회하지도 원망하지도 않았다. 그는 자신은 고생을 하더라도 여동생을 행복하게 해주고 싶었다. 그런데 누가 알았으랴! 동생의 운명이 그보다도 더 나쁜 줄은 생각도 하지 못했다.

그는 편지를 보면서 눈물을 흘렸다. 아버지가 신월이의 죽은 소식을 이모에게 알려주지 말아야 하는데. 아버지는 참, 이런 소식을 들은 엄마가 어떻게 살겠는가?

그는 편지를 보면서 화가 나서 부르르 떨었다. 아버지가 이모보고 한번 왔다 가라고 하였다. 기가 막힌 일이다. 천성이도 아버지가 한평생 이모를 잊지 못하고 한번 만나고 싶어하는 그 감정을 알 수 있었다. 이해가 되었다. 그에게도 그런 생각과 고통이 있다. 그러나 이모는 다시 와서는 안 된다. 신월이도 이젠 없는데 와서 뭘하겠는가? 엄마는 이

모를 보면 미칠 것이다. 엄마도 이젠 연세가 많으시니 이런 자극을 더 받아서는 안 된다. 집에는 이젠 며느리 손자 손녀가 있다. 숙언이는 집의 옛날일을 모두 모르고 있다. 청평이와 결록이도 물론 영원히 알 수 없을 것이다. 후손들 앞에서 또 옛날 장부를 뒤지겠는가? 기어코 망신을 당하고 남의 비웃음을 사고 집을 망하게 하고 싶은가? 지금 집은 이미 어떤 꼴이 되었는가?

두꺼운 편지를 다 보고 난 천성이는 가슴속에서 치밀어오른 울화로 두 눈이 새빨개졌다. 아버지는 정말 제정신이 아니신가 보다.

그는 편지를 갈기갈기 찢어서 부엌으로 가지고 가서 난로 안에 집어넣었다. 난로 위에는 약탕관이 놓여 있었다. 한창 아버지의 약을 달이고 있었다.

새빨갛게 핀 석탄에서 한줄기 불길이 확 타오르더니 구슬픈 눈물이 섞인 황당한 말을 적은 편지가 삽시간에 재가 되었다.

한자기는 눈을 감고 병상에 누워서 말없이 날짜를 계산하고 있었다. 이제는 국제편지가 기선으로 가지 않으니 두 달이나 걸리지 않을 것이다. 항공편지는 일주일 정도면 도착할 것이다. 만약 빙옥이가 편지를 받고 곧 떠난다면 일주일 후면 만날 수 있을 것이다. 그는 마음을 가라앉히고 인내심 있게 기다릴 것이다. 꼭 기다릴 것이다. 그녀를 만나지 않으면 눈을 감지 못할 것이다. 만나면 또 슬픈 눈물을 흘리게 되겠지. 그것도 괜찮다. 이별의 눈물은 쓰지만 상봉의 눈물은 달콤할 것이다. 여기까지 생각하자 그는 흥분되었다. 그는 정말 늙어서 멍해진 모양이다. 천성이가 약사발을 들고 들어왔다.

「아버지, 약드실 때가 되었어요.」

그는 급히 눈을 뜨고 윗몸을 일으키면서 물었다.

「애야, 편지는 부쳤니?」

천성이는 약사발을 그의 침대 옆 상 위에 놓고 고개를 푹 숙이고 말했다.

「부치지 않았어요.」

「왜?」

한자기는 몹시 화가 났다. 늙어서 움직이지 못해 이런 일까? 아들 놈에게 의지해야만 되니 얼마나 속상한 일인가!

「너 빨리! 하루라도 빨리 부치면 빨리 받을 텐데.」

「아이 참.」

천성이는 아버지의 침대 앞에 서서 무슨 말을 해야 될지 몰라 했다. 그는 자기 속엣말을 다할 수 없었고 그가 아버지 편지를 뜯어보았음을 아버지가 알게 할 수도 없었다. 그는 아버지에게 자극을 줄 수 없고 더구나 아버지를 나무랄 수도 없다. 그래서 그는 다른 이유를 대지 않을 수 없었다.

「지금은요, 외국 사람들과 편지 왕래를 하지 못하게 합니다. 위에서 발견하면 큰일나요!」

「음.」

한자기는 어두운 눈을 겁에 질려 뜨고서 말했다.

「편지도 못 부쳐? 못 부친다…….」

「네.」

천성이가 고개를 끄덕였다. 그는 약사발을 들어서 아버지의 입가에 갖다대었다.

「그럼 편지는?」

그는 아들의 손을 잡고 급히 그 편지를 찾고자 했다.

「제가 태웠습니다.」

천성이가 고개를 숙이고 말했다. 그는 감히 아버지의 얼굴을 쳐다보지 못했다. 자기가 아버지한테 미안한 짓을 한 것 같았다. 그러나 그는 이렇게 하지 않으면 안 되었다.

「태웠어?」

불꽃이 한자기의 두 눈 안에서 번쩍 터졌다.

「태웠어…… 태웠어…….」

불꽃이 꺼졌다. 그는 아들의 손을 밀치고 힘없이 침대에 쓰러졌다. 약사발이 땅바닥에 떨어져 산산이 부서졌다. 사방으로 흩어진 약이 검은 피와 같았다. 그는 다시는 쓴 약을 마시지 않았다. 무슨 약도 그의 병을 고치지 못한다. 그는 더 식사도 하지 않았다. 그의 몸은 이젠 아무것도 필요로 하지 않았다.

밤은 어두컴컴하였고 큰 비가 억수로 쏟아져내렸다. 8월의 소낙비는 장대처럼 굵은 빗줄기를 여지없이 내리쏟았다.

박아댁 안뜰의 해당나무와 석류나무가 넘어졌다. 낭하의 단청색 위에 아무렇게나 먹칠을 해놓은 것이 빗물에 씻겨 검은 물이 뜰안에 흘렀다. 물속에는 아직 익지 않은 석류와 해당이 잠겨 있었다.

북채에 누워 있는 한자기는 숨이 간들간들하였다.

그는 먹지도 마시지도 않고 정신을 잃고 자고 있었다. 자기가 얼마 동안 잤는지도 모르고 지금이 어느 달 며칠인지도 모른다. 그것들은 이젠 그와는 아무 상관없게 되었다. 그는 마지막 숨을 몰아쉬고 죽기만 기다렸다. 그러나 죽음은 부른다고 오는 게 아니었다. 그는 애타게 기다려야 했다.

애타게 기다리고 있노라니 딸이 자기를 부르는 소리를 들은 것 같았다.

「아빠.」

그는 딸을 보러 가게 되었다.

그는 사부님이 자신을 부르는 소리를 들은 것 같았다.

「자기야.」

그는 사부님을 만나게 될 것이다.

그는 투러여띵 빠빠가 부르는 소리를 들은 것 같았다.

「이브라흠.」

그는 투러여띵을 만나러 가게 되었다. 빠빠는 벌써 그를 기다리고 있었을 것이다.

투러여띵 빠빠는 그의 지금 이름을 모르니 여전히 그를 이브라흠이라 부른다. 그것은 빠빠께서 이 유리걸식하던 고아에게 지어준 경명이었다. 선지자 이브라흠의 이름으로 지어주셨다. 부끄럽다. 그는 선지자의 이름을 썼었다.

선지자 이브라흠은 알라의 충성한 신도였고 사자였다. 그는 옛 바빌론왕국의 사람들이 유일한 주님인 알라를 신봉하도록 권고하려고 다신교의 우상을 깨버렸다. 때문에 그는 사람들에게 묶이어서 열화 속에 던져졌다. 그러자 알라께서는 불길이 위력을 잃게 만들어 불은 바룬만 태우고 이브라흠은 재난을 당하지 않았다.

이브라흠은 꿈속에서 알라를 만났다. 알라는 그에게 그의 아들인 이스마이를 죽여서 희생물로 바치라고 명령하였다. 선지자의 꿈은 모두 진실한 것이고 꿈속에서 본 것은 꼭 실현해야 했다. 선지자는 그래서 선지자였다. 그는 아픔을 참고 알라의 명령을 따르려 했다. 그는 이스마이에게 말했다.

「아들아, 알라께서 너를 죽이라고 하시는데 죽기를 원하는가?」

이스마이가 말했다.

「아버지, 명령대로 하십시오. 알라의 뜻인 이상 저는 참아낼 수 있습니다. 저를 꽁꽁 묶어주십시오. 안 그러면 제가 몸을 흔들 수 있습니다. 저의 옷을 벗겨주십시오. 피가 옷에 묻지 않게 해야 합니다. 어머니가 그 옷을 보고 슬퍼하지 않도록 해야지요. 당신은 칼을 잘 들도록 가십시오. 제가 한 번에 죽도록 말입니다. 그래야만 저의 고통이 덜어

집니다.」

선지자는 아들을 가슴에 끌어안고 오랫동안 입을 맞추었다. 선지자의 눈에서는 눈물이 샘솟듯 하였다. 그는 아들의 두 팔을 묶고 땅에 넘어뜨린 후 잘 드는 칼을 들어 아들의 목을 내리찍었다. 그런데 찍어지지 않았다. 아들이 말했다.

「아버지, 제가 땅에 엎드리게끔 놓으십시오. 저의 얼굴을 보면 연민의 마음이 생겨서 알라의 명을 지키지 못합니다.」

선지자는 그대로 하였다. 그는 또 칼을 들어 아들의 목 뒤를 내리찍었다.

선지자는 바로 이렇게 충성하고 사심없이 알라를 신봉하였고 알라를 위하여 자기의 모든 것을 바치기를 원했다. 알라께서는 그가 아들을 잃지 않도록 하셨다. 알라가 보내신 천사가 양 한 마리를 보내와서 이스마이의 희생을 대체하였다. 후에 참배활동의 마지막날인 이슬람력의 매년 12월 10일이 되면 모슬렘들은 모두 이브라흠이 아들을 죽인 그 미나산 골짜기에 가서 선지자의 성행을 기념한다. 전세계의 모슬렘들은 그날 회생절을 지낸다.

선지자의 성행이 생각나자 이브라흠 한자기는 회한을 금할 수 없었다. 그는 선지자의 이름을 더럽혔고 투러여띵 빠빠의 기대에도 어긋났다. 떠돌아다니며 선교하는 도중에 메카에 참배하러 가는 도중에 그는 투러여띵 빠빠를 떠나서 허망한 인간세상에 두 눈이 어두워져 보석비취와 기석미옥 중에 빠져서 넋나간 인생을 보냈다. 그 옥들을 위하여 그는 아내와 아들을 버리고 떠나갔으며 그 옥들을 위하여 그는 빙옥모녀를 매장하였다…… 그의 일생은 늘 옥에게 고삐 매인 소처럼 끌려다녔다. 가령 옥이 아니었더라면 그는 인생의 길을 이렇게 걷지 않았을 것이다. 그러나 인생의 길은 다시 돌아가지 못한다.

이제 그가 생명처럼 아껴왔던 옥도 몽땅 잃었다. 그는 참으로 어리석다. 그 옥들은 근본적으로 옥왕인 그에게 속하지 않고 옥마에게도 속하지 않으며 어떤 사람에게도 속하지 않는다. 그들은 옥의 노예에 불과하며 잠시 그것을 지켜주었을 뿐이다. 옥은 마지막에는 그들의 손에서 유실되어 도도히 흐르는 강으로 흘러들어갈 것이다. 한자기 자신도 알몸으로 황토로 돌아갈 뿐 아무것도 가지고 가지 못한다. 그에게 남은 것은 지칠 대로 지친 몸뚱어리와 텅 빈 영혼과 상처투성이인 마음과 영원히 용서받지 못하는 큰 죄뿐이다.

그는 바로 그렇게 허둥대면서 종말을 향하여 걸어가고 있었다.

『코란경』에는 일찍이 전인류가 피할 수 없는 종말이 온다고 예언하였다.

그때가 되면 하늘이 갈라지고 해가 빛을 잃고 별들이 땅에 떨어지며 대지가 진동하고 산악이 붕괴하며 바다가 거세게 솟구치게 된다. 그때 사람들은 마치 흩어진 나방처럼 될 것이고 죽은 사람들이 부활하게 되며 각 영혼마다 알라의 앞에 서서 심판을 받는다. 공적부가 펼쳐지는데 위에는 각각의 일생 동안의 선악이 빠짐없이 기록되어 있다. 생전의 재부와 지위, 권세는 아무런 의미도 없게 된다. 어떠한 참회와 간청도 쓸데없게 된다. 누구도 다른 사람을 구할 수 없다. 알라는 각각 선악에 근거하여 그 사람의 귀착점을 판정한다. 선한 사람은 영원히 천당에 있고 악한 사람은 지옥으로 떨어진다.

지옥의 주민들은 몸이 기다란 밧줄로 동여지고 대동맥은 끊어져 영원히 열화 속에서 시달려야 했다. 자지도 못하고 음식도 없으며 금속의 용액이나 뜨거운 물이나 고름을 마실 수밖에 없다. 그들은 죄 때문에 보응을 받은 것이다. 영원히 해방될 수 없다.

『코란경』에는 종말이 언제쯤 오는지는 말하지 않았으나 그것은 피할 수 없는 것이다. 누구도 피하지 못한다.

한자기는 온몸에 소름이 돋았다. 그는 자신의 공적부에 무엇이 적혀 있는지 자신이 어떤 귀결점에 이를는지 알지 못했다. 그러나 자신은 천당에는 가기 힘들 것 같았다. 그에게는 죄가 너무 많기에 지옥에나 떨어지게 될 것 같았다. 죽는 것도 고생의 끝이 아니라 더욱 큰 고생의 시작이다.

창밖에는 큰 비가 억수로 쏟아져서 북채는 비가 새기 시작하였다. 빗물이 하얀 벽을 따라 흘러내리면서 더러운 눈물자국을 남겼다.

한자기는 겁에 질려 두 눈을 떴다. 어슴푸레 손자 손녀가 침대가에 지키고 있다가 할아버지가 깨어나는 것을 보고 애띤 소리로 빠빠 하고 부르는 게 보였다. 그는 천성이와 숙언이가 침대 옆에 서서 희망을 안고 자기를 부르는 것을 보았다.

「아버지.」

그는 늙은 아내가 그 옆에 서서 안타까운 듯이 그를 내려다보는 것을 보았다. 깊은 미안함이 그의 마음에 떠올랐다.

「벽아.」

그는 헐떡이면서 마른 입술을 벌리고 아내의 아명을 불렀다.

「난…… 아무래도 당신과 아이들을 버리고…….」

「오빠!」

육십이 다 된 한씨 부인도 어릴 때 부르던 칭호를 썼다. 눈물이 그녀의 초췌한 눈에서 굴러떨어졌다.

「당신은 떠나지 못해요. 나아질 거예요. 아이들을 데리고…….」

한자기는 말없이 아내를 바라보았다. 그의 마음은 이미 절망하였다.

그는 이미 천사가 자기를 재촉하는 것을 보았고 절그럭거리는 족쇄 소리도 들었다. 무서운 공포심이 그의 거의 식어가는 심장을 꽉 죄었다.

「벽아.」

그는 갑자기 떨리는 손을 내밀어 아내의 팔을 잡고 말했다.

「나는…… 난 무서워.」

한씨 부인은 가슴이 덜컹 내려앉는 소리를 들었다. 그녀도 남편이 이젠 안 되겠다고 의식하였다.

「두려워하지 마세요.」

그녀는 남편의 손을 잡고 비통을 참으며 위안해주었다.

「모든 것을 알라께 맡기고 알라께 의탁하면 아무것도 무섭지 않을 거예요.」

그녀는 남편에게 일깨워주었다. 정말 죽을 때가 되었다면 신앙을 가지고 죽는 것이 자기를 구하는 유일한 길이라고.

「그런데 난…….」

한자기는 아내를 꽉 부여잡고 놓지 않았다. 그의 얼굴의 주름이 푸들푸들 경련을 일으켰다. 한씨 부인은 애통을 참을 수 없어서 얼굴을 남편의 손에 대고, 눈물로 기진재와 처자들을 위해 한평생 고생한 손을 적셔주었다. 그녀는 남편을 떠나보내기가 아쉬웠다. 그러나 그녀는 남편을 만류할 수 없었다.

「알라께서 당신에게 떠나라고 하시면 집 걱정은 하지 말고 떠나세요. 당신…… 부탁할 일이 있어요?」

「나…… 나는 죄가 있소.」

한자기는 공포에 떨면서 힘없는 눈을 크게 뜨면서 물었다.

「나도…… 모슬렘이라…… 할 수 있소?」

「무슨 말씀하세요?」

한씨 부인이 당황했다. 모슬렘이 어찌 자신을 의심할 수 있단 말인가? 그녀는 남편이 더 엉뚱한 말을 하여 죽은 후에 죄가 더 커질까봐 두려웠다.

그러나 한자기를 가장 잘 아는 사람은 바로 한자기 자신이었다. 몇십 년 동안 그는 예배도 드리지 않았고 재계도 지키지 않았으며 경도 읽지 않았다. 심지어 수에즈 운하를 지나면서도 메카에 참배하러 가지 않았다. 무슨 자격으로 모슬렘이 되겠는가? 그뿐 아니라 그의 마음속에는 지금까지 비밀이 있다. 그 죄악만 가지고도 지옥에 떨어질 것이다.

「난 회회가 아니오!」

그는 끝내 떨리는 목소리로 자기의 비밀을 털어놓았다.

한씨 부인이 깜짝 놀라며 말했다.

「당신 왜 점점 어리석은 말만 하세요?」

「아니.」

한자기는 마치 심판대에 끌려온 죄인처럼 부들부들 떨면서 모든 것을 자백했다.

「나는 한인의 고아인데 투러여띵 빠빠가 나를 수양했지. 그런데 나는 그분을 속였고 사부님도 속였으며 당신도…… 속였소. 나는 여태까지…… 감히 말하지 못했소. 나는 두려웠소.」

한씨 부인과 아들, 며느리가 모두 놀라서 눈이 휘둥그래졌다. 한씨의 후손 몸에는 회, 한 두 민족의 피가 흐르고 있었다. 이게 사실이란 말인가?

한자기는 극도로 공포에 질려 있었다. 어두워진 두 눈에는 두 점의 미약한 불이 간들간들하였다. 당장 꺼질 것 같았다. 그는 한평생 회회 행세를 한 한인인 자신이 죽은 후에 어느 쪽에 속할지 몰랐다.

「네 아버지가 이젠 헛소리를 한다.」

한씨 부인은 대경실색하며 아들 며느리에게 그렇게 말했다. 그녀 자신에게도 한 말이다. 그녀는 남편이 카페얼이라는 걸 감히 믿지 못하였고 믿고 싶지 않았다. 절대 불가능하다! 한자기는 분명히 헛소리를 하고 있다. 옛날 그는 천주에서 왔다. 천주는 회회들이 가장 처음 발을 붙인 곳이다. 그는 투러여띵 빠빠와 함께 왔다. 빠빠는 사이해 거와머

땅의 후손이었고 한자기는 빠빠와 함께 경을 읽으며 신앙을 지니고 북경까지 왔다. 한자기와 자신의 결혼식은 사원에서 올렸다. 알라께서 맺어준 인연이다. 그는 한평생 회회의 습관을 지켜왔고 큰 사업을 이루어 회회들을 위하여 자랑을 떨쳤다. 그는 한평생 알라의 뜻을 따랐다. 그와 옥아의 그까짓 실수도 이젠 용서해야 한다. 그는 진정한 회회이다. 또 진정한 모슬렘이다. 그가 마지막에 와서 일생의 선한 공덕을 망쳐버리게 할 수는 없었다. 한씨 부인은 다시 진정하고 남편의 손을 잡았다. 그녀는 진지한 눈길로 남편의 얼굴을 들여다보면서 말했다.

「당신은 진정한 회회예요. 어리석은 생각은 마세요. 빨리 알라께 용서를 비세요. 빨리 이슬람 경문을 읽고 신앙을 지니고 가세요. 그러면 한평생 지은 죄가 다 가셔집니다!」

「그래.」

한자기는 망연히 대답하였다. 그것이 그의 유일한 길이었다. 그는 미약한 소리로 띄엄띄엄 이슬람경을 경건하게 외웠다.

「래이래해, 인관자후, 마호메트, 래쏘룬라시(만물의 주는 오직 알라시며, 마호메트는 주님의 사자시다)」

그는 자신의 죄가 다 씻어졌는지 몰랐다. 그러나 앞으로 나아갈 수밖에 없었다. 그는 땅에 파인 일곱 자 길이의 무덤을 보았고 그 어두컴컴한 라허도 보았다. 그의 앞에는 끝없는 암흑과 새벽이 오지 않는 밤이 기다리고 있었다….

「나에게…… 촛불을…… 촛불을!」

어둠에 대한 공포심 때문에 그는 저도 모르게 빛을 바랐다. 그는 촛불이 있어서 그에게 빛을 비추어주기를 바랐다.

「초요? 당신 촛불을 원해요?」

한씨 부인의 눈물이 남편의 앙상한 손에 떨어졌다. 남편이 그 떨리는 손을 그녀 앞으로 내밀며 마지막으로 빛을 달라고 하였다. 그녀는 그 요구를 들어주지 않을 수 없었다.

두 대의 흰 촛불이 한자기의 손에 쥐어졌다. 두 점의 불길이 비바람 부는 밤에 한들거렸다. 촛불이 그의 눈 안에 비쳐졌다. 푹 꺼진 눈확 안의 어두워진 동공은 이미 확대되어 있었다.

그는 떨고 있는 두 손으로 촛불을 꽉 틀어쥐고 참회와 유감을 안고, 공포와 희망도 가지고 떨면서 암흑 속으로 걸어갔다.

희미한 달빛 아래

1979년 여름.

아침 안개가 박아댁 대문 누각 상공에서 흩어지고 있었으며 얕은 서광은 검붉은 대문을 비추고 있었다.

대문에는 아직도 얼룩덜룩한 글씨가 남아 있었다. 수주화벽, 명월청풍.

대문을 바라보는 양빙옥은 감개무량하였다. 여기를 떠난 지가 벌써 삼십삼 년이 되었다. 집 떠날 때는 검은 머리였는데 돌아온 그녀의 귀밑머리에는 희끗희끗 서리가 내려 있었다. 삼십삼 년 동안 떠돌아다니며 고독하게 살아오는 동안 집과는 편지 왕래도 없었다. 그러나 그녀는 한시도 집을 잊은 적이 없었다. 여기에 그녀의 딸이 있다. 매일 바다를 사이에 두고 집을 그렸고 밤마다 꿈에 신월이를 불렀다. 손꼽아 보면 딸도 이젠 중년이 되었을 것이고 엄마가 바라던 모든 것을 실현하였을 것이다. 지금 엄마는 육순 노인이니 이제 돌아오지 않으면 딸을 볼 수 없을 것이다. 돌아올 때가 되었다.

그녀는 푸른 돌계단에 올라섰다. 마음은 감동으로 떨렸다.

그녀는 중요문화재란 글이 새겨진 한백옥 간판을 보면서 약간 주저하였다. 집에 무슨 변화가 생겼는가? 지금 집은 어떤 상황인가? 그녀는 아무것도 몰랐다.

그녀가 손을 들자 가슴이 두근두근 뛰었다. 그녀는 마침내 문고리를 당겨 두드렸다. 아주 급하게 두드렸다. 발소리가 나더니 문이 열렸다.

호리호리한 몸매를 가진 소녀가 문에 나타났다. 새하얀 피부와 어여쁜 얼굴, 초롱초롱한 검은 눈, 그리고 기다란 속눈썹. 소녀는 놀란 눈으로 양빙옥을 바라보았다.

「신월아! 신월아!」

그녀는 소녀를 와락 끌어안았다. 이애가 바로 그녀가 그 동안 밤낮 그려오던 그 딸이다.

「당신은 누구세요? 전 당신을 몰라요!」

겁에 질린 소녀는 그녀 품에서 빠져나오며 안에다 대고 소리쳤다.

「엄마, 빨리 나와보세요!」

양빙옥은 멍하니 손을 놓았다. 아, 이앤 신월이가 아니구나. 참 신월이는 서른이 넘었지. 그런데 이애는 정말 신통하게 신월이를 똑 닮았구나. 신월의 딸이겠다. 외할머니도 아직 모르는구나.

소녀는 물론 신월이가 아니었다. 그애는 숙언이의 딸 결록이었다. 이제 열네 살인데 생김새가 신월이와 똑같았다.

숙언이는 딸의 부름소리를 듣고 급하게 뛰어나오다가 마침 안으로 들어오는 양빙옥과 마주치자 놀라서 고함을 질렀다.

「어머나!」

그녀는 십몇 년 전에 돌아가신 시어머니가 다시 살아났거나 그분의 유령이 집에 찾아왔는 줄 알고 놀랐다.

양빙옥은 어머나! 하는 소리를 듣자 감동된 마음이 목구멍에서 비어

겨나올 것 같았다. 이 중년 부인이 그녀의 딸임에 틀림없다.

「신월아!」

그녀는 숙언이에게 달려들면서 소리쳤다.

「나의 신월아, 엄마가 왔어!」

「당신은…….」

숙언이가 어리둥절해지더니 시어머니와 생김새가 같으면서도 기질이 완전히 다른 노인을 찬찬히 살펴보았다. 숙언이는 순간 시아버지가 돌아가신 후 사람들이 와서 시어머니를 성토하던 일이 생각났다. 시어머니가 해외와 관계가 있다면서 말이다. 여동생이 외국에 있다고…… 숙언이는 마치 다 알아차린 듯이 물었다.

「당신은…… 이모시지요?」

「신월아!」

양빙옥은 뜨거운 눈물을 흘리면서 숙언이를 끌어안았다.

「이젠 이모라 부르지 말아라. 난 너의 친엄마야. 엄마는 네가 그리웠어. 얼마나 보고 싶었는지 몰라. 너 엄마라고 불러봐.」

눈물이 숙언이의 눈에서 흘러나왔다. 그녀의 가슴속에는 세찬 파도가 일렁였다.

「이모, 이모.」

그녀는 떨리는 소리로 말했다.

「저는 신월이가 아니예요. 전 천성이 아내예요.」

「천성이? 천성이 어디 있어? 신월이는 어디 있고?」

양빙옥이 숙언이를 놓고 급히 추화문 쪽으로 뛰어갔다. 천성이가 있으니 신월이도 꼭 있을 것이다. 이 집은 이사가지 않은 게 틀림없다. 딸이 안에 있겠다.

「이모.」

숙언이는 그녀에게 어떻게 대답할까 망설이면서 엉뚱한 말을 하였다. 숙언이는 북채를 가리키면서 말했다.

「이 집으로 들어가세요. 안뜰은 벌써 빼앗겼어요.」

북채 방안에서 천성이는 머리를 숙이고 아들 청평이와 같이 한창 아침식사를 하는 중이었다. 밥을 먹고는 숙언이와 출근하여 기를 쓰고 일해서 돈을 벌어야 했다. 아이 둘이 다 학교에 다닌다. 열여섯 살 난 청평이는 고중에 다니고 동생은 초중에 다니는데 오누이가 다 회족학교에 다닌다. 천성이와 신월이도 모두 거기를 졸업했다.

갑자기 돌아온 이모를 보자 천성이는 바보처럼 멍해졌다. 어두워진 그의 얼굴은 마치 청동처럼 보였는데 두꺼운 입술을 바르르 떨면서 눈에 눈물을 글썽였다.

옛 집터는 있으나 인간세상은 너무 변하고 집은 알아볼 수 없게 되었다. 북채 방안에 들어선 빙옥은 마치 남의 집에 들어간 것처럼 서먹서먹하였다.

「북채만 남았어?」

그녀는 조용히 말했다. 묻는 것 같기도 하고 마치 혼잣말하는 것 같기도 했다.

천성이는 한마디도 하지 않았다. 그녀에게 어떻게 설명할 수가 없었다. 속에 가득 찬 말을 어떻게 하겠는가? 집에 대해 뭐라고 말할 수 있는가? 정부에서는 정책을 실시한다고 하면서 문화재로 보호하라고 집을 돌려주었다. 정부에서 보호하려고 하였을 때는 이미 집은 다 헐려 있었다. 당신들이 재간있어 보호하고 싶으면 어떻게 해보라지. 천성이는 거절하였다. 두 맞벌이 노동자가 버는 돈으로는 집을 건사할 재간이 없었다. 다섯 칸짜리 북채면 넉넉했다. 안뜰 안에 누가 있고 싶으면 있으라지. 나하곤 상관없다. 집을 수색할 때 뺏앗아간 옥들도 마땅히 돌려주어야 하는데 문화재적인 가치가 극히 높기에 국가에서 관리한다며 천성이에게 적지 않은 돈을 주면서 문화재를 기부한 데 대한 장

려금이라고 하였다. 천성이는 물론 그 돈도 거절하였다. 옥을 사랑하는 사람도 없어졌는데 돈이 무슨 소용이 있는가? 자손은 조상의 재산으로 살지 말고 자기 손으로 벌어먹어야 한다.

그것들은 사실 빙옥이가 관심있어 하는 것이 아니었다. 그녀는 조급하게 물었다.

「사람들은 모두 어디 있니? 신월이는 어디 있고?」

그녀가 서둘러 만나려는 사람은 사실 신월이뿐이었다.

「없어요.」

천성이가 별안간 무서운 울음소리를 내더니 머리를 감싸쥐고 땅바닥에 쭈그리고 앉아서 소리쳤다.

「이모가 만나보고 싶어하는 사람이나 보고 싶지 않은 사람이나 다 없어요!」

「아.」

청천벽력이 양빙옥을 경악시켰다. 그녀가 손에 들고 있던 동그란 종이박스가 땅바닥에 떨어져서 터졌다. 안에는 정교하게 만든 생일 케이크가 들어 있었다. 오늘은 음력 6월 초닷새, 딸의 생일이었다. 그녀는 이날을 잊지 않고 일부러 이날 찾아온 것이다. 그런데 누가 알았으랴, 생일은 이미 제삿날이 된 줄을.

웅위로운 서산은 울울창창하였다. 마치 푸른옥과 비취로 단장한 것 같았다. 산 아래 무성한 과일나무 숲들은 검푸른 색을 띠고 있었고 과일들이 주렁주렁 가지에 열려 있었다. 이제 막 익어가는 복숭아며 배며 사과들이 가지를 휘어지게 하였다. 마치 그 비옥한 땅과 입을 맞추는 것 같았다.

그곳이 바로 전의 회족 공동묘지이다. 문화대혁명이란 인간세상의 재난이 죽은 사람에게까지 미쳐서 묘와 비석들은 모두 없어지고, 비옥한 땅만 남아서 해마다 풍성한 과일을 열리게 하고 있었다.

양빙옥은 과일나무 사이를 묵묵히 배회하고 있었다. 그녀는 부드러운 누런 흙을 밟으면서 걸었다.

모슬렘들의 유골과 영혼은 묘나 비석이 없어졌다고 사라지지 않겠지? 그들은 이 비옥한 땅과 과수원과 함께 영원히 남아 있을 것이다. 지면에는 아무런 표식도 없으니 누구도 다시 그들을 시끄럽게 하지 않을 것이고 그들은 영원히 이 푸른 과수원에서 잠들 것이다.

『코란경』에는 아름다운 언어로 사람들이 동경하는 천상을 묘사하였다. 그곳은 인간세상에 없는 낙원이고 거기에는 녹음이 햇볕을 가리워주고 푸른 풀이 바닥에 깔려 있으며 싱그러운 꽃들이 만발하고 과일들이 주렁주렁 열려 있었다. 천국에 들어간 모슬렘들은 녹음의 가림을 받으며 무더위도 추위도 느끼지 못한다. 그들은 마음대로 과수원의 과일들을 따먹고 은잔으로 과수원 안의 달콤한 샘물을 마신다. 어여쁜 동자 동녀들이 그들을 보살펴주고 거기에서는 악한 소리와 거짓말을 들을 수 없고 그들은 다시 고통과 재난을 당하지 않는다.

신월이는 이젠 천당에서 살고 있겠지?

양빙옥은 말없이 과수원을 배회하고 있었다.

그러다가 그녀는 거기서 멀지 않은 곳에 키가 훤칠한 중년 남자가 오랫동안 한 그루 나무 옆에 서 있는 것을 보았다. 얼굴은 침울하고 표정은 처량하였다. 그는 오랫동안 서서 자기 앞의 땅을 응시하고 있었다. 꼼짝하지 않고 서 있는 그 사람의 손에는 바이올린이 쥐어져 있었다. 그 사람의 나이는 마흔 정도로밖에 보이지 않는데 머리는 이미 허옇게 셌다. 그도 아마 가족의 묘를 찾아온 모양이다. 묘는 이미 없어졌으나 그가 서 있는 곳이 아마 그의 가족이 잠들어 있는 곳인 모양이다.

양빙옥은 딸이 잠들어 있는 확실한 위치를 몰랐다. 그러나 그녀는 딸이 그곳 어디엔가 있음을 확신하고 있었다. 바로 그녀의 주위에 있을 것이다. 그녀는 묵묵히 과수원 안의 땅을 한 걸음 한 걸음 다 밟아 보았다. 딸이 자기의 발걸음소리를 들었으리라 믿었다. 딸은 엄마의 고대하는 눈을 보았을 것이고 엄마 마음속의 부름을 들었을 것이다.

그녀는 중년 남자 옆을 스쳐 지나갔다.

그래도 그 사람은 꼼짝 않고 서 있었다. 그녀를 거들떠보지도 않았다. 그는 자기 앞의 땅을 제외하고는, 자기 마음속에 그리는 가족을 제외하고는 세상의 모든 것을 잊고 있었다.

그는 신월이의 애띠면서도 우울한 목소리를 들었다.

「초 선생님, 노신은 무엇 때문에 기사(起死)를 썼지요?」

「아마 잠에 깊이 빠진 인생을 깨우려고 썼겠지요.」

「장자는 무엇 때문에 5백년 전의 해골을 죽음에서 깨우려 했지요?」

「아마 그에게 다시 한번 생활해보라고 그랬겠지요. 인생은 비록 힘들지만 생명은 분명 귀중한 것이지요. 장자는 인생은 마땅히 대붕이 나래를 펴고 구만리 창공을 나는 듯하여야 한다고 여겼지요.」

그는 깊은 한숨소리를 들었다. 하늘에서 들려오는지 아니면 땅 밑에서 나오는 소린지 몰랐으나 사실은 그의 마음속에서 나온 소리였다.

양빙옥은 가볍게 걸음을 옮겼다. 그녀도 자기의 딸만 생각하고 있었다. 어둠이 살그머니 묘지에 내려앉았다. 나무 그림자가 대지와 천천히 하나가 되었다. 웅장한 검푸른 빛이 눈 안에 가득 차고 싱그러운 향내가 과수원에 넘쳐났다.

서남쪽 하늘에 아슴푸레하고 몽롱한 초생달이 떠올랐다.

희미한 달빛 아래 어두운 나무 그림자 옆에서 부드러운 바이올린 소리가 가늘게 흘러나왔다. 흐느끼는 듯하고 하소연하는 듯한 그 노랫소리는 꿈 같은 경지로 사람을 이끌며 세계의 동방에 널리 알려진 옛 이야기 「양산백과 축영래」를 이야기하여 주고 있었다.

양빙옥은 그 곡을 들으며 오래도록 서 있었다. 그녀의 마음은 그 음악에 정복되었고 부서져서 눈물처럼 땅 위에 떨어졌다.

하늘에는 초생달이 몽롱하고

땅 위에는 음악소리가 묘연하다.

천지간에 그 음악소리가 오랫동안 울렸다. 마치 조잘대며 흐르는 샘물소리 같았고 마치 쏙닥거리는 귓속말 같았으며 누에가 비단실을 토하는 것 같았고 외로운 기러기가 상공을 빙빙 도는 것 같았다…….

모순문학상과 중국 속의 모슬렘족들

12억 가까운 인구에 걸맞게 현대 중국에는 기라성 같은 수많은 작가들이 명멸하였다. 그러나 걸핏하면 문학상을 만드는 우리의 문단 풍토와는 달리 문학상이 그리 많지 않은 것이 현재의 중국이다. 더구나 작가의 이름을 따서 문학상 이름을 삼은 것은 이 모순문학상(茅盾文學賞)이 유일하다고 하겠다.

모순은 1920~30년대 중국문단에서 노신(魯迅)과 쌍벽을 이루며 활약하던 작가로서 「한밤중」「봄누에」「부식」 등 불후의 명작을 남긴 인물이다. 해방 후엔 십오 년간이나 문화부장을 역임하는 등 문화·문학계에 큰 영향을 미치며 작품활동도 병행하다가 1981년 북경에서 서거하였다.

모순문학상은 모순의 유언에 따라 모순이 살아 생전 쓰지 않고 모은 인세를 상금기금으로 돌려, 중국작가협회주석단 주관으로 만든 문학상이다. 모순문학상위원회 주임은 우리에게도 잘 알려진 노작가 파금(巴金)이 맡고 있다. 이 상은 중국 전국에서 발표된 우수한 장편소설들에 수여되는 상으로, 삼 년마다 한 번씩 수여하는데, 낙선된 작품이라도 다시 응모할 수 있다고 한다.

지금까지 세 번에 걸쳐 수상작을 낸 바 있는데, 제1차 모순문학상의 심사대상은 1977년부터 81년까지 발표된 장편소설들로 시상식은 1982년 12월 15일에 거행되었다. 수상 작품들로는 우리에게 영화로 더 잘 알려진 고화(古華)의 「부용진(芙蓉鎭)」과 요설은(姚雪垠)의 「이자성(李自成)」(제2권), 주극근(周克芹)의 「허무(許茂)와 그의 딸들」 등 6편이 있다. 제2차 모순문학상에는 1982년부터 84년까지 나온 작품들이 심사에 올라 신예작가 장결(張潔)의 「무거운 날개」, 유심무(劉心武)의 「종고루(鍾皷樓)」가 수상하였다.

여기 소개된 여류작가 곽달(霍達)의 「모슬렘의 장례식」은 1985년부터 88년까지 발표된 장편 6백여 편을 심사한 1991년의 제3차 모순문학상에서 높은 평가를 받은 수상작이다. 모순문학상을 받은 작품 치고 문제작으로 호응받지 않은 작품이 없는 전례로 보아 이 작품 역시 역작이자 문제작임에 틀림없다 하겠으나 구체적인 평가는 우리 독자들의 몫이 될 것이다.

중국 내 모슬렘족, 즉 회족(回族)은 그 인구가 7백만 명 정도로 중국 54개의 소수민족 중 인구수가 두번째로 많은 민족이며, 하남성·운남성·산동성·흑룡강·길림성·북경시 등 가장 널리 분포되어 살고 있는 민족이기도 하다.

회족은 회회민족의 약칭으로, 원나라 때 회회(回回)라는 단어가 지닌 뜻은 이슬람교 신앙자라는 것이었다. 명나라 때에 와서는 회회와 종교를 연계하여 회회들이 신앙하는 이슬람교를 회회교라 하였고 이슬람교 신자들을 회회사람이라 하였다. 청나라 때부터 민국년간에 와서는 무릇 이슬람교를 믿는 모든 민족을 통틀어 회회라 불렀다. 해방

(1949년) 후에는 이슬람교를 믿는 각 민족들이 자신들의 족칭을 확정하였고 회회라는 명칭은 회족의 통속적인 칭호가 되었다.

회족의 유래는 서기 7세기 말로 거슬러 올라간다. 그때 아랍과 페르시아 상인들이 중국으로 와서 장사를 하다가 광주·천주 등지에 머무르게 되었는데 그 후 오대(五代)로부터 송나라 말까지의 5, 6백년간의 끊임없는 발전을 통하여 회족의 일부가 되었다. 그 후 회족은 주로 13세기 초에 핍박으로 인해 중국에 강제 이주된 중앙아시아인·페르시아인·아랍인들이 끊임없이 위그루인·몽골인과 융합하면서 점차 회족을 형성하게 되었다.

회족이 동쪽으로 이주할 때는 아랍어·페르시아어·한어를 동시에 사용하였는데 오랜 기간 한인들과 섞여 살면서 점차 한어와 한문을 사용하게 되었다. 회족은 주로 농업에 종사하고 농민들은 부대적으로 목축업과 운수업·수공업·상업을 경영하였다. 회족들의 장인들은 제향(製香)·제약·피혁·옥기가공 등에도 재능이 뛰어났다.

회족은 이슬람교를 믿는다. 회족 사람들은 아이가 태어나면 성직자를 청해다가 회족 이름을 짓고, 결혼할 때도 성직자를 청해다 증인으로 세우며, 사람이 죽은 후에도 성직자를 청해다 장례를 치른다. 이렇듯 모든 면에서 이슬람교의 영향을 받고 있다. 특히 음식습관 면에서 회족들은 절대 돼지고기를 먹지 않으며 모든 동물의 피와 스스로 죽은 동물을 먹지 않는 등 독특한 그들만의 습관을 가지고 있다. 이는 원래 『코란경』의 규정에 의한 것이었으나 천여 년래 이미 회족의 풍속이 되었다.

회족들은 이슬람교의 영향을 받았을 뿐 아니라 한족들과 섞여 살면서 그들의 영향을 받아 옷차림도 점차 한족과 같아졌고 한족의 성(姓)과 이름을 쓰게 되었으며 죽으면 토장을 한다.

중국 역사에서 회족은 정치·경제·문화 등 다방면에서 뛰어난 인물들이 많이 배출되었다. 원나라 때 천문학자인 짜마루띵은 「만년력(萬年歷)」을 써냈고, 혼천의(渾天儀)·방위의(方位儀)·사위의(斜緯儀)·평위의(平緯儀)·천구의(天球儀)·지구의(地球儀)·관상의(觀象儀) 등 일곱 가지 천문의 기틀을 마련하였다. 건축가 이헤데아띵은 한족으로부터 건축기술을 배워 원나라 수도의 건축을 설계하였는데, 이는 후에 북경시가 발전하는 기초가 되었다. 또한 명나라의 저명한 항해가인 정화, 정치가인 해서 등이 모두 뛰어난 업적으로 세상에 이름을 떨친 인물들이다. (박재우 : 외국어대 교수, 중국문학)

옮긴이의 말

　이 소설은 1991년 봄, 중국의 대문호 모순(茅盾)을 기리는 모순문학
대상을 받은 작품이다. 지난 1985~88년까지 중국에서 출판된 600여
편의 장편소설 중에서 엄정한 심사를 거쳐 제 3 회 모순문학 대상을 수
상한 이 소설은 영어, 프랑스어, 아랍어, 벵골어 등 10개 언어로 이미
번역 출판되어 세계적으로 화제를 모으고 있다.

　이 소설은 중국 만주지방에 살고 있는 소수민족인 조선족과 같이 중
국 북경 부근에 살고 있는 다른 소수민족인 어느 모슬렘 가족 3대의 육
십 년에 걸친 파란만장한 숙명적 삶을 감동 깊게 그린 작품이다. 옥그
릇을 만드는 옥기 장인 한자기와 그의 아내 양군벽, 전쟁의 소용돌이
속에서 형부 한자기와 아픈 사랑을 맺게 되는 처제 양빙옥의 기구한
삶의 궤적, 그리고 한자기와 양빙옥 사이에서 태어났으나 양군벽을 어
머니로 알고 성장해야만 했던 북경대학 학생 한신월과 그녀가 헌신적
으로 사랑한 한족(漢族)인 북경대학 교수 초안조와의 진솔하면서도

순결한 애정이 때로는 힘차게, 때로는 섬세한 필치로 묘사되고 있다.

중국에서 달빛을 받으며 피어나는 해당화는 양귀비를 상징하는 여인의 미모로 표현되기도 하고, 운명을 헤쳐나가는 꿋꿋한 생명력에 비유되기도 한다. 아름다운 장강(長江) 황하(黃河)의 물굽이처럼 거칠게 살아온 미모의 여주인공 한신월, 그녀는 비극적 운명의 질곡 앞에서도 의연하고 강인한 생명력으로 뜰앞에 핀 해당화처럼 싱싱하게 자라나 읽는 이로 하여금 언제까지나 마음속의 연인으로 살아 있게 한다.

이 소설은 그 옛날 실크로드를 따라 중국과 무역을 하던 모슬렘 대상(隊商)들의 후예로서 미국 속의 유태인들처럼 전통을 지켜가면서도 중국에서 가장 부유한 삶을 살고 있는 회교도들의 혼인의식과 장례의식 등 그들만의 독특한 생활묘사를 통해 우리에게 문화적인 충격을 안겨준다. 또 옥(玉)을 갈고 다듬는 데 생애를 바치는 스승과 제자 등 독특한 인물창조를 통해 우리 평범한 독자들의 안이한 삶 자체를 돌이켜보게 하는 크나큰 마력을 지니고 있기도 하다.

이 작품은 지금까지 이데올로기 문제만을 주로 다루거나, 정치적 성향에만 치우쳐온 중국 현대문학의 관행과는 달리 새로운 순수문학의 가능성을 보여주고 있다는 점에서 사뭇 신선하고 향기롭다.

이 소설의 저자 곽달(霍達)은 국내외에서 주목받고 있는 중국 여류작가이다. 그녀는 1991년 제 3 회 모순문학 대상을 받으면서 세계적인 작가가 되었다. 모순문학 대상은 중국이 대문호 모순을 기리기 위해 제정한 중국에서 최고로 권위있는 문학상으로 소수민족 출신으로 이상을 받기는 곽달이 처음이다. 그녀는 이 소설의 주인공처럼 중국의 소수민족 가운데 하나인 회족(모슬렘족)으로 북경에서 태어났으며, 현재 중국소수민족작가협회 부회장으로 활동하고 있다. 그녀는 또

1988년에 중편소설「홍진(紅塵)」으로 중국 중편소설 우수상을 받았으며,「만가우락(萬家憂樂)」으로 중국 보고문학 우수상을 수상했다.

　그녀는 어렸을 때부터『사기(史記)』와『춘추(春秋)』등의 역사책을 즐겨 읽었으며, 저명한 역사학자를 개인적으로 초빙해 배우기도 하였는데, 이렇게 흡수한 지식을 자신의 문학작품 창작에 밑거름으로 써오고 있다. 그래서인지 곽달의 작품은 역사적인 사건으로부터 현실에 당면한 문제점에 이르기까지 넓은 포용력을 지니고 있으며, 그 형식은 소설, 보고문학, 시나리오, 극본, 수필 등 다양하다.

　나는 이 책을 미국 U.C. 버클리대학에 유학중인 남편을 따라 미국에서 체류하던 이년여 동안 버클리대학 도서관에서 발견하고 번역을 결심하게 되었는데, 때마침 미국에 교환교수로 와 계시던 도서출판 전예원의 편집인인 외국어대학 김진홍(金鎭洪) 교수를 만나게 되어 한국에 선보이게 되었다. 저자와 같은 중국 소수민족의 하나인 조선족으로 성장해 온 내가 조국에 이 책의 번역서를 내놓게 된 것이 그렇게 자랑스러울 수가 없다. 조국 광복을 위해 헌신하다가 순국하신 나의 할아버지 영전에 기쁨으로 이 책을 바친다.

미국 버클리에서

김 주 영

모슬렘의 장례식 ❸

지은이 / 곽 달
옮긴이 / 김주영
펴낸이 / 양계봉
만든이 / 김진홍

펴낸곳 / 도서출판 전예원
주 소 / 서울특별시 서초구 우면동 476-2 · 우편번호 / 137-140
대표전화 / 571-1929 · FAX / 571-1928 · 등록 / 1977. 5. 7 제 16-37호

2001년 10월 20일 초판 인쇄
2001년 10월 25일 초판 발행

값 7,000원

ⓒ 전예원 2001
ISBN 89-7924-099-6 04820 〔전3권〕
        89-7924-102-X 04820